U1013032

诗词及楹联写作

荀运昌 著
雷 雨 校补

西南师范大学出版社
国家一级出版社 全国百佳图书出版单位

图书在版编目(CIP)数据

诗词及楹联写作 / 荀运昌著 ; 雷雨校补. — 重庆 : 西南师范大学出版社，2020.1
ISBN 978-7-5621-9563-4

Ⅰ. ①诗… Ⅱ. ①荀… ②雷… Ⅲ. ①古体诗—创作方法②对联—创作方法 Ⅳ. ①I05

中国版本图书馆 CIP 数据核字(2018)第 184425 号

诗词及楹联写作
SHICI JI YINGLIAN XIEZUO

荀运昌 著
雷 雨 校补

责任编辑：钟小族
责任校对：李 君
装帧设计：观止堂_未 氓
排 版：重庆大雅数码印刷有限公司·吴秀琴
出版发行：西南师范大学出版社
地址：重庆市北碚区天生路 2 号
网址：http://www.xscbs.com
邮编：400715 电话：023-68868624
印 刷 者：重庆康豪彩印有限公司
幅面尺寸：170mm×240mm
印 张：30.75
字 数：552 千字
版 次：2020 年 3 月 第 1 版
印 次：2020 年 3 月 第 1 次印刷
书 号：ISBN 978-7-5621-9563-4

定 价：98.00 元

西南大学文学院“雨僧文库”编委会

主　任

王本朝

委　员

李永东　李应志　肖伟胜

何宗美　黄大宏　曹　建

寇鹏程　黎　萌　张春泉

学术记忆与学科发展

——西南大学文学院“雨僧文库”序

西南大学文学院“雨僧文库”丛书即将出版了，这是一件令人非常高兴的事。为它写上几句话也让我从心底里生出一种特殊的感怀。岁月的流逝总会让人忘却许多往事，而有些记忆无论经过多少岁月，却总是很难消失，因为它已经成为人们前行道路上的重要标记。一个人的成长如此，一个学科的发展和一个学院的建设也是这样。

西南大学文学院的前身为1940年建立的国立女子师范学院国文系和1942年建立的四川省立教育学院的国文系，1950年合并为西南师范学院中文系，2003年更名为西南师范大学文学院。中国的大学包括学科的建立及发展的时间并不长，拥有近80年的学科历史也就算比较久远的了。所以，在介绍时说它历史悠久，此言不虚也。一大批名家先贤先后汇聚于此，探研学术，传承文脉。1949年前，有胡小石、吴宓、高亨、商承祚、唐圭璋、台静农、罗根泽、詹锳、李何林、魏建功、李霁野、赖以庄、吴则虞等在这里潜心治学，为科学研究建立了严谨求实的学术传统。1949年后，亦有吴宓、高亨、赖以庄、钟稚琚、郑思虞、何剑薰、徐德庵、杨欣安、魏兴南、曹慕樊、徐无闻、李景白、谭优学、李运益、刘又辛、荀运昌等学者继续在此传道授业，筚路蓝缕，为学院的发展奠定了坚实的基础。今天的文学院设有中文系、影视艺术系、汉语国际教育系；拥有中国语言文学一级学科博士学位授权点，戏剧与影视学一级学科硕士学位授权点，美学二级学科博士学位授权点；建有中国语言文学博士后科研流动站。其中国语言文学为重庆市重点学科。

我相信一个学科的历史和发展总是由一代又一代学者创造的成果累积而成的。为了坚守学术精神，保存学术记忆，发扬学术传统，学院积极筹划了这套"雨僧文库"。我们选取了文学院前辈学者的代表性成果，主要有曹慕樊先生的《庄子新义》，谭优学先生的《唐诗人行年考》，徐无闻先生的《徐无闻批注〈唐人万首绝句选〉》，荀运昌先生的《诗词及楹联写作》，熊宪光先生的《亦说文稿》，徐洪火先生的《中国古代戏曲史纲》；刘又辛先生和方有国教授合著的《汉字发展史纲要》，杨欣安先生的《杨欣安现代汉语论集》，翟时雨先生的《语言漫议》；苏鸿昌先生的《大旨谈情：苏鸿昌文艺美学文集》，曹廷华先生的《文艺美学论稿》；苏光文先生的《新文学：新观念新文本新交流》和胡润森先生的《胡润森论戏剧》等13册。如做一个简单划分的话，它们可分为古代文学及文献学、汉语言文字及语言应用、文艺学及美学，以及中国现当代文学等学科板块和知识领域。这些论著的选择不拘形式，有的是旧作再版，有的是论著新编，有的是学者选集。这些前辈学者和他们的论著都曾在学科和学术史上产生了重要影响，也代表或者说体现了西南大学文学院中国语言文学学科的历史特点和学术优势。有点儿小遗憾的是，名为"雨僧文库"，却没有编入吴宓先生的著述，只有等待以后再来弥补了。

西南大学文学院高度重视人才培养和学科建设，长期坚持以人才培养为根本，以学科发展为龙头，以科学研究为中心，以队伍建设为支撑，以社会服务与文化创新为动力的学院发展之路。就学术研究和学科建设而言，坚持有所为有所不为，不好高骛远，不追逐时尚，把人才培养和学术研究工作落到实处，做向深处，不搞花架子，紧紧抓住人才队伍、学术成果和学术环境等条件要素，去做学科建设。搞学科建设，首先要有人，其次要做事，另外还要有做事的环境和心情。有人就是要有从事教学科研的人，做事就是做教学科研之事。大学教师不仅要从事教学工作，还要积极开展科学研究。教学科研形式不同，目标相近，都是为了人才培养，它们会有偏重，但不应分彼此。学科建设亦非一朝一夕之事，要一步一个脚印，守正笃实，久久为功，还要有"功成不必在我"的心态和境界。在学术建设和学科发展的链条上，历史总是一环扣一环，后来者不应忘记前行者的坚实步履。学术研究是个人的人生事业，学科建设也是学院的名山工程。对个人而言，学术研究要有兴趣，更要有理想、有毅力。过去的学术氛围和学术环境不同于当下，不像今天这样，从学校到学院都在一个劲儿地鼓噪。他们为什么对学问有兴趣？为什么那么执着？为什么做？怎么做？做得怎么样？他们肯定是有思考的。我想，从这些论著里，我们既可学习到一些做学问的方法，悟出一点儿做学问的门径来，也能感受到他们严谨认真的学术道德和高贵豁达的学术精神。今天的学术环境虽然变化了，做学问的条件和成效也不一样了，但高远的学术理想和执着的学术精神还是应该继承下来，坚守得住，才能发扬光大。

这套前辈学者成果的出版应是西南大学文学院学科建设的大喜事。近年来，我们连续筹划了“博导文库”和“中青年学者文库”，正在筹划“学科及学术专题文库”。“雨僧文库”主要是前辈学者文库，它是西南大学文学院历史发展中的学术积淀和学科基因，它的出版，有助于学院的学术传承，也让学院的学术史更加清晰明朗，学科发展更有底气。在此，我要特别感谢这些前辈学者的家人及弟子们的大力支持，感谢学院相近学科同仁们的积极参与，有了他们的理解和参与，这项工作才得以顺利而圆满地完成。也要感谢西南师范大学出版社吕杭女士的辛勤劳动。

就此说上几句，既表达对“雨僧文库”出版的祝贺，也有对学院学科建设的希冀。

王本朝

2020年1月

前　言

中华民族的诗歌，源远而流长。仅就传世两千多年的诗歌总集《诗经》来说，其中如《周南·关雎》中的“关关雎鸠，在河之洲。窈窕淑女，君子好逑”，《小雅·蓼莪》中的“蓼蓼者莪，匪莪伊蒿，哀哀父母，生我劬劳”，其整齐的句式、用韵的部位和押韵等，都和后世诗歌中的绝句一模一样；只是由于社会和语言的发展，变四言字句为五、七言字句而已。汉字为独体单音，后来又发现了四声，便给格律诗的形成和发展创造了客观条件，开创了新局面。诗经、楚辞、汉乐府民歌、五言诗、唐诗、宋词、元曲以及明清以来的民歌、小调等，几乎都是讲押韵、讲平仄、讲对仗的。

上述这些情况，本属诗歌本身发展的必然，于是成为中国诗词发展的自然传统。在新诗盛行的现代，这一传统虽不被重视甚至于被遗忘，然时至今日，诗人们除了大多写新诗外，也还有那么一小部分人（老、中、青都有）仍然偏爱旧体诗词，原因不外乎：隆重场合的挥毫题词，婚丧嫁娶的志喜致哀，亲朋离别的赠言留句，画家作画的留白题诗显意，书家们奋笔挥洒时，旧体诗词是不可或缺的内容。特别是由诗的格律派生的楹联（“对联”或“对子”），还给锦屋华堂、名山胜地、园林亭榭、古刹宝寺等增添了特殊景观和无限风光，从而美化了生活，欢畅了旅游。

多年来，作者给高校研究生讲授“诗词及楹联写作”这门课，有所心得体会，也积累了点滴经验和一些相关资料，年年虽在讲，但始终只是一份讲义，未能印成书册。近年来，由于学员及朋友们的督促，以及社会上部分偏爱旧体诗词及楹联者的属望，作者才下决心把它稍加整理而印了出来。它较全面、细致又较切合实用地介绍了一些关于写作旧体诗词及楹联的创作等，还配合写作而多选了些以唐宋名家为主的名篇佳句，旨在使读者手此一册便可为作诗填词写楹联打下一些基础。此外作者还列了几条附录，俾便写作时查阅、借鉴之用。

本书基本上是一份讲义，其中也有些许是借鉴他人的，谨此致谢。又由于本书既乏学术性又无时尚味，实质接近工具书。故不请审于专家，求序于名人，写个前言就行了。凡有错误或不当之处尚望读者不吝赐教。

荀运昌于西南师范大学白壁山房之求实斋

2003年3月21日

目录

第四章 楹联

第一章　诗

第一节　读诗与写诗

一切文艺作品都有内容和形式两个方面，内容决定形式，形式应为内容服务，这是一个基本原则。但是从我国古典诗歌（包括词）这一文体来说，其又有特殊之处，它的某些形式（如格律等）却是向来就固定了的。因此，在阅读一首古典诗歌（特别是“近体诗”）时，读者如果忽略了这一形式，就不能达到深入理解的目的，如果还想写几句，那就更无法下笔了。

常言道：“熟读《唐诗三百首》，不会吟诗也会吟。”这一家传户诵的口头禅说明了作诗并不难，可是真要吟（即作）起来却并不那么容易了。不过这倒说明了一个问题，即读必须熟，在熟读的过程中还必须边读边领会诗的写作方式和方法，才能达到“会吟”的目的。

我国古典诗歌从唐代起就分成两大类，一类是唐以前的五言诗，称“古诗”；另一类是新兴的五言、七言格律诗，叫作“近体诗”或“新体诗”。这两类诗体从唐以后便历代不衰且并驾齐驱了。五言古诗还发展成七言（包括杂言）而可以转韵的歌行体。从表现形式来看，古诗的篇幅、字数、平仄、对仗、押韵等，都无硬性规定，相当自由；而近体诗却恰恰相反。随着社会和诗歌本身的发展，我们今天当然要以写作新诗为主了，但也不能不照顾到有些人对古典诗歌仍有读和写的兴趣爱好，而他们的兴趣爱好往往又多集中在篇幅短小整齐、音乐性较强，读之朗朗上口、听之悦耳的近体诗上。这就说明了近体诗这株古葩，迄今未萎绝的原因所在。那么，就让它在百花竞艳的诗苑中聊备一品吧！至于古体诗，由于它的自由形式很接近今天的新诗，与其读、写那种用古汉语写成的古香古色的自由诗，倒不如就读、写用现代汉语写的新诗了。下面我们就来简略谈一谈读古典诗歌近体诗应注意的一些问题。

第二节 篇幅、字句、押韵及举例

近体诗有五言、七言八句的律体,有五言、七言四句的绝句体,有五言、七言不限句数的长律(排律)体。不论哪一体,除了第一句也入韵的外,都定为双句句尾押韵;又除五绝外,正格的律(包括长律)绝体诗,都只能押平声韵。近体诗的篇幅和字数都是固定了的,押韵的部位虽也是固定了,但还得先弄清楚什么是韵和为什么要押韵。

每个汉字用拼音拼起来,都可分成声母和韵母两个部分,例如"班"(ban)的声母是 b,韵母是 an(韵头不同的如"关"[g—uan],"间"[j—ian]),从诗韵来说,凡同韵或同韵母而不同韵头又同声调(旧诗词把阴阳平并作一个平声调),叫作同韵。所谓押韵,即把同韵的两个或更多的字放在同一的位置上(一般是双句的句尾),让这种韵调在一定位置上重复,就构成了声音回环的和谐美,读起来顺口,听起来悦耳。押韵的道理就在于此。

关于作旧体诗押韵依据的韵书,过去都是采

用南宋江北平水人刘渊依据唐人作诗押韵规律所著的107韵的《平水韵》，清代改称《平水韵》为《佩文诗韵》，又合并为106韵，成为作诗押韵的准绳。《平水韵》106韵是：

上平声十五韵：

一东、二冬、三江、四支、五微、六鱼、七虞、八齐、九佳、十灰、十一真、十二文、十三元、十四寒、十五删。

下平声十五韵：

一先、二萧、三肴、四豪、五歌、六麻、七阳、八庚、九青、十蒸、十一尤、十二侵、十三覃、十四盐、十五咸。

上声二十九韵：

一董、二肿、三讲、四纸、五尾、六语、七麌、八荠、九蟹、十贿、十一轸、十二吻、十三阮、十四旱、十五潸、十六铣、十七筱、十八巧、十九皓、二十哿、二十一马、二十二养、二十三梗、二十四迥、二十五有、二十六寝、二十七感、二十八俭、二十九豏。

去声三十韵：

一送、二宋、三绛、四寘、五未、六御、七遇、八霁、九泰、十卦、十一队、十二震、十三问、十四愿、十五翰、十六谏、十七霰、十八啸、十九效、二十号、二十一个、二十二祃、二十三漾、二十四敬、二十五径、二十六宥、二十七沁、二十八勘、二十九艳、三十陷。

入声十七韵：

一屋、二沃、三觉、四质、五物、六月、七曷、八黠、九屑、十药、十一陌、十二锡、十三职、十四缉、十五合、十六叶、十七洽。

上举这些字都只是韵部的代表字，它们每个都统率着几十上百个同韵(或同韵而不同韵头)的字。从前的人对近体诗押韵的要求非常严格，再好的一首诗，如果其中有一个韵尾字出了韵(首句入韵的句尾按习惯可押邻韵的字，不算出韵)，就不算是好诗了。其实，近体诗限押平声韵，只要把平声三十韵熟悉掌握，也就够了。熟悉掌握的方法可以为多记忆，或临时翻检韵书，但最有效的方法还是多读诗。只要能够熟读若干首近体诗，在读时有意地注意其押韵情况，到用时自会举一反三。这比死记硬背既省力又牢靠，特别是一些今天我们读起来声韵无甚差别而韵书却列为不同韵部的字，如："东""冬"，"江""阳"，"真""文"，"寒""删"，"先""萧""肴""豪"，"庚""青""蒸"，"覃""盐""咸"等韵部的字，在熟读若干首押这些韵的诗之后，就会辨得清、记得熟了。下面结合上平、下平声三十韵的押韵情况，先举一些唐宋近体诗中字句较多而押韵整齐的五言、七言律诗的例子来读一读。（下面加"○"号的是平声韵字，加"△"是仄声韵字。这些诗大都是唐、宋传世名篇，注本颇多，较费解者，可依照当句后的注码查阅本节最后的简注）。

上平声，一东韵（五言律诗）

江城如画里，山晚望晴空。
两水夹明镜，双桥落彩虹。
人烟寒橘柚，秋色老梧桐。
谁念北楼上，临风怀谢公。[①]

——唐·李白《秋登宣城谢朓北楼》

上平声，二冬韵（七言律诗）

庙堂无策可平戎，坐使甘泉照夕烽。[②]
初怪上都闻战马，岂知穷海看飞龙。[③]
孤臣白发三千丈，每岁烟花一万重。
稍喜长沙向延阁，疲兵敢犯犬羊锋。[④]

——宋·陈与义《伤春》

上平声，三江韵（七言律诗）

霸主孤身取二江，子孙多以百城降。[⑤]
豪华尽出成功后，逸乐安知与祸双。

东府旧基留佛刹，后庭余唱落船窗。[6]

黍离麦秀从来事，且置兴亡近酒缸。

——宋·王安石《金陵怀古》(四首录一)

上平声，四支韵(五言律诗)

干戈犹未定，弟妹各何之？

拭泪沾襟血，梳头满面丝。[7]

地卑荒野大，天远暮江迟。

衰疾那能久，应无见汝期！[8]

——唐·杜甫《遣兴》

上平声，五微韵(七言律诗)

朝回日日典春衣，每日江头尽醉归。

酒债寻常行处有，人生七十古来稀。

穿花蛱蝶深深见，点水蜻蜓款款飞。

传语风光共流转，暂时相赏莫相违。

——唐·杜甫《曲江》(二首录一)

上平声，六鱼韵(七言律诗)

孤城三日风吹雨，小市人家只菜蔬。

水远山长双属玉，身闲心苦一舂锄。[9]

翁从旁舍来收网，我适临渊不羡鱼。

俯仰之间已陈迹，暮窗归了读残书。

——宋·黄庭坚《池口风雨留三日》

上平声，七虞韵（五言律诗）

江汉思归客，乾坤一腐儒。
片云天共远，永夜月同孤。
落日心犹壮，秋风病欲苏。
古来存老马，不必取长途。[10]

——唐·杜甫《江汉》

上平声，八齐韵（五言律诗）

不趁常参久，安眠向旧溪。[11]
五更千里梦，残月一城鸡。
适往言犹是，浮生理可齐。
山王今已贵，肯听竹禽啼。[12]

——宋·梅尧臣《梦后寄欧阳永叔》

上平声，九佳韵（七言律诗）

谢公最小偏怜女，自嫁黔娄百事乖。[13]
顾我无衣搜荩箧，泥他沽酒拔金钗。
野蔬充膳甘长藿，落叶添薪仰古槐。
今日俸钱过十万，与君营奠复营斋。[14]

——唐·元稹《遣悲怀》（三首录一）

上平声，十灰韵（七言律诗）

风急天高猿啸哀，渚清沙白鸟飞回。
无边落木萧萧下，不尽长江滚滚来。
万里悲秋常作客，百年多病独登台。
艰难苦恨繁霜鬓，潦倒新停浊酒杯。

——唐·杜甫《登高》

上平声，十一真韵（五言律诗）

怜君不得意，况复柳条春。
为客黄金尽，还家白发新。
五湖三亩宅，万里一归人。
知祢不能荐，羞为献纳臣。[15]

——唐·王维《送丘为落第归江东》

上平声，十二文韵（七言律诗）

曾于青史见遗文，今日飘蓬过此坟。
词客有灵应识我，霸才无主始怜君。
石麟埋没藏春草，铜雀荒凉对暮云。[16]
莫怪临风倍惆怅，欲将书剑学从军。

——唐·温庭筠《过陈琳墓》

上平声，十三元韵（五言律诗）

闲居少邻并，草径入荒园。
鸟宿池边树，僧敲月下门。
过桥分野色，移石动云根。[17]
暂去还来此，幽期不负言。

——唐·贾岛《题李凝幽居》

上平声，十四寒韵（七言律诗）

老去悲秋强自宽，兴来今日尽君欢。
羞将短发还吹帽，笑倩旁人为正冠。[18]
蓝水远从千涧落，玉山高并两峰寒。
明年此会知谁健，醉把茱萸仔细看。[19]

——唐·杜甫《九日蓝田崔氏庄》

上平声，十五删韵（七言律诗）

早岁那知世事艰，中原北望气如山。
楼船夜雪瓜洲渡，铁马秋风大散关。
塞上长城空自许，镜中衰鬓已先斑。[20]
出师一表真名世，千载谁堪伯仲间。[21]

——宋・陆游《书愤》

下平声，一先韵（五言律诗）

银烛吐清烟，金尊对绮筵。
离堂思琴瑟，别路绕山川。
明月隐高树，长河没晓天。
悠悠洛阳去，此会在何年。

——唐・陈子昂《春夜别友人》

下平声，二萧韵（五言律诗）

骏马似风飙，鸣鞭出渭桥。
弯弓辞汉月，插羽破天骄。[22]
阵解星芒尽，营空海雾消。
功成画麟阁，独有霍嫖姚。[23]

——唐・李白《塞下曲》（六首录一）

下平声，三肴韵（五言律诗）

望极春城上，开筵近鸟巢。
白花檐外朵，青柳槛前梢。
池水观为政，厨烟觉远庖。[24]
西川供客眼，惟有此江郊。

——唐・杜甫《题新津北桥楼》

下平韵，四豪韵（五言律诗）

全师出雁塞，百战运龙韬。[25]

金络洮州马，珠装夏国刀。

度沙风破肉，攻垒雪平壕。

明日受降处，甲齐熊耳高。[26]

——宋·陆游《小出塞曲》

下平声，五歌韵（七言律诗）

永巷长年怨绮罗，离情终日思风波。[27]

湘江竹上痕无限，岘首碑前洒几多。

人去紫台秋入塞，兵残楚帐夜闻歌。

朝来灞水桥边问，未抵青袍送玉珂。

——唐·李商隐《泪》

下平声，六麻韵（五言律诗）

故人具鸡黍，邀我至田家。

绿树村边合，青山郭外斜。

开筵面场圃，把酒话桑麻。

待到重阳日，还来就菊花。

——唐·孟浩然《过故人庄》

下平声，七阳韵（五言律诗）

皎皎新秋月，分明照洞房。

几人千里别，今夜九回肠。

皓彩穿珠幌，澄辉上壁珰。[28]

画楼兼绣户，浑是可怜光。

——宋·文彦博《华月》

下平声，八庚韵（五言律诗）

离离原上草，一岁一枯荣。
野火烧不尽，春风吹又生。
远芳侵古道，晴翠接荒城，[29]
又送王孙去，萋萋满别情。

——唐·白居易《赋得古原草送别》

下平声，九青韵（七言律诗）

腰间羽箭久凋零，太息燕然未勒铭。[30]
老子犹堪绝大漠，诸君何至泣新亭。[31]
一身报国有万死，双鬓向人无再青。
记取江湖泊船处，卧闻新雁落寒汀。

——宋·陆游《夜泊水村》

下平声，十蒸韵（七言律诗）

我居北海君南海，寄雁传书谢不能。
桃李春风一杯酒，江湖夜雨十年灯。
持家但有四立壁，治病不蕲三折肱。[32]
想得读书头已白，隔溪猿哭瘴溪藤。

——宋·黄庭坚《寄黄几复》

下平声，十一尤韵（五言律诗）

昔闻洞庭水，今上岳阳楼。
吴楚东南坼，乾坤日夜浮。
亲朋无一字，老病有孤舟。
戎马关山北，凭轩涕泗流。

——唐·杜甫《登岳阳楼》

下平声，十二侵韵（五言律诗）

国破山河在，城春草木深。
感时花溅泪，恨别鸟惊心。
烽火连三月，家书抵万金。
白头搔更短，浑欲不胜簪。

——唐·杜甫《春望》

下平声，十三覃韵（五言律诗）

夕照红于烧，晴空碧胜蓝。
兽形云不一，弓势月初三。
雁思来天北，砧愁满水南。
萧条秋气味，未老已深谙。

——唐·白居易《秋思》

下平声，十四盐韵（七言律诗）

黄昏犹作雨纤纤，夜静无风势转严。
但觉衾裯如泼水，不知庭院已堆盐。
五更晓色来书幌，半夜寒声落画檐。
试扫北台看马耳，未随埋没有双尖。[33]

——宋·苏轼《雪后书北台壁》（二首录一）

下平声，十五咸韵（七言律诗）

残春醉著钓鱼庵，花雨娱人落半岩。
岂是天公无皂白，独悲世俗异酸咸。
妄身似梦行当觉，谈口如狂未易缄。
已作沉舟君勿叹，年来何止阅千帆。[34]

——宋·陆游《残春》

以上所举近体诗的押韵情况，从唐迄今几乎没有什么变化，今天写旧体诗中的近体诗，起初还该如此押韵。尽管我们读起这些诗来，好像许多韵部的韵调大致相同，都该合并，可是今天如写近体诗还必须按照这些韵部来押韵。因为其一，可以保存我国古典诗歌语言艺术的传统：古人之所以如此分部押韵，在当时一定有其客观具体的需要，一定是不这样读便不顺口，便不足以突出近体诗音乐性强的艺术特点；其二，可以避免方言音的特殊性而达到书面语音的统一性。我国幅员辽阔，语言情况很复杂，有些地区的方言，至今仍读“儿”为 ní，读“书”为 xū，读“他”为 tuō，读“庐”为 lü，而“侵”“覃”“盐”“咸”等韵部中的字仍多读闭口音，特别是古入声字的读音更是紊乱（如“日”“吃”等字可读几种音）。这些语言现象只有在近体诗的押韵中还能反映出来。既然是近体诗，那么不论是读还是写，就得符合近体诗的一切要求，即除了要求积极健康的思想外，还要求符合表现思想内容的种种艺术形式和技巧，押韵还只是基本条件（平声三十韵常用韵字，见附录）。

［简注］

①谢公——谢朓，南北朝齐名诗人，李白很敬其人。

②庙堂——指北宋朝廷；甘泉，原为秦宫殿名，此代指北宋汴京宫阙。

③穷海看飞龙——指宋康王赵构南渡成立南宋朝廷；飞龙，指皇帝。

④向延阁——即南宋词人向子湮，延阁为其官衔。向曾率长沙军民抵抗了强大的金兵。犬羊，古时对少数民族的蔑称。

⑤霸主两句——二江，即以今南京为中心的附近长江两岸地区。南朝的几个朝代都是当朝的重臣篡夺了帝位，王朝的子孙们带着上百的城镇向新朝投降了。

⑥后庭句——即当年陈后主制作的《玉树后庭花》艳曲，至今声音还响在渔家的船舱里。

⑦梳头句——古时男子也蓄发也梳头；丝，言年老发白。

⑧汝——此处指“你们”。

⑨属玉——水鸟名。

⑩古来两句——春秋时，齐桓公伐孤竹国，春往冬返，迷惑失道。管仲说："老马之智可用。"便放老马而随之，遂得道。后来用于年虽老而能熟悉工作情况者。此处诗人慨言，自己年虽老而尚有可用之处。

⑪不趁句——言自己很久不参加早朝参拜皇帝了。

⑫山王句——山涛、王戎为三国魏末竹林七贤之中显贵者。

⑬谢公两句——晋谢奕，其女谢道蕴为历史上有名之才女；黔娄，战国时有才而不仕的齐国穷隐者，死时衣不蔽体。

⑭与君句——斋、奠，即后世超度亡灵之道场。

⑮知祢两句——东汉祢衡有才名，孔融荐之于曹操；丘为亦有才名，作为举荐人才的献纳臣子王维，虽知道丘为而不能推荐，甚感羞惭。

⑯石麟两句——三国时陈琳曾为袁绍的臣子，作檄文讨伐曹操，后来袁绍失败，曹操不计前仇仍重用陈琳。而今陈琳墓前的石麒麟埋没于秋草之中，而曹操当时赫赫有名的铜雀台也荒凉地向着暮云。

⑰云根——云生之岩壑，一说即石头，移石似乎动了云根。

⑱羞将两句——晋孟嘉九月九日登龙山，风吹落帽而不自觉，别人拾取还他，后来即成为重九登高之典故。

⑲茱萸——植物名，味香烈。旧传重阳节佩戴茱萸，可以祛邪避灾。

⑳塞上句——南朝刘宋大将檀道济，屡立战功，被称为塞上长城。

㉑出师一表——即诸葛亮的《出师表》。

㉒天骄——即当时强大的北方少数民族。

㉓功成两句——汉宣帝图功臣像于麒麟阁，简称麟阁。汉霍去病官嫖姚校尉，嫖姚，劲疾貌。诗的最后一句，大有愤懑不平之意。

㉔远庖——远离厨房，是孟子"君子远庖厨"的浓缩。

㉕龙韬——古兵书六韬之一。

㉖熊耳——山名，东西两峰相峙如熊耳，在河南省，一说在湖南省。甲齐熊耳，是夸张写法。

㉗永巷以下六句——一句是帝王后妃被打入冷宫之泪；二句是至亲好友分别担心征途遇险之泪；三句是舜死于苍梧之野，二妃(娥皇、女英)哭夫而洒在竹上使竹成斑之泪；四句是湖北襄阳人哭念羊祜在岘山碑前洒的泪；

五句是昭君和番出塞之泪；六句是楚霸王兵败自刎垓下时别姬之泪。第七、八两句特写一般仕宦不得志者穿着青袍在灞水桥边送别飞黄腾达者之泪。这泪也许就是作者自己的泪吧。

㉘皓彩两句——洁白的月色穿过绣幕，照亮华饰。

㉙远芳两句——远芳、晴翠皆指草色，古道、荒城，言草无处不生长。

㉚太息句——东汉窦宪破匈奴，于燕然山刻石纪功。慨言自己无所作为。

㉛诸君句——东晋初，过江诸贵族常宴饮于新亭（亭在今江苏南京市），感河山沦丧，痛哭流涕。

㉜三折肱——古人谓三折肱（即手臂折断三次）为良医，意即自己折臂三次，对医治别人的折臂就有了经验。引申为阅历多即有了经验之意。

㉝马耳——山名，两峰对立如马的耳朵，未随雪埋没尚看见双尖。此与注㉖同，但恐非同一山名。

㉞已作两句——此即化用唐代刘禹锡诗“沉舟侧畔千帆过，病树前头万木春”之意。

第三节　四声与平仄

今天我们说的、写的是现代汉语。现代汉语共有四个声调：阴平，阳平，上声，去声。古代汉语呢？也是四个声调：平声，上声，去声，入声。比较一下，古代汉语的平声，包括了现代汉语的阴平声和阳平声；古代汉语的上声、去声，基本相同于现代汉语的上声、去声；古代汉语的入声，现代汉语却没有了。如果不写近体诗，大可不必管什么古代四声和现代四声，但若要写近体诗，那就非有一些了解不可。否则让古今声调混淆，对于读、写和研究近体诗都是不利的。

汉语的声调是我国中古时期（南北朝）才被提出来的，从此便把中国文学的形式又朝着唯美方向大大推进了一步，给唐代近体诗的形成奠定了理论根据和物质基础。汉字本来多是发单音的，声调的发现使这些单音自然地归了类，于是出现了四声。

从南北朝到隋唐时期，人们从当时的语言实际出发，分辨四声是很容易很自然的。可是随着社会的发展，语言的声调也渐渐起了变化，再往后，已有些人不能自然掌握古四声了，于是便流行着一个如何分辨四声的口诀：

平声平道莫低昂，
上声高呼猛力强，
去声分明哀远道，
入声短促急收藏。

这个口诀对我国东南沿海各省和内陆某些地区的人来说，没有多大意义，因为他们的语言里至今还自然地保存着古四声的声调；而对于这些区域之外的人来说，就很有意义了。定让他们起码知道了古四声里还有个读音很短促的“入声”，这个入声今天都转到现代汉语的四个声调里去了。且看下表：

<table>
<tr><td rowspan="5">古汉语声调</td><td colspan="2">（平声）</td><td>（上声）</td><td>（去声）</td><td>（入声）</td></tr>
<tr><td colspan="2">期齐</td><td>启</td><td>气</td><td>七</td></tr>
<tr><td colspan="2">烘红</td><td>哄</td><td>讧</td><td>斛</td></tr>
<tr><td colspan="2">先贤</td><td>显</td><td>献</td><td>血</td></tr>
<tr><td colspan="2">伸神</td><td>审</td><td>慎</td><td>室</td></tr>
<tr><td rowspan="5">现代汉语声调</td><td>（阴平）</td><td>（阳平）</td><td>（上声）</td><td>（去声）</td><td></td></tr>
<tr><td>期（七）</td><td>齐</td><td>启</td><td>气</td><td>“七”转入阴平</td></tr>
<tr><td>烘</td><td>红（斛）</td><td>哄</td><td>讧</td><td>“斛”转入阳平</td></tr>
<tr><td>先</td><td>贤</td><td>显（血）</td><td>献</td><td>“血”转入上声</td></tr>
<tr><td>伸</td><td>神</td><td>审</td><td>慎（室）</td><td>“室”转入去声</td></tr>
</table>

现代汉语中入声的消失，从语言发展的角度来看是由繁到简的一大进步，但给今天写近体诗的人带来了一些麻烦。因为近体诗的形式基础就在于平仄声的区分和运用，而区分平仄声的先决条件又在于能否分辨四声。上面讲的只是一般常识，能否掌握，关键还在于多练习。当你读到或写到“社会主义好”“改革开放”“爱国精神”等词句时，就可默想每个字的四声调：“社（去）会（去）主（上）义（去）好（上）”“改（上）革（阳平[古入声转来]）开（阴

平）放（去）”“爱（去）国（阳平［古入声转来］）精（阴平）神（阳平）”，只要能这样持续练习，不愁四声不能掌握。其实辨四声还只是手段，而非目的。

近体诗把平声（现代汉语阴平，阳平）列为“平”，把上、去、入（现代汉语的上声、去声和散入四声的入声）列为“仄”。“平”就是声调平稳，“仄”就是声调不平稳。让这两种截然不同的声调在一句诗中交错替换着，便产生了抗坠疾徐的节奏美和音乐感。像“社会主义好”即“仄仄仄仄仄”，“改革开放”即“仄仄平仄”，“爱国精神”即“仄仄平平”。当然，这些都是非诗歌的语言例句，它们只能说明每个字的平仄声调，而不能表现诗句的节奏美和音乐感。以下各章节将要大讲特讲这方面的例诗例句，这里就不赘言了。至于古入声分散转入现代汉语四声的情况，大致是：大部分入阳平和去声，小部分入阴平和上声。字数并不多，必要时记一记，或查一查韵书，翻一翻某些字典、词典，问题就基本解决了（后面附的《入声常用韵字今读举要》可以参考）。

第四节　格式与对仗

先谈格式。

近体诗有五言、七言八句的律诗，五言、七言四句的绝句和五言、七言八句以上的长律（排律）三种。这三种都有一定的平仄格式，近体诗就是按照这种格式来写的。下面我们先谈谈一些特殊规定，然后再结合诗例来具体了解一下近体诗的各种格式。

律诗的第一、二句叫作“首联”，第三、四句叫作“颔联”，第五、六句叫作“颈联”，第七、八句叫作“尾联”（或“末联”）。各联的上句叫出句，下句叫对句；上句中的平仄必须与下句中的平仄相反，叫作“对”；上联对句中（双位字）的平仄必须与下联出句中双位字的平仄相同，叫作“粘”（绝句中首、次句和第三、四句必“对”，第二、三句必“粘”）；凡首句第二字是平声的叫作平起，是仄声的叫作仄起；凡首句即入韵（包括押邻韵）的，叫作首句入韵格，凡首句不入韵但必须是仄声的，叫作首句不入韵格。（下列各格式及例诗中句尾字下加“。”的，表示押韵；格式中的“—”表示

“平”，“｜”表示“仄”，“十”表示可“平”可“仄”；例诗中字下加黑点的为古入声；每首诗最后括号里的字，表示本诗押韵所属韵部。）

1.五言律诗格式

（1）平起，首句不入韵式：

首联（对）（出）十 — — ｜ ｜　　空山新雨后，
（对）十 ｜ ｜ — —　　天气晚来秋。
（粘）
颔联（对）（出）十 ｜ — — ｜　　明月松间照，
（对）— — ｜ ｜ —　　清泉石上流。
（粘）
颈联（对）（出）十 — — ｜ ｜　　竹喧归浣女，
（对）十 ｜ ｜ — —　　莲动下渔舟。
（粘）
尾联（对）（出）十 ｜ — — ｜　　随意春芳歇，
（对）— — ｜ ｜ —　　王孙自可留。（尤）

——唐·王维《山居秋暝》

（2）平起，首句入韵式：

— — ｜ ｜ —　　深居俯夹城，
十 ｜ ｜ — —　　春去夏犹清。
十 ｜ — — ｜　　天意怜幽草，
— — ｜ ｜ —　　人间重晚晴。
十 — — ｜ ｜　　并添高阁迥，
十 ｜ ｜ — —　　微注小窗明。
十 ｜ — — ｜　　越鸟巢干后，
— — ｜ ｜ —　　归飞体更轻。（庚）

——唐·李商隐《晚晴》

(3)仄起，首句不入韵式：

十 丨 — — 丨	闻道黄龙戍，
— — 丨 丨 —	频年不解兵。
十 — — 丨 丨	可怜闺里月，
十 丨 丨 — —	长在汉家营。
十 丨 — — 丨	少妇今春意，
— — 丨 丨 —	良人昨夜情。
十 — — 丨 丨	谁能将旗鼓，
十 丨 丨 — —	一为取龙城。(庚)

——唐·沈佺期《杂诗》

(4)仄起，首句入韵式：

十 丨 丨 — —	戍鼓断人行，
— — 丨 丨 —	边秋一雁声。
十 — — 丨 丨	露从今夜白，
十 丨 丨 — —	月是故乡明。
十 丨 — — 丨	有弟皆分散，
— — 丨 丨 —	无家问死生。
十 — — 丨 丨	寄书长不达，
十 丨 丨 — —	况乃未休兵。(庚)

——唐·杜甫《月夜忆舍弟》

2.七言律诗格式

(1)平起，首句入韵式：

首联(对)
(出)＋ － ＋ ｜ ｜ － －　　春风疑不到天涯，
(对)＋ ｜ － － ｜ ｜ －　　二月山城未见花。

(粘)

颔联(对)
(出)＋ ｜ ＋ － － ｜ ｜　　残雪压枝犹有橘，
(对)＋ － ＋ ｜ ｜ － －　　冻雷惊笋欲抽芽。

(粘)

颈联(对)
(出)＋ － ＋ ｜ － － ｜　　夜闻归雁生乡思，
(对)＋ ｜ － － ｜ ｜ －　　病入新年感物华。

(粘)

尾联(对)
(出)＋ ｜ ＋ － － ｜ ｜　　曾是洛阳花下客，
(对)＋ － ＋ ｜ ｜ － －　　野芳虽晚不须嗟。(麻)

——宋·欧阳修《戏答元珍》

(2)平起，首句不入韵式：

＋ － ＋ ｜ － － ｜　　舍南舍北皆春水，
＋ ｜ － － ｜ ｜ －　　但见群鸥日日来。
＋ ｜ ＋ － － ｜ ｜　　花径不曾缘客扫，
＋ － ＋ ｜ ｜ － －　　蓬门今始为君开。
＋ － ＋ ｜ － － ｜　　盘飧市远无兼味，
＋ ｜ － － ｜ ｜ －　　樽酒家贫只旧醅。
＋ ｜ ＋ － － ｜ ｜　　肯与邻翁相对饮，
＋ － ＋ ｜ ｜ － －　　隔篱呼取尽余杯。(灰)

——唐·杜甫《客至》

(3)仄起，首句入韵式：

＋ ｜ － － ＋ ｜ －　　世味年来薄似纱，
＋ － ＋ ｜ ｜ － －　　谁令骑马客京华？

＋－＋｜－－｜　　小楼一夜听春雨，
＋｜－－｜｜－　　深巷明朝卖杏花。
＋｜＋－－｜｜　　矮纸斜行闲作草，
＋－＋｜｜－－　　晴窗细乳戏分茶。
＋－＋｜－－｜　　布衣莫起风尘叹，
＋｜－－｜｜－　　犹及清明可到家。（麻）

——宋·陆游《临安春雨初霁》

（4）仄起，首句不入韵式：

＋｜＋－－｜｜　　皱白离情高处切，
＋－＋｜｜－－　　腻红愁态静中深。
＋－＋｜－－｜　　眼随片片沿流去，
＋｜－－｜｜－　　恨满枝枝被雨淋。
＋｜＋－－｜｜　　总得苔遮犹慰意，
＋－＋｜｜－－　　若教泥污更伤心。
＋－＋｜－－｜　　临轩一盏悲春酒，
＋｜－－｜｜－　　明日池塘是绿阴。（侵）

——唐·韩偓《惜花》

3.五言绝句（律绝）格式

（1）仄起，首句不入韵式：

（对）＋｜－－｜　　白日依山尽，
　　　－－｜｜－　　黄河入海流。
（粘）
（对）＋－－｜｜　　欲穷千里目，
　　　＋｜｜－－　　更上一层楼。（尤）

——唐·王之涣《登鹳雀楼》

（2）仄起，首句入韵式：

＋｜｜－－　　林暗草惊风，
－－｜｜－　　将军夜引弓。

－ － － ｜ ｜　　平明寻白羽，
＋ ｜ ｜ － －　　没在石棱中。（东）

——唐·卢纶《塞下曲》（六首录一）

（3）平起，首句不入韵式：

＋ － － ｜ ｜　　长江悲已滞，
＋ ｜ ｜ － －　　万里念将归。
＋ ｜ － － ｜　　况属高风晚，
－ － ｜ ｜ －　　山山黄叶飞。（微）

——唐·王勃《山中》

（4）平起，首句入韵式：

＋ － ｜ ｜ －　　鹫翎金仆姑，
＋ ｜ ｜ － －　　燕尾绣蝥弧。
＋ ｜ － － ｜　　独立扬新令，
－ － ｜ ｜ －　　千营共一呼。（虞）

——唐·卢纶《塞下曲》（六首录一）

4.七言绝句格式

（1）平起，首句入韵式：

（对）＋ － ＋ ｜ ｜ － －　　秦时明月汉时关，
　　　＋ ｜ － － ｜ ｜ －　　万里长征人未还。
（粘）
（对）＋ ｜ ＋ － － ｜ ｜　　但使龙城飞将在，
　　　＋ － ＋ ｜ ｜ － －　　不教胡马度阴山。（删）

——唐·王昌龄《出塞》

（2）平起，首句不入韵式：

＋ － ＋ ｜ － － ｜　　岐王宅里寻常见，
＋ ｜ － － ｜ ｜ －　　崔九堂前几度闻。
＋ ｜ ＋ － － ｜ ｜　　正是江南好风景，

十 — 十 丨 丨 — —　　落花时节又逢君。(文)

——唐·杜甫《江南逢李龟年》

(3)仄起,首句入韵式:

十 丨 — — 丨 丨 —　　雨里鸡鸣一两家,
十 — 十 丨 丨 — —　　竹溪村路板桥斜。
十 — 十 丨 — — 丨　　妇姑相唤浴蚕去,
十 丨 — — 丨 丨 —　　闲着中庭栀子花。(麻)

——唐·王建《雨过山村》

(4)仄起,首句不入韵式:

十 丨 十 — — 丨 丨　　荷尽已无擎雨盖,
十 — 十 丨 丨 — —　　菊残犹有傲霜枝。
十 — 十 丨 — — 丨　　一年好景君须记,
十 丨 — — 丨 丨 —　　最是橙黄橘绿时。(支)

——宋·苏轼《赠刘景文》

上举这些平仄格式,就是近体诗的一些主要形式和规则。还有把律诗中颔、颈两联随意拉长的“长律”(排律)和仍具五绝形式但不大讲究平仄粘对并且可押仄声韵的“古绝”,前者古今以来写的人不多,后者比较随便、容易,就不举例了,但也是读、写近体诗不可忽视的一个方面。忽视了这些,要想深入到近体诗的艺术领域去,多少要受到些影响。当然,还不止于此,下面再谈。

次谈对仗。

利用汉语言单复音节的特点,把同类或对立的概念并列起来,形成整齐美和显出和谐感就叫作对仗或对偶。对仗的规则是:除了上述的平仄外,在字面上要求实词对实词,虚词对虚词;从律诗的艺术特色来说,还特别要求突出数词、量词、名词、动词、虚词、颜色词、方位词和专名词等的对仗;同时还要求相对各词词组的结构必须相同。对仗一般限于律诗的颔、颈两联(也有不限于此的,那属于破格),这两联里各对句中对应各词的平仄必须与出句中的相反,词义则须相对。下面举些例子。

绿树—村边—合
青山—郭外—斜 }（颔）
开筵—面—场圃
把酒—话—桑麻 }（颈）
} 唐·孟浩然《过故人庄》

颔联:“绿树”对“青山”(皆偏正结构;绿、青,形容[颜色]词相对;树、山,名词相对),“村边”对“郭外”(皆偏正结构;村、郭,名词相对;边、外,方位词相对),“合”对“斜”(动词相对)。

颈联:“开筵”对“把酒”(皆动宾结构;开、把,动词相对;筵、酒,名词相对),“面”对“话”(动词相对。“面”名词用作动词),“场圃”对“桑麻”(皆联合结构;又皆名词相对)。

草枯—鹰眼—疾
雪尽—马蹄—轻 }（颔）
忽过—新丰市
还归—细柳营 }（颈）
} 唐·王维《观猎》

颔联:“草枯”对“雪尽”(皆主谓结构;草、雪,名词相对;枯、尽,形容词相对),“鹰眼”对“马蹄”(皆偏正结构;鹰、马动物名词相对;眼、蹄,名词相对),“疾”对“轻”(形容词相对)。

颔联:“忽过”对“还归”(动词带修饰副词相对),“新丰市”对“细柳营”(专有名词相对)。

客散—青天—月
山空—碧水—流 }（颔）
池花—春—映日
窗竹—夜—鸣秋 }（颈）
} 唐·李白《谢公亭》

颔联:“客散”对“山空”(皆主谓结构;客、山,名词相对;散、空,形容词相对),“青天”对“碧水”(皆偏正结构;青、碧形容[颜色]词相对;天、水,名词相对),“月”(名词做动词)对“流”(动词相对)。

颈联:“池花”对“窗竹”(皆偏正结构;池、窗,名词[此处用作形容词]相对;花、竹,名词相对),“春”对“夜”(名词相对),“映日”对“鸣秋”(皆动宾结构;映、鸣,动词相对;日、秋,名词相对)。

清新—庾开府
俊逸—鲍参军
（颔）
渭北—春天—树
江东—日暮—云
（颈）
唐·杜甫《春日忆李白》

颔联："清新"对"俊逸"（皆联合结构，形容词相对），"庾开府"对"鲍参军"（专有名词相对）。

颈联："渭北"对"江东"（皆偏正结构；渭、江，水名相对；北、东，方位词相对），"春天"对"日暮"（皆偏正结构；春、日，名词［用作形容词］相对；天、暮，名词相对），"树"对"云"（名词相对）。

九月—寒砧—催—木叶
十年—征戍—忆—辽阳
（颔）
白狼河—北—音书—断
丹凤城—南—秋夜—长
（颈）
唐·沈佺期《独不见》

颔联："九月"对"十年"（皆偏正结构；九、十，数词相对；月、年，时间词相对），"寒砧"对"征戍"（皆偏正结构；"寒冷砧声"对"远征戍守"），"催"对"忆"（动词相对），"木叶"对"辽阳"（皆偏正结构；"树木的叶子"对"辽河的北岸"［不同类名词的宽对］）。

颈联："白狼河"对"丹凤城"（皆偏正结构；又皆专有名词相对；白、丹，颜色词相对；狼、凤，动物名词相对；河、城，名词相对），"北"对"南"（方位名词相对），"音书"对"秋夜"（皆联合结构，又皆名词相对），"断"对"长"（形容词相对）。

一去—紫台—连—朔漠
独留—青冢—向—黄昏
（颔）
画图—省识—春风—面
环佩—空归—夜月—魂
（颈）
唐·杜甫《咏怀古迹五首》之一

颔联："一去"对"独留"（带副词的动词相对）；"紫台"对"青冢"（皆偏正结构；紫、青，颜色词相对；台、冢，名词相对；"连"对"向"（动词相对），"朔漠"对"黄昏"（皆联合结构的名词相对）。

颈联："画图"对"环佩"（皆联合结构的名词相对），"省识"对"空归"（带副词的动词相对），“春风”对“夜月”（联合结构的名词［又是偏正结构］相对），“面”对“魂”（名词相对）。

涛声—夜入—伍员庙
柳色—春藏—苏小家 }（颔）
红袖—织绫—夸—柿蒂
青旗—沽酒—趁—梨花 }（颈）
唐·白居易《杭州春望》

颔联：“涛声”对“柳色”（皆偏正结构；涛、柳，名词用作形容词而相对；声、色，名词相对），“夜入”对“春藏”（皆带副词的动词；夜、春，名词用作副词而相对；入、藏，动词相对），“伍员庙”对“苏小家”（皆偏正结构；伍员、苏小，人名又作为定语而相对；庙、家，名词相对）。

颈联：“红袖”对“青旗”（皆偏正结构；红、青，颜色词相对；袖、旗，名词相对），“织绫”对“沽酒”（皆动宾结构；织、沽，动词相对；绫、酒，名词相对），“夸”对“趁”（动词相对），“柿蒂”对“梨花”（皆偏正结构）；柿、梨，果木名词相对；蒂、花，花木名词相对。

蝴蝶—梦中—家—万里
杜鹃—枝上—月—三更 }（颔）
故园书—动经年—绝
华发春—唯满镜—生 }（颈）
唐·崔涂《春夕旅怀》

颔联：“蝴蝶”对“杜鹃”（动物名词［联绵词］相对），“梦中”对“枝上”（名词带方位名词的偏正结构相对），“家”对“月”（名词相对），“万里”对“三更”（皆偏正结构；万、三，数词相对；里、更，名词相对）。

颈联：“故园书”对“华发春”（皆偏正结构；故园、华发，又是偏正结构，作名词；书、春名词相对）；“动经年”对“唯满镜”（皆带副词的动宾结构相对，又用作“绝”“生”的副词）；“绝”对“生”（动词相对）。

以上所举五、七言律诗中颔、颈两联的对仗，有的属于工对（天文、地理、时令、动物、人伦、服饰、器用、宫室等同类名词），有的属于宽对（不同类名词）。工对的，如：“草枯鹰眼疾，雪尽马蹄轻”“清新庾开府，俊逸鲍参军”“红袖织绫夸柿蒂，青旗沽酒趁梨花”“蝴蝶梦中家万里，杜鹃枝上月三更”；宽对的，如“开筵面场圃，把酒话桑麻”“池花春映日，窗竹夜鸣秋”“故园书动经年绝，华发春唯满镜生”。此外，还有一种对仗，把一联中的上下联从意义上合为一句，叫作流水对，如“海内存知己，天涯若比邻”（唐·王勃《送杜少府之任蜀州》），“此地一为别，孤蓬万里征”（唐·李白《送友人》），“即从巴峡穿巫峡，便下襄阳向洛阳”（唐·杜甫《闻官军收河南河北》）。

对仗只是诗歌的一种必要的修辞手段，原则上不能因辞害义。工对固然好，而在内容需要的情况下，采用宽对或流水对，也是好的，传世名篇中这样的例子也不少见（从以上所举例子中便可看出）；甚至在内容需要时，即使取消了律诗中的一联（颔联或颈联）对仗（如唐·王勃《送杜少府之任蜀州》中的颔联和唐·崔颢《黄鹤楼》诗中的颔联，都不对仗），仍不失为不朽名篇。本来律诗的严格格律已经使作诗者倍感束缚了，如再追求工对，势必使作诗者被束缚得更紧，卒至流于纤巧、庸弱或生硬，效果则适得其反。所以，尽管是对仗，还须以自然为主。

下面再谈谈绝句。

绝句又叫律绝或截句，从形式上看，它像律诗（五言、七言）的一半，但只要求平仄粘对，并不要求对仗。但是，既然是律诗的一半就不可能不受律诗形式的影响（实际上律诗与律绝是同兴共存的）。前人认为：绝句后两句对仗的是截取律诗的前四句，前两句对仗的是截取律诗后四句，四句两联皆对仗的是截取律诗的中间四句，四句全不对的是截取律诗的前后四句。当然，这只是一种说法，绝句既然自成一体，应该有它本身的独特之处。它要求在短短的四句诗中，典型、概括而精练地表达一个内容，呈现一种意境。因此，有人不但主张五言绝句来自五言古诗，七言绝句来自七言古诗和民歌，而且主张绝句成体于律诗之先，律诗当由绝句扩充而成。这些属于诗歌形式起源的问题，我们皆不去讨论；但从形式上看，有不少绝句确乎存在着与律诗有密切关系的痕迹。例如：

（1）五言绝句前两句对仗的：

日暮—苍山—远，
天寒—白屋—贫。
柴门闻犬吠，
风雪夜归人。

——唐·刘长卿《逢雪宿芙蓉山主人》

二句—三年—得，
一吟—双泪—流。
知音如不赏，
归卧故山秋。

——唐·贾岛《题诗后》

(2)五言绝句后两句对仗的：

九日龙山饮，
黄花笑逐臣。
醉看—风—落帽，
舞爱—月—留人。

——唐·李白《九日龙山饮》

爱此江边好，
留连至日斜。
眠分—黄犊—草，
坐占—白鸥—沙。

——宋·王安石《题舫子》

(3)五言绝句四句两联皆对仗的：

白日—依山—尽，
黄河—入海—流。
欲穷—千里—目，
更上—一层—楼。

——唐·王之涣《登鹳雀楼》

(4)五言绝句四句全不对的：

燕赵悲歌士，
相逢剧孟家。
寸心言不尽，
前路日将斜。

——唐·钱起《逢侠者》

流水阊门外，
秋风吹柳条。
从来送客处，
今日自魂销。

——唐·刘禹锡《别苏州》

(5)七言绝句前两句对仗的：

岐王—宅里—寻常—见，
崔九—堂前—几度—闻。
正是江南好风景，
落花时节又逢君。

——唐·杜甫《江南逢李龟年》

荷尽—已无—擎雨—盖，
菊残—犹有—傲霜—枝。
一年好景君须记，
最是橙黄橘绿时。

——宋·苏轼《赠刘景文》

(6)七言绝句后两句对仗的：

日落辕门鼓角鸣，
千群面缚出蕃城。

洗兵—鱼海—云—迎阵，
秣马—龙堆—月—照营。
——唐·岑参《献封大夫破播仙凯歌》(六首之一)

毕竟西湖六月中，
风光不与四时同。
接天—莲叶—无穷—碧，
映日—荷花—别样—红。
——宋·杨万里《晓出净慈寺送林子方》

(7)七言绝句四句两联皆对仗的：

两个—黄鹂—鸣—翠柳，
一行—白鹭—上—青天。
窗含—西岭—千秋—雪，
门泊—东吴—万里—船。
——唐·杜甫《绝句》(四首之一)

岁岁—金河—复—玉关，
朝朝—马策—与—刀环。
三春—白雪—归—青冢，
万里—黄河—绕—黑山。
——唐·柳中庸《征人怨》

(8)七言绝句四句全不对的：

春城无处不飞花，
寒食东风御柳斜。
日暮汉宫传蜡烛，
轻烟散入五侯家。
——唐·韩翃《寒食》

衣上征尘杂酒痕，
远游无处不销魂。
此身合是诗人未？
细雨骑驴入剑门。
——宋·陆游《剑门道中遇微雨》

上举各例绝句中，以四句全不对的形式最常见，其次是前两句对仗的；另外两种形式，即使大作家的诗集中也不多见。今天我们写作旧体格律诗，仍以四句全不对的形式最为方便。它既少字句方面费力的琢磨推敲，又可一气呵成，一挥而就，并不比写新诗难多少；而传统诗歌形式的特色，还可有所保留。

总之，对仗是近体诗一个突出的特点，也是近体诗作者精心锤炼推敲之所在。传世近体名诗，有不少是由于一联或两联对仗的精工奇警而著称，甚至有的诗人因先吟得满意的一联，然后敷衍成篇，也会成为不朽之作。

从《诗经》到20世纪初“五四运动”的3000年中，我国的诗人们写的都是旧体诗，特别是唐以后，更多写近体诗，直到今天，爱读爱写近体诗的也还大有人在。这一方面主要是因为近体五言、七言诗短小整齐的形式、简练易懂的语言、和谐的声调以及便于推敲琢磨等有利条件的促使；另一方面也由它那丰富的内容、深厚的意味和突出的古典美学价值所决定，而这些又都具有古为今用的便利因素。它好比一座开满名花异卉而又门禁森严的园圃，只要你进得去，准会使你悦目赏心，怡情满意。

前面谈了怎样读诗，以下我们将谈谈怎样写诗。本来读和写有因果关系，也有辩证道理：只有读得多读得精，才能写得好；也只有写得好才能对所读的体会深，理解透。这中间，掌握基本写作方法和熟习一般艺术技巧，则是完全必要的。

第五节　写诗的一般方法

一、章法——起、承、转、合

凡写文章，总要谋篇布局，总要分段落、层次，写诗也不例外。可是就近体诗来说，它已有了固定的句式句数(五言、七言，四或八句)。在一首诗的几句中，把要表的情或要达的意，表示明白不就行了吗？其实不然。近体诗的形式虽固定了，但写起来却另有讲究。所谓起、承、转、合，这在写文章已成为老八股，但对写诗仍然有用。绝句第一句是"起"，第二句是"承"，第三句是"转"，第四句是"合"；律诗首联是"起"，颔联是"承"，颈联是"转"，尾联是"合"。下面我们先谈谈近体诗起、承、转、合的一般情况，然后再举点章法的具体例子来加以说明。

起，即开头，可以叙事、写景、抒情、说理，可以直接入题，也可以间接关联题意(即比兴)。起句(联)可以突兀峥嵘，也可以平顺淡远。起句(联)突兀峥嵘的，如：

燕赵悲歌士，相逢剧孟家。
寸心言不尽，前路日将斜。
——唐·钱起《逢侠者》

曾经沧海难为水，除却巫山不是云。
取次花丛懒回顾，半缘修道半缘君。
——唐·元稹《离思》五首之一

风劲角弓鸣，将军猎渭城。
草枯鹰眼疾，雪尽马蹄轻。
忽过新丰市，还归细柳营。
回看射雕处，千里暮云平。
——唐·王维《观猎》

丞相祠堂何处寻？锦官城外柏森森。
映阶碧草自春色，隔叶黄鹂空好音。
三顾频烦天下计，两朝开济老臣心。
出师未捷身先死，长使英雄泪满襟。
——唐·杜甫《蜀相》

这些诗的起句（联），或蓦地写事，或突然发问，都给人以突如其来之感。起句（联）平顺淡远的，如：

松下问童子，言师采药去。
只在此山中，云深不知处。
——唐·贾岛《寻隐者不遇》

春江一曲柳千条，二十年前旧板桥。
曾与美人桥上别，恨无消息到今朝。
——唐·刘禹锡《杨柳枝》

故人具鸡黍，邀我至田家。
绿树村边合，青山郭外斜。
开筵面场圃，把酒话桑麻。
待到重阳日，还来就菊花。

——唐·孟浩然《过故人庄》

世味年来薄似纱，谁令骑马客京华。
小楼一夜听春雨，深巷明朝卖杏花。
矮纸斜行闲作草，晴窗细乳戏分茶。
布衣莫起风尘叹，犹及清明可到家。

——宋·陆游《临安春雨初霁》

这些诗的起句(联)，不是平平着笔，就是淡淡来说，都给人以平淡之感。

承，指绝句的次句，律诗的次联(颔联)，意即承接，是对起句(联)的阐发、说明、铺叙、描述，或续完首句(联)之意思，或对举足意。如上举钱起诗次句“相逢剧孟家”，说明燕赵悲歌士相逢的处所；元稹诗次句“除却巫山不是云”，与起句属对以足意；贾岛诗次句“言师采药去”，紧承起句所问而作答；刘禹锡诗次句“二十年前旧板桥”，铺叙曾与美人作别处的宛然景物；王维诗次联“草枯鹰眼疾，雪尽马蹄轻”，承起联描述将军猎渭城的具体情景；孟浩然诗次联“绿树村边合，青山郭外斜”，承首联描述至田家途中所见的村树山郭；杜甫诗次联“映阶碧草自春色，隔叶黄鹂空好音”承起联描述今天祠堂内使人感慨的草色莺声；陆游诗次联“小楼一夜听春雨，深巷明朝卖杏花”，承起联叙写客京华从春夜雨到卖花朝的感想。凡律诗中的次联必须对仗，而且与起联的关系非常密切。故有前人把律诗中的首、次两联叫作“前解”。

转，指绝句中的第三句，律诗中的第三联(颈联)。转必须转出新意，或另辟思路，或别开境界，或放开一步，或深入一层，但必须既对第四句(联)有影响，又和诗的主题相关联。如将上举各诗第三句(联)和第二句(联)的表达关系，与第三句（联）和第四句（联）的表达关系作比较（下面将结合“合”来详谈），道理自会明白。故有前人把律诗的第三联与尾联称为“后解”。转这一句（联）在近体诗中极为重要，一首近体诗的优劣成败，往往取决于此句（联）。律诗中的这一联与上联“承”一样，必须对仗，并要求不能与次联成为“合掌”（即两联都是写情、抒情、叙事、说理，当然也有少数例外）。前人把诗中的抒情、说理叫作“虚”，把叙事、写景叫作“实”。一首律诗中的颔、颈两联，一般必须是一实一虚，或一虚一实，这样才符合格律，也才能突出律诗的艺术特点。

合，指绝句的末句，律诗的尾联，即收合，结束。这一句（联）既要与第三句（联）的“转”一致，使语完意足，顺理成章，又须回合“起”“承”句（联）以完善并突出全诗的作意。因此，这一句（联）既不可率然而止，又不可平平结束，必须有不尽之意，弦外之音，方入上乘。上举各诗中，钱诗末句“前路日将斜”，紧接上句“寸心言不尽”而来，在交代时间的同时，还有点弦外之音，回合前几句，说明这些“悲歌士”在当时尽管豪情满怀，但前途却是黯淡的。元诗的末句“半缘修道半缘君”解释“转”句，说明自己为什么从此在姹紫嫣红的花丛中也懒得回顾的原因，突出全诗忏悔情场的作意。贾诗末句的“云深不知处”，是从“转”句的“只在此山中”而来，是童子答话的补述，并说明作者的惆怅之情，同时又是对此隐者高逸的赞美，让人只觉神韵悠然。刘诗末句的“恨无消息到今朝”是从转句“曾与美人桥上别”而进一步说明和抒慨。回合前两句，大有伊人虽无由再见，但这种忆念之情，并未随着二十年来这桥下江波流逝之感。王诗末联“回看射雕处，千里暮云平”，既点明时间，又极写猎归途中将军回顾壮阔猎场而产生的踌躇满志的情感；回合前各联，打猎时的热烈气氛和猎毕遄返的经过，尽包含在这十个字之中了。孟诗末联“待到重阳日，还来就菊花”，是再订后约，表示兴尚未尽，回合前三联所描写的田家优美风光、淳朴生活和待客之殷勤，深表对故人的感谢之情溢于言表。杜诗末联“出师未捷身先死，长使英雄泪满襟”，是对“三顾频烦”“两朝开济”而未能终成其志的深沉惋叹；满襟英雄泪，是融汇了诗人自己之泪的，回合前各联，曷胜吊古、伤今并慨己之情。陆诗末联“布衣莫起风尘叹，犹及清明可到家”，是对第三联“闲作草”“戏分茶”无聊生活的厌烦并决心与之决裂，清明到家即可免受帝京尘污，回合前各联，一种不愿出仕的心情跃然纸上。

上述的起承转合，为写近体诗的一般原则和基本要求。起承转合本来是一切文学作品中客观存在的从思维到语言表达的一种逻辑规律，这在先秦的《诗经》和荀况、韩非的文章中，触目皆是。只是发展到后来科举应试的八股文和试帖诗，才成为僵化的写作公式，但对初学写作诗、文的人来说还是有益的。其实在古人的诗作中也有不拘于此的，如杜甫的《闻官军收河南河北》，叙事、抒情一起直贯而下；白居易的《钱塘湖春行》，句句写景；苏轼的《琴诗》，通首说理。这些诗的起承转合以及虚实对仗等情况都不明显，但内容都自然而优美，都是好诗。所以，合于章法而又能不拘于章法，且意义又好，同样可以写出好诗来。

下面再举点章法的具体例子，先看：

唐·孟浩然《春晓》

春眠不觉晓，处处闻啼鸟。
夜来风雨声，花落知多少。

第一句，“起”写春天早晨醒来。第二句，“承”写醒来后耳畔传来各处的鸟叫声。作者此时身在床上，忽然想起了昨夜不是又刮风又下雨吗？这时作者的思想已转向了另一个方面，这就是“转”。末句“花落知多少”即从第三句的“夜来风雨声”而来，同时回合第一、二句所述情景，表达了作者的惜花心情及美好事物横遭摧残的怅恨，这就是“合”。次看：

唐·李白《送友人》

青山横北郭，白水绕东城。
此地一为别，孤蓬万里征。
浮云游子意，落日故人情。
挥手自兹去，萧萧班马鸣。

首联，从送别环境写“起”，颔联紧“承”首联写送别，此联采用流水对法，两句一意直贯而下，言在此地分别后，友人像“孤蓬”随风一样，将向万里飘荡。颈联，“转”写深深惜别之情，用此时所见飘动浮云和西下落日作比喻，慨言行者如“浮云”非走不可，居者如“落日”欲挽不能。末联别出心裁，言不但两人别情依依，就连彼此的马在分别时也萧萧哀鸣。既深化了颈联无可奈何的离情，又回“合”到首、颔两联所描述的送别情景，从而产生了强烈的感人艺术效果。再看：

唐·刘禹锡《春词》

新妆宜面下朱楼，深锁春光一院愁。
行到中庭数花朵，蜻蜓飞上玉搔头。

第一句，“起”写此宫人打扮得异常匀称而走下朱楼来，目的在于能得到君王的宠幸。第二句“承”写君王并未来，使她的希望变成失望，于是面对着被关锁着的满院春光而哀愁起来。第三句“转”写此宫人在百无聊赖之余只有自寻安慰，便走向中庭无意识地数着花开的朵数。第四句，就在这个时候一只小蜻蜓竟然飞上她发髻上的玉搔头来了，似乎它还能欣赏她的容饰，真是人不如物！“合”句从“转”句来（因人立花丛中，蜻蜓才会误把人当花），又回合到首句的宜面新妆以收结全篇。又看：

宋·王安石《示长安君》

少年离别意非轻，老去相逢亦怆情。
草草杯盘供笑语，昏昏灯火话平生。
自怜湖海三年隔，又作尘沙万里行。
欲问后期何日是，寄书应见雁南征。

首联，“起”写兄妹们（长安君是作者大妹妹王文淑的封号）从少到老离别时心情总是沉重的。颔联，“承”写见面很不容易，既见到面就亲亲热热地在深夜的昏昏灯光下，边吃着随便的酒饭边谈笑话家常，是何等亲切。颈联,“转”笔突然写了虽然见面可又要离别,而且还是到遥远的异国去(出使辽国)。末联,“合”写这次分别后再见面又不知何年何月,你只有到那鸿雁南飞时看见我寄给你的书信吧!这一联既推演颈联,言后会难期,只有捎书寄信,又回合首、颔联的会少离多,应珍惜眼前的欢喜相聚,不仅紧扣题意,还自然地表达了极深厚的友爱之情。

二、铸词与造词

句是由词组成的。根据汉语有单、复音词的特点,五言、七言句中由于受自然节拍(四言两拍子,五言三拍子,七言四拍子)的限制,一般只能而且必须有一个单音词。这个单音词在句中的不同位置以及它和复音词的各种组合在句中的变化运用,使近体诗的固定句式得以灵活多样,既适应了格律的种种要求,又增加了近体诗的艺术表现力。下面就近体诗句和词的一般情况说明几点。

(一)词的结构与句的节奏

近体诗句中,由于词的组合运用方式不同,自然形成了不同的意义节奏(和固定的五言三拍子、七言四拍子是音调节奏不同),读、写近体诗,这点必须了解。例如:

① 弯弓—辞—汉月,插羽—破—天骄。——唐·李白《塞下曲》

② 古墙—犹—竹色,虚阁—自—松声。——唐·杜甫《滕王亭子》

③ 青—惜峰峦—过,黄—知橘柚—来。——唐·杜甫《放船》

④ 半朽—临风—树,多情—立马—人。——唐·白居易《勤政楼西老柳》

⑤ 高阁—客—竟去,小园—花—乱飞。——唐·李商隐《落花》

⑥ 生—当作—人杰,死—亦为—鬼雄。——宋·李清照《绝句》

⑦ 九月—寒砧—催—木叶，
十年—征戍—忆—辽阳。
唐·沈佺期《独不见》

⑧ 映阶—碧草—自—春色，
隔叶—黄鹂—空—好音。
唐·杜甫《蜀相》

⑨ 沉舟—侧畔—千帆—过，
病树—前头—万木—春。
唐·刘禹锡《酬乐天扬州初逢席上见赠》

⑩ 西山—白雪—三城—戍，
南浦—清江—万里—桥。
唐·杜甫《野望》

⑪ 于今—腐草—无—萤火，
终古—垂杨—有—暮鸦。
唐·李商隐《隋宫》

⑫ 蝴蝶—梦中—家—万里，
杜鹃—枝上—月—三更。
唐·崔涂《春夕旅怀》

上举各例，表面看来无非五言、七言句，但从构词成句来看，又各不相同，读起来也各有其意义节奏（如例句中横线所隔开的），原因在于句中单音词的位置不同，以及与复音词结合所起的作用不同。单音词不论放在词头（如例句③⑥）、放在句中（如例句①②⑤⑦⑧⑪⑫）还是放在句尾（如例句③④⑨⑩），都会影响整个句子的意义节奏，特别是五言句的第三字、七言句的第五字的位置上，影响更大（道理后面要谈）。由于这个单音词的不同词性在句中与其他复音词亲和的结果不同，不仅可以决定这个句子的语言结构、意义节奏，还可在一联中起到使对仗精工而又有变化的作用。如果我们无视这一情况，在读诗吟句时体会便不会深，写诗造句时下笔更难得有神了。

（二）名词、形容词用作动词

汉语言中本存在词类活用这一现象，而在诗歌中有时显得更为突出，这既是为了平仄押韵的需要，也体现了诗人们高度驾驭语言的能力，是诗人们精心琢磨推敲的结果。例如：

① 怜君不得意，
况复柳条春。
唐·王维《送丘为落第归江东》

② 空山新雨后，
天气晚来秋。
唐·王维《山居秋暝》

③ 尽日解鞍山店雨，晚天回首酒旗风。——宋·司马光《寒食许昌道中寄幕府诸君》

④ 鸡声茅店月，人迹板桥霜。——唐·温庭筠《商山早行》

⑤ 春风又绿江南岸，明月何时照我还。——宋·王安石《泊船瓜洲》

⑥ 马蹄残雪六七里，山嘴有梅三四花。——宋·方岳《梦寻梅》

上例①②③④中，下加黑点之字皆为名词用作动词；⑤⑥中下加黑点之字皆为形容词用作动词。①中的“春”，②中的“秋”，③中的“风”，与押韵有关；④中的“声”“迹”，⑤中的“绿”，⑥中的“残”，则系推敲的结果。总之，都是既具形象，又有动态，自然有了浓厚诗味。

（三）省略

省略是古代文章的一个突出特点，也是诗歌表现手法之一；但文章有时是为了故求简略，诗歌则是为了满足平仄、押韵和句式的要求，多属迫不得已。在五言句里意义上要求六个字，或在七言句里意义上要求八个字，这时如不采取省略办法，便无法成句成诗。但省略必须根据汉语的规律和习惯，要做到词省而意不妨。省略的情况非常复杂，下面只举点近体诗中常见的例子：

① 长风万里送秋雁，对此可以酣∧高楼。——唐·李白《宣城谢朓楼饯别校书叔云》

② 蓬莱文章建安∧骨，中间小谢又清发。——唐·李白《宣城谢朓楼饯别校书叔云》

③ 心知洛下闲才子，不作诗魔即∧酒颠。——唐·刘禹锡《春日书怀寄东洛白二十二杨八二庶子》

④ 桃叶传情竹枝∧怨，水流无限月明多。——唐·刘禹锡《隄上行》三首之一

⑤ 上穷碧落下∧黄泉，
两处茫茫皆不见。 ——唐·白居易《长恨歌》

⑥ 人面不知何处去，
桃花依旧笑∧春风。 ——唐·崔护《题都城南庄》

⑦ 相见时难别∧亦难，
东风无力百花残。 ——唐·李商隐《无题》

⑧ 我居北海君∧南海，
寄雁传书谢不能。 ——宋·黄庭坚《寄黄几复》

⑨ 曾向钱塘住，
闻鹃忆蜀乡。
不知今夕梦，
到蜀∧到钱塘？ ——宋·家铉翁《寄江南故人》(全诗)

上例：①中省略了“酣饮”中的“饮”字，②中省略了“风骨”的“风”字，③中省略了“即作酒颠”的“作”字，④中省略了“竹枝含怨”的“含”字，⑤中省略了“下穷黄泉”的“穷”字，⑥中省略了“笑于春风之中”的“于”字，⑦中省略了“别时亦难”的“时”字，⑧中省略了“君居南海”的“居”字，⑨中省略了“到蜀还是到钱塘”的“还是”二字。

(四)词群和词组代句

这种句子只有一群词或一个词组，没有谓语，按照写文章的要求就是不通的，但是这种句子在诗中不但是通的，而且还别具风格。例如：

① 五湖 三亩宅，
万里 一归人。 ——唐·王维《送丘为落第归江东》

② 细草 微风 岸，
危樯 独夜 舟。 ——唐·杜甫《旅夜书怀》

③ 鹫羽 金仆姑，
燕尾 绣蝥弧。 ——唐·卢纶《塞下曲》(六首之一)

④ 桃李 春风 一杯酒，
江湖 夜雨 十年灯。 ——宋·黄庭坚《寄黄几复》

⑤ 孤臣 白发 三千丈，
每岁 烟花 一万重。} 宋·陈与义《伤春》

⑥ 楼船 夜雪 瓜洲渡，
铁马 秋风 大散关。} 宋·陆游《书愤》

上例各联中的句子，有的像偏正词组，如②③，有的像并列词群，如①④⑤⑥，因此，也有人认为这都是谓语省略句或名词作谓语句；但是任何人读了这些诗句，都会觉得意思很明确，无丝毫含混或缺欠感。这就是不同于散文的诗歌语言魅力之所在。

（五）倒置（或倒装）

一句话中哪些词应在前，哪些词应在后，这是语法的规定；两句话哪句应先说，哪句应后说，这是逻辑的规定。在诗歌语句中违反了这两个规定，而又不妨碍所要表达的意思，这就叫作倒置。倒置有词语倒置和句子倒置两种：词语的倒置，大都由于格律（平仄、押韵、对仗、音节等）或修辞的要求；句子倒置，则多是为了强调某种语气或突出某种思想。且看下列的举例：

① 欲穷千里目，
更上一层楼。} 唐·王之涣《登鹳雀楼》

② 两水夹明镜，
双桥落彩虹。} 唐·李白《秋登宣城谢朓北楼》

③ 白花檐外朵，
青柳槛前梢。} 唐·杜甫《题新津北桥楼》

④ 绿奔穿内水，
红落过墙花。} 唐·韦庄《延兴门外作》

⑤ 香稻啄余鹦鹉粒，
碧梧栖老凤凰枝。} 唐·杜甫《秋兴八首》之一

⑥ 城阙辅三秦，
风烟望五津。} 唐·王勃《送杜少府之任蜀川》

⑦ 回日楼台非甲帐，
去时冠剑是丁年。} 唐·温庭筠《苏武庙》

⑧ 春风疑不到天涯，
二月山城未见花。｝宋·欧阳修《戏答元珍》

上例各联中：①上句本为“目欲穷千里”，为了与下句对仗，故把主语的“目”倒置于谓语后；②上句应为“夹明镜两水”，为了与下句“彩虹”对仗，故把作定语的“明镜”后置；③为了突出花白柳青的春郊景色，故把“朵”的定语“白花”和“梢”的定语“青柳”前置（顺说应为“檐外白花朵，槛前青柳梢”）；④也是为了突出水的态和花的容，故把“绿”“红”两定语前提（此一联可写成“穿内绿奔水，过墙红落花”，或为“穿内水绿奔，过墙花红落”，或“穿内奔绿水，过墙落红花”，可是这样写来不但形象欠鲜明，音节欠响亮，而且这一联的平仄、押韵、对仗都要改变，从而影响了全篇，于此可见诗人铸词造句时的苦心经营）；⑤本应为“鹦鹉啄余香稻粒，凤凰栖老碧梧枝”，为了突出秋光中的“香稻”和“碧梧”，故而前提，使两联中的定、谓语都倒置了；⑥为了与下句的“五津”相对，故使上句的主、宾语替换（上句本应为“三秦辅城阙”，如对为“五津望风烟”，也还可以，但这样不仅全诗要改韵，第一、第二句也失粘）；⑦两句把苏武往返匈奴的时间颠倒过来，既使句势峭拔，又使“甲帐”和“丁年”成为“巧对”；⑧为作者出贬夷陵满腹牢骚时所作，把开首两句诗的构思顺序一颠倒，怨望之意便自然流露出来。

（六）借代

诗人在写作时有些事不便直接写出来，或者不能写出（字太多），或者是务求典雅，或者是将就对仗，故常采用借代的方法。例如：

① 红粉楼中应计日，
燕支山下莫经年。｝唐·杜审言《赠苏绾书记》

② 醉月频中圣，
迷花不事君。｝唐·李白《赠孟浩然》

③ 赐浴皆长缨，
与宴非短褐。｝唐·杜甫《自京赴奉先县咏怀五百字》

④ 汉皇重色思倾国，
御宇多年求不得。｝唐·白居易《长恨歌》

⑤ 誓扫匈奴不顾身，
五千貂锦丧胡尘。 唐·陈陶《陇西行》

⑥ 暮云收尽溢清寒，
银汉无声转玉盘。 宋·苏轼《中秋月》

上各例中，下有横线之词皆为借代。①中的“红粉”借代苏绾妻子，并与下联的“胭脂”为对。②中的“中圣”借代饮酒，取与“事君”为对，高雅而又得体；如写成“醉月频饮酒”，那还成什么好诗？③中“长缨”借代达官贵人，“短褐”借代老百姓，还很富于形象性。④中的“汉皇”实借代唐明皇，“倾国”指女色，身为其子孙的臣子，能直指其“重色思倾国”吗？⑤中的“貂锦”借代士兵，如果直写“五千士兵丧胡尘”，那就欠高雅了。⑥中的“玉盘”借代明月，因为前有一“转”字，不仅形象，而且生动，如写成“银汉无声转明月”，那成什么诗句？作者在另外一首也是咏中秋月的《水调歌头》中，一开头便写道：“明月几时有？”如改作“玉盘几时有？”岂不成了笑话！可见遣词应因意、因句制宜，也是写诗的一项基本原则。

（七）重叠与重复

写文章偶尔会用重叠词，是为了加强语气的需要。作诗用重叠词除了加强语气外，还有增强艺术性的作用，特别是在一联的对仗中，有了重叠词，既给人以整饬之美，又能唤起人的深味沉思。至于重复，在文章中向来是忌讳的，可是在诗中有时故意为之，反而获得特别的艺术效果。例如：

① 落花寂寂啼山鸟，
杨柳青青渡水人。 唐·王维《寒食汜上作》

② 无边落木萧萧下，
不尽长江滚滚来。 唐·杜甫《登高》

③ 苍苍竹林寺，
杳杳钟声晚。 唐·刘长卿《送灵澈上人》

④ 袅袅城边柳，
青青陌上桑。 唐·张仲素《春闺思》

⑤ 梨花院落溶溶月，
柳絮池塘淡淡风。 宋·晏殊《寓意》

⑥ 草草杯盘供笑语，
昏昏灯火话平生。——宋·王安石《示长安君》

⑦ 家临九江水，
来去九江侧。——唐·崔颢《长干行》

⑧ 愁作秋浦客，
强看秋浦花。——唐·李白《秋浦歌》十七首之一

⑨ 何谓先生死，
先生道日新。——杜荀鹤《经青山吊李翰林》

上例从①到⑥中的"寂寂""青青""萧萧""滚滚""苍苍""杳杳""袅袅""溶溶""淡淡"，或写花愁，或状木落，或拟钟声，或恋月色，或描风情柳态，或叙亲情，都达到无以复加的妙境；从⑦到⑨，重复的效果远胜于不重复，尽属诗人高艺。

（八）特殊的对仗

对仗是一首律诗极为重要的组成部分，可以说无对仗即不成其为律诗。律诗中的颔、颈两联，理应是两副工整的对联（对仗）。对联的要求，除格律的平仄相对外，词性、词义甚至色彩、数字也必须相对。但在某种情况下，只有平仄和字面形式的相对，却仍不失为好的对仗，这叫作巧对。还有一种上下句虽然也成对仗，但意思一贯成为一句话，两句的开头或中间，往往有领词或关联词，这叫作流水对。看下面的例子：

① 口衔山石细，
心望海波平。——唐·韩愈《学诸进士作精卫衔石填海》

② 千寻铁索沉江底，
一片降幡出石头。——唐·刘禹锡《西塞山怀古》

③ 玉玺不缘归日角，
锦帆应是到天涯。——唐·李商隐《隋宫》

④ 此日六军同驻马，
当时七夕笑牵牛。——唐·李商隐《马嵬》

⑤ 回日楼台非甲帐，
去时冠剑是丁年。——唐·温庭筠《苏武庙》

⑥ 此地一为别，孤蓬万里征。 唐·李白《送友人》

⑦ 遥怜小儿女，未解忆长安。 唐·杜甫《月夜》

⑧ 况与故人别，那堪羁宦愁。 唐·韩愈《祖席》

⑨ 野火烧不尽，春风吹又生。 唐·白居易《赋得古原草送别》

⑩ 有时三点两点雨，到处十枝五枝花。 唐·李山甫《寒食》

⑪ 可怜无定河边骨，犹是春闺梦里人。 唐·陈陶《陇西行》

⑫ 几人千里别，今夜九回肠。 宋·文彦博《华月》

⑬ 一时花带泪，万里客凭栏。 宋·陈与义《雨》

上举诸例：①的“山石细”对“海波平”，形式极工整，意义则是“口衔细山石想把海水填平”；②的“江底”是长江的底，“石头”则是石头城（今南京市）；③的“日角”本指唐高祖李渊的饱满额角，“天涯”却泛指天边（天尽头）；④的“同驻马”指当时马嵬坡的六军不发，“笑牵牛”则指李隆基与杨玉环七月七日在长生殿的定情盟誓；⑤的“非甲帐”指作甲帐的汉武帝已死，“是丁年”指苏武少壮之年出使匈奴。以上五例中的对仗按理皆不可能相对，而读起来却是如此工稳而自然，这就叫作巧对。⑥是说在此地分别后友人将像“孤蓬”一样飞向万里之外，两句诗实是一句话；⑦的“遥怜”直贯以下“小儿女未解忆长安”；⑧用“况”与“那堪”把上下句关联成一个意思；⑨的“烧不尽”和“吹又生”通过“不”“又”两个副词的关联，使两句一意而下；⑩的“有时”和“到处”紧密关联，也使两句意义一贯；⑪的“可怜”领贯两句；⑫两句写几人今夜的离别相思；⑬写万里做客的人凭栏看花在雨中开放。以上八例，形式上都是两句一联，实质上都是连贯的一句话，这就叫作流水对。与上五例的巧对都属于特殊的对仗。此外还有些特殊的对法，因不常见，就不多举了。

（九）比兴与用典

诗歌与散文相比，表现形式方面突出的不同点是：散文主要要求逻辑性，而诗歌主要要求形象性。因此，具体、形象、生动、概括、简练、有寄托、有言外之意、有弦外之音等等，便成为诗歌的篇章、词句之外必须注意的又一方面的技巧。下面我们分两点来谈谈。

比兴。自从南宋朱熹在其所著《诗集传》中给赋、比、兴下了定义之后，历代诗作家便奉为圭臬，即："赋者，敷陈其事而直言之也；比者，以彼物比此物也；兴者，先言他物以引起所咏之物也。""赋"的道理简单而容易运用，凡直抒胸怀、叙事件、写景，都属于"赋"的范畴，如王勃的五绝《山中》、孟浩然的五律《过故人庄》、王昌龄的七绝《采莲曲》、韦应物的七律《答李儋元锡》（皆见后附作品选），这些诗一读即懂，别无深文奥义，就不赘言了。"比"和"兴"往往结合使用，故常将"比兴"并举，它与我们今天所说的"形象思维"有点近似，在诗歌表现的艺术技巧中占有极重要的地位。一首诗之所以出色，往往与比兴手法用得高妙有关。"赋"只要兴到笔随，一气呵成，一挥而就；"比兴"往往要经冥思苦索、千锤百炼始有所获，故"赋"多佳篇而"比兴"多佳句。下面举些运用比兴手法写出好诗的例子：

①碧玉妆成一树高，
万条垂下绿丝绦。——唐·贺知章《咏柳》

②洛阳亲友如相问，
一片冰心在玉壶。——唐·王昌龄《芙蓉楼送辛渐》

③玉颜不及寒鸦色，
犹带昭阳日影来。——唐·王昌龄《长信秋词》

④抽刀断水水更流，
举杯消愁愁更愁。——唐·李白《宣城谢朓楼饯别校书叔云》

⑤水流心不竞，
云在意俱迟。——唐·杜甫《江亭》

⑥蜡烛有心还惜别，
替人垂泪到天明。——唐·杜牧《赠别》

⑦ 春蚕到死丝方尽，
蜡炬成灰泪始干。——唐·李商隐《无题》

⑧ 乡心正无限，
一雁度南楼。——唐·赵嘏《寒塘》

⑨ 风暖鸟声碎，
日高花影重。——唐·杜荀鹤《春宫怨》

⑩ 浮云世事改，
孤月此心明。——宋·苏轼《次韵江晦叔》

⑪ 志士凄凉闲处老，
名花零落雨中看。——宋·陆游《病起》

上举各联诗句中，大都用了比喻、象征、衬托、比较等比兴手法。①用“碧玉”比喻柳树，“绿丝绦”比喻“柳叶”；②用“玉壶”象征做人为官的清白高洁；③用“寒鸦”飞“带昭阳日影”比喻失宠宫人冷落又嫉妒的心情；④用“抽刀断水”比喻、象征愁到无计能消、无法可解的地步；⑤用“水流”“云在”比喻不追逐名利而安于恬淡的思想；⑥用烛油流滴比喻离人的眼泪；⑦双举蚕丝、蜡泪，比喻爱情的坚贞、执着，至死方休；⑧用“一雁”象征孤独的心情；⑨用风暖、日高、鸟声、花影的秾丽春光，反衬宫人的失意冷漠；⑩用变幻的浮云和清明的孤月，比喻、象征自己忧患余生而又明洁的心迹；⑪用雨中零落的名花，比喻闲处老去志士的凄凉心境。

用典。用典也是诗歌的重要表现手法之一。古人上学基本上只有一门课，就是今天的古典文学课，尽管内容也不少，名目比较繁多，但目的简单明确(应付科举考试)，用功专一(读古书和写诗、文)，所以古代的读书人，一般脑子里都装了不少古代文史故事、前人名言隽语以及神话传说等等，这些也都是典故。当他们为文作诗时，这些典故都奔赴笔下，因而写出许多带有典故的文章和诗篇。今天我们为了继承发扬古代优秀文学遗产而读、写旧体诗，有时难免接触到典故，那么用典的道理究竟何在呢？大致是：它能曲折、深刻、含蓄、精练、形象地表达某种复杂的思想感情，或发表某些不便于直接说的意见；同时使得诗句简整、工丽而高雅，还很适宜于对仗，以突出近体诗的格律特点。但是，用典要注意必要和适当，典故过多或过于生僻，变得冗累晦涩，使人厌烦、费解，那就不足为法了。且看下面例句：

① 西陆蝉声唱，南冠客思深。——唐·骆宾王《在狱咏蝉》

② 醉月频中圣，迷花不事君。——唐·李白《赠孟浩然》

③ 对棋陪谢傅，把剑觅徐君。——唐·杜甫《别房太尉墓》

④ 清新庾开府，俊逸鲍参军。——唐·杜甫《春日忆李白》

⑤ 势分三足鼎，业复五铢钱。——唐·刘禹锡《蜀先主庙》

⑥ 怀旧空吟闻笛赋，到乡翻似烂柯人。——唐·刘禹锡《酬乐天扬州初逢席上见赠》

⑦ 旋见衣冠就东市，忽遗弓剑不西巡。——唐·杜牧《河湟》

⑧ 不知腐鼠成滋味，猜意鹓雏竟未休。——唐·李商隐《安定城楼》

⑨ 可怜夜半虚前席，不问苍生问鬼神。——唐·李商隐《贾生》

⑩ 塞上长城空自许，镜中衰鬓已先斑。——宋·陆游《书愤》

上例各联的句子中：①上句“西陆”言秋天，下句“南冠”言囚徒；全联是说诗人在秋天的牢房里，耳听蝉声，心绪低沉。②上联“中圣”即饮酒，与下联“事君”相对，工巧又得体，借以赞美孟浩然的隐逸生涯。③的上句“谢傅”即晋名将谢安，他以爱下棋著称，下句的“徐君”用春秋时吴公子季札挂剑于徐君墓的典故；全联表明作者与房太尉（琯）的深厚交情；太尉是当时国家最高军事首脑，作者是其下属，如此用典故亦很得体。④“庾开府”即庾信，“鲍参军”即鲍照，皆南北朝大诗人；作者用他们“清新”“俊逸”的诗歌风格来比喻李白的诗歌风格，表示对李的高度推崇。⑤上句“三足鼎”指魏、蜀、吴三国，下句“五铢钱”代指汉代制度；合言蜀先主刘备总想在三分割据的形式下努力恢复汉业；反映了作者对于当时藩镇割据以及朝廷软弱的不满。⑥上句用晋向秀经山阳闻笛声而思念被害的友人嵇康、吕安而作《思旧赋》的故事，下句用晋王质入山打柴观仙人下棋一会儿而斧柄已烂，回家已过百年；总的是说好友的遭害或被贬，以及己身的废置日久(23年)。⑦上句用汉晁错被仓促诛杀于东市的故事，下句用黄帝升天时遗下弓剑的故事，叹息有识见的元载宰相无辜被杀，有作为的宪宗皇帝溘然去世；总言唐王朝内忧外患，局势岌岌可危。⑧全联用《庄子·秋水》中惠子担心庄子来梁夺他的相位，被庄子借鸱鸮嚇鹓雏的趣谈大加奚落的故事，说明作者并不把功名利禄放在心上而一任别人去猜疑。⑨用汉文帝并不能真正重用像贾谊这样的人才的故事，从反面慨叹自己有才不为世人所重。⑩用南北朝爱国名将檀道济比喻作者自己年轻时的壮怀，与下句的衰老相对，抒发不胜今昔之感和壮志莫酬的愤慨。

从上举各联诗句来看，大都有深刻的含意，有的还有些不能或不便直言的苦衷。如果不运用这些典故，怎能获得如此效果？同时，这些典故的精巧安排，也使得诗句工丽而典雅，这就是古人作诗爱用典故的一个主要原因。比兴与用典在形式与作用上，有不少共通之处，其目的都在于扩大诗的内涵，增强诗的艺术表现力和感染力。所不同的是，比兴多借助于现实中的事物，而用典则多援引古人、古事、古语。

(十)夸张与对比

夸张。夸张也是诗歌表现的一种重要手法。因为文艺作品要求形象性，而夸张就是为了增强形象感。当然，夸张要有分寸，不能太失实。比如把猪夸大成象，那是可以的，因为猪的形体确有些类似象的地方，如：大耳长鼻、细尾、粗壮的身躯等；但绝不能把蚂蚁夸大成大象，因为既不成比例，又毫无相似之处。在我们现实生活的语言中，太高兴时也说“高兴死了”，讨厌一个人时就骂一声“死鬼”，这些都是语言中的自然夸张，并不觉得奇怪。诗句里用点夸张词语，不仅允许，而且必要，特别是浪漫主义的诗人，他们几乎都是夸张大师。请看下面例句：

①黄河之水天上来，奔流到海不复回。——唐·李白《将进酒》

②燕山雪花大如席，片片吹落轩辕台。——唐·李白《北风行》

③白发三千丈，缘愁似个长。——唐·李白《秋浦歌》十七首之一

④飞流直下三千尺，疑是银河落九天。——唐·李白《望庐山瀑布》

⑤危楼高百尺，手可摘星辰。——唐·李白《夜宿山寺》

⑥边庭流血成海水，武皇开边意未已。——唐·杜甫《兵车行》

⑦南风吹山作平地，帝遣天吴移海水。——唐·李贺《浩歌》

⑧天外黑风吹海立，浙东飞雨过江来。——宋·苏轼《有美堂暴雨》

上举各例，皆极度夸张。①因为我国地势西北高东南低，黄河从西北流来，好像来自天上。②形容燕山雪花之大，虽没有席子那样大，但总比一般的雪花大些。③白发再长也不会长到三千丈，但如与次句连读就知道不是真的发长，而是愁长(缘愁)。④言瀑布从高山上淌下，在幻觉中疑心是天上的银河落了下来，应注意一个“疑”字。⑤高到伸手可以摘下天上星星的楼，世界上永远不会有的，但此楼之高当属事实，应注意一个“危”字。⑥杀人流血再多也不能成为海水，无疑是夸张，但从中可以体会到诗人对当时穷兵黩武政策的痛心疾首。⑦风把山吹成平地，天吴把海水移走，这当然是夸张。但应注意，这种夸张又是与神话以及诗作风格结合在一起，反映了不得志的愤懑。⑧风再大(十二级台风)也不可能把海水吹得立起来，但表现了诗人的丰富想象和奇伟感受，艺术性非常突出。

对比。对比是把正反两方面的事物用写实手法摆出来，让读者自己去辨识孰是孰非，孰善孰恶，孰该拥护或同情，孰该反对或鄙弃。在诗歌中，对

比有各种形式，一般是上下两句作对比，也有一篇中前后两部分作对比，还有就在一句中出现对比的，如："东家吃米我吃糠。"这种对比，最能给人以具体形象感，从而唤起人们强烈的思想感情，其艺术效果往往强于其他表现手法。例如：

①战士军前半死生，
美人帐下犹歌舞。——唐·高适《燕歌行》

②朱门酒肉臭，
路有冻死骨。——唐·杜甫《自京赴奉先县咏怀五百字》

③地不知寒人要暖，
少夺人衣作地衣。——唐·白居易《红线毯》

④春种一粒粟，
秋收万颗子。
四海无闲田，
农夫犹饿死。——唐·李绅《悯农》(全诗)

⑤父耕原上田，
子劚山下荒。
六月禾未秀，
官家已修仓。——唐·聂夷中《田家》(全诗)

⑥种花满西园，
花发青楼道。
花下一禾生，
去之为恶草。——唐·聂夷中《公子家》(全诗)

⑦美人梳洗时，
满头间珠翠。
岂知两片云，
戴却数乡税。——唐·郑遨《富贵曲》(全诗)

⑧ 江上往来人，
但爱鲈鱼美。
君看一叶舟，
出没风波里。 ——宋·范仲淹《江上渔者》(全诗)

⑨ 陶尽门前土，
屋上无片瓦。
十指不沾泥，
鳞鳞居大厦。 ——宋·梅尧臣《陶者》(全诗)

⑩ 昨日入城市，
归来泪满巾。
遍身罗绮者，
不是养蚕人。 ——宋·张俞《蚕妇》(全诗)

上举句和诗中：①把沙场战士的浴血奋战与帐里将军的荒淫生活作对比；②把达官贵人家吃不完的酒肉腐烂发臭(或解释为“香味”，读 xiù 音)，与路边累累冻饿死的人作对比；③把不知寒的地偏得暖，与要暖的人偏受寒作对比；④把四海之内的田土由农民耕种遍了(收获当然丰盈)，与农夫却因无食而饿死作对比；⑤把农民辛苦耕作稻谷尚未扬花，与官家已经修好粮仓准备盛装稻谷作对比；⑥把公子种花爱花，与恶禾去禾作对比；⑦把美人头上的两片云(珠翠)，与数乡的捐税作对比；⑧把爱吃美味鲈鱼的人，与冒着生命危险在大风大浪里捞取鲈鱼的人作对比；⑨把门前的土挖光了用来制作瓦坯的人却住不上瓦房，与十指不沾泥土的人却住着鳞鳞屋瓦的高楼大厦作对比；⑩把城市中身着罗绮的人与养蚕织布的人作对比。

上例中的各种对比，只是如实写来，作者并未发表任何议论，但读了之后自然激起人的爱憎感情，艺术效果很突出。当然，用对比手法写这些诗时，作者首先得站在较为先进(那个时代)的立场上。如果作者只从个人功名利禄、闲情逸致或男欢女爱出发，永远也写不出这样的诗，自然也用不上这种对比手法了。

夸张与对比，都是为了给人以鲜明的形象和深刻的印象，有相通之处。不过夸张多为浪漫主义诗人所采用，而对比却多为现实主义诗人所采用，这又是二者不同的地方。

(十一)点眼与炼字

古人作诗很重视推敲,推敲即炼字(词)。一首诗中,每句中的每个字都要炼到最妥帖为止,而特别把句中音节重点上的五言第三字、七言第五字称为“诗眼”。我们可以想象眼睛对人的重要性,以及画家所谓画龙点睛的道理。这实际上是五言句中最常见的上二下三格和七言句中最常见的上四下三格。再从音乐节拍的强弱来说,五言句的第三字居三拍中第二拍的次强音位置,七言句中的第五字居四拍中第三拍的次强音位置,都是突出诗歌音乐性的自然要求。所以我们在读或写近体诗时,应多注意这个诗眼。一般情况是,诗眼上应用形象、具体、生动、有力而音调响亮的实词,或关联、对照、灵活、宛转的虚词,这叫作“点眼”。只要诗眼点好了,全句甚至全诗都会很出色。下面在看些例子:

① 竹喧归浣女,莲动下渔舟。——唐·王维《山居秋暝》

② 洗兵鱼海云迎阵,秣马龙堆月照营。——唐·岑参《献封大夫破播仙凯歌》六首之一

③ 孤灯然客梦,寒杵捣乡愁。——唐·岑参《宿关西客舍寄东山严、许二山人,时天宝初七月初三日,在内学,见有高道举征》

④ 感时花溅泪,恨别鸟惊心。——唐·杜甫《春望》

⑤ 映阶碧草自春色,隔叶黄鹂空好音。——唐·杜甫《蜀相》

⑥ 花径不曾缘客扫,蓬门今始为君开。——唐·杜甫《客至》

⑦ 一去紫台连朔漠,独留青冢向黄昏。——唐·杜甫《咏怀古迹》五首之一

⑧ 片云天共远,永夜月同孤。——唐·杜甫《江汉》

⑨ 红袖织绫夸柿蒂，青旗沽酒趁梨花。——唐·白居易《杭州春望》

⑩ 永忆江湖归白发，欲回天地入扁舟。——唐·李商隐《安定城楼》

⑪ 一院落花无客醉，五更残月有莺啼。——唐·温庭筠《经李征君故居》

⑫ 残星几点雁横塞，长笛一声人倚楼。——唐·赵嘏《长安晚秋》

⑬ 玉虹垂地色，银汉落天声。——宋·石延年《瀑布》

⑭ 岭上晴云披絮帽，树头初日挂铜钲。——宋·苏轼《新城道中》二首之一

⑮ 饭香猎户分熊白，酒熟渔家擘蟹黄。——宋·黄庭坚《戏咏江南土风》

⑯ 万里因循成久客，一年容易又秋风。——宋·陆游《宴西楼》

上举各例中，②④⑧⑫为实词中的名词（下加黑点的字，下同），①③⑨⑩⑬⑭⑮⑯为实词中的动词，⑪为实词中的形容词，⑤⑥⑦为虚词。仔细揣摩，这些诗眼上的字（词），不但用得精切，而且都在音节重点上，读起来实词有形、有声、有力，虚词宛转呈意，这就是“点眼”的作用。

（十二）禁忌与通融

我国古典诗歌发展到五言、七言近体诗，基本上定了型（并行的灵活自由的古诗和后来的词、曲，那是另一问题），它的突出之点是整齐美、节奏感和写作上的同一性。这种形式的利和弊，千余年来已有评定，但不管怎么样，它确给作诗者带来一定的不自由。因此，近体诗作者既恪守写作原则，又想出些比较灵活自由的办法来。下面只就禁忌与通融两个方面简略谈谈。

1.禁忌方面

（1）忌失粘。近体诗“粘”的规则必须严格遵守，否则诗再好也是不合律

的“拗体”。凡绝句中的第二、三句，律诗中第二三、四五、六七句的第二个字的平仄必须相同，否则便是“失粘”，且看下例：

脉脉广川流，
驱马历长洲，（此两句失粘）
鹊飞山月曙，
蝉噪野风秋。

——唐·上官仪《入朝洛堤步月》

单车欲问边，
属国过居延。（此两句失粘）
征蓬出汉塞，
归雁入胡天。
大漠孤烟直，
长河落日圆。
萧关逢候吏，
都护在燕然。

——唐·王维《使至塞上》

暮云收尽溢清寒，
银汉无声转玉盘。（此两句失粘）
此生此夜不长好，
明月明年何处看。

——宋·苏轼《中秋月》

元载相公曾借箸，
宪宗皇帝亦留神。}(此两句失粘)
旋见衣冠就东市，}
忽遗弓剑不西巡。
牧羊驱马虽戎服，
白发丹心尽汉臣。
唯有凉州歌舞曲，
流传天下乐闲人。

——唐·杜牧《河湟》

(2)忌孤平。所谓"孤平"，即不论五言或七言句中只有一个平声字(韵脚的平声字除外)。一般说来，五言句中的第一个字，七言句中的第一、三字是可平可仄的；但在五言"平平仄仄平"和七言"仄仄平平仄仄平"这两个句式中，五言的第一字、七言的第三字绝不能可平可仄，一定要用平声字，否则就犯了"孤平"的禁忌。这一规则，从唐代以来的近体诗作者都是严格遵守的，特别是那些大家、名家，几乎无一例外。如果要问个为什么，那就是一句如果只有一个平声字，读起来便拗口，吟起来也不成声调，从而大大降低了我国诗歌传统音乐美的艺术效果。这点对于今天不搞旧体诗歌的人来说，是无多大意义的，但对一些还爱写旧体诗的人来说，则非特别重视不可。

(3)忌重复。一首近体诗中最好不要出现重复的字，特别是在一联中，出句和对句的字绝不可有重复；但由于内容或修辞的特别需要而故意重复者不在此限。例如元稹的《行宫》：

寥落古行宫，
宫花寂寞红。
白头宫女在，
闲坐说玄宗。

四句之中三次重复“宫”字，意境和作用却各不相同。又例如李白《秋浦歌》十七首之一：

愁作秋浦客，
强看秋浦花。
山川如剡县，
风日似长沙。

四句中两提“秋浦”，说明作者对此地的印象特别深刻，以及作客之愁和看花的勉强。除此之外，一切重复的字或词应力求避免。

2.通融方面

(1)孤平的当句拗救。凡在五言“平平仄仄平”和七言“仄仄平平仄仄平”这两个句式中出现了孤平情况(五言第一字、七言第三字是仄声)而又不能更换时，就在当句五言第三字、七言第五字的位置上用个平声字来补偿，例如：

木落雁南渡，北风江上寒。
——唐·孟浩然《早寒有怀》
不敢高声语，恐惊天上人。
——唐·李白《题峰顶寺》
儿童相见不相识，笑问客从何处来?
——唐·贺知章《回乡偶书》
野船著岸偎春草，水鸟带波飞夕阳。
——唐·朱庆余《南湖》

(2)拗句的对句相救。一种是：出句五言“仄仄平平仄”句式中的第四字和出句七言“平平仄仄仄平平”句式中的第六字出现了拗的情况(当“平”却用了“仄”)，必须在对句五言第三字、七言第五字的位置上用个平声字来补偿。例如：

林表明霁色，城中增暮寒。

——唐・祖咏《终南望余雪》

野火烧不尽，春风吹又生。

——唐・白居易《赋得古原草送别》

病身最觉风露早，归梦不知山水长。

——宋・王安石《葛溪驿》

一身报国有万死，双鬓向人无再青。

——宋・陆游《夜泊水村》

另一种是：出句五言“仄仄平平仄”句式中的第三字和出句七言“平平仄仄平平仄”句式中的第五字出现了拗的情况时，可在对句的相同位置上用个平声字来补偿。例如：

挥手自兹去，萧萧班马鸣。

——唐・李白《送友人》

况与故人别，那堪羁宦愁。

——唐・韩愈《祖席》

映阶碧草自春色，隔叶黄鹂空好音。

——唐・杜甫《蜀相》

溪云初起日沉阁，山雨欲来风满楼。

——唐・许浑《咸阳城东楼》

(3)特定位置的平仄互换。在五言“平平平仄仄”和七言“仄仄平平平仄仄”这两个句式中(一般多在律诗第七句的位置上，也偶有在绝句第三句的位置上)，五言的第三、第四两字和七言的第五、第六两字可以互换平仄的位置，仍为正格。例如：

无为在歧路，儿女共沾巾。（五律第七、八句）

——唐·王勃《送杜少府之任蜀州》

长安有贫者，为瑞不宜多。（五绝第三、四句）

——唐·罗隐《雪》

千载琵琶作胡语，分明怨恨曲中论。（七律第七八句）

——唐·杜甫《咏怀古迹》（五首之一）

蛱蝶纷纷过墙去，却疑春色在邻家。（七绝第三、四句）

——唐·王驾《晴景》

从上举诸例来看，近体诗的禁忌颇多，但可以通融的地方也不少，这里只是举其常见的。此外，如律、绝诗首句入韵的可押邻韵，律诗最后一韵有时也可押邻韵（旧称“孤雁出群格”）。又如，律诗颔、颈两联必须对仗，但有时却让首、颈两联对仗而颔联不用对仗；甚至有的律诗中只有颈联对仗（多在中唐以前）等等，也都算正格，有时还是名篇（前者如王勃的《送杜少府之任蜀州》，后者如崔颢的《黄鹤楼》）。这些规定，不但方便并灵活了作者的诗笔，还丰富了诗歌声律的内容。近体诗之所以至今仍有一息尚存，与它的繁难而美好、严格又松动的艺术特色和技巧有一定的关系。

第六节　写诗的特殊方法

如果说上举的作诗一般方法是平川大道，那么下面所介绍的将是捷径小路了。不论是平川大道还是捷径小路，最终达到写好诗的目的却是一致的。大凡做一门学问或习一种技艺，都必须经过学习、模仿的阶段，所以作诗必先读诗。一个学诗的人，在口诵心惟的过程中，不但学得了许多有关诗歌的一般知识、理论和写作方法，同时还自然地掌握其中一些比较适合己意的特殊心得技巧。等到提笔写诗时，这些心得技巧有时竟会超越一般写作方法而帮助你出奇制胜地完成写作任务。凡读过中国古典文学作品的人大都知道王勃作的《滕王阁序》，其中“落霞与孤鹜齐飞，秋水共长天一色”两句，历来脍炙人口，可是这两句为模拟南北朝后期大诗赋家庾信的《三月三日华林园马射赋》中“落花与芝盖齐飞，杨柳共春旗一色”而成，却鲜为人知；所不同的是庾写春色而王绘秋景。可以设想，当王勃作此文构思成句时，庾文的“……与……齐飞，……与……一色”这样的句式，便自然地出现于脑中而泻于笔下，加以宏伟的时代气氛和个人的轶群资性，使王句青出于蓝。又如宋代晏几道有一首《临江仙》，上阕最后两句“落花人独立，微雨燕双飞”传为千古佳句，而这两句却来源于晚唐翁宏的小诗《残春》：“又是春残也，如何出翠帷。落花人独立，微雨燕双飞。”可是翁诗寂寂无闻，晏词却流誉千载，情况与上述庾、王相似，而晏词还直接照搬翁诗。再如，唐代大诗人李白在漫游中登上湖北武昌黄鹤楼，诗兴大发，但看到了也是当时名诗人崔颢已先题诗（《黄鹤楼》七言律诗），非常佩服，考虑到自己再写未必胜过崔诗，于是便打消了题诗的念头，但争强比胜的思想却是存在的。他写了一首七言律诗《鹦鹉洲》，但是并不满意。后来李白到了金陵（今南京市）登上了凤凰台，终于写下了一首也非常有名的《登金陵凤凰台》，这首诗也是押十一尤韵，不但内容、格调和一些词、句与崔诗相似，而且由于崔诗的颔联不对，李诗也故使第二句与第三句失粘。据后世人的评论，仅就这两首诗来说，崔诗终胜于李诗。于此可见模拟之作有时青胜于蓝，有时则未必。大诗人尚且如此，其余更不待言。

以上仅举古人在诗文写作中的一些特殊情况，如单就诗歌的写作来说，情况就更为微妙，更加复杂了。下面作者分别举出两点并结合一些具体例子来看看。

一、内容近似与格调模仿

①

烽火照西京，心中自不平。
牙璋辞凤阙，铁骑绕龙城。
雪暗凋旗画，风多杂鼓声。
宁为百夫长，胜作一书生

——唐 · 杨炯《从军行》

天官动将星，汉地柳条青。
万里鸣刁斗，三军出井陉。
忘身辞凤阙，报国取龙庭。
岂学书生辈，窗间老一经。

——唐 · 王维《送赵都督赴代州》

②

十年离乱后，长大一相逢。
问姓惊初见，称名忆旧容。
别来沧海事，语罢暮天钟。
明日巴陵道，秋山又几重。

——唐·李益《喜见外弟又言别》

故人江海别，几度隔山川。
乍见翻疑梦，相悲各问年。
孤灯寒照雨，深竹暗浮烟。
更有明朝恨，离杯惜共传。

——唐·司空曙《云阳馆与韩绅宿别》

③

闻君为汉将，虏骑罢南侵。
出塞清沙漠，还家拜羽林。
风霜臣节苦，岁月主恩深。
为语西河使，知予报国心。

——唐·崔颢《赠梁州张都督》

北风凋白草，胡马日骎骎。
夜后戍楼月，秋来边将心。
铁衣霜雪重，战马岁年深。
自有卢龙塞，烟尘飞至今。

——唐·戎昱《塞下曲》

④

中庭望启明，促促事晨征。
寒树鸟初动，霜桥人未行。
水流白烟起，日上彩霞生。
隐士应高枕，无人问姓名。

——唐·刘禹锡《途中早发》

晨起动征铎，客行悲故乡。
鸡声茅店月，人迹板桥霜。
槲叶落山路，枳花明驿墙。
因思杜陵梦，凫雁满回塘。

——唐·温庭筠《商山早行》

⑤
晴暖感余芳，红苞杂绛房。
落时犹自舞，扫后更闻香。
梦罢收罗荐，仙归敕玉箱。
回肠九回后，犹有剩回肠。

——唐·李商隐《和张秀才落花有感》

坠素翻红各自伤，青楼烟雨忍相忘？
将飞更作回风舞，已落犹成半面妆。
沧海客归珠迸泪，章台人去骨遗香。
可能无意传双蝶，尽付芳心与蜜房。

——宋·宋祁《落花》

⑥
一条万古水，向我手中流。
临行泻赠君，勿薄细碎仇。

——唐·刘叉《姚秀才爱予小剑因赠》

十年磨一剑，霜刃未尝试。
今日把示君，谁有不平事？

——唐·贾岛《剑客》

⑦
二句三年得，一吟双泪流。
知音如不赏，归卧故山秋。

——唐·贾岛《题诗后》

世间何事好？最好莫过诗。
一句我自得，四方人已知。
生应无辍日，死是不吟时。
始拟归山去，林泉道在兹。

——唐·杜荀鹤《苦吟》

⑧
脉脉广川流，驱马历长洲，
鹊飞山月曙，蝉噪野风秋。
——唐·上官仪《入朝洛堤步月》

滍湖佳可游，既近复能幽。
林里栖精舍，山间转去舟。
雁飞江月冷，猿啸野风秋。
不是迷乡客，寻奇处处留。
——唐·张说《和尹懋秋夜游滍湖》

⑨
坦腹江亭卧，长吟野望时。
水流心不竞，云在意俱迟。
寂寂春将晚，欣欣物自私。
故林归未得，排闷强裁诗。
——唐·杜甫《江亭》

迤逦前冈压后冈，一川桑柘好残阳。
主人馈饷炊红黍，邻父携竿钓紫鲂。
静极却嫌流水闹，闲多翻笑野云忙。
有名不那无名客，独闭衡门避建康。
——唐·韦庄《山墅闲题》

⑩
永巷长年怨绮罗，离情终日思风波。
湘江竹上痕无限，岘首碑前洒几多？
人去紫台秋入塞，兵残楚帐夜闻歌。
朝来灞水桥边问，未抵青袍送玉珂。
——唐·李商隐《泪》

寒风易水已成悲，亡国何人见黍离。
枉是荆王疑美璞，更令杨子怨多歧。
边笳暮应三挝鼓，楚舞春临百子池。
未抵索居愁翠被，圆荷清晓露淋漓。
——唐·杨亿《泪》

⑪

四更山吐月，残夜水明楼。
尘匣元开镜，风帘自上钩。
兔应疑鹤发，蟾亦恋貂裘。
斟酌嫦娥寡，天寒奈九秋。

——唐·杜甫《月》

五更山吐月，窗迥室幽幽。
玉钩还挂户，江练却明楼。
星河澹欲晓，鼓角冷知秋。
不眠翻五咏，清切变蛮讴。

——宋·苏轼《江月五首》其五

⑫

临风杪秋树，对酒长年人。
醉貌如霜叶，虽红不是春。

——唐·白居易《醉中对红叶》

寂寂东坡一病翁，白须萧散满霜风。
小儿误喜朱颜在，一笑那知是酒红。

——宋·苏轼《纵笔三首》其一

⑬

辇路江枫暗，宫庭野草春。
伤心庾开府，老作北朝臣。

——唐·司空曙《金陵怀古》

北客相催发，一日举千帆。
遥怜庾开府，岁晚望江南。

——宋·杨雯《北客》

⑭

金炉香烬漏声残，剪剪轻风阵阵寒。
春色恼人眠不得，月移花影上栏杆。

——宋·王安石《春夜》

春宵一刻值千金，花有清香月有阴。
歌管楼台声细细，秋千院落夜沉沉。

——宋·苏轼《春宵》

⑮
平桥小陌雨初收，淡日穿云翠霭浮。
杨柳不遮春色断，一枝红杏出墙头。
——宋·陆游《马上作》

应怜屐齿印苍苔，小叩柴扉久不开。
春色满园关不住，一枝红杏出墙来。
——宋·叶绍翁《游园不值》

以上所举近体诗30首，每两首由于内容或格调近似成为一组，共15组。其中，①俱写从军报国，杨诗颔联、王诗颈联以及两诗末联，从含义到词句均极相似，豪情满怀，壮志凌云。②俱写久别重逢又欲别的悲喜情景，两诗颔联与末联含义均相似。③俱颂扬为国戍边的忠勇豪迈精神，两诗颈联含义及格调亦相似。④俱写鸟声、人迹、桥霜等晨景，温诗颔联似出于刘而胜于刘。⑤两诗内容虽同，但气韵与格调有别，宋诗华艳而李诗精妍，特别是两颔联，意略同而味相异。⑥俱写豪侠之情，刘用“比兴”婉而形象，贾用“赋”直而爽快。⑦俱写苦吟，贾诗前两句和杜诗颈联，实为作诗成功的真谛，不可视为夸张。⑧两诗俱写景，如把上官诗的后两句与张诗颈联相比，模拟之迹明显，但张未能胜蓝。⑨俱写闲适，杜诗颔联与韦诗颔联含义相似，但由于杜之胸次高，才力厚，韦纵学之亦未能胜蓝。⑩俱写泪，俱以前六种泪与第七种作比较，而很显然杨出于李，章法虽奇却似猜谜语，聊备一格，实不足为法。⑪俱写江月，不仅情景相似，而且用韵及一些词句亦略同；但苏诗故为拗体，通首失粘，仿杜而未能得体。⑫两诗后两句俱写醉貌如春而实非春，能于趣中寓悲，虽模仿而势均力敌。⑬两诗俱同情庾信羁留异国老死不归，言少意多。⑭两诗俱写春夜，一写春色恼人，一写春情娱人，意虽有别而格调韵致颇相似。⑮俱写“出墙红杏”，但陆诗景美而味淡，叶诗趣多而意深。可见大家之诗未必皆佳，小家诗未必皆不佳。

二、形式巧合与词句因袭

⑯

吹笛秋山风月清，谁家巧作断肠声。
风飘律吕相和切，月傍关山几处明。
胡骑中宵堪北走，武陵一曲想南征。
故园杨柳今摇落，何得愁中却尽生。

——唐·杜甫《吹笛》

人生到处知何似，应似飞鸿踏雪泥。
泥上偶然留指爪，鸿飞那复计东西。
老僧已死成新塔，坏壁无由见旧题。
往日崎岖还忆否，路长人困蹇驴嘶。

——宋·苏轼《和子由渑池怀旧》

⑰

往年西谒谢玄晖，樽酒留欢醉始归。
曲槛柳浓莺未老，小园花暖蝶初飞。
喷香瑞兽金三尺，舞雪佳人玉一围。
今日乱离寻不得，满蓑风雨钓鱼矶。

——唐·罗隐《寄前宣州窦尚书》

昔年曾向五陵游，子夜歌清月满楼。
银烛树前长似昼，露桃花里不知秋。
西园公子名无忌，南国佳人号莫愁。
今日乱离俱是梦，夕阳唯见水东流。

——唐·韦庄《忆昔》

⑱

湖上春来似画图，乱峰围绕水平铺。
松排山面千重翠，月点波心一颗珠。
碧毯线头抽早稻，青罗裙带展新蒲。
未能抛得杭州去，一半勾留是此湖。

——唐·白居易《春题湖上》

今年寒食在商山，山里风光亦可怜。
稚子就花拈蛱蝶，人家依树系秋千。
郊原晓绿初经雨，巷陌春阴乍禁烟。
副使官闲莫惆怅，酒钱犹有撰碑钱。

——宋·王禹偁《寒食》

⑲

闻道黄龙戍，频年不解兵。
可怜闺里月，长在汉家营。
少妇今春意，良人昨夜情。
谁能将旗鼓，一为取龙城。

——唐·沈佺期《杂诗》

马上逢寒食，途中属暮春。
可怜江浦望，不见洛阳人。
北极怀明主，南溟作逐臣。
故园肠断处，日夜柳条新。

——唐·宋之问《途中寒食》

⑳

上国多离别，年年渭水滨。
空将未归意，说向欲行人。
雁度池塘月，山连井邑春。
临歧惜分手，日暮一沾巾。

——唐·周贺《长安送人》

入市虽求利，怜君意独真。
欲将寒涧树，卖与翠楼人。
瘦叶几经雪，淡花应少春。
长安重桃李，徒染六街尘！

——唐·于武陵《赠卖松人》

㉑

汉帝抚戎臣，丝言命锦轮。
还将弄机女，远嫁织皮人。
曲怨关山月，粧消道路尘。
所嗟秾李树，空对小榆春。

——唐·李峤《送金城公主适西番应制》

图画失天真，容华坐误人。
君恩不可再，妾命在和亲。
泪点关山月，衣销边塞尘。
一闻阳鸟至，思绝汉宫春。

——唐·梁献《王昭君》

㉒

旧苑荒台杨柳新，菱歌清唱不胜春。
只今唯有西江月，曾照吴王宫里人。

——唐·李白《苏台览古》

蕙帐金炉冷篆烟，故山春草几芊芊。
只今唯有潇湘月，万里相随照不眠。

——金·刘著《闺情》

㉓

寒雨连江夜入吴，平明送客楚山孤。
洛阳亲友如相问，一片冰心在玉壶。

——唐·王昌龄《芙蓉楼送辛渐》

玉垒山前风雪夜，锦官城北别离魂。
信陵公子如相问，长向夷门感旧恩。

——唐·鱼玄机《送卢员外》

㉔

秦时明月汉时关，万里长征人未还。
但使龙城飞将在，不教胡马度阴山。

——唐·王昌龄《出塞》

兰陵美酒郁金香，玉碗盛来琥珀光。
但使主人能醉客，不知何处是他乡。

——唐·李白《客中作》

㉕

已分将身着地飞，那羞践踏损光晖。
无端又被春风误，吹落西家不得归。

——唐·韩愈《落花》

为有云屏无限娇，凤城寒尽怕春宵。
无端嫁得金龟婿，辜负香衾事早朝。

——唐·李商隐《为有》

㉖

洞庭西望楚江分，水尽南天不见云。
日落长沙秋色远，不知何处吊湘君。

——唐·李白《与贾舍人至泛洞庭二首》其一

时人应怪我何求，白尽从来未白头。
磅礴昆仑三万里，不知何地可埋忧。

——宋·陆游《书忧》

㉗

飞花尽逐五更风，不照先生社酒中。
输与新来双燕子，衔泥犹得带残红。

——宋·陆游《花时遍游诸家园》

黑甜偏至五更浓，强起侵星敢小慵。
输与山云能样懒，日高犹宿夜来峰。

——宋·杨万里《明发泷头》

㉘

自闭长门经几秋，罗衣湿尽泪还流。
一种蛾眉明月夜，南宫歌管北宫愁。

——唐·裴交泰《长门怨》

龙盘虎踞树层层，势入浮云亦是崩。
一种青山秋草里，路人唯拜汉文陵。

——唐·许浑《途经秦始皇墓》

㉙

长川几处树青青，孤驿危楼对翠屏。
一自上皇惆怅后，至今来往马蹄腥。

——唐·贾岛《马嵬》

非关宋玉有微辞，却是襄王梦觉迟。
一自高唐赋成后，楚天云雨尽堪疑。

——唐·李商隐《有感》

㉚
春雪满空来，触处似花开。
不知园里树，若个是真梅。

——唐·东方虬《春雪》

飞蝶捎风絮，鸣禽恋午檐。
不知春去未，但觉绿阴添。

——宋·赵汝燧《伤春》

㉛
朝耕上平田，暮耕上平田。
借问问津者，宁知沮溺贤。

——唐·王维《上平田》

花枝出建章，凤管发昭阳。
借问承恩者，双蛾几许长？

——唐·皇甫冉《婕妤怨》

㉜
狎鸟携稚子，钓鱼终老身。
殷勤嘱归客，莫话桃源人。

——唐·刘长卿《送子壻往扬州》四首之一

流水何太急，深宫尽日闲。
殷勤谢红叶，好去到人间。

——唐·宫人韩氏《题红叶》

㉝
荒田一片石，文字满青苔。
不是逢闲客，何人肯读来。

——唐·姚合《古碑》

别来十二月，去到漏天边。
不是因逢闰，须知已隔年。

——唐·李频《游蜀中简友人》

㉞
南楼夜已寂，暗鸟动林间。
不见城郭事，沉沉惟四山。

——唐·韦应物《夜望》

西风吹急景，美人照金井。
不见面上花，却恨井中影。

——唐·曹邺《金井怨》

㉟
出槛亦不剪，从教长旧丛。
年年到朱夏，叶叶是清风。

——宋·陈亚《惜竹》

渔家临水住，春尽无花开。
年年谢流水，流得好花来。

——宋·邵定《渔家》

㊱
自君之出矣，不复理残机。
思君如满月，夜夜减清辉。

——唐·张九龄《赋得自君之出矣》

自君之出矣，弦吹绝无声。
思君如百草，撩乱逐春生。

——唐·李康成《自君之出矣》

㊲
竹深喧暮鸟，花缺露春山。

——唐·岑参《邱中春卧寄王子》

竹喧归浣女，莲动下渔舟。

——唐·王维《山居秋暝》

㊳
欲得周郎顾，时时误拂弦。

——唐·李瑞《听筝》

欲识湘妃怨，枝枝满泪痕。

——唐·刘长卿《斑竹》

㊴
去国三巴远，登楼万里春。

——唐·卢僎《南楼望》

衰鬓千茎白，他乡一树花。

——唐·司空曙《玩花与卫象同醉》

㊵
有泪皆成血，无声不断肠。

——唐·张说《南中别蒋五岑向青州》

有时闻虎啸，无夜不猿啼。

——唐·张子容《贬乐城尉日作》

㊶ 九门寒漏彻，万井曙钟多。

——唐·王维《同雀员外秋宵寓直》

百年流水尽，万事落花空。

——唐·韦庄《哭麻处士》

㊷ 山随平野尽，江入大荒流。

——唐·李白《渡荆门送别》

山临青塞断，江向白云平。

——唐·王维《送严秀才还蜀》

㊸ 入道无来去，清言见古今。

——唐·储光羲《题虬上人房》

涧水流年月，山云变古今。

——唐·崔曙《缑山庙》

㊹ 池花春映日，窗竹夜鸣秋。

——唐·李白《谢公亭》

旅愁春入越，乡梦夜归秦。

——唐·白居易《江楼望归》

㊺ 细草微风岸，危樯独夜舟。

——唐·杜甫《旅夜书怀》

风雨落花夜，山川驱马人。

——唐·赵嘏《东归道中》

㊻ 诗成流水上，梦尽落花间。

——唐·钱起《送夏侯审校书东归》

春归江海上，人老别离中。

——唐·皇甫冉《逢庄纳因赠》

㊼ 莫道桑榆晚，为霞尚满天。

——唐·刘禹锡《酬乐天咏老见示》

夕阳无限好，只是近黄昏。

——唐·李商隐《乐游原》

㊽ 夜火山头市，春江树杪船。

——唐·张乔《送友人许棠》

乱山残雪夜，孤烛异乡人。

——唐·崔涂《除夜有怀》

㊾ 秋声万户竹，寒色五陵松。

——唐·李颀《望秦川》

五更千里梦，残月一城鸡。

——宋·梅尧臣《梦后寄欧阳永叔》

㊿ 一声拨谷桑柘晚，数点春锄烟雨微。

——唐·皮日休《夏首病愈因招鲁望》

更被鹭鸶千点雪，破烟来入画屏飞。

——唐·韦庄《稻田》

51 坑灰未冷山东乱，刘项原来不读书。

——唐·章碣《焚书坑》

不将寸土封诸子，刘项由来是匹夫。

——宋·钱惟演《始皇》

52 万事因循今白发，一年容易即黄花。

——宋·王安石《愁台》

万里因循成久客，一年容易又秋风。

——宋·陆游《宴西楼》

53 卢家少妇郁金堂，海燕双栖玳瑁梁。

——唐·沈佺期《独不见》

一花开楚国，双燕入卢家。

——唐·刘方平《新春》

54 还家万里梦，为客五更愁。

——唐·张谓《同王征君湘中有怀》

蝴蝶梦中家万里，杜鹃枝上月三更。

——唐·崔涂《春夕旅怀》

⑤⑤ 风递幽香出，禽窥素艳来。

——唐·齐己《早梅》

霜禽欲下先偷眼，粉蝶如知合断魂。

——宋·林逋《山园小梅》

以上从⑯到⑤⑤这40组诗及诗句中，有的属于写作方法的相似，如：⑯中杜诗首句提出“风月”，颔联即承“风”承“月”写下；苏诗首联次句提出“鸿”“泥”，颔联即承“鸿”承“泥”写下。⑰中罗诗以“往年”开头，韦诗以“昔年”开头，两诗第七句都用“今日乱离”四字，模拟痕迹很明显。⑱中白诗以“湖上春来似画图”起句，以下具体描述“似画图”的春景；王诗以“今年寒食在商山”起句，以下具体描写商山寒食情景。有的属于语意、语态的相似，如：⑲⑳两组诗中各诗的颔联和㉑中两诗的颈联。有的属于两诗相同位置的用语相同，如：㉒两诗中的“只今唯有”、㉓两诗中的“如相问”、㉔两诗中的“但使”、㉕两诗中的“无端”、㉖两诗中的“不知何处(地)”、㉗两诗中的“输与”、㉘两诗中的“一种”、㉙两诗中的“一自”、㉚两诗中的“不知”、㉛两诗中的“借问”、㉜两诗中的“殷勤”、㉝两诗中的“不是”、㉞两诗中的“不见”、㉟两诗中的“年年”、㊱两诗中的“自君之出矣”“思君如”等，都是近体诗中惯用的语辞，这中间有无意暗合，也有有意模仿，但诗人们有时采取这种方式来写作，总比全由自己发挥创造性来得方便、稳当。这种方式也有其可行性和优越性。像前举王勃《滕王阁序》中的“落霞”两句，如不出自模仿，恐怕很难获得如此出色的效果。从㊲到⑤⑤每组中的两联诗，或意义相似，或格调相近，或词语和语态相仿，总之，都不失为佳词名句，都能供作诗的人借鉴和模拟。

综上所述，写诗的特殊方法确是一条写诗的捷径，但也须在多读、多领会的基础上才可望收到效果。因此，从某种意义上说，它比提起笔来随便写反而难些。这种捡便宜的作诗方法也只能偶一用之，绝不能将其当作是唯一的。须知从《诗经》到汉乐府、《古诗十九首》、唐诗宋词，它们之间看不出任何模仿的痕迹，可以说都是戛戛独造，而它们的伟大与不朽也正在于此。

今天我们为了研究、继承和发扬祖国文学遗产，为了探索内容与形式和理论与实践而写作旧体诗，这和古人写诗以求功名利禄的目的有着根本的不同。即使有所摹状和抒发，也须以反映现实、强调创新为主。因此，这条模仿因袭式的捷径，走得好或可青出于蓝，走得不好便成了画虎类犬；特别是在自己诗读得既少，写诗的工夫又尚未到家之时，还是以暂缓走这条路为佳。

第七节　近体诗的吟诵

古代读书人的学习生活，大都艰苦而枯燥，所谓十载寒窗，磨穿铁砚，青春作赋，皓首穷经。于是对客观上具有音乐性的诗，在念读中自然形成了一种不同于散文的读法，这种读法早期叫作“诵”，如孔子说的“诵诗三百”（《论语・子路》）。诵，近似后世较有节奏的朗读。再到后来，特别是近体诗形成之后，又由“诵”发展到“吟”（或吟诵）。吟，就与平仄、押韵、对仗等紧密相关了；吟，还代替了读诗与作诗。如：“吟诗作赋北窗里”（唐・李白《答王十二寒夜独酌有怀》），“新诗改罢自长吟”（唐・杜甫《解闷》），“二句三年得，一吟双泪流”（唐・贾岛《题诗后》），“吟安一个字，捻断数茎须”（唐・卢延逊《诗》），“生应无辍日，死是不吟时”（唐・杜荀鹤《苦吟》）等等。似乎凡涉及诗都离不开吟。那么何以如此呢？那就不外：①通过唇齿喉舌的规律生理活动容易读熟、记牢诗；②能涵泳玩索诗的深层意味；③可以弥补人的自然生理要求的音乐美感之不足。这样吟来，自然会给枯燥的读书生活带来一些活泼情趣和劳中有逸的感受。再从写诗来说，其作用更是积极的。

我们懂得并重视平仄声在近体诗中的重要性后，对于近体诗的吟诵就有了门径和基础。从古到今，吟诵诗的方法因地域和传习的不同而不同，但有一个共同遵守的原则，那就是利用并发挥平仄两声在诗句中各自的优势，即平声音调能拖长而平稳，仄声的音调可抑扬，其中的入声尤具短促的特色；再能在诗眼（五言第三字，七言第五字）上多加注意并用力，然后抗坠疾徐地吟诵并领会，久而久之，对于读、写诗都有莫大的帮助（前人所谓的“推敲”，除了意义外，也与吟诵有关）。四字句等于音乐上的两拍子，五字句等于音乐上的三拍子，七字句等于音乐上的四拍子。故凡吟诵时可以边吟边打着拍子。下面我们就举些例诗来吟诵吟诵。凡下加圆圈之字为平声韵脚，下加黑点之字应扬声重读，后加波状线为拖音长短之标记。一般平声字可拖一拍时间，韵脚字可拖长两拍，最后的落韵可拖长三拍。又非叶韵句尾前一或前四字如系平声，也可拖长两拍。

1.五言绝句

(1)平起，首句入韵格：

鹫翎～～～金仆姑～～～～～，
燕尾绣蝥～～～弧～～～～～。
独立扬新～～～～～令，
千营～～～共一呼～～～～～～～～～～～。

——唐·卢纶《塞下曲》（六首之一）

(2)平起，首句不入韵格：

稻陂～～～～～方渴雨，
蚕箔亦忧～～～寒～～～～～。
更有难知～～～～～～～处，
朱门～～～惜牡丹～～～～～～～。

——宋·陆游《春旱得雨》（二首之一）

(3)仄起，首句入韵格：

春日在天～～～涯～～～～～～～～，
天涯～～～日又斜～～～～～～。
莺啼～～～如有泪，
为湿最高～～～花～～～～～～～～～～～。

——唐・李商隐《天涯》

(4)仄起，首句不入韵格：

昨夜三更～～～～～后，
姮娥～～～堕玉簪～～～～～～～～。
冯夷～～～～～不敢受，
捧出碧波～～～心～～～～～～～～～～。

——宋・王禹偁《咏白莲》

2.七言绝句

(1)平起，首句入韵格：

秦时～～明月汉时～～关～～～～～～，
万里长征～～人未还～～～～～～。
但使龙城～～～飞将在，
不教～～～胡马度阴～～～山～～～～～～～～～～。

——唐・王昌龄《出塞》(四首之一)

(2)平起，首句不入韵格：

苏州～～～司业诗名～～～～～～～～老，
乐府皆言～～～妙入神～～～～～～～～。
看似寻常～～～～～最奇崛，
成如～～～容易却艰～～～辛～～～～～～～～～～。

——宋・王安石《题张司业诗》

(3)仄起,首句入韵格:

一道残阳铺水中,
半江瑟瑟半江红。
可怜九月初三夜,
露似真珠月似弓。

——唐·白居易《暮江吟》

(4)仄起,首句不入韵格:

荷尽已无擎雨盖,
菊残犹有傲霜枝。
一年好景君须记,
最是橙黄橘绿时。

——宋·苏轼《赠刘景文》

3.五言律诗

(1)平起,首句入韵格:

深居俯夹城,
春去夏犹清。
天意怜幽草,
人间重晚晴。
并添高阁迥,
微注小窗明。
越鸟巢干后,
归飞体更轻。

——唐·李商隐《晚晴》

(2)平起,首句不入韵格:

疏枝横玉瘦,

小萼点珠~~~~光~~~~~~。

一朵忽先~~~~~~~~变，

百花~~~~皆后香~~~~~~~~~~~。

欲传~~~~~~~~春信息，

不怕雪埋~~~~藏~~~~~~~~。

玉笛休三~~~~~~~~弄，

东君~~~~正主张~~~~~~~~~~~。

——宋·陈亮《梅花》

(3)仄起，首句入韵格：

犬吠水声~~~~中~~~~~~~~，

桃花~~~~带露浓~~~~~~~~。

树深~~~~~~~~时见鹿，

溪午不闻~~~~钟~~~~~~。

野竹分青~~~~~~~~霭，

飞泉~~~~挂碧峰~~~~~~~~。

无人~~~~~~~~知去所，

愁倚两三~~~~松~~~~~~~~~~~~~。

——唐·李白《访戴天山道士不遇》

(4)仄起，首句不入韵格：

沙岸残春~~~~~~~~雨，

茅檐~~~~古镇官~~~~~~~~。

一时~~~~~~~~花带泪，

万里客凭~~~~栏~~~~~~~~。

日晚蔷薇~~~~~~~~重，

楼高~~~~燕子寒~~~~~~~~。

惜无~~~~~~~~陶谢手，

尽力破忧～～～端～～～～～。

——宋·陈与义《雨》

4.七言律诗

(1)平起,首句入韵格:

清江～～一曲抱村～～流～～～～,
长夏江村～～事事幽～～～～。
自去自来～～～～～梁上燕,
相亲～～相近水中～～～鸥～～～～。
老妻～～画纸为棋～～～～～局,
稚子敲针～～作钓钩～～～～。
多病所须～～～～惟药物,
微躯～～此外复何～～求～～～～～。

——唐·杜甫《江村》

(2)平起,首句不入韵格:

谢公～～最小偏怜～～～～女,
自嫁黔娄～～～～百事乖～～～～。
顾我无衣～～～～搜荩箧,
泥他～～～～沽酒拔金～～钗～～～～～。
野蔬～～～～充膳甘长～～～～藿,
落叶添薪～～～～仰古槐～～～～。
今日俸钱～～～～过十万,
与君～～～营奠复营～～～斋～～～～～～。

——唐·元稹《遣悲怀》三首之一

(3)仄起,首句入韵格:

一上高城～～万里愁～～～～,

蒹葭杨柳似汀洲。
溪云初起日沉阁，
山雨欲来风满楼。
鸟下绿芜秦苑夕，
蝉鸣黄叶汉宫秋。
行人莫问当年事，
故国东来渭水流。

——唐·许浑《咸阳城东楼》

(4)仄起，首句不入韵格：

佳节清明桃李笑，
野田荒垅只生愁。
雷惊天地龙蛇蛰，
雨足郊原草木柔。
人乞祭余骄妾妇，
士甘焚死不公侯。
贤愚千载知谁是，
满眼蓬蒿共一丘。

——宋·黄庭坚《清明》

第八节　长律、六言诗及古诗简介

前面我们讲了五言、七言律绝诗，下面先简介一下长律（又称排律），它的写作和要求都和五言律诗一样，只是把颔、颈两联延长下去，无论多少句，最后来个结尾，与律诗的尾联一样（例诗可看精读篇中杜甫的诗《清明》），由于长律的篇幅长对句多，写起来既费力又欠灵活，故历来的诗人们很少写它。

次谈一下六言诗。每句六言的诗，由于只能有固定的三个双音词组，因此语言表达的灵活性大大减弱，不像五言、七言句中多了一个单音词可以灵活运用。下面举点例子来比较一下：

桃红复含宿雨，柳绿更带朝烟。
花落家僮未扫，莺啼山客犹眠。
——唐·王维《田园乐》

迟日江山丽，春风花草香。
泥融飞燕子，沙暖睡鸳鸯。
——唐·杜甫《绝句》

胜日寻芳泗水滨，无边光景一时新。

等闲识得东风面，万紫千红总是春。

——宋·朱熹《春日》

以上三首诗写的都是春日景色，但杜、朱两人的诗读起来不仅美好，而且灵动而自然；王诗写得也很美好，但读起来总有些难于吟诵之感，假如把杜的五言改为六言：

迟日江山美丽，春风花草真香。

泥融飞来燕子，沙暖睡着鸳鸯。

再把朱诗改成八言：

胜日寻芳泗水之滨，无边风光一时俱新。

等闲识得东风面貌，万紫千红总是好春。

改后两诗的意思和情景俱未改变，可是诗味则相差太远，甚至不像诗而像文了。为什么我国的诗歌向以五七言为主，六言很少，八言绝无？这只能从诗与乐结合的传统来理解，属于专题研究，且不去谈它。但有一点必须注意，六言句在“词”和“赋”里却大显身手。这也是我国古代韵文的一个特点。

再谈谈古体诗（古诗）。我国诗歌从汉魏以后至隋唐以前基本上全是五言（也有极少数杂言），从唐代起才有了纯粹的七言，而且逐渐扩大起来，成为与五言诗并行的诗体，而且在格律诗中显得很突出，常为诗人们所运用。就整个诗坛来说，有格律精严的近体，也有五言、七言及杂言的古体，不论古体或近体，押韵是共同的要求。古诗的押韵也和近体不同，它的句子不拘长短，可通押平声韵，可通押仄声韵，还可以平仄转韵。就平仄和对仗来说，古诗不要求，用平仄对仗也不妨，这正是古诗的传统。因此，写古诗比写近体诗自由得多，可以三五句，也可以几十上百句。特别是它的自由转韵，使一首诗灵活生动，起伏开合，抑扬顿挫，叙事写景抒情，都超过了近体诗。下面且举点例子来看看。（○代平声韵，△代仄声韵）

燕草如碧丝，秦桑低绿枝。

当君怀归日，是妾断肠时。

春风不相识，何事入罗帏。

——唐·李白《春思》

岱宗夫如何，齐鲁青未了。
造化钟神秀，阴阳割昏晓。
荡胸生层云，决眦入归鸟。
会当凌绝顶，一览众山小。

——唐·杜甫《望岳》

白日登山望烽火，黄昏饮马傍交河。
行人刁斗风沙暗，公主琵琶幽怨多。
野云万里无城郭，雨雪纷纷连大漠。
胡雁哀鸣夜夜飞，胡儿眼泪双双落。
闻道玉门犹被遮，应将性命逐轻车。
年年战骨埋荒外，空见蒲萄入汉家。

——唐·李颀《古从军行》

上举三诗，李白诗全押平声韵（枝、时、帏），杜诗全押仄声韵（了、晓、鸟、小），李颀诗押平仄转韵（河、多[平]，郭、漠、落[仄]、遮、车、家[平]），李白诗六句，杜甫诗八句，李颀诗十二句。可见古诗的句式不拘，平仄、对仗也不讲，韵却是要押的。这只是几个简单的例子。此外，古诗还发展出长篇的“歌行体”，如白居易的《长恨歌》《琵琶行》等，更丰富了古诗的内容。

第二章　词

第一节　读词与填（写）词

诗和词是我国韵文苑里迄今尚未凋谢净尽的两朵奇葩，特别是唐诗宋词，它们在当时的作用和对后世的影响是巨大而深远的。事物的通例是，越是制作精美的东西，所花费的劳动越多，所要求的技艺越繁难。诗（特别是近体诗）、词艺术技巧要求之所以特别严格，道理就在此。词又名“诗余”或“长短句”，不难理解，词和诗的关系何等密切。因此，在能读会写近体诗的基础上再来读、写（填）词，就容易、方便多了。如字句、平仄、押韵、对仗以及表现手法等，词和诗相同或相似，比诗灵活而宽绰。当然词也有它本身的特点和难点：①调多谱繁，要写词就得一丝不苟地按谱填写；②词比诗更强调音乐性，除了要求分阕、合谱、复杂的押韵等外，还要求分辨字词的清浊、阴阳、上去声等；③词和诗一样，学诗要多读诗，学词也要多读词，诗要熟读，词也要熟读，词调多谱杂，比诗难读得多，但仍非读不可。我们还要边读边识调记谱，只有这样才能逐渐学会填词。

第二节　词的起源和流派

《诗经》是我国最早的一部诗歌集子，两千多年来谈诗的人，都以此为源本。后来诗虽然由四言发展到杂言、五言、七言，由古体发展到近体，但它的源流是清楚的，性质是明确的。可是当人们谈到词的起源和性质，就众说纷纭了。有人认为词起源于古代诗歌中的长短句，因此名之为"长短句"，以长短句命名词集的，如宋・秦观的《淮海居士长短句》，宋代辛弃疾的《稼轩长短句》等；有人认为词起源于乐府，因此名之为"乐府"，如宋代苏轼的《东坡乐府》，宋代贺铸的《东山寓声乐府》；有人认为词是由诗变化而来，是诗之余，故名之为"诗余"，以诗余命名词集的，如宋代范仲淹的《范文正公诗余》，南宋无名氏编的《草堂诗余》等；也有人认识到词与音乐有关系，故又有"乐章""琴趣""歌曲"等名称，如宋代柳永的《乐章集》，宋代黄庭坚的《山谷琴趣》，南宋姜夔的《白石道人歌曲》等等。上述诸家从追溯词源到给词命名，不能说没有道理，但都不免有点盲人摸象之感。实际上，词是合乐的文学，是一种配合音乐以供歌唱的歌词，所谓“词即曲之词，曲即词之曲”（清·刘熙载《艺概》），也就是“曲子词”。先有了乐谱，然后按谱来填词，这是词和诗在写作方法上最不同之点，因此，要了解词，首先得知道一点与词有关的古代音乐情况。

宋代沈括《梦溪笔谈》卷五中说：“自唐天宝十三载754，始诏法曲与胡部合奏，自此乐奏全失古法。以先王之乐为雅乐，前世新声为清乐，合胡部者为宴乐。”“雅乐”为汉魏以前的古乐；“清乐”（即“清商曲”）为汉魏六朝以来的“街陌谣讴”；宴乐（即“燕乐”或“讌乐”）为“胡夷、里巷”之曲，即隋唐以来西北各民族传入的音乐与中原传统民间音乐相融而产生的一种新音乐。传统的“雅乐”“清乐”的乐器为琴、瑟、笙、箫等，有七音（宫、商、角、徵、羽、变宫、变徵）、十二律（黄钟、大吕、太簇、夹钟、姑洗、仲吕、蕤宾、林钟、夷则、南吕、无射、应钟），相乘得八十四宫调，但由于乐器设备和人嗓音域的限制，实际用到的宫调只不过八十四调的1/3。燕乐的主要乐器为琵琶。琵琶共有四弦，每弦七调，共二十八宫调，故隋唐以琵琶伴奏为主的燕乐只有二十八宫调。到了南宋，据张炎《词源》所载，仅有十九宫调了。十九宫调是：正宫、高宫、中吕宫、道宫、南吕宫、仙吕宫、黄钟宫、大石调、双调、小石调、歇指调、商调、越调、般涉调、中吕调、正平调、高平调、仙吕调、黄钟羽，这十九调也就是后来元曲曲调的基础。本来每个词调必属于某一宫，不同的宫调表示不同的腔调和感情；甚至不同的时间也应选择不同宫调（如宋代欧阳修在《秋声赋》里所说的“夷则为七月之律”），这在当时是分得很清楚的。自从词与音乐分家之后，文人们只按谱填词，一般便不大顾这些了，但对于研读词的人来说，这方面的常识却不可缺少。如宋人词集中有些是按照宫调编排的，如柳永、张先、周邦彦、姜夔等人往往在每个宫调下编入不属于这个宫调的词调，或是在词调下注明所属的宫调。如没有这方面的起码常识，那就不解其意。还有，一个词调一般只属于一个宫调，可是有时又在原词调上加上“摊破”“偷声”“减字”“添字”“添声”，以及“转”“犯”“摘遍”等字，便与原调不同了。我们也只有从歌曲的需要和乐曲的变化、宫调的转换来解释。

唐代是我国历史上一个国力富强、社会经济繁荣、对外文化交流极盛的时代。西域以及西北地区少数民族以琵琶为主的音乐传入后，与当时的民间音乐配合而产生了“燕乐”，一方面与传统的唱腔有了显著的不同；另一方面，它要求有新的歌词，即“曲子词”。这种歌词必须严格按照乐谱的唱腔要求来填写，所以才有了“填写”“倚声”（依照腔调）等新的说法。自从民间的曲子词唱开后，一些文人也兴致勃勃地模仿着填起词来（如：张志合、戴叔伦、韦应物、刘禹锡、白居易、温庭筠等），词这一文学形式才逐渐登上了大雅之堂。因此，从来源于新音乐曲谱的需要以及词作中比近体诗更为严格的格律要求来看，都只是在近体诗盛行、新音乐形成之后的唐代，才有可能产生词这一文学形式。

历来词论家都把词从风格上分成“婉约”和“豪放”两派，婉约派词情蕴藉，豪放派气象恢宏。明代陶宗仪《说郛》卷二十四引宋代俞文豹《吹剑续录》说；“东坡在玉堂，有幕士善讴。因问‘我词比柳（永）词何如？’对曰：‘柳郎中词只合十七八女孩儿，执红牙拍板，唱杨柳岸晓风残月；学士词须关西大汉，执铁板，唱‘大江东去’。公为之绝倒。”这段对话，生动形象地说明了当时确乎存在“柳岸晓风残月”的“婉约”和“大江东去”的“豪放”两种不同风格的词派。一般说来，婉约派词多写个人哀怨和儿女之情，缺乏社会现实意义，豪放派则恰好相反，特别是南宋豪放派词人的词。北宋婉约派的代表词人有晏殊、欧阳修、柳永、张先、秦观、贺铸、周邦彦、李清照等。他们上承晚唐五代词人温庭筠、韦庄、冯延巳、李煜等柔靡婉丽的词风，下开南宋的格律词派。豪放派的杰出代表作家是北宋的苏轼，他第一次把词从狭窄领域内带到了广阔社会的各方面，不但冲破了长期以来婉约派的儿女之情的网和伤离怨别、嗟卑叹老的关，甚至有时还摆脱了词的严格音律束缚，用自然而雄健的笔触写宏伟的景象，抒深沉的感慨，出高远的意境，开创了有宋一代词坛的豪放新风。可是这种词风，在婉约派词风盛行的北宋时代却未能为多数人赞许和接受。到了南宋时期，民瘼国瘁，河山剩下半壁，庸主奸臣们只知苟安求和。这时候一批爱国志士援笔填词，一腔爱国忧时意，满纸激昂慷慨情，与豪放派词风自然合了拍。张元干、张孝祥、陆游、陈亮、刘过等词人横戈跃武，大词人辛弃疾更是举纛扬威。他们的豪放词作，继承苏轼又有所发展，是两宋词的花中之花。直到南宋中晚期的爱国忧时词人如刘克庄、刘辰翁、文天祥等，还都沿着苏、辛这条道路前进。同时，继承柳永、秦观、周邦彦婉约一派的词人，如姜夔、吴文英、周密、王沂孙、张炎等，他们在特重音律辞藻之外，加之以混世的态度、避世的逸情和末世的感伤，大扇格律词风，落叶哀蝉，终宋之世。

词是合乐文学，每首词都须有一个与之相配的有一定音律节奏的乐调，这个乐调称为“词调”。词调的来源比较复杂：有的是官家音乐机构谱制的，有的是民间唱出的，有的是乐工歌伎们制唱的，有的是文人自制的，有的还是来自外域的。宋代张炎在所著《词源》里分词调为九种，但最常见的只有令、引、近、慢几种。“令”为短调，以四韵为正，最少的二韵，多为单调；“引”为长于小令而短于慢词的中调，以六韵为正，可多至八韵，多为双调；“慢”为长调，以八韵为正，可多至十六韵以上，多为双调或三叠、四叠调。清代毛先舒《填词名解》规定：“凡填词五十八字以内为小令；自五十九字始至九十字止，为中调；九十字以外者，俱长调也。”并说：“此古人定例也。”他所说的“小令”不只是单调，也包括双调在内，宫调包括了“引”“近”两种；长调即“慢”词。这种机械的划分，往往会产生同调不同字数而跨类的混乱现象。故曾有人反对过，但因系“古人定例”，只有照例沿用了。后来也有人不受拘泥，以五十字以下为小令，五十字以上至一百字之间为中调，一百字以上为长调；甚至有人干脆把词只分成两类，即六十二字以内为小令，六十三字以外为慢词（见王力《汉语诗律学》）。

第三节 词调与词谱

·

词调就是每首词的名称，它的特点是：①代表这首词的章法、字句和韵位；②除了最早期的词外，后来的词调和词的内容都无甚关系，因此要表明这首词的内容，便在词调下另加题目或小序；一首词的调名往往越往后越多。如《念奴娇》就有《大江东去》《酹江月》《百字令》《壶中天》等名，《蝶恋花》就有《黄金缕》《凤栖梧》《鹊踏枝》《卷珠帘》《明月生南浦》等名：这叫作“名异调同”。又如《少年游》词调有四十九字、五十字、五十一字、五十二字各体，《临江仙》有十四体，《南乡子》《浪淘沙》等有双调，又有单调，《相见欢》《锦堂春》又俱名《乌夜啼》，《谢池春》《浪淘沙》俱名《卖花声》等，这叫“名同调异”。词调调名的来源也很复杂：有的因人名而得调名，如《虞美人》（楚霸王项羽的姬人），《念奴娇》（唐天宝时名妓念奴）；有的因物而得调名，如《苏幕遮》（高昌国妇女周缘覆肩帽檐似幕的帽形）；有的因地名而得调名，如《扬州慢》（写兵燹后扬州的荒凉景象）；有的因事而得调名，如《忆江南》（此调本名

《谢秋娘》，为唐代李德裕悼念亡姬谢秋娘所作，白居易填此词有“春来江水绿如蓝，能不忆江南”之句，故改名《忆江南》）；有的因古人诗句而得名，如《点绛唇》（梁朝江淹诗“明珠点绛唇”）、《蝶恋花》（梁元帝诗“双飞蝴蝶恋花情”）；有的取本词中句子为调名，如《章台柳》（韩翃《章台柳》词首句）、《疏帘淡月》（张辑《疏帘淡月》词最后一句）；有的因全词字数得名，如《十六字令》《百字令》（即《念奴娇》）；有的调名与内容完全一致的，如《渔歌子》（写打鱼人的生活）、《双双燕》（描写燕子双飞）；还有因原词唱腔的宫调转变而成的，如《添声杨柳枝》《摊破浣溪沙》《偷声木兰花》《减字木兰花》《凄凉犯》等。

词谱就是词调的乐谱，它和词的关系非常紧密。自从词和音乐分离以后，填词的人只有严格按照词谱的要求来填写，才能保持原调的一些音乐意味；虽不能按节歌唱，还可以据调来吟读。词谱起源于明代张綖的《诗余图谱》，他把前人的词牌编成词谱，列出词调，词中字旁加白圈的表示此字必用平声，加黑圈的表示此句必用仄声，加半黑半白圈的表示此字可平可仄，给填词人以初步方便。后来万树作《词律》二十卷，共收六百六十个词牌，一千一百八十多体，在每首词的某些字下，只注“可平”或“可仄”二字，凡未加注字的，均须按原字的平仄声填制，给填词人以较大的方便（词中固定了的押韵、叶韵、换韵、句、豆等，张、万两书中都有注明）。再稍后的康熙年间，陈廷敬、王奕清等奉敕编的《钦定词谱》问世了，它是在《词律》基础上增定而成的，共有八百二十六个词牌，二千三百〇六体，比《词律》更为完备（词中的平仄、押韵、句、豆等，是把张、万两书的体质较为醒目地结合起来），尽管篇幅巨大，但常见、常用的词牌只占少数。到了嘉庆年间靖安人舒梦兰编选的《白香词谱》虽只有一百个词调，每调只列一体，只注平仄，但有方便而实用的价值。

第四节　词的分阕（片）、押韵与平仄

分阕（分片）是词和诗在体制方面突出的不同之点。“阕”就是每唱一遍的终止阶段。小令多为一阕（片），如《十六字令》《调笑令》《如梦令》等；中调多为上下两阕（片），如《念奴娇》《贺新郎》《满江红》等；长调（慢词），有上下两阕（片），也有三、四阕（片）的，叫作三叠、四叠，三叠的如《兰陵王》，四叠的如《莺啼序》等。词在分阕方面应注意的是：①一首词不论分成多少阕，都应是具有完整意义的一首词（只有一个主题或中心思想），要形断意连，形分体合，下阕的第一句（“过片”或“换头”）尤须注意，对于上阕要有承、转之意。②上下阕字、句韵部有完全相同的，如《天仙子》《江城子》等，这是先有单调，重叠后变为双调；有的上下阕字、句、韵虽然全相同，但非单调的重叠，其本身大都属于小令，如《浣溪沙》《生查子》《蝶恋花》等。③有的上下阕的字、句、韵只部分相通，或完全不相通，如《六丑》《人月圆》《河传》等，多是为了歌唱的需要，随着乐谱的变化而变化。

词的押韵和诗也有很大的不同。一是，诗可通押平声或仄声韵，也可自由转押平仄声韵；而词的押韵要按照词谱的规定来押，该通押平仄声的，必须通押平仄声；该换押韵的就得换押韵，毫无自由。二是，诗有四声，近体诗只能押平声韵，古体诗可押平声韵也可押上、去、入声韵；而词除平、入声单独押韵外，上、去声韵可通押。道理是诗以读为主而词以唱为主，读时每个字音必须准确，韵调必须一致；而唱时平声腔调独稳而入声腔调独促，只有上、去声可以随腔调的需要而高低滑动，故可通押。前人把词韵分成平声韵、上去声韵和入声韵三类，原因就在于此。三是，词可以平声或仄声句句押韵，如《渔家傲》《一剪梅》等；可以平仄韵（包括入声）转换押韵，如《菩萨蛮》《虞美人》等；可以隔句押韵，如《水龙吟》《莺啼序》等；也可以平仄错落押韵，如《相见欢》《定风波》等；还可以平仄韵通押，如《西江月》《哨遍》等。

作诗必须讲究平仄，特别是近体诗，如不讲究平仄，随意造句，那就不成其为近体诗了。从填词来说，词不但比近体诗更为严格地讲究平仄（如词谱中所规定的必平必仄和可平可仄等），有时还讲究仄声中的上、去、入声，甚至还要讲五音（喉、舌、齿、唇、牙），分清浊、阴阳，这些都比诗复杂、困难多了。汉语的每个字（词）都可分为声母和韵母两个部分，一个字音的清浊、阴阳是从声母来区分的：凡发音时声带不颤动的叫作清音或阴声，声带颤动的叫作浊音或阳声；清音或阴声声调较高，浊音或阳声声调较低。平声的清浊不难分辨，如普通话里的阴平属清音，阳平属浊音。至于上去入声的清浊（上声一般不分清浊），一般可不去管它，但是对于专门从事研究而有意作（填）词的人来说，却不能不管。因为宋代一些杰出的婉约派词人（如：周邦彦、李清照、姜夔等），他们填词很讲究这些，如不懂得，便很难体会到他们词作的某些奥妙之处。如南宋末年的张炎在所著的《词源》中记载了他的词人父亲张枢的一段改词佳话。说张枢每写成一首词，先要让歌者演唱，听听是否协调。张枢曾感于所填的一首《惜花春起早》词中最后三字“琐窗深”不协调，便把“深”字改成“幽”字，觉得还不协调，最后改成“明”字才协调了。原来“深”“幽”两字皆为清音（阴平声），而前面的“窗”字也是个清音（阴平声），两个清音连在一起，歌唱起来就犯了声调重复的禁忌，改为浊音（阳平声）的“明”字这一禁忌就不存在了。其实，从意义上说，“明”字远不及“深”“幽”两字好，但为了歌唱协调，便不惜因音害意了。于此可见宋人对于词的平仄音律重视到了何种程度！由于词特别重视音律唱腔，词作家和词论家进一步探索，发现了一些可宽的规律，也发现了一些更严的规律。这些规律都与音律有关，而与词意无涉。宽例如，词的节拍处该用平声字而无适当的平声字时，可用入声或上声来代替平声；严例如，万树在《词律》中所主张的："同是仄声，上去不能互易为去上，其调低；去声激厉劲远，其调高。相配用之，方能抑扬有致。"总之，前人对于词的音乐歌唱性都非常重视。即使苏、辛豪放一派词人的作品能冲破格律的束缚，实际上他们词作的绝大部分，还是合律协调的。

第五节　词的字（词）法与句法

任何一种文学作品，都是积字成句、积句成篇的。字是最小的单位，也是很重要的单位，特别是在词这种一般都较短小的篇幅里，既要求协音律，又要求突出思想性和艺术性，所以对于字的使用和锤炼，就成为填词与论词者的一项重要任务了。

古人所谓的“字”，实即现代汉语的“词”。文学作品中一个单音词，往往包含着性质、意义、音调、色彩等。在宋人词作中，用字的精警出色，随处可见。但字的锤炼工夫，也只有在句子中才能体现出来，这些字，古人称为“词眼”，词眼一般在句中，有时也处于领句地位。这些字，有实字也有虚字，有单字也有叠字。在单句中的能为单句添彩，在对句中的可使对句增色。在单句中的实字，例：

小风疏雨　（李清照《孤雁儿》）
宠柳娇花　（李清照《念奴娇》）
翠阴香远　（方千里《过秦楼》）
月约星期　（楼采《玉漏迟》）

酬花唱月　（吴文英《解连环》）

蝶凄蜂惨　（杨缵《八六子》）

在对句中的实字，例：

翠叶藏莺
珠窗隔燕　（晏殊《踏莎行》）

罗袖分香
翠绡封泪　（陈亮《水龙吟》）

虚阁笼云
小帘通月　（姜夔《法曲献仙音》）

柳困桃慵
杏青梅小　（程垓《水龙吟》）

做冷欺花
将烟困柳　（史达祖《绮罗香》）

霜杵敲寒
风灯摇梦　（吴文英《失调名》）

虚字、叠字，例：

但屈指西风几时来，又不道流年暗中偷换。　（苏轼《洞仙歌》）

任宝奁尘满，日上帘钩。　（李清照《凤凰台上忆吹箫》）

怕蓦地玉关重见。　（张炎《解连环》）

[以上单虚字]

恰似一江春水向东流。　（李煜《虞美人》）

似曾相识燕归来。　（晏殊《浣溪沙》）

试问闲愁知几许。　（贺铸《青玉案》）

[以上双虚字]

更那堪冷落清秋节。　（柳永《雨霖铃》）

不如向窗儿底下，听人笑语。　（李清照《永遇乐》）

更能消几番风雨。　（辛弃疾《摸鱼儿》）

[以上三虚字]

霏霏点点回塘雨，双双只只鸳鸯语。　（敦煌曲子词《菩萨蛮》）

寻寻觅觅，冷冷清清，凄凄惨惨戚戚。　（李清照《声声慢》）

［以上叠字］

领句的字（多为上、去声字），一般可直领一句至数句，例：

渐霜风凄紧，关河冷落，残照当楼。　（柳永《八声甘州》）

念腰间箭，匣中剑，空埃蠹，竟何成。　（张孝祥《六州歌头》）

正沙平草枯，水平天远。　（张炎《解连环》）

韵文历来很重视字法，特别是词，除了在意义方面锤炼外，还须在音调、色彩等方面多加研究。上举例子，只是最常见而人人皆知的一点点，非常抽象，要大量而具体地掌握词的用字法，只有在多读、多研究和能写（填）点词之后了。

词和诗在形式上有很多的不同，其中以句子的长短不齐最为明显。诗以五言、七言句为主，词则有一言至九言的单句，有三言至七言的对句，还有排句、叠句、领字句等。一般情况是：平仄自然相间，近似近体诗的句子在词里容易掌握，不容易掌握的是那些为了唱腔使平仄失常而又成为定格的句子。对于这些句子，填词者必须多加注意。请看下面的例子：

一字句，只能是一个平声字，如："天，休使圆蟾照客眠。"（平——宋・蔡伸《十六字令》）

二字句；占汉语大多数的复音词不论在口语还是在书面语中，用得多而自然，如"吃饭"（仄仄）、"穿衣"（平平）、"出门"（仄平）、"行路"（平仄）、"斜阳"（平平）、"暮雨"（仄仄）、"秋月"（平仄）、"夏云"（仄平）等，可是按照词谱填入词里的二字句却不多，如"魂销"（平平——五代・顾敻《河传》）、"棹举"（仄仄——五代・顾敻《河传》）、"柳堤"（仄平——唐・温庭筠《河传》）、"谁怕"（平仄——宋・苏轼《定风波》）等，只限于极少数的几个词调中。

三字句：有各种情况，如"箫声咽"（平平仄——唐・李白《忆秦娥》）、"泗水流"（仄仄平——唐・白居易《长相思》）、"寻好梦，梦难成"（平仄仄，仄平平——宋・聂胜琼《鹧鸪天》）等，为韵文常用句式，读写俱不费心力；只有仄平仄、平仄平、仄仄仄、平平平等，颇似古诗中的拗句，而在词中往往成为平仄不能移易的定格，对这些必须特加注意。如"谁伴我，对鸾镜？"（仄平仄——宋·李玉《贺新郎》)、"向夜深风定悄无人,闻佩环。"(平仄平——宋·姜夔《满江红》[押平韵])、"花飞去,良宵长"(平平平——宋·史达祖《寿楼春》)、"一叶落,褰珠箔。"(仄仄仄——后唐庄宗李存勖《一叶落》)

四字句:这是从《诗经》以来最古老的韵文句式,本身为两个固定节拍,句法又多为"平平仄仄"或"仄仄平平",这样的句法亦易掌握;至于四字全平(如"关关雎鸠")或四字全仄(如"采采卷耳")等,在词中很少见到,近似的,如"揾英雄泪"(仄平平仄——宋·辛弃疾《摸鱼儿》)、"照花斜阳"(仄平平平——宋·史达祖《寿楼春》)等,皆为平仄不可移易的固定格式。

五字句:是汉魏以来诗歌的主要句式。历代诗作者利用五言句中五字三拍子的灵活性(见本书第一章第二节)以及一三五不论的诗句通融法,在词中不论上二下三或是上三下二,都显得方便而自然;其中只有少数上一下四句,如:"写春风数声"(宋·刘过《醉太平》),上四下一句,如:"落日塞尘起"(辛弃疾《水调歌头》),填词者应予注意。至于《生查子》全词和《菩萨蛮》除上阕中的前两句外,简直是拗体五言律诗了。

六字句:诗歌中的六言体历来成绩欠佳,作者也不多。其原因是六字三节拍,相当死板,不易发挥语言的功能。可是在词中的情况就不相同了。因为词是要求能唱的长短句,各种字数的句子都需要,都能在各自的音位上发挥其应有的功能。所以不为诗歌优遇的六言句,在词中却大显身手。随便举一首词都能发现六言句,如:"不知天上宫阙"(苏轼《水调歌头》)、"楚天千里清秋"(辛弃疾《水龙吟》)、"小楼明月调筝"(刘过《醉太平》)、"唯有池塘自碧"(姜夔《淡黄柳》),最突出的是《西江月》,有四分之三是六字句,例如:

明月别枝惊鹊,清风半夜鸣蝉。稻花香里说丰年,听取蛙声一片。 七八个星天外,两三点雨山前。旧时茅店社林边,路转溪桥忽见。

——辛弃疾《西江月》

五言、七言句的使用范围极广,适应性很强,而六言句却只宜于叙写;但六言句有三个节拍,第一、三、五字的平仄一般又可不论,因此六言句对于填词来说，又有其特别便利之处。只有少数上三下三的句法，如“浑不见花开处”（苏轼《水龙吟》）和上一下五的句法，如：“甚杖履来何暮”（宋·张炎《青玉案》），应加注意。

七字句：也是熟用的韵文句法，一般是上二下五或上四下三，再加上“一三五不论”的习惯规定，在词中是比较容易掌握的句法；只有少数上三下四、上一下六句法，在读、写时须加注意。上三下四句，如：“二十年重过南楼”（宋·刘过《唐多令》）、“万户侯何足道哉”（宋·刘克庄《沁园春》）；上一下六句，如：“对桐阴满庭清昼”（宋·辛弃疾《水龙吟》）、“又软语商量不定”（宋·史达祖《双双燕》）。

八字句、九字句：词中的八字句多为五字句加三字句，九字句多为六字句加三字句或四字句加五字句。因为根据人的自然生理现象，一口气读七个字音，似乎已达极限，若再引长，就不自然了，中间必须有个语气停顿，《楚辞》中的“兮”字就起了这种作用。因此，在需要八字句、九字句时，就可照五加三和四加五、六加三等办法来处理，例如：“枉教人立尽梧桐影”（三加五——宋·李玉《贺新郎》），“犹记多情曾为系归舟”（四加五——宋·秦观《江城子》），“恰似一江春水向东流”（六加三——南唐·李煜《虞美人》）。

三字对句：

碧云天
黄叶地　（宋·范仲淹《苏幕遮》）

鸠雨细
燕风斜　（宋·许棐《喜迁莺》）

四字对句：

烟柳画桥
风帘翠幕　（宋·柳永《望海潮》）

杨柳回塘
鸳鸯别浦　（宋·贺铸《踏莎行》）

五字对句：

孤村芳草远
斜日杏花飞　（宋·寇准《江南春》）

风髻金泥带
龙纹玉掌梳（宋·欧阳修《南轲子》）

六字对句：

月夜一帘幽梦
春风十里柔情（宋·秦观《八六子》）

枝袅一痕雪在
叶藏几豆春浓（宋·吴文英《西江月》）

七字对句：

舞低杨柳楼心月
歌尽桃花扇底风（宋·晏几道《鹧鸪天》）

自在飞花轻似梦
无边丝雨细如愁（宋·秦观《浣溪沙》）

排句（以四言较常见）：

兰堂夜烛，百万呼卢；画阁春风，十千沽酒。（宋·柳永《笛家弄》）——四言排

欲说还休，虑乖芳信，未歌先咽，愁近清觞。（宋·周邦彦《风流子》）——四言排

叠句（以一言至四言较常见）：

花，花，满枝红似霞。（唐·温庭筠《思帝乡》）——一字叠

胡马，胡马，远放燕支山下。（唐·韦应物《调笑令》）——二字叠

章台柳，章台柳，昔日青青今在否？（唐·韩翃《章台柳》）——三字叠

欲说还休，欲说还休。却道天凉好个秋。（宋·辛弃疾《丑奴儿》）——四字叠

领字句（见上述一字至三字的虚字。实皆领字句）。

第六节　填词的方法

词是一种音乐性很强，定调、定字、定音律的文体。它和诗不同的地方是：诗只有几种格式，而词是一词一调（一种唱腔），诗（特别是近体诗）的句式整齐，一般不外五言、七言的四句、八句，而词除极少数例如《生查子》《玉楼春》等外，几乎都是长短句；诗中的平仄声和句与句之间的粘、对情况都是固定了的，词却是因调而异，绝无两调相同的；诗中的押韵部位也是固定了的，而且近体诗只押平声韵，词的押韵就很复杂了（见前读词部分所述）。至于词在写作方法和语气运用等方面，和诗的差别也大。下面我们分别来谈谈。

一、审题与选调

当一个人想要写诗（近体诗）时，只要考虑一下写绝句还是写律诗，五言还是七言，一般很快就能决定下来，随即提笔来写。可是当一个人想要写（填）词时，就相当为难了，因为要从成百上千的词调中选出一种来为此时此地的自己填词所用，而用这一词调写出的词，不但在内容和形式上，而且在歌唱的音乐性上，都要恰好表达出自己所要表达的思想感情，因此，这一审题选调工作就绝不可忽视了。文学作品种类繁多，用途广泛，就词这一文体来说，它最适合抒情写景。根据前人填词的原则：表达激昂慷慨之情，可用音调高亢的《满江红》《念奴娇》《水调歌头》等调；写登山临水怀古伤今之情，可用激越凄清的《浪淘沙》《临江仙》等调；抒写一般情景，可用音节谐婉的《浣溪沙》《蝶恋花》等调；写抑郁情怀，最好用低回顿挫的《贺新郎》调；写重章，五言、七言平仄转韵的《菩萨蛮》调最合适；咏物，可用多四对句的《沁园春》调，等等。总之，词调既多，体用又不一，这里作者只略举一二（凡音律与风格相近之词调可以隅反类推），这些都非成规定律，不能绝对化，如宋代文及翁《贺新郎》（一勺西湖水）讽刺苟安江左文恬武嬉而不思恢复中原的南宋小朝廷，宋代陆游《沁园春》（孤鹤归飞）大抒壮志莫酬的悲凉凄怆之情，宋代晏几道《临江仙》（梦后楼台高锁）的回忆爱恋，宋代张孝祥（《浣溪沙》）（霜日明霄）抒发爱国情怀等，都是传世名篇。

二、命意布局与接谱

凡提笔写作，无论何种文体都须先命意（立意）。所谓“意”就是我们今天所说的“主题”或“中心思想”，命意就是定下主题或中心思想。就填词来说，它的命意一定要与审题定调同时进行，因为其中还存在着一个某种唱腔才能表现某种思想感情的问题。像词这种特重艺术技巧的文体，还必须特别强调命意的高远与雅宜，如果一味追求形式美而忽视了内容的健康、正确，写成的东西将会像华丽的衣装裹着一块俗肉，只能令人作呕与失望！

在布局方面词也有其特点。诗文写作布局，大都有个起承转合以及段落、层次、开头、结尾等；词却不同，由于与音乐的密切关系，除短小体制的单调有时一气呵成外，双调以上都分上下阕（片）以至三四叠，故上下阕的双调便成为词的基本形式和自然布局（这在前面已有所述），有两点必须强调和注意：一是，上下阕内容不宜相同，但又不可全然无关，要以若即若离、形分神合为佳；二是，换头（或称过片，即双调词的下阕第一句）在两阕中起着承上启下的关键作用，不论读或写（填）词，都必须予以特别重视和精心对待。

可以毫不夸张地说，凡是换头（过片）出色的作品，大都为传世名词。

我们向来说作文、作诗或写文写诗，却很少说作词或写词，而是说“填词”。为什么要说“填”？这便说到词和词谱的关系了。

一首词必有一个词调，一个词调必有一个词谱，这是词和诗、文在形式上最不同的地方，也是填词比作文、写诗繁难的地方。准备填词时，审好题，定好调，作好命意布局，似乎可以动手了，但还得注意：词除极少数调谱有较整齐的句式外，绝大多数为长短句，因而填词者就不能用写诗的构思造句方法来填词，一定要按谱填词，此其一。词谱中除了必平必仄和可平可仄的字要严格遵守外，押韵也相当复杂：有通首押平声韵的，有通首押仄声韵的，有平仄韵转换押的，有平仄韵通叶押的，还有平仄韵错叶押的；为了有据可依，有才可施，也只有严格地按谱填词，此其二。按照传统观念，不填词则已，要填词就不能离谱，就要填得像个词样子。这好比演唱京戏，要演唱出京戏味儿就离不开皮黄腔调一样，如果怕麻烦嫌不自由，那就干脆改演话剧好了。下面举点例子来看看不同调谱的不同押韵，以及平仄声的固定与灵活情况（“—”代表必平，“｜”代表必仄，“十”代表可平可仄，“○”代表押平韵，“△”代表押仄韵，“句”代表句尾，“韵”代表押韵句尾，“豆”代表句中停顿，大括弧“{”代表连接上下阕）。

[词]	[谱]（平韵格）
春去也！	— 十 ｜（句）
多谢洛城人。	十 ｜ ｜ — —（韵）
弱柳从风疑举袂，	十 ｜ 十 — — ｜ ｜（句）
丛兰裛露似沾巾，	十 — 十 ｜ ｜ — —（韵）
独坐亦含颦。	十 ｜ ｜ — —（韵）

——唐·刘禹锡《忆江南》

[词]	[谱]（仄韵格）
去年元夜时，	十 — 十 ｜ —（句）
花市灯如昼。	十 ｜ — — ｜（韵）
月上柳梢头，	十 ｜ ｜ — —（句）

人约黄昏后。	＋ ｜ — — ｜（韵）
今年元夜时，	＋ — ＋ ｜ —（句）
月与灯依旧。	＋ ｜ — — ｜（韵）
不见去年人，	＋ ｜ ｜ — —（句）
泪湿春衫袖。	＋ ｜ — — ｜（韵）

——宋·朱淑真《生查子》

[词]	[谱]（平仄韵转换格）
数间茅屋闲临水，	＋ — ＋ ｜ — — ｜（仄韵）
窄衫短帽垂杨里。	＋ — ＋ ｜ — — ｜（叶仄）
花是去年红，	＋ ｜ ｜ — —（换平韵）
吹开一夜风。	＋ — — ｜ —（叶平）
梢梢新月偃，	＋ — — ｜ ｜（再转仄韵）
午醉醒来晚。	＋ ｜ — — ｜（叶仄）
何物最关情？	＋ ｜ ｜ — —（再换平韵）
黄鹂三两声。	＋ — — ｜ —（叶平）

——宋·王安石《菩萨蛮》

[词]	[谱]（平仄韵通叶格）
照野弥弥浅浪，	＋ ｜ ＋ — ＋ ｜（句）
横空隐隐层霄。	＋ — ＋ ｜ — —（韵）
障泥未解玉骢骄。	＋ — ＋ ｜ ｜ — —（叶平）
我欲醉眠芳草。	＋ ｜ ＋ — — ｜（换叶仄）
可惜一溪风月，	＋ ｜ ＋ — ＋ ｜（句）
莫教踏碎琼瑶。	＋ — ＋ ｜ — —（叶平）
解鞍欹枕绿杨桥，	＋ — ＋ ｜ ｜ — —（叶平）
杜宇一声春晓。	＋ ｜ ＋ — ＋ ｜（换叶仄）

——宋·苏轼《西江月》

[词]	[谱](平仄韵错叶格)
无言独上西楼，	＋－＋｜－－(平韵)
月如钩。	｜－－(叶平)
寂寞梧桐深院，	＋｜＋－－｜(句)
锁清秋。	｜－－(叶平)
剪不断，	＋＋｜(仄韵)
理还乱	＋－｜(叶仄)
是离愁。	｜－－(叶平)
别是一般滋味，	＋｜＋－－｜(豆)
在心头。	｜－－(叶平)

——南唐·李煜《相见欢》

以上所讲只是写(填)词的一般步骤和方法，在此基础上开始填词就较为方便了。

三、词的章法

任何一种文体写作都要讲章法，而词作的章法却比较特殊。由于词和音乐的密切关系，章法也就离不开音乐。除了单调和部分慢词外，词一般都分为上下两阕(片)，叫作双调；多于双调而有三阕、四阕的叫作三叠、四叠。单调略同于小诗(绝句)，大都直接描述，有时一气呵成。双调以上的情况就复杂了。一首词中，开头、换头(过片)和结尾三部分至关重要，故我们谈词的章法，就得从这些方面着手。

开头：有的开门见山，直抒胸臆，如"怒发冲冠，凭栏处，潇潇雨歇"(宋·岳飞《满江红》)，"壮岁旌旗拥万夫，锦襜突骑渡江初"(宋·辛弃疾《鹧鸪天》)；有的提出问题，引人深思，如"明月几时有，把酒问青天"(宋·苏轼《水调歌头》)，"为问杜鹃，抵死催归，汝胡不归"(宋·陈人杰《沁园春》)；有的直接叙事，如"梳洗罢，独倚望江楼"(唐·温庭筠《梦江南》)，"手卷真珠上玉钩，依前春恨锁重楼"(南唐·李璟《摊破浣溪沙》)等。古来词人作品以写景开头较为常见，如：

红满枝，绿满枝。 （南唐·冯延巳《长相思》）
金风细细，叶叶梧桐坠。 （宋·晏殊《清平乐》）
候馆梅残，溪桥柳细。 （宋·欧阳修《踏莎行》）
雾失楼台，月迷津渡。 （宋·秦观《踏莎行》）
花褪残红青杏小。 （宋·苏轼《蝶恋花》）
红藕香残玉簟秋。 （宋·李清照《一剪梅》）
鸠雨细，燕风斜。 （宋·许棐《喜迁莺》）
宫粉雕痕，仙云堕影。 （宋·吴文英《高阳台》）

这种写景开头虽比较常见，却不一定是最好的开头。一般说来，婉约派词人的词多以写景开头，而豪放派词人的词则不尽然，他们多采用叙事、抒情的方式开头。即使是用写景开头，也多寓情于景，给人以宏壮、幽深或凄清、惋叹的感觉。例如：

十年生死两茫茫，不思量，自难忘。 （宋·苏轼《江城子》）
莫听穿林打叶声，何妨吟啸且徐行。 （宋·苏轼《定风波》）
天涯也有江南信，梅破知春近。 （宋·黄庭坚《虞美人》）
梦绕神州路。 （宋·张元干《贺新郎》）
忆昔午桥桥上饮，坐中多是豪英。 （宋·陈与义《临江仙》）
富贵本无心，何事故乡轻别？ （宋·胡铨《好事近》）
濯足夜滩急，晞发北风凉。 （宋·张孝祥《水调歌头》）
问讯湖边春色，重来又是三年。 （宋·张孝祥《西江月》）
羽箭雕弓，忆呼鹰古垒，截虎平川。 （宋·陆游《汉宫春》）
东望山阴何处是，往来一万三千里。 （宋·陆游《渔家傲》）
楚天千里清秋，水随天去秋无际。 （宋·辛弃疾《水龙吟》）
带湖吾甚爱，千丈翠奁开。 （宋·辛弃疾《水调歌头》）
绕床饥鼠，蝙蝠翻灯舞。 （宋·辛弃疾《清平乐》）
千古江山，英雄无觅，孙仲谋处。 （宋·辛弃疾《永遇乐》）

不见南师久，漫说北群空。 （宋·陈亮《水调歌头》）

斗酒彘肩，风雨渡江，岂不快哉。 （宋·刘过《沁园春》）

年年跃马长安市，客舍似家家似寄。 （宋·刘克庄《木兰花》）

铁马蒙毡，银花洒泪，春入愁城。 （宋·刘辰翁《柳梢青》）

换头（过片）：指双调词下阕的第一句。从乐曲的演唱来说，上阕最后一句只是暂时的休止而非全曲告终。故下阕开头的句子，要似起而又似承；要使上下阕分而能独立，合而为一体，语断而意连。词的上下阕，除极少数为叙一件事、写一派景、抒一种情，连贯直下、一气呵成外，大都各自有所侧重：或上景下情，或上昔下今，或上反下正，或上问下答，等等。但无论怎样，换头就像一条纽带或一座桥梁，它把作者的意旨和全词的乐律有机地联系起来，使之成为一个整体。这和今天的歌唱一样，一首歌虽有几段歌词，可以连番演唱，但歌的中心思想（或主题）和歌唱的艺术效果却是一致的。关于换头在一首词里的重要作用，宋代张炎特举姜夔《齐天乐》（咏蟋蟀）为例来说明。现录姜词（原词小序从略）如下：

庾郎先自吟愁赋，凄凄更闻私语。露湿铜铺，苔侵石井，都是曾听伊处。哀音似诉，正思妇无眠，起寻机杼。曲曲屏山，夜凉独自甚情绪？

西窗又吹暗雨，为谁频断续，相和砧杵？候馆迎秋，离宫吊月，别有伤心无数。豳诗漫与。笑篱落呼灯，世间儿女。写入琴丝，一声声更苦。

张炎针对这首词说："最是过片（换头），不要断了曲意，需要承上接下。如姜白石词云'曲曲屏山，夜凉独自甚情绪？'于过片则云：'西窗又吹暗雨'，此则曲之意脉不断矣。"（《词源·制曲》）这首词，从词前之小序中知为和张功父（镃）咏蟋蟀而作，张词自佳而姜词更佳。上阕一开始即提出"愁"字，接着用几种哀音形容蟋蟀的鸣声。上阕末的"曲曲屏山，夜凉独自甚情绪"，很像一个小结，但在这凉夜独听蟋蟀声所引起的悲凉情绪，却并未完结。因此，换头的"西窗又吹暗雨"，让黑夜的隐隐敲窗风雨声来深化这种听蟋蟀鸣声的悲凉感受。一个"又"字，便把此时此刻联想到的另外一些孤独、悲伤的人和事联系起来。结尾两句，既衬出写词人内心的凄苦，又与开始的“愁”字相呼应，自然达到了咏物又抒情的最终目的。

下面再举两个在换头方面颇有特色的例子。先看宋代苏轼的《贺新郎》：

乳燕飞华屋，悄无人，桐阴转午，晚凉新浴。手弄生绡白团扇，扇手一时似玉。渐困倚，孤眠清熟。帘外谁来推绣户？枉教人梦断瑶台曲，又却是，风敲竹。　石榴半吐红巾蹙，待浮花浪蕊都尽，伴君幽独。秾艳一枝细看取，芳心千重似束，又恐被秋风惊绿。若待得君来向此，花前对酒不忍触，共粉泪，两簌簌。

词的上阕写一位处境孤寂的佳人，“晚凉新浴”后“孤眠清熟”，当她正在做着好梦时，却被风竹的敲窗声惊醒。至于下阕该怎么写，读者可以设想；不料作者在换头处突然提出了与此佳人毫不相干的石榴：“石榴半吐红巾蹙”，接着写下去才使人知道了，原来作者是用秾艳而迟芳的石榴花来比况此不同于凡艳而幽独的佳人，又通过佳人的幽独失意来寄托作者怀才不遇的心情，一直写到榴花与人泪簌簌共落。如此奇节横生，回环照应，形象鲜明，命意显豁，艺术性非常突出，关键就在于换头一句。

再看宋代李肩吾的《清平乐》：

美人娇小，镜里容颜好，秀色侵人春帐晓，郎去几时重到？　叮咛记取儿家，碧云隐映红霞，直下小桥流水，门前一树桃花。

这首小词写男女分别，女叮咛男方再来，并把如何到达自己家及沿途景物向男方描述一番。全词好就好在下阕，而换头的“叮咛记取儿家”一句有着特殊意义和作用。因为上阕尾句“郎去几时重到”是个问句，按理下阕就须回答。回答的情况不外乎两种：一种是来，一种是不来，不论来或不来，就词这一文体来说，下阕便不怎么好措词了，可是作者却出奇地采取了避实就虚、用景系情的方法，从下阕换头开始，妨就叮咛男方到她家来沿途的景物：向上看，她的家在碧云隐映红霞之间，朝下走，穿过小桥流水，一树盛开着的桃花就是她家门前。如此美好环境、美丽居处的美艳人儿，怎能不打动并坚定男方的心而再来呢？同时女方渴望男方再来的真诚心意也跃然纸上。从全词来看，出奇制胜的也就是"叮咛记取儿家"这个换头句子。

结尾：即一篇词的结束，要求既意足神完又余音袅袅。为此，结尾的词句也以情融景洽为佳。这方面的例子在古人词作中并不罕见，例如：

> 不知征马几时归，海棠花谢也，雨霏霏。（唐·温庭筠《遐方怨》）
> 满院落花春寂寂，断肠芳草碧。（唐·韦庄《谒金门》）
> 流水落花春去也，天上人间。（南唐·李煜《浪淘沙》）
> 问君能有几多愁？恰似一江春水向东流。（南唐·李煜《虞美人》）
> 人面不知何处，绿波依旧东流。（宋·晏殊《清平乐》）
> 寒江天外，隐隐两三烟树。（宋·柳永《采莲令》）
> 休，休，明日黄花蝶也愁。（宋·苏轼《南乡子》）
> 正销凝，黄鹂又啼数声。（宋·秦观《八六子》）
> 一川烟草，满城风絮，梅子黄时雨。（宋·贺铸《青玉案》）
> 断肠院落，一帘风絮。（宋·周邦彦《瑞龙吟》）
> 又是羊车过也，月明花落黄昏。（宋·黄昇《清平乐》）
> 流光容易把人抛，红了樱桃，绿了芭蕉。（宋·蒋捷《一剪梅》）
> 漫想薰风，柳丝千万缕。（宋·王沂孙《齐天乐》）
> 正碧落尘空，光摇半壁，月在万松顶。（宋·张炎《摸鱼儿》）

词一般只有几十或百把个字，既要有积极健康的内容，又要体现词这一文体的艺术特色。因此，在章法方面开头、换头和结尾固然重要，但更重要的还是意境的高远和内涵的深广。这就要求作者既才识过人，又学养兼到；如果只刻意于声律字句之间，将永远写不出"风流高格调"来。同时还应注意，一切宜出于自然，矫揉造作往往弄巧成拙。

四、词的常言与雅语

古往今来文人写作，大致有两种不同的态度：一种多以社会为对象，另一种则多以个人为中心。由于态度的不同，写作方法自然也就有了差异。一般来说，对于主客观相一致的事物宜直写、明写，反之则宜曲写、暗写；一般情况可用白描或浅写，特殊情况往往借助于比兴、用典来深写。浅写多用当时口语，可称之为“常言”；而深写多用传统书面语言，可称之为“雅语”；不论常言或雅语，在写作中总是相互为用、相辅相成的。不能强为分割，更不宜有所轩轾。当然，任何事理都有个极限，超过了极限，正确即变为谬误。常言“常”到满纸丑恶粗俗话语，雅语“雅”到一首诗使千百年后的大学者们也不得其解，那就走向反面了。就词这一文体来说，常言有时优于雅语。因为词偏重于按节歌唱，它不仅让人会于心，还使人悦于耳，词作名篇警句之所以多常言的道理就在于此。同时，在词的简短篇幅里为了更好地表情达意，有时运用些比兴手法、借用些典故来抒难抒之情，叙难叙之事，说难说之话，殊属必要，但必须注意做到适当，千万不要流于显示高明、卖弄才华而使读者苦猜谜语的形式。常言和雅语的使用，往往因人、因事、因时而异。有人在某些问题上爱用形式活泼明畅的常言，而在某些问题上又爱用意蕴深厚的雅语；也有人在直接反映现实并鲜明地表示爱憎时用常言，而在通过个人的不平或不幸间接揭露、批判现实时用雅语；还有人在生活的某段时间里写作喜用常言，而在另一段时间里则爱用雅语。再从词作的时代来说，唐、五代、北宋词，常言多于雅语；南宋词，雅语多于常言。这中间有一个基本原则，那就是客观形势决定主观愿望，一切形式皆服务于内容。同是咏蝉，“居高声自远，非是藉秋风”（唐・虞世南《蝉》）和“病翼惊秋，枯形阅世，消得斜阳几度”（南宋・王沂孙《齐天乐》），不仅有时代盛衰之差，也有作者身世穷达之异，还有作品风格之别。下面分别举些常言和雅语词例，以供填词参考。先看常言词：

①西塞山前白鹭飞，桃花流水鳜鱼肥。青箬笠，绿蓑衣，斜风细雨不须归。

——唐・张志和《渔歌子》

②梳洗罢，独倚望江楼。过尽千帆皆不是，斜晖脉脉水悠悠，肠断白蘋洲。

——唐·温庭筠《梦江南》

③四月十七，正是去年今日，别君时。忍泪佯低面，含羞半敛眉。不知魂已断，空有梦相随。除却天边月，没人知。

——唐·韦庄《女冠子》

④春山烟欲收，天淡星稀小。残月脸边明，别泪临清晓。　语已多，情未了，回首犹重道：记得绿罗裙，处处怜芳草！

——五代·牛希济《生查子》

⑤无言独上西楼，月如钩。寂寞梧桐深院，锁清秋。　剪不断，理还乱，是离愁。别是一般滋味，在心头。

——南唐·李煜《相见欢》

⑥牡丹含露真珠颗，美人折向庭前过。含笑问檀郎，花强妾貌强？檀郎故相恼，须道花枝好。一面发娇嗔，碎挼花打人！

——无名氏《菩萨蛮》

⑦红笺小字，说尽平生意。鸿雁在云鱼在水，惆怅此情难寄。　斜阳独倚西楼，遥山恰对帘钩。人面不知何处，绿波依旧东流。

——宋·晏殊《清平乐》

⑧自春来，惨绿愁红，芳心是事可可。日上花梢，莺穿柳带，犹压香衾卧。暖酥消，腻云亸，终日厌厌倦梳裹。无那！恨薄情一去，音书无个！　早知恁么，悔当初不把雕鞍锁。向鸡窗，只与蛮笺象管，拘束教吟课。镇相随，莫抛躲，针线闲拈伴伊坐。和我，免使年少光阴虚过。

——宋·柳永《定风波》

⑨重过阊门万事非，同来何事不同归？梧桐半死清霜后，头白鸳鸯失伴飞。　原上草，露初晞，旧栖新垄两依依。空床卧听南窗雨，谁复挑灯夜补衣？

——宋·贺铸《鹧鸪天》

⑩月未到诚斋，先到万花川谷。不是诚斋无月，隔一林修竹。　如今

才是十三夜，月色已如玉。未是秋光奇绝，看十五十六。

——宋·杨万里《好事近》

⑪东望山阴何处是？往来一万三千里。写得家书空满纸！流清泪，书回已是明年事。　　寄语红桥桥下水，扁舟何日寻兄弟？行遍天涯真老矣！愁无寐，鬓丝几缕茶烟里。

——宋·陆游《渔家傲》

再看雅语词：

⑫佳丽地，南朝盛事谁记？山围故国绕清江，髻鬟对起。怒涛寂寞打孤城，风樯遥度天际。　　断岩树，犹倒倚，莫愁艇子曾系。空余旧迹郁苍苍，雾沉半垒。夜深月过女墙来，伤心东望淮水。　　酒旗戏鼓甚处市？想依稀、王谢邻里。燕子不知何世，入寻常巷陌人家，相对如说兴亡，斜阳里。

——宋·周邦彦《西河》

⑬辽鹤归来，故乡多少伤心地。寸书不寄，鱼浪空千里。　　凭仗桃根，说与凄凉意。愁无际，旧时衣袂，犹有东门泪。

——宋·周邦彦《点绛唇》

⑭更能消几番风雨，匆匆春又归去。惜春长怕花开早，何况落红无数。春且住，见说道，天涯芳草无归路。怨春不语。算只有，殷勤画檐蛛网，尽日惹飞絮。　　长门事，准拟佳期又误，蛾眉曾有人妒。千金纵买相如赋，脉脉此情谁诉？君莫舞！君不见，玉环、飞燕皆尘土！闲愁最苦，休去倚危栏，斜阳正在烟柳断肠处。

——南宋·辛弃疾《摸鱼儿》

⑮千古江山，英雄无觅，孙仲谋处。舞榭歌台，风流总被，雨打风吹去。斜阳草树，寻常巷陌，人道寄奴曾住。想当年，金戈铁马，气吞万里如虎。　元嘉草草，封狼居胥，赢得仓皇北顾。四十三年，望中犹记，烽火扬州路。可堪回首，佛狸祠下，一片神鸦社鼓。凭谁问，廉颇老矣，尚能饭否？

——南宋·辛弃疾《永遇乐》

⑯宫粉雕痕，仙云堕影，无人野水荒湾。古石埋香，金沙锁骨连环。南楼不恨吹横笛，恨晓风、千里关山。半飘零、庭上黄昏，月冷阑干。　寿阳宫里愁鸾镜，问谁调玉髓，暗补香瘢。细雨归鸿，孤山无限春寒。离魂难倩招清些，梦缟衣、解佩溪边。最愁人，啼鸟晴明，叶底清圆。

——南宋·吴文英《高阳台》

⑰抚剑悲歌，纵有杜康，可能解忧？为修名不立，此身易老；古心自许，与世多尤。平子诗中，庾生赋里，满目江山无限愁。关情处，是闻鸡半夜，击楫中流。　淡烟衰草连秋，听鸣鴂声声相应酬。叹霸才重耳，泥涂在楚；雄心玄德，岁月依刘。梦落莼边，神游菊外，已分他年专一丘。长安道，且身如王粲，时复登楼。

——南宋·陈人杰《沁园春》

⑱与客携壶去。望高高半山失却，满城风雨。何许白衣人邂逅，小立东篱共语？未怪是催租断句。寂寞午鸡啼三四，悄老人桥上前期误。卿且去，整吾屦。　寒空旧是题诗处。莽云烟缠蛟舞凤，东吴西楚。千古新亭英雄梦，泪湿神州块土。叹落日鸿沟无路。一片沙场君不去，空平生恨恨王夷甫。凭半醉，付金缕。

——南宋·刘辰翁《金缕曲》

上举各词中：①描写渔人的打鱼生活及周围景物；②写思妇盼望外出丈夫乘船归来而最终失望的情景；③回忆去年今日（四月十七）与所爱人的分别及别后的魂牵梦萦；④写男女清晓离别的情景，最后两句构思巧、联想奇、言情新；⑤写亡国被俘囚禁生活的凄凉况味；⑥用民歌手法写年轻夫妇借牡丹花来开玩笑和逗引女方发娇嗔的情态；⑦写与所爱之人分别后寄书无由，只有触景伤怀，语浅而情深；⑧全用通俗语言，细致描写少妇的孤独苦闷和离别相思之情；⑨纯用白描手法，抒写故地重来悼亡的哀感；⑩用朴素语言写七月十三日夜登万花川谷望月之情；⑪直接抒写国仇未报、壮志莫酬、身老沧州的悲愤愁苦心情。以上皆“常言词”，无论叙事、言情或写景，都用的通俗语言和白描手法，使人一读即懂，但并无浅薄粗俗之感。⑫融化唐代刘禹锡有关金陵的诗句入金陵怀古词，繁缛而独出之以自然；⑬写原相爱的女子嫁人后，请其妹代为转达自己的思念之情。由于不便直言，故用了辽鹤、桃根、东门泪等典故来间接说明；⑭上阕用比兴手法慨叹自己壮志难酬，年华虚度，下阕迭用典故，形象而深刻地给小朝廷的苟安一伙以批评和警告；⑮南宋中期韩侂胄出师北伐，作者作此词希望他能做好充分的准备，不要成为“元嘉草草”的王玄谟（韩这次北伐果然惨败），同时也表示了自己虽老而犹有用的态度。词一开始就指出了孙仲谋这样的“英雄”来反衬南宋小朝廷帝王的“非英雄”。全篇典故用得相当多，但把要表达的思想也表达得非常完满。这些内容如用常言来写，简直无法下笔；⑯题为“落梅”，可以说全用比兴和典故写成，但艺术美仍很突出；⑰用了许多典故，旨在说明“满目江山无限愁”的爱国思想，表达一种悲壮苍凉的情调；⑱上阕写赴约迟来自我解嘲，下阕写借酒浇愁、用歌解忧的亡国之痛。以上皆“雅语词”，虽多用典故而词意显豁，俱不失为名篇。

第七节　词的哦读

前面讲怎样读诗时曾介绍了点诗（近体）的读法，现在讲怎样读词，也须介绍点词的读法。词在宋代都是能唱的，一个词调就是一种唱法（和今天一支歌就是一种唱法一样）。后来词的唱法逐渐失传了，写词的人按谱填词，只不过表示词在写法上不同于其他文体罢了，而词的音乐艺术性就越来越不明显了。一切韵文不仅接于目，还要利于口，顺于耳。诗要吟、词要唱，就是这个道理。如果取消了诗、词的吟、唱，就等于取消了诗、词作者和读者的口耳艺术活动，同时也就降低以至取消了诗、词文学的艺术特点与存在的价值。因此，前人便在词乐丢失的情况下，不得已从“吟诵”诗中派生出一个“哦读”词的补救方法。这种方法估计比原来的“唱”法相差很远，但总比把词当成一般文学作品来念读要好点。词的哦读方法与诗的吟诵方法略相似，只是词必须结合词谱中所规定的平仄要求来定读音的长短；至于音调的高低，就只有参照古四声（平声哀而安，上声高而举，去声清而远，入声短而促）的原则以及感情色彩的强弱而灵活运用了。下面举些例子(仍以波浪线的长短来表示读音的长短;下加黑点之字皆为入声,宜读短促音;下加圆圈之字为押平声韵字;下加三角形之字为押仄声韵字;用{号表示连接上下阕;△为押入声韵脚):

江南～～～～～～好
风景旧曾～～～～～～谙～～～～～～～～～～～～
日出江花～～～～～～红～～～～～～胜火
春来～～～～～～江水绿如～～～～～～蓝～～～～～～～～～～～～
能不忆江～～～～～～南～～～～～～～～～～～～～～～～

——唐·白居易《忆江南》

一曲新词～～～～～～酒一杯～～～～～～～～～～～～～～
去年～～～～～～天气旧亭～～～～～～台～～～～～～～～～～～～～～
夕阳～～～～～～西下几时～～～～～～回～～～～～～～～～～～～～～～～～～
无可奈何～～～～～～花～～～～～～～～～～～～～～落去
似曾～～～～～～相识燕归～～～～～～～～～～～～来～～～～～～～～～～～～
小园～～～～～～香径独徘～～～～～～徊～～～～～～～～～～～～～～～～～～

——宋·晏殊《浣溪沙》

郁孤～～～～～～台下清～～～～～～江～～～～～～水
中间～～～～～～多少行～～～～～～人～～～～～～泪
西北望长～～～～～～安～～～～～～～～～～～～
可怜～～～～～～无～～～～～～数山～～～～～～～～～～～～
青山～～～～～～遮～～～～～～不住
毕竟东～～～～～～流～～～～～～去
江晚正愁～～～～～～余～～～～～～～～～～～～
山深～～～～～～闻～～～～～～鹧鸪～～～～～～～～～～～～

——宋·辛弃疾《菩萨蛮》

花前～～～～～～失却游～～～～～～春～～～～～～侣

独自寻～～～～～～芳～～～～～～

满目悲～～～～～～凉～～～～～～

纵有笙歌～～～～～～亦断肠～～～～～～～～～～～～

林间～～～～～～戏蝶帘～～～～～～间～～～～～～燕

各自双～～～～～～双～～～～～～

忍更思～～～～～～量～～～～～～

绿树青苔～～～～～～半夕阳～～～～～～～～～～～～

——五代·冯延巳《采桑子》

箫～～～～～～声～～～～～～咽

秦娥～～～～～～梦断秦～～～～～～楼～～～～～～月

秦～～～～～～楼～～～～～～月

年年～～～～～～～～～～～～～～～～柳色

灞陵～～～～～～伤～～～～～～别

乐游～～～～～～原上清～～～～～～秋～～～～～～节

咸阳～～～～～～古道音～～～～～～尘～～～～～～绝

音～～～～～～尘～～～～～～绝

西风～～～～～～～～～～～～～～～残～～～～～～～～照

汉家～～～～～～陵～～～～～～阙

——唐·李白《忆秦娥》

候蛩～～～～～～凄断

人语西～～～～～～风～～～～～～岸

月落沙平～～～～～～江～～～～～～似练

望尽芦花～～～～～～～～～～～～～～～无～～～～～～雁

暗教～～～～～～愁损兰～～～～～～成～～～～～～～～～～～

可怜～～～～～～夜夜关～～～～～～～～～～～情～～～～～～～～～～～

只有一枝～～～梧～～～叶
不知～～～多少秋～～～声～～～

——宋・张炎《清平乐》

问讯湖边～～～春～～～色
重来～～～又是三～～～年～～～
东风～～～吹我过湖～～～船～～～
杨柳丝～～～丝～～～拂面
世路如今～～～已～～～惯
此心～～～到处悠～～～然～～～
寒光～～～亭下水连～～～天～～～
飞起沙～～～鸥～～～一片

——宋・张孝祥《西江月》

把酒祝东～～～风～～～
且共从～～～容～～～
垂杨～～～紫陌洛城～～～东～～～
总是当时～～～携～～～手处
游遍芳～～～丛～～～
聚散苦匆～～～匆～～～
此恨无～～～穷～～～
今年～～～花胜去年～～～红～～～
可惜明年～～～花～～～更好
知与谁～～～同～～～

——宋・欧阳修《浪淘沙》

彩袖殷～～～勤～～～捧玉钟～～～
当年～～～拚却醉颜～～～红～～～
舞低～～～杨柳楼～～～心～～～月

歌尽桃～～～花～～～扇底风～～～
从～～～别后
忆相～～～逢～～～
几回～～～魂梦与君～～～同～～～
今宵～～～剩把银～～～釭～～～照
犹恐相～～～逢～～～是梦中～～～

——宋·晏几道《鹧鸪天》

春花～～～秋月何～～～时～～～了
往事知～～～多～～～少
小楼～～～昨夜又东～～～风～～～
故国不堪～～～回～～～首月明～～～中～～～
雕阑～～～玉砌应～～～犹～～～在
只是朱～～～颜～～～改
问君～～～能有几多～～～愁～～～
恰似一江～～～春～～～水向东～～～流～～～

——五代·李煜《虞美人》

夜饮东坡～～～醒～～～复醉
归来～～～仿佛三～～～更～～～
家童～～～鼻息已雷～～～鸣～～～
敲门～～～都～～～不应
倚杖听江～～～声～～～
长恨此身～～～非～～～我有
何时～～～忘却营～～～营～～～
夜阑～～～风静縠纹～～～平～～～
小舟～～～从～～～此逝
江海寄余～～～生～～～

——宋·苏轼《临江仙》

月皎惊乌～～～～栖～～～～不定
更漏将～～～～阑～～～～
辘轳牵～～～～金～～～～井
唤起两眸～～～～清～～～～炯炯
泪花～～～～落枕红～～～～绵～～～～冷
执手霜风～～～～吹～～～～鬓影
去意徊～～～～徨～～～～
别语愁～～～～难～～～～听
楼上阑干～～～～横～～～～斗柄
露寒～～～～人远鸡～～～～相～～～～应

——宋·周邦彦《蝶恋花》

塞下秋来～～～～风～～～～景异
衡阳～～～～雁去无～～～～留～～～～意
四面边声～～～～连～～～～角起
千～～～～嶂里
长烟～～～～落日孤～～～～城～～～～闭
浊酒一杯～～～～家～～～～万里
燕然～～～～未勒归～～～～无～～～～计
羌管悠悠～～～～霜～～～～满地
人～～～～不寐
将军～～～～白发征～～～～夫～～～～泪

——宋·范仲淹《渔家傲》

怒发冲～～～～冠～～～～
凭阑～～～～处
潇潇～～～～雨歇
抬～～～～望眼
仰天～～～～长～～～～啸

壮怀～～～～激烈
三十功名～～～～尘～～～～与土
八千～～～～里路云～～～～和～～～～月
莫等闲～～～～
白了少年～～～～头～～～～
空～～～～悲～～～～切
靖康～～～～耻
犹～～～～未雪
臣～～～～子恨
何～～～～时～～～～灭
驾长～～～～车～～～～踏破
贺兰～～～～山～～～～缺
壮志饥餐～～～～胡～～～～虏肉
笑谈～～～～渴饮匈～～～～奴～～～～血
待从头～～～～
收拾旧山～～～～河～～～～
朝～～～～天～～～～阙

——宋·岳飞《满江红》

明月几时～～～～有
把酒问青～～～～天～～～～
不知～～～～天上宫～～～～阙
今夕是何～～～～年～～～～
我欲乘～～～～风～～～～归～～～～去
又恐琼～～～～楼～～～～玉宇
高处不胜～～～～寒～～～～
起舞弄清～～～～影
何似在人～～～～间～～～～
转朱～～～～阁

低～～～～～～～～绮户
照无～～～～～～～～眠～～～～～～～～
不应～～～～～～～～有恨
何事长～～～～～～～～向别时～～～～～～～～圆～～～～～～～～
人有悲欢～～～～～～～～离～～～～～～～～合
月有阴～～～～～～～～晴圆～～～～～～～～缺
此事古难～～～～～～～～全～～～～～～～～
但愿人长～～～～～～～～久
千里共婵～～～～～～～～娟～～～～～～～～

——宋·苏轼《水调歌头》

大江～～～～～～～～东～～～～～～～～去
浪淘～～～～～～～～尽
千～～～～～～～～古风流～～～～～～～～人～～～～～～～～物
故垒西～～～～～～～～边～～～～～～～～
人～～～～～～～～道是
三～～～～～～～～国周～～～～～～～～郎～～～～～～～～赤壁
乱石穿～～～～～～～～空～～～～～～～～
惊涛～～～～～～～～拍岸
卷起千～～～～～～～～堆～～～～～～～～雪
江山～～～～～～～～如～～～～～～～～画
一时～～～～～～～～多～～～～～～～～少豪～～～～～～～～杰
遥想公瑾当～～～～～～～～年～～～～～～～～
小乔～～～～～～～～初～～～～～～～～嫁了
雄～～～～～～～～姿～～～～～～～～英～～～～～～～～发
羽扇纶～～～～～～～～巾～～～～～～～～
谈～～～～～～～～笑间
樯橹灰～～～～～～～～飞～～～～～～～～烟～～～～～～～～灭
故国神～～～～～～～～游～～～～～～～～

多情～～～应～～～笑我
早生～～～华～～～发
人～～～生～～～如～～～梦
一尊～～～还～～～酹江～～～月

——宋·苏轼《念奴娇》

叠嶂西～～～驰～～～
万马回～～～旋～～～
众山欲东～～～
正惊湍～～～直下
跳珠～～～倒溅
小桥～～～横截
缺月初～～～弓～～～
老合投～～～闲～～～
天教～～～多事
检校长～～～身～～～十万松～～～
吾～～～庐～～～小
在龙蛇～～～影外
风雨声～～～中～～～
争～～～先～～～见面重～～～重～～～
看爽气朝～～～来～～～三数峰～～～
似谢家～～～子弟
衣冠～～～磊落
相如～～～庭户
车骑雍～～～容～～～
我觉其～～～间～～～
雄深～～～雅健
如对文～～～章～～～太史公～～～
新～～～堤～～～路

问偃湖～～～～～何日
烟水濛～～～～～濛～～～～～

——宋・辛弃疾《沁园春》

梦绕神～～～～～州～～～～～路
怅秋～～～～～风～～～～～
连营～～～～～画角
故宫～～～～～离～～～～～黍
底事昆仑～～～～～倾～～～～～砥柱
九地黄～～～～～流～～～～～乱注
聚～～～～～万落
千～～～～～村～～～～～狐兔
天意从来～～～～～高～～～～～难问
况人情～～～～～易老悲～～～～～难～～～～～诉
更～～～～～南浦
送君～～～～～去
凉生～～～～～岸柳催～～～～～残～～～～～暑
耿斜～～～～～河～～～～～
疏星～～～～～淡月
断云～～～～微～～～～～度
万里江山～～～～～知～～～～～何处
回首对～～～～～床～～～～～夜语
雁不～～～～～到
书成～～～～～谁与
目尽青天～～～～～怀～～～～～今古
肯儿曹～～～～～恩怨相～～～～～尔～～～～～汝
举～～～～～大白
听金～～～～～缕

——宋・张元干《贺新郎》

上举较常见、常用的词作十来首(从小令到长调,均为名家名篇),以助哦读。我国幅员辽阔,从南到北,从东到西,语言的声调差别大,反映在读书腔调上的差别亦大;再加上家传、师授、友教等等,多少世纪来读书人都在读诗、词、文,可是从未有过统一的读诗、词、文的方法。这里作者所介绍的属于某一地域或某些人的读词方法,未必符合大多数人的读词习惯和情理,仅供参考而已。这中间有少数大词人所填词中的个别地方,为了不因声害意而使平仄失调。凡遇这种情况皆以该词调的正谱为准。如上举刘过《贺新郎》词中"万里江山知何处,回首对床夜语"两句中的"对"字,当"平"而用了"仄",即不便吟哦。故只好将"对"字当"平"声来处理了。又本词中"雁不到,书成谁与"句中"不"为仄声,按正谱为可平可仄,而作平声便于哦读,故也将"不"作为平声处理。还有张孝祥《西江月》中"世路如今已惯"的"已"字也作平声处理。

第三章　精读诗词选

诗和词是我国古代韵文的精华，唐宋诗词又是诗词的精华。作者在讲述了诗词的基本常识和读写方法后，特选出唐宋诗词若干首以供精读。由于本书不同于评注、赏析之作，旨在使读与写相结合，故作品不多选大家名篇，而以有艺术特色、格律精严、易于领会、便于模仿、语言平顺之近体诗和常见多用、各具风格之词调为主。诗选在各类中以作家生年分先后，词选则以调之短长为编次。至于诗附格式，词列调谱以及作者、注解、提示与考释等，均为读写提供一些方便。

第一节　诗选

以下诸诗中，句末加“○”为押平声韵处，加“△”为押仄声韵处。又格式中“—”为必平，“｜”为必仄，“十”为可平可仄。格式后有“句”表示非押韵，“韵”表示押韵。诗中之某字有时加“○”于字外，表示为不合格律之拗字。

五言绝句

山　中

王　勃

（平起首句不入韵格，五微韵）

长江悲已滞，　—　—　—　｜　｜　（句）
万里念将归。　｜　｜　｜　—　—　（韵）
况属高风晚，　｜　｜　—　—　｜　（句）
山山黄叶飞。　—　—　十　｜　—　（韵）

［作者］

王勃（650—676），字子安，绛州龙门（今山西河津）人。隋末文中子王通之孙。年十四应举及第，授朝散郎，为沛王府修撰，因故被逐出王府，曾漫游蜀中。一度任虢州参军，犯死罪，遇赦，革职。父王福时受牵累，左迁交趾令。勃渡海省亲，溺水而死。王勃与杨炯、卢照邻、骆宾王齐名，世称“初唐四杰”。有《王子安集》二十卷。

［题释］

据前人考证，本诗当作于唐高宗咸亨二年(671)，作者年纪二十刚出头，客寓蜀中已近三年。深秋思归，蜀境多山，故以“山中”为题。全诗似取意于宋玉《九辩》开端四句：“悲哉秋之为气也，萧瑟兮草木摇落而变衰。憭慄兮若在远行；登山临水兮送将归。”

［注释与提示］

长江：作者当时或在成都，成都位于岷江支流的锦江之滨。古人误以岷江为长江上游，故云。一说作者当时在蜀中长江之滨的某地。

滞：停留，引申为缓慢之意；也有长期留滞之意。

“万里”句：想回到万里之外的家乡去。一说“万里”即成都锦江的万里桥，古代出川，多由此乘船顺流东下。故杜甫有“门泊东吴万里船”(《绝句》)之句。

高风晚：秋深风厉。

这是一首借景抒情小诗，作者在下笔之先已有了一种思归却又不能成行的思想。一、二句写在这西风劲吹、黄叶飘萧之中，诗人独自站在江边望着滔滔东去的江水，由于归心似箭，反而觉得江水流得缓慢，于是不免悲伤起来。(或解为，悲叹在外作客，长期留滞长江之滨)。三、四句是进一层写法，也是情景交融之笔。作者已是归思难收，何况又在这晚秋黄叶满天飞，最易逗起人悲秋怀乡的季节！“黄叶飞”，有色又有声，“山山”，到处皆然。晚生于王勃五六十年的大诗人杜甫，他的《登高》诗中“无边落木萧萧下”一句，似由王勃这句诗而来，但由于社会情况的不同，王诗悲而壮，杜诗却是壮而悲了。

“黄叶”一词，在王勃以前的诗作中还很少见，它和“红叶”不同，红叶还有其壮丽的情采和傲霜的斗志，而黄叶只象征衰飒景色和凄凉情味，这累见于王勃以后许多诗人的作品中。而王勃这首诗中的黄叶，却给人以浑壮之感，这当与那个上升的社会、新兴的诗风以及作者年少气锐（王勃死时才27岁）有关，一切情景在他的笔下都显得宏放而浑厚。“海内存知己，天涯若比邻”（《送杜少府之任蜀川》），不也是千古传诵的佳句吗？

本篇是一首既具有古绝句风味又极合格律的五言绝句。近体诗创始于唐人，而在初唐时期便有了格律如此严谨的绝句诗，不能不说是作者在初唐诗坛上对于近体诗歌形式方面的突出贡献了。

于易水送人

骆宾王

（仄起首句入韵格，十四寒韵）

此地别燕丹，｜｜｜——（韵）
壮㊤发㊥冠。十｜｜——（韵）
昔时人已没，十——｜｜（句）
今日水犹寒。｜｜｜——（韵）

［作者］

骆宾王（生卒年不详），婺州义乌（今浙江义乌）人，初唐四杰之一。开始在道王李元庆府供职，历任武功、长安两县主簿，不久得罪入狱，贬临海县丞，郁郁不得志。睿宗时徐敬业起兵于扬州，讨伐武后，宾王为府属，作《讨武曌檄》，兵败亡命，不知所终。传世有《骆临海集》。

［题释］

易水是战国时燕太子丹饯别荆轲入秦行刺秦始皇的地方，作者此日亦于易水送别友人，不无言外之意。

［注释与提示］

易水：在今河北省，源于易县。战国时燕太子丹曾于此饯别荆轲。

“壮士”句：《史记·刺客列传》载燕太子丹送荆轲“至易水之上，既祖，取道，高渐离击筑，荆轲和而歌，为变徵之声，士皆垂泪涕泣。又前而为歌曰：‘风萧萧兮易水寒，壮士一去兮不复还！’复为羽声慷慨，士皆瞋目，发尽上指冠。于是荆轲就车而去。”

“今日”句：即当年荆轲的歌意。

本篇只用了20个字，便再现了历史上一段精彩动人的往事，这段往事在陶渊明的《咏荆轲》诗中写得更为生动具体。这说明了一个问题，像陶渊明那样飘飘然的隐逸之士，为什么要歌颂荆轲这样的刺客？只能解释为是陶对自身所处时代的政治非常不满的曲折反映。

相传骆宾王七岁作《咏鹅》，此诗颇佳，看来他是个宿慧才人。可是后来的坎坷仕途，使他与现实的矛盾日益尖锐，特别是对那位改唐为周的女皇帝异常不满，终于使他走上反抗的道路。因而在《于易水送人》这首诗中，我们似乎已看见作者和当年准备行刺暴君的荆轲的影子一起摇晃着，为他帮助徐敬业草拟《讨武瞾檄》做好了思想准备。

全诗俯仰古今，感慨悲凉，一气呵成，成为言短意长的名篇。“此地别”三字，既固定了空间，又缩短了时间，更扣紧了题目，真是笔力千钧。看来所送之友人，亦非平庸之辈。

行军九日思长安故园

岑参

（仄起首句不入韵格，十灰韵）

强欲登高去，	＋ ｜ — — ｜	（句）
无人送酒来。	— — ｜ ｜ —	（韵）
遥怜㊣故㊣园菊，	— — ＋ ＋ ｜	（句）
应傍战场开。	｜ ｜ ｜ — —	（韵）

［作者］

岑参（715—770），棘阳（今湖北江陵）人。少时隐居嵩阳，天宝三载（744）进士，授率府兵曹参军。曾两度从军，充安西节度使府掌书记及安西、北庭节度判官，后入朝为官，官终嘉州刺史。诗以七言歌行及七绝见长，有《岑嘉州集》十卷传世。

[题释]

唐肃宗至德元年(756)九月从灵武到彭原,岑参随军,在军中度重阳节,作此诗以忆故园。原注云:"时未收长安。"岑本湖北江陵人,久居长安故以长安为故园。

[注释与提示]

登高:古人重阳(九月九日)有登高的习俗,还须佩戴茱萸囊,饮菊花酒。迷信传说如此便可消灾免祸。

送酒:陶渊明过重阳节,因穷无酒可饮,闷坐在菊花丛中。适有刺史王弘派白衣人送酒至,才得痛饮(见《南史·陶潜传》)。

战场:这时沦陷的长安尚未收复,想象中已成为战场。

一二句写诗人重阳佳节却在行军的途中,勉强想去登高,既无酒可饮,又无人送来,比当年陶渊明差远了。这是为什么?因为正在兵荒马乱之中。三四句从酒自然又想到菊花,诗人想起京城园中篱下的菊花,现在应是开放的时候,可是京城已变成战场,可怜的菊花,也只有在这战场里开放了!怜花正是怜人,怜人正是一种对现实不满的曲折反映。

这首只有20个字的小诗,概括的内容却相当深广。除了一个表达主观思想感情的"怜"字外,"菊"字则是中心词,诗中所涉及的一切均由此生发。菊,象征重阳登高节日;菊,联想到陶渊明在此节日的贫酒;菊,已摆脱了隐逸的故态而开于战场;菊,又代表着沦陷的长安城中尚能持节守正的无数人民。作者是有名的边塞诗人,他那些描写边塞景物和苦战生活的长篇大作,读之振奋人心,而这样的小诗,也能给人以深切的感受。

本篇和王勃《山中》的格律有所不同,可做对照。

春　闺　思

张仲素

(仄起首句不入韵格。七阳韵)

袅袅城边柳,　|　|　—　—　|　(句)
青青陌上桑。　—　—　|　|　—　(韵)

提笼忘采叶， — — 十 | | （句）
昨夜梦渔阳。 | | | — — （韵）

［作者］

张仲素（769—819），河间（今河北河间）人，唐德宗贞元十四年（798）进士，又中博学宏词科，官翰林学士，中书舍人，诗以写闺情见长。

［题释］

本题写春天闺人对远戍渔阳征人的怀思。原作三首，选一首。

［注释与提示］

袅袅：依依。

渔阳：唐郡，辖境相当今北京平谷、天津市蓟州等地。

本篇写一个劳动妇女提笼到柳丝摇曳、美景如画的春郊采桑，可是她却忘记采桑而在痴想着什么，原来她曾在昨夜梦中会见了出征去渔阳的丈夫，现在正作甜蜜的回忆呢。弦外之音，似有点抱怨战争给青年夫妇带来不幸的离别，现实无可奈何，只有形诸梦寐而已。篇幅虽短小，而涉境广阔，寓意深远，音调和谐，形象鲜明。明代杨慎谓本篇“从《卷耳》首章翻出”，很有道理。《诗经·周南·卷耳》首章：“采采卷耳，不盈顷筐。嗟我怀人，置彼周行。”但从情境和韵致来说，本篇实青出于蓝。

行　宫

元　稹

（仄起首句入韵格。一东、二冬韵）

寥落古行宫， | | | — — （韵）
宫花寂寞红。 — — | | — （韵）
白头宫女在， 十 — — | | （句）
闲坐说玄宗。 十 | | — — （韵）

［作者］

元稹（779—831），字微之，河南（今河南洛阳）人。贞元进士，官左拾遗。

早期曾和白居易提倡“新乐府”，主张诗歌应反映民间疾苦，有一定的进步思想。后期热衷仕进，与宦官勾结，官职不断升迁，为时人所不满。传世有《元氏长庆集》六十卷，《补遗》六卷。

［题释］

古代皇帝外出所住之处叫行宫，本篇题为《行宫》，实为借题寄慨之作。

［注释与提示］

寂寞红：寂寞地开放。

说玄宗：谈论着唐玄宗开元、天宝年间的旧事。

首句写行宫之寥落。次句写此寥落行宫中之宫花也开得如此寂寞。三四句才出现了多少年来一直空守在这行宫里的白头宫女，她们无聊而可怜地闲坐谈论着这个国家的开元、天宝旧事。“说玄宗”三字极含蓄又极哀伤。行宫而曰“古”，宫花红而曰“寂寞”，宫女而曰“白头”，简单几个字，顿给人以昔盛今衰之感。三个“宫”字重复连用，含义一层深于一层，显示出作者的高度艺术概括才能。全诗仅20个字，读之却能给读者以广阔的想象和补充的余地，读者如善于体会领略，则作者另一首内容丰富而篇幅巨大（六百余字）的名篇《连昌宫词》就可不读了。本篇中的“白头宫女”，即《连昌宫词》中的“宫边老人”。于此可见，在大诗人的笔下，长篇短制，各臻其妙。又全诗仅四句而三用“宫”，不觉其反复，反觉其回环有致，可见作者诗艺之高超。

勤政楼西老柳

白居易

（仄起首句不入韵格。十一真韵）

半朽临风树，　|　|　—　—　|　（句）
多情立马人。　—　—　|　|　—　（韵）
开元㊀㊑柳，　—　—　十　十　|　（句）
长庆二年春。　十　|　|　—　—　（韵）

［作者］

白居易（772—846），字乐天，下邽（今陕西渭南）人。贞元进士，授秘书省校书郎，官至左赞善大夫。后因上书言事，贬江州司马，移忠州刺史。穆宗长庆中，任杭州、苏州刺史。晚年以太子宾客及太子少傅分司东都，官终刑部尚书，世称白香山。白居易早期凭着先进的文学思想，倡导新乐府运动，作诗长于叙述，语言令老妪能解，这些都该肯定；晚年的信佛和逃避现实，则不足为法。传世有《白氏长庆集》。

［题释］

据《旧唐书》：唐玄宗于兴庆宫西南置楼，西面题曰“花萼相辉之楼”，南面题曰“勤政务本之楼”。唐穆宗长庆二年(822)七月，作者自中书舍人出守杭州。因见此勤政楼西柳树而取为诗题，抚今追昔，感慨系之。

［注释与提示］

“半朽”句：从玄宗天宝至穆宗长庆，已历百年，柳树自然半朽，树半朽而临风，实寓有唐王朝衰颓摇落和作者自身年老之意。

首句因柳起兴，颇有对朝政衰朽的忧心之意，再结合自己的年纪(51岁)，大有不胜今昔盛衰之感。次句写自己即辞京城外出任官，而对此树犹多情地立马观看。三四句看似各自成意，不相连属，其实是把看柳和忧国合而言之。开元年间种植的这株柳树，到长庆二年(822)的春天生意将尽(半朽)了，而大唐王朝的国运亦相似，这怎不令人悲伤！诗中写树、写人、写事，看似各自独立而且没有谓语，只有作为中心词和修饰语的四个词组，实则内在联系却极为密切，使诗歌的语言运用和诗篇的组织结构都提高到了一个新的水平。全诗实际上只是一句话，即“长庆二年春天离京时立马看一眼这株开元年间种植于勤政楼西的半朽临风柳树”，但化而为诗，艺术形式和效果都大不相同了。全诗四句两联，极工整，尤难得。

天　涯

李商隐

（仄起首句入韵格。六麻韵）

春日在天涯，　十｜｜——　（韵）

天涯日又斜。　——｜｜—　（韵）

莺啼如有泪，　—　—　—　|　|　（句）

为湿最高花。　十　|　|　—　—　（韵）

[作者]

李商隐(812—858)，字义山，号玉溪生，怀州河内(今河南沁阳)人。开成二年(837)进士，授秘书省校书郎，补弘农尉。当时牛李党争剧烈，李商隐既为牛党门生，又为李党王茂元女婿，处于夹缝中无以自处，只好去各地节度使幕府中做幕僚，终生不得志。他的诗多书写时代乱离的感慨，个人失意的心情，其中以借古讽今的咏史诗和缠绵深挚的爱情诗最好，最有特色。传世有《李义山诗集》三卷。

[题释]

"天涯"原意为极远之地，本题有两层意思：一为在外作客，远在天涯；一为处江湖之远，远离京城，唐人诗有时取诗篇开头句中两字为题，当然这两字也必与内容有关。

[注释与提示]

"莺啼"句：黄莺啼叫不论悲或喜，皆不会有泪，"如有泪"只能是作者把自己的思想感情加之于莺的一种艺术假设。

为湿：古汉语中"为"这个介词的人称代词宾语往往可省略，此处的"为湿"即"为(我)沾湿"。

春日艳阳，春光大好，自己却远在天涯，既远在天涯，又当日斜之时，心情一层难堪于一层；就在这时传来了黄莺的啼叫声。于是作者便设想：莺啊，如果你悲啼时也有泪的话，那就请你代我洒几点在那树最高枝头开得正繁的花儿上面，也让它领略一下天涯沦落人的滋味吧。花中有在最高枝头的花，人间也有身居最高地位的人。泪湿花，花本来无知；泪湿人，人岂能无感？这中间的隐情和深意，作者不能说明，读者也不难推测。真是"含不尽之意见于言外"。

本诗篇幅短小，语言明快，一气呵成，情婉意长。与作者其他诗作相比，则另是一种风格。

咏白莲

王禹偁

（仄起首句不入韵格。十二侵韵）

昨夜三更后，｜ ｜ — — ｜ （句）

姮娥堕玉簪。— — ｜ ｜ — （韵）

冯夷不敢受，— — 十 ｜ ｜ （句）

捧出碧波心。｜ ｜ ｜ — — （韵）

［作者］

王禹偁（954—1001），字元之，钜野（今山东巨野）人，出身农家。宋太平兴国进士。历任地方官吏，后至知制诰，翰林学士。为人刚直敢谏，故一再受贬黜，曾作《三黜赋》以见志。所为诗文，简朴不尚华靡，主张文学韩愈、柳宗元，诗学杜甫、白居易。为北宋诗文革新运动的前驱。传世有《小畜集》《小畜外集》。

［题释］

见水中初开的白莲花，吟咏成诗，独具巧思。据说作者早慧，咏此诗时才5岁，但未必可靠。

［注释与提示］

姮（héng）娥：即嫦娥（汉文帝刘恒，姮与恒同音，为了避讳，改“姮”为“嫦”），《淮南子·览冥训》：“羿请不死之药于西王母，姮娥窃之奔月宫。”故俗以姮（嫦）娥代月亮。

冯夷：水神，即河伯。

这是一首仅仅20个字的咏物小诗，构思却极为奇巧，四句，一句一层意思，句句出奇，最后让碧波白莲的景象鲜明地呈现于读者眼前。本来咏物诗很难写好，但作者却能通过奇特的想象和精美的描写，把人天沟通起来，把神物（玉簪）和凡花（白莲）统一起来，既借用神话传说，又入情入理，明艳而清丽，给人以优美的感受。晚唐诗人陆龟蒙曾作七绝《白莲》诗，中有“无情有恨何人见(觉),月晓风清欲坠时”。清人沈德潜认为是咏白莲“取神之作”(《唐诗别裁》),但比之本篇,既乏奇妙,且费笔墨(陆作为七言)。

作者是北宋诗文革新运动的前驱,此诗即其童年所作,已是气格不凡。

陶　者

梅尧臣

(押仄声韵之古绝句,首句不入韵格。上声二十一马韵)

陶尽门前土,	十 ｜ 一 一 ｜	(句)
屋上无片瓦。	十 ｜ 十 ｜ ｜	(韵)
十指不沾泥,	｜ ｜ ｜ 一 一	(句)
鳞鳞居大厦。	一 一 一 ｜ ｜	(韵)

[作者]

梅尧臣(1002—1060),字圣俞,宣城(今安徽宣城)人。赐进士出身,官至都官员外郎。工诗,风格平淡,善于比兴手法,较广阔地反映社会生活,是北宋诗文革新运动的中坚人物之一。与苏舜钦齐名,时号“苏梅”。传世有《宛陵先生集》。

[题释]

陶者,即烧砖瓦陶器的工人。题旨是把陶者的贫与十指不沾泥的富人对比,反映了封建社会的阶级剥削,贵贱悬殊。

[注释与提示]

鳞鳞:形容富贵人家屋上的瓦密得像鱼鳞一样。

这是一首20个字的小诗,内容丰富而意义深远。首句写陶者为制坯烧瓦,把家门前的土都取尽了。那么陶者自己按理总该住上瓦房吧,事实却不然。次句就直截了当地说了,陶者的屋上连一片瓦也没有(盖的自然是茅草了),这是多么的不平等!第三句、四句写另外一种人,他们指头从未沾过泥土,当然更未烧过瓦,可是住的却是鳞鳞屋瓦的高楼大厦。四句诗中,不但前后两句都先描写随即提出责问，而且前两句里的人和后两句里的人，构成劳而不获和不劳而获的鲜明对比。诗人只用最通俗的语言来摆出这众所周知的事实，让读者自己去评论、去补充、去联想，去爱、去憎。一幅由封建剥削制度造成的贫富悬殊、苦乐不同图，鲜明地呈现在我们面前。

北宋初年，一批与西昆体对立的诗人，从唐代杜甫、白居易那里吸取现实主义诗歌创作的营养。梅尧臣的这首《陶者》，就是杰出的一篇。

本篇是一首押仄韵的古绝句。

题　舫　子

王安石

（仄起首句不入韵格。六麻韵）

爱此江边好，　｜　｜　—　—　｜　（句）

留连至日斜。　—　—　｜　｜　—　（韵）

眠分黄犊草，　—　—　—　｜　｜　（句）

坐占白鸥沙。　｜　｜　｜　—　—　（韵）

［作者］

王安石(1021—1086)，字介甫，临川（今江西临川）人，宋仁宗时进士，曾任地方官职。他有远识、魄力，宋神宗有意改革政治，命他为相，他两度为相，大力推行新法，可是由于旧党的反对和用人不当，成效不大。晚年退居金陵，抑郁而死。他也是唐宋古文八大家之一，诗、词亦有佳作。传世有《临川集》《临川先生歌曲》。

［题释］

舫子，即小船。这里所指的可能是供游玩的小船，像后世的小游艇。大约作者架着这样的小船划过江（或沿江）去游玩，即兴成诗后就题写在小船上面。这也是一首写悠闲游玩的诗。

［注释与提示］

留连：玩乐时留恋不止。

黄犊：小黄牛，这里泛指一般的黄牛。因“牛”为平声字，按格律此处当用仄声字，故用“黄犊”而不用“黄牛”，“犊”属入声（仄声）。

这首小诗，设想新奇，语言简劲，音调响亮，读之给人以清新、活泼、爽朗之感。一二句写江边这块地方很好玩，诗人留恋到太阳西斜还不想离开，这是交代时间和环境。三四句才刻意而出奇地写景和抒闲适之情。这江边有沙滩，有草地；黄牛在草地吃草，白鸥在沙滩栖息，自己躺在草地上便分开了牛要吃的一片绿草，坐在沙滩上又霸占了鸥所有的一堆白沙；在这块天地里，人似乎变成了牛和鸥平静生活的干扰者；但这只不过是奇特的艺术构思和幽默而多趣的描写罢了。此诗色彩鲜明，对仗精工，读之使人悦目惬意，似乎亲身体验到与作者同在江边游玩之乐。

五言律诗

送丘为落第归江东

王　维

（平起首句不入韵格。十一真韵）

怜君不得意，　—　—　十　|　|　（句）
况复柳条春。　|　|　|　—　—　（韵）
为客黄金尽，　十　|　—　—　|　（句）
还家白发新。　—　—　|　|　—　（韵）
五湖三亩宅，　十　—　—　|　|　（句）
万里一归人。　|　|　|　—　—　（韵）
知祢不能荐，　十　|　—　—　|　（句）
羞为献纳臣。　—　—　|　|　—　（韵）

［作者］

王维（701—761），字摩诘，太原祁（今山西祁县）人。少有才名，开元九年（721）进士，任大乐丞。后贬济州司库参军。张九龄为相，擢为右拾遗，转监察御史。安史之乱中，曾署伪职，乱平降职太子中允。最后官至尚书右丞，世称“王右丞”。晚年笃好佛，优游蓝田别墅。除了擅长描写山水田园之类的诗歌外，他兼长绘画、音乐以及佛理等。传世有清赵殿成《王右丞集笺注》二十八卷。

［题释］

丘为，苏州嘉兴（今浙江嘉兴）人，累官太子右庶子，卒年96岁。辛文房《唐才子传》说：“初累举不第，归山读书数年。天宝初，刘单榜进士。王维甚称许之，尝与唱和。”“落第”，考试落榜。我国长江自安徽芜湖以下（这段江水有南北流倾向）的长江下游南岸地区，古称江东，丘为归浙江嘉兴，故曰“归江东”。

［注释与提示］

柳条春：柳树在春天里长出嫩叶。

黄金尽：战国时苏秦说秦王，书十上而说不行，黑貂之裘敝，黄金百斤尽。（见《战国策・秦策》）

五湖：此指苏、浙之间的太湖，嘉兴近距太湖，故可代指丘之家乡。

“知祢”句：祢，祢衡，东汉平原般（今山东德平县东北）人，少有才辩，而性刚直傲慢，惟喜鲁国孔融及弘农杨修，融亦深爱其才，上疏荐之（见《后汉书・祢衡传》）。作者在此用祢衡比丘为，并自愧不如孔融能荐贤。

“羞为”句：作者曾做过殿中侍御史，有献纳（“纳献使”武后时所置，可以推荐人才）的使命，但未能推荐丘为，因而感到羞愧。

这首诗以“不得意”三字为线索，前六句写丘为落第不得意，故作诗慰勉，送其还乡；末联愧言自己对丘为如此才华而不能推荐，使之不得意。既怜才，又内疚，还有些为丘为抱不平的情绪。

首联，诗人用春柳摇青的蓬勃生意，反衬丘为应考落第不得意的落寞心情，是为借景抒怀；“况复”二字，意义更深一层，自然引起对比。颔联用苏秦早先说秦不售的典故，寓有失望之余对丘的将来寄以更大希望之意；“白发新”并非老年，实缘愁深，与李白的“白发三千丈，缘愁似个长”（《秋浦歌》十七首之一）意同。颈联对丘为落第后凄凉景况的形象描写，是画意，是诗情，更是无可奈何的安慰。末联用当年孔融不能推荐祢衡的典故，既突出了丘为的非凡才华和彼此深厚的友情，又自愧未能尽到献纳的职责，同时也是对当时科举主考官不能选拔真正人才的一种婉讽。

诗中颔、颈两联，对仗工巧，形象鲜明，特别是颈联两句，全为名词连缀，但读来并不害其意，反觉其美。这又和古典诗歌语言的特殊表达有关。

本篇颔、颈两联都要求对仗，即两副五言对联（以下各五律同此），否则便非律诗正体。

赠孟浩然

李　白

（仄起首句不入韵格。十二文韵）

吾爱孟夫子，　十　丨　十　一　丨　（句）
风流天下闻。　一　一　十　丨　一　（韵）
红颜弃轩冕，　一　一　十　十　丨　（句）
白首卧松云。　丨　丨　丨　一　一　（韵）
醉月频中圣，　丨　丨　一　一　丨　（句）
迷花不事君。　一　一　丨　丨　一　（韵）
高山安可仰，　一　一　一　丨　丨　（句）
徒此揖清芬。　十　丨　丨　一　一　（韵）

［作者］

李白（701—762），字太白，号青莲居士，祖籍陇西成纪（今甘肃秦安）人。先世隋末流徙西域。李白生于安西都护府之碎叶城（今吉尔吉斯斯坦境内），约5岁时随父迁居绵州彰明县（今四川江油）之青莲乡。李白早年即漫游全国各地，天宝初因道士吴筠和贺知章推荐，曾为玄宗供奉翰林，但不久即遭谗去职。安史之乱中，因参加永王璘幕府而被牵累，长流夜郎。途中遇赦。晚年漂泊东南，最后病殁于当涂。传世有《李太白集》三十卷。

［题释］

孟浩然是盛唐名诗人之一，他创作山水诗还早于王维；虽然终身隐居林下，但和当时的达官、名流都有往来，和诗人王维、王昌龄、李白也有酬唱。此诗即孟浩然遣归终南山时李白送行所作，诗中对孟的尊礼异乎寻常，正所谓惺惺相惜。

［注释与提示］

孟夫子：对孟浩然异常尊敬的称呼。

风流：指孟浩然才学精美，品格清高，善吟诗、爱喝酒的风雅潇洒生活。

“红颜”两句：红颜，朱颜，年轻时候。

轩：做官人乘的车子。

冕：做官人戴的帽子。

卧松云：隐居山林。

醉月：月夜饮酒至醉。

中圣：中(zhòng)圣，酒的隐语，《三国志·魏书·徐邈传》：徐邈“为尚书郎，时科禁酒，而邈私饮，至于沉醉。校事赵达问以曹事，邈曰‘中圣人’。达白之太祖，太祖甚怒。度辽将军鲜于辅进曰：‘平日醉客，谓酒清者为圣人，酒浊者为贤人。邈性修慎，偶醉言可。’竟坐得免刑。”

迷花：用陶渊明《桃花源记》事，意谓留恋林壑，无适俗韵。两句是说：月夜醉酒频喻以中圣人，留恋林壑而不愿事君做官(其实孟非不愿做官，而是官不可得。此两句未免过誉)。

“高山”句：《诗经·小雅·车辖》：“高山仰止，景行行止”，此处借喻孟之高尚品格。司马迁在《史记·孔子世家》的赞语中，开头就引用此两句，盛赞孔子以表向往之忱。本篇开头亦称“孟夫子”，可见作者对孟推尊之情了。

“徒此”句：徒此，唯有在此。揖，同“挹”，有“引”“汲”之意。清芬、清美芬芳之品德，晋陆机《文赋》：“诵先人之清芬。”此句是说：我唯有在此向你清美芬芳的品德学习致敬了。

本篇高度赞扬孟浩然不慕荣利，安于醉酒隐居的恬淡生涯，表达了作者的推尊向往之情。

首联“风流”二字为一篇之骨，颔、颈两联皆其风流的具体表现：从壮到老隐而不仕，在月下醉饮，向桃源遁身。对于孟浩然，作者既爱其品高德茂，又惜其不为世用；言外颇有相怜相惜又相慰勉之意。末联对孟的无比景仰，看似客套，实很真诚，能一反文人相轻为相重，不仅在当时难能可贵，对后世亦产生了良好影响。

唐代大诗人李、杜并称，那是在中唐以后（如韩愈《调张籍》的“李杜文章在，光焰万丈长”），而在李、杜当时，由于时代精神和诗歌风尚的要求，时人对杜甫的评价未必会高于孟浩然，特别在李白这样恣情山水、放浪麴蘖者的眼中更不会把杜看得比孟高，所以尽管杜甫写了不少怀念李白的诗篇，李却无一篇像样的回响；如果那首“饭颗山诗”属真的话，那李就太对不起杜了。当然，杜甫本来走着一条与孟浩然不同的人生道路，后来更遭遇到孟浩然连做梦也不曾做过的社会剧变。因此，当时孟浩然在李白笔下能受到如此尊崇，还是可以理解的。

本篇语言清丽高雅，格律工整，韵调自然而流美。“中圣”“事君”，用僻典对现事，既很得体，又极工巧。

江　汉

杜　甫

（仄起首句不入韵格。七虞韵）

江汉思归客，　十　｜　—　—　｜　（句）
乾坤一腐儒。　—　—　｜　｜　—　（韵）
片云天共远，　十　—　—　｜　｜　（句）
永夜月同孤。　｜　｜　｜　—　—　（韵）
落日心犹壮，　｜　｜　—　—　｜　（句）
秋风病欲苏。　—　—　｜　｜　—　（韵）
古来存老马，　十　—　—　｜　｜　（句）
不必取长途。　｜　｜　｜　—　—　（韵）

［作者］

杜甫（712—770），字子美，原籍襄阳（今湖北襄樊）人，后迁巩县（今河南巩义)，祖父杜审言，为著名诗人。杜甫少时漫游吴越齐鲁，曾应进士举不第。天宝中困居长安十年，安史乱起，在流亡中一度被俘。旋逃出长安。肃宗官以左拾遗，因直言极谏，改华州司功参军，不久弃官入蜀，在川西节度使严武帮助下营建成都草堂。严武死后，携家出蜀，病死江湘途中。有《杜少陵集》二十五卷传世。

［题释］

本篇约作于唐代宗大历三年(768)，作者离夔州出峡漂泊湖北之时。湖北省有长江、汉水，作者扁舟漂泊，故以“江汉”为题。作者此时尽管年老多病，处境异常艰难，但仍壮心不已。

［注释与提示］

“乾坤”句：乾坤，天地之间。腐儒，迂腐的读书人，此作者自比，颇有牢骚，语卑而意傲。

“片云”两句：承首联“腐儒”，寓情于景，言如片云在远天，与孤月共长夜，极飘零落寞之感。

“落日”两句：落日，比喻年老。苏，苏活；病欲苏，病将痊愈。此二句说明作者老当益壮、自强不息的积极精神。

“古来”两句：老马，《韩非子·说林上》：“管仲、隰朋从于桓公而伐孤竹，春往冬反，迷惑失道。管仲曰：‘老马之智可用也。’乃放老马而随之，遂得道。”此处作者以老马自比，言外谓已虽年老，还有可用之处。存：存养。

诗取篇首“江汉”二字为题，写漂泊思归之情，诗人虽年衰多病，但犹壮心不已，思能为国效力。

前四句写孤身飘零，是抑；后四句写老当益壮，是扬。飘零是实情，而壮思却属理想。中间两联属对精工，气派宏大，“含阔大于沉深，高(适)岑(参)瞠乎其后”(《杜诗镜铨》引胡元瑞评语)，又“中四句情景混合入化，东坡诗‘浮云世事改，孤月此心明’亦同此意境”(《杜诗镜铨》引赵访评语)。“落日”与“秋风”为对，并非实景，比喻年老境艰，“烈士暮年，壮心不已”(曹操《龟虽寿》)，情感似之。“老马”一词，感慨尤深。本篇与《登岳阳楼》为作者晚年同一时期的作品，《登岳阳楼》稍在前，兼抒忧国忧民之情，本篇则大励“老骥”之志。当然，本篇中也不无怨恨之思：难道一个“腐儒”竟不如一匹老马？老马尚被“存”之，腐儒则长被弃掷而不屑一顾，任其老病漂泊江湖！“怨恨”在这里已不是作者在《咏怀古迹》五首中代王昭君说的“曲中论”，而是自己的“诗中论”了。

忆江上吴处士

贾　岛

（仄起首句不入韵格。十四寒韵）

闽国扬帆去，	｜　｜　—　—　｜	（句）
蟾蜍亏复圆。	—　—　十　｜　—	（韵）
秋风生渭水，	—　—　—　｜　｜	（句）
落叶满长安。	｜　｜　｜　—　—	（韵）
此地聚会夕，	｜　｜　—　—　｜	（句）
当时雷雨寒。	—　—　｜　｜　—	（韵）
兰桡殊未返，	—　—　—　｜　｜	（句）
消息海云端。	｜　｜　｜　—　—	（韵）

［作者］

贾岛(779—843)，字阆仙，范阳(今北京附近)人，初出家为僧，法名无本。与孟郊、张籍、姚合往还酬唱，诗名大著。后还俗，屡举进士不第，曾做过长江(今四川蓬溪)主簿，普州(今四川安岳)司仓参军。贾岛是有名的苦吟诗人，“推敲”的典故就出于他。其诗以平淡为主，用典少，主要以平常用语抒写眼前情景，这是其优点；多送别怀旧之作，缺乏社会内容，又是其缺点。

［题释］

吴处士是作者早年的好友，未做官的人叫“处士”，两人分别一个月后，当秋风吹落叶时，作者在长安怀念吴而写下这首诗。

[注释与提示]

闽国：福建。

蟾蜍：指月亮，传说月中有蟾蜍。

渭水：流经长安北面的水名。

雷雨寒：夏天骤降雷雨，有点寒意。

兰桡：原为木兰做的桡片，此指归船。

“消息”句：言吴归来的消息像海云一样渺茫。

首联写吴处士去福建一个月了。颔联通过写景说明季节已进入秋天，秋风吹皱了渭水，落叶撒满长安城。写秋景不仅切合长安季节，典型而生动，而且有时光易逝及岁暮飘零之感，故成为历代传诵名句。颈联回忆一个月前离别的情景，“雷雨寒”除抒写情景外似有点弦外之音。末联言盼吴的归船渺茫难期，因此更加深了对吴的思念。通篇不过写对吴的怀念，平淡无奇，但格律工整，特别是“秋风”一联为人传诵。

春　宫　怨

杜荀鹤

（仄起首句不入韵格。二冬韵）

早被婵娟误，	| | — — |	（句）
欲妆临镜慵。	十 — 十 | —	（韵）
承恩不在貌，	— — 十 | |	（句）
教妾若为容。	| | | — —	（韵）
风暖鸟声碎，	十 | 十 — |	（句）
日高花影重。	十 — 十 | —	（韵）
年年越溪女，	— — 十 十 |	（句）
相忆采芙蓉。	十 | | — —	（韵）

[作者]

杜荀鹤(846—904)，字彦之，自号九华山人，池州石埭(今安徽石台)人。

唐末昭宗大顺二年(891)进士。入梁,为翰林学士,他出身贫苦,又经历战乱,对当时人民的疾苦有较深的了解与同情,故所作诗多为既反映现实又风格清新流利的佳篇,传世有《唐风集》三卷。

[题释]

写春天宫人的怨恨,“承恩不在貌”则是怨恨之由来。结合作者的身世,弦外似听得自叹怀才而无人赏识之音。

[注释与提示]

婵娟:颜色美好貌。婵娟还可以形容花好、月圆。

慵:懒。

若为容:怎么打扮。

“年年”两句:越溪,即若耶溪,西施当年曾采莲于此。芙蓉,荷花、莲花。全句是说,那些曾同在越溪采莲的女伴们一定年年在忆念着我;而我呢,真是悔不当初!

这是一首代宫女抒怨诗,第三句为全篇主旨。前四句一气呵成,写此宫女因貌美反遭冷落,于是连对镜梳妆的劲儿都没有了:既然得宠不在于容貌,那我怎么去打扮呢?颈联向为人所称赏,风暖、日高、鸟声、花影,无限春光,却反衬出宫人心情的孤寂和怨恨,形象而曲折地反映出宫内妒美争宠的斗争现实。末联借用西施的故事从对面着笔,写那些过着自由自在的采芙蓉生活的越溪女伴们,可能常常在忆念着我吧!结合作者的身世仔细体会全诗,一种怀才不遇,不被赏识,反而遭忌受压的怨恨之情,似可听诸弦外。

本篇旧有周朴作的说法,但宋胡仔在其所著《苕溪渔隐丛话》中,已辨其讹,其举故谚云:“杜诗三百首,惟在一联中。风暖鸟声碎,日高花影重。”于此也可说明,本篇在当时即为人所推崇了。

延兴门外作

韦　庄

（仄起首句不入韵格。六麻韵）

芳草五陵道，　＋　｜　＋　—　｜　（句）
美人金犊车。　＋　—　＋　｜　—　（韵）
绿奔穿内水，　＋　—　—　｜　｜　（句）
红落过墙花。　＋　｜　｜　—　—　（韵）
马足倦游客，　｜　｜　＋　—　｜　（句）
鸟声欢酒家。　＋　—　＋　｜　—　（韵）
王孙归去晚，　—　—　—　｜　｜　（句）
宫树欲栖鸦。　＋　｜　｜　—　—　（韵）

[作者]

韦庄(836—910),字端己,杜陵(今陕西西安)人。为韦应物四世孙,昭宗进士。在未成进士前,曾漫游南方很久。王建在成都称帝后,遂往仕,位至宰相,后终于蜀。韦庄词与温庭筠齐名,为“花间派”的代表作家。

[题释]

描写贵族子女在长安城东延兴门外游春行乐情景。内容一般,而艺术性突出。

[注释与提示]

延兴门:唐长安外城共设十三个城门,延兴门为东面三门靠南的一个门。曲江和芙蓉园都在此门一带,是当时的游乐胜地。

五陵道:即五陵一带的道路上。汉高祖葬长陵、惠帝葬安陵、景帝葬阳陵、武帝葬茂陵、昭帝葬平陵,合称五陵,都在长安附近。

金犊车:牛驾而饰以金的车子。

作者韦庄本京城长安人,贵族少男少女们在延兴门外春游的情况他自然常看到，故写来如此生动真切。本篇有如下特点：

一是，八句四联诗的前三联全用对仗，特别是首联，对得自然而不露痕迹：在绿草如茵的五陵一带的大道上，美人们乘坐着华贵而安稳的车子游春。颔、颈两联除工丽外，形象极鲜明、生动，红花、绿水、马足、鸟声、游客、酒家，尽显一片郊野风光、盎然春意和众多的游人；特别是一个“倦”字和一个“欢”字，把人与物在春游中的生理和心理状态，逼真地刻画出来。

二是，颔联对仗“绿奔穿内水，红落过墙花”，在意义丝毫不变的情况下可写成“穿内绿奔水，过墙红落花”，也可写成“穿内水绿奔，过墙红花落”。但是这么一来，前者把平起仄对联变成仄起平对联，后者改押了仄声韵，均不符合本诗本联的要求。这样的对仗还为了突出“绿”“红”两种鲜明颜色以显示春意。这和杜甫《题新津北桥楼》诗中的“白花檐外朵，青柳槛前梢”突出春野“白花”“青柳”的道理相同。颈联的“马足倦游客，鸟声欢酒家”，又是故使语气峻拔的倒装句，本为“游客马足倦，酒家鸟声欢”。

末联写贵族子弟们因尽兴游乐很晚才归去，这时宫苑树上的乌鸦都将要栖宿了。如果说本篇内容还有一点点积极意义和弦外音，那就是作者对这些从早到晚不务正事而只知玩耍的人，并不那么恭维而已。

全诗平淡自然地写来，却能给人以春天、春景、春人、春物、春事的综合美的感受，音调极和谐。其艺术性是应该肯定的。

瀑　布

石延年

（仄起首句不入韵格。八庚韵）

飞势挂㊣岳顶，　十　｜　十　十　｜　（句）
何时向此倾？　—　—　｜　｜　—　（韵）
玉虹垂地色，　十　—　—　｜　｜　（句）
银汉落天声。　十　｜　｜　—　—　（韵）
万丈寒云湿，　｜　｜　—　—　｜　（句）
千岩暑气清。　—　—　｜　｜　—　（韵）

沧浪不足羡，　— — 十 | |　（句）
就此濯尘缨。　| | | — —　（韵）

［作者］

石延年(994—1041)，字曼卿，北宋京城(今河南商丘)人，真宗朝进士，官大理寺丞，仁宗朝迁太子中允。性倜傥，任气节，为文劲健。工诗、善书、喜饮，与欧阳修为挚交。曼卿死，欧阳修哀悼作《祭石曼卿文》，为古来哀悼亡友感人之作。

［题释］

描写瀑布有形、有声、有色，末联即景抒情，含意不尽。

［注释与提示］

“飞势”句：瀑布像挂在山顶上，势若飞奔而下。岳，山。

“何时”句：不知从何年起向此山谷间倾泻。

“玉虹”两句：瀑布从天上垂到地下，像一道白玉色的虹霓，又像银河从天降落，发出巨大的声响。

“万丈”两句：瀑流水激成雾，若湿云高达万丈，千岩中的暑热之气为之驱除而感觉清凉。

“沧浪”两句：《孟子·离娄上》：“沧浪之水清兮，可以濯我缨；沧浪之水浊兮，可以濯我足。”孟子用水清濯缨、水浊濯足的比喻，说明“人必自侮而后人侮之，家必自毁而后人毁之，国必自伐而后人伐之”这一道理，作者在此只取其“水清”之义，意思是说，人到此地连孟子所说的“沧浪水清”都不值得羡慕了。可见作者胸次之清真和气度之雄远。

这是一首专咏瀑布的咏物诗，写得形象壮丽，气势雄伟；不仅有声有色，还给人以当暑生凉之感和离尘绝俗之思，说明了情随境迁这一道理。

首联，写瀑布从山顶飞倾而下，作设问语，生动而峭拔，与苏轼的“明月几时有，把酒问青天”(《水调歌头》)同一机杼。颔联，写瀑布的壮伟形象、美丽颜色和巨大声响，和李白的“飞流直下三千尺，疑是银河落九天”(《望庐山瀑布》)相比，其精警处有过之而无不及，盖李诗只写瀑布壮伟之形，尚欠声、色。颈联，写人在观瀑时的异常感受：万丈寒云为之湿润，千岩暑气顿变清凉。当然，这样的地方嚣尘自然绝迹，人的思想也暂时得到净化。末联，引用《孟子》进一步说明人到此地思想感情的变化，连"沧浪水清"都不值得羡慕了，且就此洗洗功名利禄的尘俗之气吧。同时，诗人也补绘出瀑落成溪后的淙淙清流。

诗的前句"飞势挂岳顶"，"岳"即"山"，但用岳不用山，因为"岳"为高大的山，"山"则可大可小，此瀑布若从一般山顶落下，则其势未必雄伟；"岳"为仄声，故作拗句，以显奇突，此与李商隐《落花》诗首句"高阁客竟去"中"竟"字故用仄声以成拗句的用意相同。

除　夜

陈与义

（仄起首句不入韵格。十蒸韵）

畴昔追欢事，	十｜——｜	（句）
如今病不能。	——｜｜—	（韵）
等闲生白发，	十——｜｜	（句）
耐久是青灯。	｜｜｜——	（韵）
海内春还满，	｜｜——｜	（句）
江南砚不冰。	——｜｜—	（韵）
题诗饯残岁，	——十｜｜	（句）
钟鼓报晨兴。	十｜｜——	（韵）

［作者］

陈与义（1090—1139），字去非，号简斋，洛阳（今河南洛阳）人，徽宗时登上舍甲科，历任府学教授，太学博士，南渡后官至参知政事。早期诗作受江西诗派影响，后经历战乱生活，诗作风格倾向杜甫。他的词清婉奇丽，豪放处近似苏轼。传世有《简斋集》。

［题释］

除夜，即农历除夕夜晚。靖康之变后作者避难南行，经历辗转流亡的艰苦生活，加之年老多病，于除夕之夜写下此诗，貌似消沉而实极悲愤。

［注释与提示］

畴昔：往日。“畴”为助词，无意义。

等闲：随便，轻易。

青灯：青荧的灯光，读书灯。

春还满：腊尽春来，春意还将溢满海内。

砚不冰：江南气候温暖，严冬季节，砚池亦不结冰。

“钟鼓”句：敲钟击鼓庆祝节日。

首联写从前当此除夜，总要追欢取乐，如今流亡他乡，身又老病，一切都不可能了，意多伤感。颔联，上句自伤老大而一事无成；下句言只有这一盏青灯才是耐久伴侣；此联感慨殊深。颈联，言到明天依旧春满海内，而逃难来到这江南，严冬连砚池也不结冰（文人耕于砚田，故多注意及此）；这一联言外之意极为愤懑：为什么自己要背井离乡来到这“砚不冰”的江南？这有家归不得的责任该由谁负？末联才写景，除夜题诗，为了饯别残岁，等一会儿就要听到敲钟击鼓的声音迎接新年到来了。旧时有除夜守岁不眠的风俗，故写来如此。

这首诗，语言浅易而情致凄婉，中间两联对仗精工，用意深至。“春还满”即荀子所说“天行有常，不为尧存，不为桀亡”（《天论》）之意。这时广大中原地区已在金人占领之下，从明天起，又是春回大地之时，可是如不北伐收复失地，春天再好也不会给那里的人民带来任何希望和幸福。“砚不冰”原是好事，但伤心人睹物兴感，从“砚不冰”而联想到“砚冰”的中原故乡，在这岁末天寒之夜，那里的人们，将如何受苦受难啊！

作者早年服膺江西诗派，南渡后诗作更倾向杜甫。本篇即取法于杜、黄，而出之以含蓄，故读来娓娓动人，味之凄凄感人；如和作者另一首题为《伤春》的七律同读，理解就会更深。

梅　花

陈　亮

（平起首句不入韵格。七阳韵）

疏枝横玉瘦，	— — — ｜ ｜	（句）
小萼点珠光。	｜ ｜ ｜ — —	（韵）
一朵忽先变，	｜ ｜ — — ｜	（句）
百花皆后香。	＋ — ＋ ｜ —	（韵）
欲传春信息，	＋ — — ｜ ｜	（句）
不怕雪埋藏。	｜ ｜ ｜ — —	（韵）
玉笛休三弄，	｜ ｜ — — ｜	（句）
东君正主张。	— — ｜ ｜ —	（韵）

［作者］

陈亮（1143—1194），字同甫，婺州永康（今浙江永康）人。光宗进士，但未做官。为人才气超迈，喜谈兵论政，有积极用世志。生平力主抗金，故作品中表现出强烈的爱国思想。词与辛弃疾同调，而豪迈气概有时过之，但稍欠俊逸。传世有《龙川文集》《龙川词》。

［题释］

梅花写入诗篇，古往今来多到不可胜数，但总的说来，不外乎借以歌颂人品的清高、节操的坚贞和意态的幽雅，能结合现实和人生理想的确乎不多。陈亮这首五言律诗，写得既联系现实，又奇气横生，当然粗犷之气亦难免，这又和他的词作风格有相通之处。

［注释与提示］

“疏枝”句：像玉石一样瘦影横斜而稀疏的枝干。

“小萼”句：点点小花蕾如同发光的珠子。

“一朵”句：一朵梅花忽然间先开放了。变，变化，开放。

“玉笛”句：乐府古辞有《梅花落》，为有名的笛奏曲调。全句是说，笛子不要再多次吹奏《梅花落》的曲调了。

“东君”句：东君，原为司春之神，这里代指爱国抗敌的主导力量。全句是说，东君正在想方设法呢。

诗的首联写梅形态之奇；颔联写梅花开占百花之先；颈联写梅花志在报春，敢于藐视一切恶势力的阻挠；末联写司春之神东君正在想方设法，岂容梅花随便落去。

本篇句句写梅花，句句关联国家民族大事。作者是爱国诗人辛弃疾的挚友，词风也与辛相近。在那朝廷软媚求和之日，只有广大人民和爱国志士们，才是国家、民族的坚强支柱和远大希望，他们就是主宰百花命运的东君。最后诗人警告投降派们不要再吹奏《梅花落》的曲调了，“东君”正在做出抗敌救国的决策呢！通篇气盛言宜，思奇神旺，读之使人大鼓勇气，一新耳目。此诗比之晚唐崔道融的五律《梅花》诗，则志高万丈；比之宋初林和靖的七律《山园小梅》诗，亦各有千秋。林诗，诸家选本皆入选，现只将崔诗介绍于下，以供参考：

数萼初含雪，孤标画本难。香中别有韵，清极不知寒。横笛和愁听，斜枝倚病看。朔风如解意，容易莫摧残。

七言绝句

赠苏绾书记

杜审言

（平起首句入韵格。一先韵）

知君书记本翩翩，	— — 十 | | — —	（韵）
为许从戎赴朔边。	十 | — — | | —	（韵）
红粉楼中应计日，	十 | — — 十 | |	（句）
燕支山下莫经年。	— — 十 | | — —	（韵）

［作者］

杜审言（生卒年不详），字必简，原籍襄阳（今湖北襄阳），从祖父起迁居河南巩义，为杜甫之祖父。高宗咸亨元年(670)进士，年已六十余；历任丞、尉等小官，武后时授著作郎、膳部员外郎。神龙初因张易之案牵连得罪，流放到遥远的峰州(古夜郎地，唐置峰州。在今越南境内)。不久召还，为国子监主簿，修文馆直学士，病卒。

杜审言与苏味道、李峤、崔融，当时合称“文章四友”，诗多律体，五言律诗的成就很突出。《全唐诗》录存其诗一卷。

［题释］

书记为掌管书牍奏记之人，唐时元帅及节度使僚属皆有掌书记之职，简称书记，苏绾当是作者之友，以书记身份从戎赴边。作者赠之以诗，并动之以情，盼苏早日奏凯归来。

［注释与提示］

书记本翩翩：魏曹丕《与吴质书》中有“元瑜(阮瑀字)书记翩翩，致足乐也”之语，后遂以“翩翩”喻人之才思敏捷。

为许：为什么。

朔边：北方边塞。

红粉：原指搽胭抹粉之女性，此处代指苏妻。

燕支山：“燕支”或写作“烟支”“胭脂”“焉支”，山在甘肃山丹县东，《匈奴歌》中写道：“失我焉支山，会我妇女无颜色。”焉支即红蓝，采其花汁，用作妇人面脂以美容，因此相传其地多生美女。

这是一首赠从戎赴边友人的诗，写得既得体，又有豪情，还饶有风趣。一二句称赞苏绾本是翩翩书记，为何从戎赴朔边呢？无惜别之语，却有惋惜之情，足见两人之相知深，友情厚。三四句特从苏妻方面着笔，用儿女柔情来打动行者，意谓应想到离家后妻子常在楼中计算着你离家的日子，望你在那塞外的燕支山下不要待得太久了，言外有盼君早日胜利归来之意；同时还有，让你久在那出美人的燕支山下，也使她不能放心！既很真诚，又饶有风趣。通篇从对苏的称颂与期望中，我们似乎看到了那个比较兴盛、繁荣、富强、和睦的时代：这里既无勉励从戎杀敌的豪言壮语，也体会不出厌兵或反战的消极情绪，而与稍后的王昌龄《闺怨》诗“忽见陌头杨柳色，悔叫夫婿觅封侯”，却有相似之处。

本篇是一首格律严谨的七言绝句。三四句遣词婉丽，用意巧妙，对仗工整(尽管绝句不要求对仗)，为以后的七绝诗在形式上树立了楷模，在表现手法上开辟了新途径。

咏　柳

贺知章

(仄起首句入韵格。四豪韵)

碧玉妆成一树高，　｜ ｜ — — ｜ ｜ —　(韵)
万条垂下绿丝绦。　十 — 十 ｜ ｜ — —　(韵)
不知细叶谁裁出？　十 — ｜ ｜ — — ｜　(句)
二月春风似剪刀。　｜ ｜ — — ｜ ｜ —　(韵)

[作者]

贺知章(659—744)，字季真，越州永兴(今浙江萧山)人，性旷夷，善谭说，少以文词知名，武则天证圣初擢进士，因张说推荐，入丽正殿书院修书，开元十三年(725)迁礼部侍郎，累迁秘书监。晚节诞放，自号“四明狂客”及“秘书外监”。天宝初，归隐镜湖，终年八十有六。所作绝句，大都语言浅显，音节流畅，且时有新意。《全唐诗》存诗一卷。

[题释]

本题一作《柳枝词》，用奇妙想象来描写柳的形态。读之使人耳目一新。

[注释与提示]

碧玉：青绿色的玉石。

绦(tāo)：丝织成的带子。

人对于自然界许多不可理解的现象总想求得其解，而在自然科学尚不发达的时代，又只能根据客观存在的事理来加以设想。当春风吹绿柳条之时，诗人既欣赏其婆娑绿影，喜爱其万缕千丝在风中飘拂，又想问一问为何如此。于是便从生活中习见的用剪刀裁丝剪缕，联想到造物者也该是如此用春风来剪裁柳条吧。首句统写柳之神；次句细写柳之态；三四句故作痴问痴答，而奇思妙想却正从这里表现出来，既赞美大自然的蓬勃生机，又歌颂喜人的旖旎春光，“裁”与“剪刀”相呼应，俗而能雅，形象而自然。二月正是风吹柳叶青之时，不也正是造物者持剪刀裁柳之日？这种新巧构思和形象描写，在历代诗人咏柳之作中可算首创；后此，运用这一巧思来绘景状物，就大有人在了。

自从《诗经·小雅·采薇》篇里出现了“杨柳依依”之句以来，以柳为题的诗作屡见不鲜，但都不外衬景、抒情、寄慨而已，至本篇始出新意。后来明代杨慎的咏柳诗亦有别致，但本篇新巧而杨作工丽，各有千秋。

苏台览古

李　白

（仄起首句入韵格。十一真韵）

旧苑荒台杨柳新，　｜ ｜ — — ＋ ｜ —　（韵）
菱歌清唱不胜春。　— — ＋ ｜ ｜ — —　（韵）
只今唯有西江月，　— — ＋ ｜ — — ｜　（句）
曾照吴王宫里人。　＋ ｜ — — ＋ ｜ —　（韵）

［作者］

见前。

［题释］

苏台：即姑苏台，故址在今江苏省苏州市，春秋时吴王夫差所建。据说吴王建此台耗费了大量人力、物力。台横亘五里，上别立春宵宫，与西施为长夜之饮。览古，凭吊古迹。

［注释与提示］

旧苑荒台：过去帝王的宫苑和荒凉的台榭。

菱歌：江南一带采菱角时唱的劳动歌。

西江：西来之大江，即长江（按苏州不沿长江，此为泛指）。

姑苏是春秋时吴国的都城，吴王夫差又是历史上因女祸亡国的有名昏君。作者到此睹景伤怀，抚今追昔而写下这首诗。

一二句写当年吴宫的池苑湮没，台榭荒凉，但杨柳却发出新枝。再听那悠扬的采菱歌声，在这春光依旧而世事已迁的无限低回之中，真使人有情何以堪之感。三四句进一步抒写而顿发奇想：此地的一切皆成陈迹，唯有那高挂在西江上空几见沧桑的月儿，似乎记忆犹新，它曾照见过吴王宫里的美人西施呀！

古代文人少达而多穷，因此"览古""怀古"这一类诗题便成为他们借酒浇愁的一面镜子；但李白的这类诗却有所不同。他曾身临宫禁，备悉帝王与妃子类似当年吴宫的腐朽生活。诗人从关心王朝的前途和命运出发，有针对性地或咏吴宫的淫靡往事（如《乌栖曲》），或凭吊吴宫的旧苑荒台（如本篇），以进行讽喻。故李白的这类诗歌是有其一定的现实意义的。

这首诗写得既清丽谐畅，又感慨遥深，还有一种高唱入云的气概，虽和他的《越中怀古》同一格调，而本篇意义较胜。

采　莲　曲

王昌龄

（仄起首句入韵，失粘格。十灰韵）

荷叶罗裙一色裁，　十 ｜ — — ｜ ｜ —　（韵）
芙蓉向脸两边开。　— — ｜ ｜ ｜ — —　（韵）
乱入池中看不见，　｜ ｜ — — 十 ｜ ｜　（句）
闻歌始觉有人来。　— — ｜ ｜ ｜ — —　（韵）

［作者］

王昌龄（698—757），字少伯，太原（今山西太原）人；一说京兆（今陕西西安）人。开元十五年（727）进士，授汜水尉，二十八年（740）又中博学宏词科，官校书郎，出为江宁令，晚年贬龙标（今湖南洪江）尉。安史之乱后，居乡里，为刺史闾丘晓所杀。七绝诗的成就最高。《全唐诗》存录其诗四卷。

［题释］

《采莲曲》为乐府曲名，梁武帝制《江南弄》七曲之一，写采莲女的劳动情景和活泼形象。原作二首，选一首。

［注释与提示］

“荷叶”句：采莲姑娘的罗裙与荷叶是一样的颜色（绿色）。

芙蓉：荷花。

乱入：混入。

作者抓住采莲环境的特点，把人和景结合起来描写，生动形象而有趣地表现了采莲女的劳动生活和天真活泼的性格及形态。

首句写荷叶和采莲女所着罗裙是一个颜色，让人分辨不出哪些是荷叶哪些是罗裙。次句写荷花与采莲女的脸庞一样娇艳，也分辨不出哪儿是人哪儿是花。故第三句写这些姑娘们混入荷花池中去，就分不出来了。第四句作者灵巧之笔陡然一转，就在这人、花不分的当儿，响起了采莲歌声，这歌声随着采莲船的移动，人与花不是自然分辨出来了吗？

通篇把莲与人并写，两美既能合，又可分；色秀、香清、人娇、声好，一片天趣；这和作者的从军、宫怨、送别等诗相比，内容虽略逊，而情致清新，大作家真是无施而不可。

江村即事

司空曙

（仄起首句入韵格。一先韵）

罢钓归来不系船，	｜	｜	—	—	｜	｜	—	（韵）
江村月落正堪眠。	—	—	｜	｜	｜	—	—	（韵）
纵然一夜风吹去，	十	—	｜	｜	—	—	｜	（句）
只在芦花浅水边。	十	｜	—	—	｜	｜	—	（韵）

［作者］

司空曙（生卒年不详），字文明，广平（今河北永年）人。登进士第。曾为剑南节度使韦皋幕僚，德宗时官水部郎中，为大历十才子（韩翃、卢纶、钱起、李端、吉中孚、司空曙、苗发、崔峒、耿湋、夏侯审）之一。性耿介。作诗能用朴直率真的词句表现悲欢离合的感情，也有寄兴山林之作。

［题释］

即事：就眼前景物写诗。本题写所见越野江村渔家生活的一斑。

［注释与提示］

不系船：不把船拴在岸边。

本篇写渔人罢钓归来不系船便去安然睡觉的日常生活情景，多么悠闲自在！看似很平常，却是由虚到实，即小见大，颇有点生活哲理的意味。"不系船"并不是渔人的粗心随便，正表现了渔人的胆大心细，"芦花浅水"说明渔人对周围水域情况的熟悉。因此，纵然夜里起了大风，把船刮走，至多也只搁在芦花浅水那边，绝不会冲下险滩，碰上礁石，所以才不系船而在这江村月落的幽美夜景中放心地进入梦乡。本篇似乎寓有一种了解周围的情况并掌握了事物的客观规律便无往而不适的道理。谁说只有宋人诗才善于说理，这样的唐诗不是也在说理吗？而且还说得相当高妙。

与浩初上人同看山寄京华亲故

柳宗元

（仄起首句入韵格。七阳韵）

海畔尖山似剑铓，	｜ ｜ — — ｜ ｜ —	（韵）
秋来处处割愁肠。	— — ｜ ｜ ｜ — —	（韵）
若为化得身千亿，	＋ — ｜ ｜ — — ｜	（句）
散上峰头望故乡。	｜ ｜ — — ｜ ｜ —	（韵）

［作者］

柳宗元（773—819），字子厚，河东（今山西永济）人。贞元进士，又中博学宏词科，授集贤殿正字。调蓝田尉，拜监察御史，和刘禹锡等同属革新政治的王叔文集团。王叔文失败后，他被贬为永州司马，十年后调柳州刺史，卒于柳州。世称“柳柳州”或“柳河东”。柳宗元还是唐代杰出的散文家，与韩愈共同领导了唐代的“古文运动”。

［题释］

本篇为作者于唐宪宗元和十年(815)，由永州司马改贬柳州刺史与浩初上人（名叫浩初的和尚，作者的方外朋友）同看山时所作，写成后寄给在京城（长安）的亲戚朋友看。

［注释与提示］

上人：对和尚的尊称。

剑铓：剑锋。

若为：怎能。

作者在下笔之先就已有了贬谪中一直无法排遣的乡愁客恨。一二句写由看山之尖而联想到“剑铓”，又因剑铓设想用它割自己的愁肠，心情之难受可想而知。但这愁肠既割不得，纵割亦无益；于是诗人更进一步幻想起来。三四句再由山之多而高设想怎样能使自己“化得身千亿”，分别上各个峰头，睁开倍于千亿的眼睛来眺望京华故乡。我们可从字里行间看出作者是何等渴望回到京城重会亲友。诗句比喻越新奇，越形象，表现望乡怀亲友之心情越强烈。如果说诗歌重形象思维，那么，这篇可称运用形象思维的典型之作。

离思（五首之一）

元　稹

（平起首句不入韵格。十二文韵）

曾经沧海难为水，　— — 十 | — — |　（句）

除却巫山不是云。　十 | — — | | —　（韵）

取次花丛懒回顾，　| | — — 十 十 |　（句）

半缘修道半缘君。 ＋ － ＋ ｜ ｜ － － （韵）

［作者］

见前。

［题释］

作者元稹在他的一些诗作中，多提到他年轻时的风流韵事。本篇看似写艳情，写离别后的相思，实际上是一个负心者的坦白、自咎。

［注释与提示］

沧海：大海。

巫山：即重庆巫山东巫峡内之巫山，有神女峰。据战国宋玉《高唐赋》说，楚襄王曾在此山梦与神女幽会（当属神话传说），后世文人遂以巫山、云雨、高唐、阳台来代称男女欢会。

取次：任意、随便（唐人诗文中常用词）。

元稹这个后来依附宦官爬上宰相宝座的文人，在他所著的《会真记》（又名《莺莺传》）中，借张君瑞和崔莺莺的化名，大写他年轻时对一位美丽善良少女始乱终弃的“风流韵事”，这一“风流韵事”又被金元以后的文人们写成杂剧，大肆宣扬；现代的人拿着新尺子去丈量古人古事，于是量出一个反封建的主题来。

《离思》五首中的这首诗，从内容来看不外乎作者非常满意于当年的那次艳遇，以后似乎再也未遇到如此可意人儿，便产生了虽在万花丛中而不屑一顾的思想，而这种思想一半由于“我”的修身养性，一半由于对“她”的忏情。其实作者在这里已把自己安排在一个负心人的被告席位上去了。

开头两句形象又逻辑清晰地总结了过去一段恋爱经历，可是这两句诗的本身却并不停留在这一意义上，喻之其他一切事物无不可，无不有深味，因此这两句诗便成为文人们写艳情或类似情况的口头禅了。

春　词

刘禹锡

（平起首句入韵格。十一尤韵）

新妆宜面下朱楼，　—　—　十　｜　｜　—　—　（韵）
深锁春光一院愁。　十　｜　—　—　｜　｜　—　（韵）
行到中庭㊿㊿朵，　十　｜　—　—　十　十　｜　（句）
蜻蜓飞上玉搔头。　—　—　十　｜　｜　—　—　（韵）

［作者］

刘禹锡(772—842)，字梦得，自称中山(今河北定州)人。贞元进士，又中博学宏词科，官监察御史。曾参加革新政治的王叔文集团，失败后，贬朗州司马，历连、夔、和州刺史，后入朝，官至检校礼部尚书。晚年在洛阳与白居易为诗友。其仿民歌《竹枝词》，在当时和后世影响都很大。传世有《刘梦得文集》四十卷。

［题释］

这是一首宫怨诗，写宫人打扮得非常匀称，走下朱楼盼望皇帝驾幸，可是皇帝不来，一院春光只有对之愁怨而已。作者的好友白居易也写过一首《春词》诗，据说此为和作，故也有题为《和乐天春词》。白诗是："低花树映小妆楼，春入眉心两点愁。斜倚阑干背鹦鹉，思量何事不回头。"内容都是写女性的春怨，而刘诗更为含蓄、深刻。

［注释与提示］

宜面：擦在脸上的脂粉，不浓不淡，恰与脸色相称。

玉搔头：即玉簪。据《西京杂记》载："(武)帝过李夫人，就取玉簪搔头，自此后宫人搔头皆用玉，玉价倍贵焉。"

这是一首宫怨诗。一二句写主人公打扮得非常漂亮，满怀邀宠的希望而走下朱楼来，可是满园春光，宫门深锁，并没有人来召幸她，这怎能不使她哀愁呢？三四句写主人公在失望之余只好自行宽慰，于是走向中庭，借数盛开的花朵来消遣愁怀，不料无知的小蜻蜓却飞上她的玉簪上来，似乎它还懂得欣赏她的新妆，真是人不如物！通篇只是平实叙写，而主人公的冷落心境和哀怨情怀从侧面自然流露出来，艺术手法极为高妙。如结合作者“二十三年弃置身”（《酬乐天扬州初逢席上见赠》）来体会，宫人邀宠的落空与作者爱君的遭贬，不无相似之处。大凡唐人以宫中妇女为题材作诗，除揭露帝王的荒淫和同情妇女的不幸外，也不乏寄寓个人身世之意，不然作者何不嫌烦琐而为宫中人如此诉其苦鸣其不平呢？

题都城南庄

崔　护

（平起首句入韵格。一东韵）

去年今日此门中，　＋ — ＋ ｜ ｜ — —　（韵）
人面桃花相映红。　＋ ｜ — — ＋ ｜ —　（韵）
人面不知何处去，　＋ ｜ ＋ — — ｜ ｜　（句）
桃花依旧笑春风。　— — ＋ ｜ ｜ — —　（韵）

［作者］

崔护（生卒年不详，约生活于唐德宗贞元、唐宪宗元和年间），博陵（今河北定州）人，贞元十二年（796）进士，官终岭南节度使。《全唐诗》只存其诗六首。

［题释］

宋计有功《唐诗纪事》卷四十：“护举进士不第，清明独游都城南，得村居，花木丛翠。叩门久，有女子自门隙问之。曰：‘寻春独行，酒渴求饮。’女子启关，以盂水至。独倚小桃柯伫立，而意属殊厚。崔辞起，送至门，如不胜情而入，后绝不复至。及来岁清明，径往寻之，门庭如故，而户扃锁矣。因题‘去年今日此门中’之诗于其左扉。”都城：长安城。

［注释与提示］

“桃花”句：桃花依旧在春风中开着。

此诗写诗人春日重游都城南庄，回忆去年今日一次偶然的佳遇。一二两句，写去年今日诗人在此门中见到娇丽的人面与艳丽的桃花相映媲美；三四句写今年今日，人面已不知去向，桃花仍艳开于春风之中。时隔一年，人已杳而花仍开，有情人对此，不免怅惘；然而作者本非寻花问柳的轻薄浪子，去年一面之后虽情有所钟，但迹无再至，可谓情丽而品高；故这再来而失望之际，似被依旧艳开的桃花所揶揄！四句语言通俗的诗，着一“笑”字，而诗味骤增，意境全出。从此“人面桃花”遂成为赞美女性的习语了。

古人作诗很注意炼字，往往一字出奇而通篇制胜，贾岛的“僧‘敲’月下门”（《题李凝幽居》），僧齐已的“昨夜‘一’枝开”（《早梅》），以及后来王安石的“春风又‘绿’江南岸”（《泊船瓜州》），都与本篇的“笑”字有异曲同工之妙。

题木兰庙

杜　牧

（平起首句入韵格。四支、五微通押韵）

弯弓征战作男儿，	— — 十 ｜ ｜ — —	（韵）
梦里曾经与画眉。	｜ ｜ — — ｜ ｜ —	（韵）
几度思归还把酒，	｜ ｜ — — — ｜ ｜	（句）
拂云堆上祝明妃。	十 — 十 ｜ ｜ — —	（韵）

［作者］

杜牧（803—852），字牧之，京兆万年（今陕西西安）人，宰相杜佑之孙。太和进士，始作弘文馆校书郎，继而为几州刺史，官终中书舍人。世居樊川，故称“杜樊川”。他有抱负但终身未能施展，到了晚年，遂过着疏狂放荡生活，诗歌风格豪爽清丽，也擅长赋和古文。传世有《樊川文集》二十卷，《外集》《别集》各一卷。

［题释］

木兰为古代传说中忠孝双全的女英雄，特别是她那女扮男装英勇神奇的故事，更传为千古佳话，后世敬爱这位女英雄，既攀附其乡里，又为其立庙纪念。湖北黄冈木兰山上有木兰庙，作者或曾亲临其地而写下这首诗。诗中不但赞颂木兰，还表现了作者的卓越识见和爱国的思想感情。

［注释与提示］

弯弓：拉满弓。

“梦里”句：写木兰总难忘女儿家的故态，梦里在给自己画眉毛。与画眉，为自己画眉毛。

拂云堆：在今内蒙古包头西北。古时堆上有拂云祠，是突厥族祭祀祈福的地方。

诗中的第一句写木兰乔装从军。第二句写木兰在军中平时虽装作男儿，但在梦里还同女儿家一样来打扮自己。三四句进一步写木兰的思想活动：尽管她驰骋疆场，雄姿英发地浴血奋战，但有时仍不免想家乡、念亲人，于是她端起一杯酒来，既消愁解闷，更走上拂云堆去。王昭君当年为了消弭胡汉的兵争，不惜远嫁并殁身于异国，而木兰自己乔装从军，是用武力来保卫国土，情虽异而实则同。千秋而下自然引起了思想共鸣。

不少骚人墨客作诗撰文对木兰予以歌颂，但真能写得细致深刻有血有肉的，还算杜牧这首小诗。古人说“修辞立其诚”（《易·乾卦》），诚就是真实，如果描写一位英雄人物夸张得过了火，就失去了真实。这既损害了英雄人物的形象，又减低了作品的艺术效果。不仅后来歌颂木兰的墨客骚人们存在这一缺点，就是《木兰诗》原作也是如此。因此杜牧这首小诗在一定程度上还弥补了《木兰诗》的不足之处。当然除了在创作艺术方面的卓识宏见外，作者的爱国思想感情也在这首诗里曲折地表露出来。

龙 池

李商隐

（平起首句入韵格。九青韵）

龙池赐酒敞云屏，　— — ｜ ｜ ｜ — —　（韵）
羯鼓声高众乐停。　｜ ｜ — — ｜ ｜ —　（韵）
夜半宴归宫漏永，　｜ ｜ ＋ — — ｜ ｜　（句）

薛王沉醉寿王醒。　＋　－　＋　｜　｜　－　－　（韵）

[作者]

见前。

[题释]

据宋程大昌《雍录》:"明皇为诸王时,故宅在京城东南角隆庆坊。宅有井,井溢成池。中宗时,数有云龙之祥。后引龙首堰水注池。"按龙池为帝后妃及诸王游宴之所。本诗取篇首两字为题,内容深含讽刺。

[注释与提示]

敞云屏:云屏,云母制成的屏风。敞云屏,敞开云母屏风,表示盛大宴会。

羯鼓:由羯民族传入之鼓,形如漆桶,下有小牙床为架,击时用两杖,声音急促高亢,破空透远。唐明皇善击之。

宫漏:宫中之更漏。漏,古时计时器,安装龙头吐水,下置玉蟾蜍(蛤蟆)盛水,再滴入另一铜壶中以计时刻。

薛王:玄宗弟李业之子李琄,袭封薛王。

寿王:玄宗第十八子李瑁。原娶杨玉环为妃,后为玄宗所夺。

第一句写皇帝赐酒,在龙池敞云屏大开宴饮。第二句写奏乐,当皇帝的羯鼓声高响起来时,众乐被迫停奏。此两句极写皇帝在龙池赐宴时的欢乐情景。三四句写夜半宴归后,在长长的宫漏声中薛、寿两王所表现的不同情态:薛王心中无事,酒醉后即沉沉入睡;寿王心中有事,所以一直醒着。那么寿王为什么醒着呢?请看下面两段史录:

"寿王瑁,明皇第十八子也……母武惠妃,开元元年见幸宠倾后宫。"(《旧唐书》列传卷五十七)。

"玄宗贵妃杨氏……始为寿王妃。开元二十四年,武惠妃薨,后廷无当帝意者,或言妃姿质天挺,宜充掖廷,遂召内禁中,异之,即为自出妃意者,丐籍女官,号'太真',更为寿王聘韦昭训女,而太真得幸。……遂专房宴,宫中号"娘子",仪体与皇后等。天宝初,进册贵妃。"(《新唐书》列传卷七十六)据此可知皇帝在龙池赐宴(杨贵妃当然也在座)后,寿王睡不着的原因了。

像帝王家中这种丑事,作者敢于大胆暴露,不能不使后世人既惊讶,又敬佩,同时也体现出作者在诗歌创作方面特具的曲折深隐风格。

焚书坑

章碣

(仄起首句入韵格。六鱼韵)

竹帛烟销帝业虚,	｜ ｜ — — ｜ ｜ —	(韵)
关河空锁祖龙居。	— — 十 ｜ ｜ — —	(韵)
坑灰未冷山东乱,	— — ｜ ｜ — — ｜	(句)
刘项原来不读书。	十 ｜ — — ｜ ｜ —	(韵)

[作者]

章碣(837—?),桐庐(今浙江桐庐)人,诗人章孝标的儿子。曾多次应考进士未第,流落不知所终。《全唐诗》存其诗二十六首,多为近体,多愤世疾俗语,如:"尘土十分归举子,乾坤大半属偷儿。"(《癸卯岁毗陵登高会中贻同志》)"纵使东巡也无益,君王自领美人来"(《东都望幸》)等。

[题释]

秦始皇统一六国后,为了巩固他的"子孙帝王万世之业",不仅筑长城、修驰道以及修筑他自己死后继续享乐的骊山陵,以劳民;还焚书坑儒,以愚民。这首诗就是以当年的焚书坑为题来写的。

[注释与提示]

"竹帛"句:竹帛,古代用来书写的竹简和缣素,此处指"书"。帝业虚,帝王的事业不存在了。全句是说,秦王朝的政权随着被烧书的烟雾的消散而垮台了。

"关河"句:关河,函谷关和黄河。祖龙,秦始皇。全句是说,如今只有牢固的函谷关和黄河空守着当年的秦都咸阳。

山东:崤山函谷以东的广大中原地方。

刘项:刘邦、项羽,都不是读书出身的人,但都是推翻秦王朝的起义军领袖。

这是讽刺秦始皇最辛辣的一首诗。秦始皇在历史上有其统一中国的功劳，但后来的一系列暴政，却是功不补过的，特别是焚书坑儒这一摧残文化、愚昧人民的倒行逆施的政策，大为后世所诟病。章碣这首小诗，既写得巧妙，又写得尖酸，还给后世人以辩证启示：人世间有些事故的发生，往往不在意料之中，而在意料之外。一二句叙史实，竹帛烟销，帝业亦完结；关河如此牢固，只空做了亡秦京城的守护。三四句发议论，焚书坑里的灰还未冷却，而山东已乱起来；给秦王朝送终的刘邦、项羽，原来都是不读书的大老粗。灰未冷而乱已起，极言秦亡之速："不读书"与"竹帛烟销"更给人一种啼笑皆非的对应感。

陇　西　行

陈　陶

（仄起首句入韵格。十一真韵）

誓扫匈奴不顾身，　｜　｜　—　—　｜　｜　—　（韵）

五千貂锦丧胡尘。　＋　—　＋　｜　｜　—　—　（韵）

可怜无定河边骨，　＋　—　＋　｜　—　—　｜　（句）

犹是春闺梦里人。　＋　｜　—　—　｜　｜　—　（韵）

［作者］

陈陶（生卒年不详），字嵩伯，剑浦（今福建南平）人，一说鄱阳（今江西鄱阳）人，举进士多次不第，乃浪游名山，自称"三教布衣"，后不知所终。尝赋诗寄慨云："中原不是无麟凤，自是皇家结网疏。"（《闲居杂兴》五首之一）。其诗风格平淡，亦以征戍题材入诗。《陇西行》即其名作。原作四首，选第二首。

［题释］

《陇西行》属乐府《相和歌·瑟调曲》，写辛苦征战及佳人怨思。陇西，今甘肃陇山以西地方，是古战场。本诗既歌颂将士在抵御外侮中为国捐躯，又同情他们尚不知情的妻子在春闺中的痴念。

[注释与提示]

“誓扫”句:誓死扫荡匈奴,毫不顾惜性命。

“五千”句:五千,用汉李陵征匈奴以五千之众对十万之军以致兵败被俘的典故。貂锦,汉羽林军着貂裘锦衣,此指将士。丧胡尘,丧生于胡地。

本诗的前两句赞扬将士忠勇杀敌不顾惜性命的精神,可是五千人(引用典故,实数当不止此)却悲壮地牺牲了。“誓扫”说明进击敌人,“丧胡尘”表示已入胡地。本来战争不论胜负,均有伤亡,只不过胜者死少而败者亡多。这两句事由是主而艺术是宾。诗的后两句把无定河边久死之战骨描写成还是春闺梦里的活人,虚实对映,形象突出,通过“可怜”“犹是”两词的叹惋关联,真是裂人肺腑,震人心魄,这两句事由是宾而艺术是主。宾主相辅,事艺相成,诗歌艺术的真实性和艺术感染力自然显现出来。人们历来对本诗的评价存在分歧:或以为无原则的反战,散布战争可怕的消极情绪,情调太低沉;或以为实况动人,真情感人,含意觉人。其实,本诗如果有出色的艺术成就,当归功于作者;而情调的低沉,则应当归罪于那个时代和社会。作者生活的历史阶段,正是唐帝国内政腐朽、外患日亟的风雨飘摇之秋,像那种“牙璋辞凤阙,铁骑绕龙城”(杨炯《从军行》),“前军夜战洮河北,已报生擒吐谷浑”(王昌龄《从军行》),“洗兵鱼海云迎阵,秣马龙堆月照营”(岑参《献封大夫破播仙凯歌》)的初盛唐边塞之音,哪会再出现在这样的时候呢?文学应反映生活的真实和社会的本质,而不能是其他,这是一个基本原则。在这个基本原则下,我们应该理解作者,也应该正告读者和论者。

南浦

王安石

(仄起首句入韵格。四支韵)

南浦东风二月时, 十 | — — | | — (韵)

物华撩我有新诗。 十 — | | | — — (韵)

含风鸭绿粼粼起，　—　—　|　|　—　—　|　（句）
弄日鹅黄袅袅垂。　|　|　—　—　|　|　—　（韵）

［作者］

见前。

［题释］

作者在金陵中山有别业，南浦、东冈、北陂等，皆在其附近，为作者游憩之地。本题取诗的开头两字，内容全写景并抒发闲情逸致。

［注释与提示］

物华：自然景色。

撩：触动、挑弄、引逗。

鸭绿：春水如鸭头样深绿。

粼粼：清水上风吹起的皱纹。

鹅黄：柳叶像雏鹅般嫩黄。

袅袅：柳叶随风摆动的样子。

这是一首写景诗。一二句点明地点、季节和景物，都触动人而催人作诗。三四句即所作的诗中之诗。“风”与“鸭”、“日”与“鹅”都无必然之联系，但一经作者的艺术锻铸都成了新意奇词。“鸭”与“绿”结合加以粼粼形象，好荡漾起似縠春波；“鹅”与“黄”连缀系之以袅袅情态，便曳垂着如丝嫩柳。一个“含”字和一个“弄”字使“风”之精神、“日”之光辉与晴朗的天气、明艳的春光组成一幅清新绚丽、姿态万千的图画，这是被物华所撩的作者写成的新诗，使人既得到艺术美的陶冶，又获到生活美的乐趣。这样精美的小诗，谁会信出自王安石这样伟大的政治家的笔下呢？其实，一位伟大人物经常为国家大事而勤力劳心，但有时也需要转向生活的另一面，来一点闲情逸致。这种能弛能张、有劳有逸的现象，正是为生活的客观规律所决定了的；同时，热爱自然美景和热爱生活，不正是积极人生观的一个方面么！

中 秋 月

苏 轼

（平起首句入韵，失粘格。十四寒韵）

暮云收尽溢清寒，＋ — ＋ ｜ ｜ — — （韵）

银汉无声转玉盘。＋ ｜ — — ｜ ｜ — （韵）

此生此夜不长好，＋ — ｜ ｜ ＋ — ｜ （句）

明月明年何处看。＋ ｜ — — ＋ ｜ — （韵）

［作者］

苏轼(1037—1101)，字子瞻，号东坡居士，眉州眉山(今四川眉山)人。宋仁宗进士，与父洵、弟辙为“唐宋八大家”中三家。他历任地方官，颇有政绩，中间曾迁翰林学士，但因对新法有所不满，遭贬谪，最后贬至儋耳(今海南岛)。他是一代文豪，散文与欧阳修并称“欧苏”，诗与黄庭坚并称“苏黄”，词与辛弃疾并称“苏辛”；特别是他的词，一扫当时华艳的风尚，为豪放派的创始人。他还是宋代的大书法家。传世有《苏东坡集》《东坡乐府》。

［题释］

这是作者《阳关词》三首之一。作者元丰元年(1078)所作《中秋月三首》注云：“中秋有月，凡六年矣。惟去岁与子由会于此。”可知此诗作于宋神宗熙宁十年(1077)，时任徐州知州。这年中秋，弟弟苏辙来徐州，兄弟俩共度佳节。夜月圆如玉盘，遂成此诗。写景又抒情，景美而情伤。

［注释与提示］

“暮云”句：中秋傍晚，暮云收尽，碧空万里，圆月渐上，清凉之气四溢。

银汉：天河。

玉盘：圆月。李白《古朗月行》：“小时不识月，呼作白玉盘。”

一二句写月升初夜，碧霄万里，清寒习习，玉盘似的月轮在静寂的天河旁无声地转动着，好一派中秋月夜的光景！这时能和弟弟在一起欢度佳节，真是人月双圆！三四句即景抒情，语意双关。三句言此夜月不常好，犹如个人仕途时有坎坷。作者从宦以来，陟罚有时，迁徙无定，是慨叹过去。四句言明年今夜不知又在何处赏月，是怅望将来。这首诗写于“乌台诗案”前，作者在政治上尚未受到重大打击，还只是一般感叹而已。但作者凭其聪明智慧和生活经验推测，似对自己不幸的将来已有所预感。

本篇是一首格律上失粘的七言绝句（第二、三句的第一字和第二字不同声），因其写景精美，含意深刻，读之朗朗上口，切切感人，故不觉其失格；此与崔颢《黄鹤楼》诗颔联不对仗，仍不失为名篇的道理一样，不因格律害意。这道理古人也颇懂得，但学作律绝体诗，则不足为法。

病　牛

李　纲

（平起首句入韵格。七阳韵）

耕犁千亩实千箱，　—　—　十　|　|　—　—　（韵）
力尽筋疲谁复伤。　|　|　—　—　十　|　—　（韵）
但得众生皆得饱，　|　|　十　—　—　|　|　（句）
不辞羸病卧残阳。　十　—　|　|　|　—　—　（韵）

［作者］

李纲（1083—1140），字伯纪，邵武（今福建邵武）人。中进士后，曾任太常少卿、尚书右丞，后官至宰相（只有77天）。他是积极抗金的民族英雄，曾在东京（开封）击退金人的侵略。后来受到投降派的排挤打击，被贬到武昌，郁郁不得志而死。他的诗作中有不少爱国的作品，本篇就是一例。

［题释］

诗人通过病牛诉说自己的生平遭遇，抒发自己为国为民不惜牺牲一切的思想感情，可说是一首寓言诗。

［注释与提示］

实千箱：上千装满了粮食的囤或粮仓。

谁复伤：谁还来哀怜呢。复：再；伤：哀怜。

众生：此处指人们。

羸(léi)弱：体弱又有病。

这首诗作于作者罢相后被贬谪流放到武昌之时。时在南宋高宗绍兴二年(1132)，作者已届半百之年，又体弱多病。全篇用比兴手法，并通过物语来表现思想感情。

首句写牛的劳动功绩，次句写牛受到的无情冷遇，三四句写牛的品质和无私精神。句句写牛，也句句写人。作者一生抵抗金人的侵略，积极为国家和人民利益作打算，到头来落得贬谪流放的结局；但作者仍壮心不已，斗志未消，还思能为国抗敌。这种精神，不正是病牛的“但得众生皆得饱，不辞羸病卧残阳”精神吗！

牛、马和猪、羊都对人有利有益，但猪、羊只能用它们的生命来间接服务于人；而牛、马除了间接服务于人之外，还用它们的体力来耕田、驾车、坐骑，直接服务于人，特别是牛，它们如不耕田犁地，人类的生活就会大受威胁。因此，古往今来人们都对牛、马比对其它家畜有更多的喜爱和更深的感情。这首诗用“病牛”为题，写来特能感人的道理就在此。

诗句语言朴素，形象鲜明，三四句的艺术表现力尤为突出：“不辞”二字，既使情绪由低沉转为高昂，又与“但得”关联呼应，表达了坚决意志；“卧残阳”三字气氛悲凉而内心极为激动，作者在宋代并非名诗人，但由于人格之伟大、感情之真实和抱负之宏远，使得短短诗篇竟能跨诸名家而上之；本诗如用爱国主义的尺度来衡量，也是一篇发挥爱国精神的佳作。文学作品之优劣系于意而不于言，于此篇可得到证明。

牡　丹

陈与义

（仄起首句入韵格。十四寒韵）

一自胡尘入汉关，　｜　｜　—　—　｜　｜　—　（韵）

十年伊洛路漫漫。　十　—　十　｜　｜　—　—　（韵）

青墩溪畔龙钟客，　—　—　十　｜　—　—　｜　（句）

独立东风看牡丹。 | | — — | | — （韵）

［作者］

见前。

［题释］

作者的故乡洛阳，向以牡丹花闻名于全国。这首诗题为《牡丹》，实写由看牡丹而引起对长期沦陷的故乡和中原地区的怀念，抒发了对破碎河山不能收复的怅恨之情。唐宋人作诗，有时取开头或句中两字为题，本篇却取最末两字，可谓别开生面。

［注释与提示］

一自：自从；一，发语词。

胡尘：胡人入侵时荡起的尘土（战尘），此处指金兵。

伊洛：伊水，洛水（洛阳在洛水北岸），指河南洛阳一带，即作者的故乡。

青墩溪：在浙江桐乡北。

龙钟：潦倒的样子。

一二句写自从金兵入侵，汴京陷落，十年来失地不复，亲朋音信断绝，通向故乡伊、洛的道路显得越来越长了。作者如今老态龙钟，春天里想到故乡洛阳此时的牡丹正在争相斗艳，而自己却独自站在这东风吹拂的青墩溪畔观看着异乡的牡丹花，让人情何以堪！全诗咏物又咏怀，情真挚语含蓄，充分体现了中国古典诗歌在表情达意方面的艺术特点。

小　池

杨万里

（仄起首句入韵格。十一尤韵）

泉眼无声惜细流， 十 | — — | | — （韵）

树阴照水爱晴柔。 十 — | | | — — （韵）

小荷才露尖尖角， 十 — 十 | — — | （句）

早有蜻蜓立上头。 | | — — | | — （韵）

[作者]

杨万里(1127—1206),字廷秀,号诚斋,吉水(今江西吉安)人。南宋高宗进士,官至尚书左司郎中兼太子侍读、秘书监。宁宗时,恶韩侂胄当政,请求致仕。他的诗初学江西诗派,后学王安石及晚唐,终于自立门户。所作诗脱口而出,语言通俗,风格清新、活泼、自然,号"诚斋体"。一生作诗二万多首,现存四千多首,是南宋四大家之一。传世有《诚斋集》。

[题释]

这是一首写小池及其周围景物的小诗,既有自然美,又富于生活气息,还有一些哲理意味。

[注释与提示]

"泉眼"句:泉眼,泉水出口的地方。全句意思是,流入这个小池的泉水无声地细细流着,像泉眼爱惜它们不让大量流出似的。

晴柔:晴天的柔和美丽风光。

尖尖角:刚出水还没有开放的嫩荷叶尖端。

一二句写小池周围景物:泉水无声地向池里细细流着,岸上的树木倒映到池水里,像喜爱这晴天柔丽的风光似的。"惜""爱"两字把自然界拟人化,使景物有了人情味,充满生活气息。三四句写池子里刚露出水面尚未开放的嫩荷叶尖端,却已有一只蜻蜓立在它上头了。常见的平凡景物,一到诗人笔下便成为一幅生机勃勃的泉池风光图。这首诗除了构思新巧、语言浅显、写景如画外,还可使我们体会到一点言外之意。当小荷叶尚在水中时,池面一片寂静;但小荷叶一露出水面,蜻蜓就光临了,这和一个人在某一方面稍露头角时,就会赢来一片吹捧声,不是很相似吗?本来蜻蜓爱立小荷尖角,这是蜻蜓恋水的本性,人看到是可喜的;而人对稍露头角的不当吹捧,却是一种社会俗态,应是可悲的。一首诗不论古今读来味有淡有浓,意止于诗,味必淡;意溢诗外,味就浓了。

秋怀(四首选一)

陆　游

（平起首句入韵格。六麻韵）

园丁傍架摘黄瓜，	— — ｜ ｜ ｜ — —	（韵）
村女沿篱采碧花。	十 ｜ — — ｜ ｜ —	（韵）
城市尚余三伏热，	十 ｜ 十 — — ｜ ｜	（句）
秋光先到野人家。	— — 十 ｜ ｜ — —	（韵）

［作者］

陆游(1125—1210)，字务观，号放翁，越州山阴(今浙江绍兴)人。南宋孝宗赐进士出身。做过朝官及地方官，因要实现破敌卫国的宏愿，为当权的主和派所不喜，故屡遭罢黜，终老丘园。他是我国历史上不仅有言论，而且有行动的杰出爱国诗人。梁启超曾评论他“集中十九从军乐，亘古男儿一放翁”。他早年的诗也曾受过江西诗派的影响，但终能突破藩篱，自成一种宏丽奔放的风格。传世有《渭南文集》《剑南诗稿》。

［题释］

宋宁宗开禧元年(1205)，作者81岁，初秋季节在山阴故乡村居写下此诗(原作四首，选一首)。这时作者已被罢斥十余年，写秋景，抒秋怀，言淡而味浓。

［注释与提示］

“园丁”两句：园丁，从事园艺的男性农民。黄瓜，黄色的瓜(非夏季吃的黄瓜)。碧花，深色的秋花(非碧色的花)。两句写秋天农村男女劳动的情景。黄瓜、碧花，借以点缀秋光，显示出农村的自然美来。

这是一首描写初秋农村景物兼抒怀的诗。一二句写园丁摘瓜，村女采花，傍架、沿篱，场所引人注意；黄瓜、碧花，色彩令人悦目，好一派农村秋光。三四句把秋光先到的农村与尚余三伏热的城市相比，只觉得此时农村的农民家确实比繁华的城市好。

作者信笔淡淡写来，却提出了一个值得注意的问题：随着季节的变换，三伏天的余热终会消失，然而城市里除了季节的三伏热外，还有种种人为的“热”。如：高楼大厦的人烟稠密热，车水马龙的交通繁忙热，歌楼舞馆的花天酒地热，以及功名利禄的官场趋走热，凡此等等，哪会随着三伏热的消失而消失？而农村的劳动人民，却永远不会有这么多的热，所以秋光一来就先到了他们的家。作者这时年逾八旬，罢斥还乡村居已十余年，对于年年秋光的先到，感受很深，对照几十年城市中的三伏余热，自然发出这样的讴歌。

本篇语言平淡自然，形象鲜明，风格朴素清新；同时，四句两联，对仗工整而自然，和杜甫的七绝“两个黄鹂鸣翠柳”一样章法。格律方面的特点也很突出。作者在同题另一首诗里写道：“诗如水淡功差进，身似云孤累转轻。”我们可以看出作者老来诗歌的风格以及孤寂的境遇。

观书有感

朱　熹

（仄起首句入韵格。十灰韵）

半亩方塘一鉴开，｜｜——｜｜—（韵）

天光云影共徘徊。——十｜｜——（韵）

问渠那得清如许？十—｜｜——｜（句）

为有源头活水来。十｜——｜｜—（韵）

［作者］

朱熹（1130—1200），字元晦，一字仲晦，号晦庵，别号紫阳，婺源（今江西婺源）人。宋高宗进士。历任南康军、宝文阁侍制、侍讲等职。宁宗时，韩侂胄擅权，禁道学，他被列入伪学附逆党籍，旋病死。他一生讲学不倦，继承二程理学，是宋代理学集大成者。为文以穷理致用为主，反对浮华无实，著作甚多，存《朱子全书》。

［题释］

观书（读书）就是接受前人的知识和经验；一个人不论做什么事，总是知识越多、经验越丰富越好。这首诗就是作者在读书时有所感悟，把它通过形象思维和比兴手法表现出来。

[注释与提示]

“半亩”句：方塘，方形池塘，暗喻书本。鉴：镜子。开：打开。古代为了保护镜面，镜子上多用镜袱，照镜时才打开。

“天光”句：蓝天和白云的影子都倒映在方塘里来回移动（徘徊）着。

“问渠”句：渠，它。那得，怎能。如许，这样。全句是说，问一问这方塘里的水怎能保持清澈明亮。

“为有”句：为，因为。全句是说，因为有清新的活水从源头不断流入的缘故。

这首诗全用暗喻手法。一二句具体写清澈明亮的半亩方塘像打开的一面镜子，塘里倒映的天光云影，不停地移动着，景象多么美好，暗喻书中无穷无尽的知识和经验，能使人益智良多，获益匪浅。三四句采用问答句，总结上述景象的原因，是因为有清新的水源不断地从源头流来，这个“源头”就是书，就是用功读书。

首句“方塘”的“方”字，既暗喻书，又比喻镜子；二句的“天光云影”，不仅象征书中的知识经验，也比喻读书的乐趣；三句的“清”字，是全诗的关键字，它概括了读书求知日新月异的情况；末句的“源头活水”，又归结到书上来，没有书或者有书不读，都是无源之水，是永远“清”不了的，这也正是韩愈所批判的：“潢潦无根源，朝满夕已除。”（《符读书城南》）

把抽象的道理通过具体有趣的事物表达出来，使人既获得艺术欣赏，又提高了认识，这就叫作“理趣”，是宋诗的一个突出特点。这首诗可与苏轼的《题西林壁》等价齐观。

游园不值

叶绍翁

（平起首句入韵格。十灰韵）

应怜屐齿印苍苔，　十 — | | | — —　（韵）

小扣柴扉久不开。 ｜ ｜ — — ｜ ｜ — （韵）

春色满园关不住， ＋ ｜＋ — — ｜ ｜ （句）

一枝红杏出墙来。 ＋ — ＋ ｜ ｜ — — （韵）

［作者］

叶绍翁（生卒年不详，约宋宁宗嘉定十三年［1220］前后在世），字嗣宗，号靖逸，处州龙泉（今浙江龙泉）人。曾在朝做官。有《靖逸小集》。

［题释］

作者于杏花时节访友游园，适值友人不在，吃了闭门羹，故写下此诗。

［注释与提示］

不值：未遇到要访的人，未能进门。

怜：怜惜。

屐齿：木制鞋底上突出的小齿。

小扣：轻轻地敲。

柴扉：柴门。

作者在春花烂漫时节访友游园，却尝到闭门羹滋味，使得满腔热望变成失望，是多么的扫兴。一二句里不仅表现了这一思想，还猜想是否主人怕作者的木屐齿会把园里的苍苔走出了印子，所以叩门久久不开。作者来游的目的当然是为赏花，既然进不了门，赏花自然无份了；不料就在这时候，一枝娇艳的红杏探头出墙，使作者失望的心情得到安慰，又发出慨叹：主人园子里的满园春色是关锁不住的，不开门我还不是赏了花？三四句的诗意到此为止。

一篇好的文艺作品，它的客观效果往往会大于作者的主观意图。这首诗之所以有名，在于它不但把杏花写得娇艳、生机勃勃，把由失望到满足的过程写得新奇而多趣，而且含有很深的哲理。作品暗示人们：一切有生命力、有发展前途的事物，是外力阻挠不了、禁锢不住的。

古人作诗，在词句和表现手法方面，有时无意地雷同，有时有意地抄袭。陆游有一首题为《马上作》的小诗：“平桥小陌雨初收，淡日穿云翠霭浮，杨柳不遮春色断，一枝红杏出墙头。”陆游是大诗人，生活年代又在叶绍翁之前，看来叶抄袭陆游的嫌疑很大，但是叶诗的艺术效果却远胜于陆游。原因就在陆诗只有景物描写，意尽于诗中；叶诗却能含不尽之意，见于言外。

七言律诗

咏怀古迹（五首之一）

杜 甫

（平起首句入韵格。十三元韵）

群山万壑赴荆门， — — ｜ ｜ ｜ — — （韵）
生长明妃尚有村。 十 ｜ 十 — ｜ ｜ — （韵）
一去紫台连朔漠， ｜ ｜ 十 — — ｜ ｜ （句）
独留青冢向黄昏。 十 — 十 ｜ ｜ — — （韵）
画图省识春风面， 十 — ｜ ｜ — — ｜ （句）
环佩空归月夜魂。 十 ｜ — — ｜ ｜ — （韵）
千载琵琶作胡语， 十 ｜ — — 十 十 ｜ （句）
分明怨恨曲中论。 — — ｜ ｜ ｜ — — （韵）

［作者］

见前。

［题释］

本题共有诗五首，分咏庾信、宋玉、王昭君、刘备、诸葛亮，都是借咏古迹以写己怀的。这首因昭君村的古迹而怀念王昭君。西晋避司马昭讳，改昭君为明君，因昭君系汉元帝宫妃，故又称明妃。晋石崇有《王昭君词》，宋王安石有《明妃曲》。本篇写昭君的怨恨，亦即作者自抒其怨恨，美人去国，志士沉没，千古同慨！

［注释与提示］

赴荆门：赴，山脉连亘，势若奔赴。荆门，山名，在今湖北宜都西北。

“生长”句：明妃，即王昭君，名嫱，据《汉书·匈奴传》载，汉元帝竟宁元年（前33年），匈奴呼韩邪单于请求和亲，元帝以王嫱嫁之。村，指昭君出生的乡村，在今湖北秭归境内。

“一去”句：去，离开。紫台，紫宫，皇帝所居之处，指汉宫。朔漠，北方沙漠之地，指匈奴。

“独留”句：言昭君死葬匈奴，只留下孤独的青冢在黄昏夕照之中。据说汉成帝即位，昭君上书求归，不许，竟死于匈奴。青冢：在今内蒙古自治区呼和浩特市南20里。传说塞外草白，唯昭君墓草独青，故称“青冢”；一说墓无草木，远而望之，冥濛作黛色，故名。

“画图”二句：据《西京杂记》记载：汉元帝画工画宫女容貌，以供召幸，昭君貌美，因不肯贿赂画工而被丑画。匈奴求和亲，元帝遂将昭君嫁之。临行见面，始惊其美貌过人，但已后悔不及。省识，察视、辨识。春风面，形容年轻貌美。环佩，古代妇女佩带的玉质饰物，此处借指昭君。两句是说，汉元帝只凭画像来辨识昭君的青春美貌，致使昭君死葬胡沙，只有魂在月夜归来。

“千载”两句：胡语，即胡音，琵琶原是西域民族乐器，故其曲调为胡音。“怨恨曲中论”，昭君一腔怨恨，从琵琶弹奏的曲调中诉说出来。论，诉说。

本篇为借古迹以咏怀之作。首联写昭君生长的自然环境不同于一般，隐含有人杰地灵之意。第一句写无数大小高低的山峦壑谷奔赴荆门；次句写就在这群山奔赴的地方尚存在着当年昭君生长的村子——昭君村。“群”字气象浑括，“赴”字气势磅礴，把静谧的山峦壑谷写得活跃起来；一个“尚”字，大有事去千年、人亡村留之感。颔联，言生长于如此山村的美人昭君，遭遇却极为不幸，她离开汉宫远嫁匈奴，一个“连”字，既是胡汉地域的相连，又是和亲后胡汉关系的相连；一个“独”字和一个“向”字，便把昭君生前的寂寞和死后的凄凉，如图似画、含悲带泪地表现出来。颈联，写昭君不幸之由，含意深微。“画图省识”，是对汉元帝荒淫昏庸的谴责，“环佩空归”，又是对昭君死后魂归月下的同情，一个“空”字，可见昭君遗恨之深。末联，言千载以来琵琶演奏着胡音的曲调，而昭君的满腔怨恨分明从这些曲调中诉说出来。

“怨恨”二字是一篇之脉络，最后这一点，使“一去”“独留”的怨恨就随之而加深，作者的态度也鲜明起来。

在封建社会里，美人与才士往往有着相同的命运，美人去国远嫁与才士濩落穷愁，情况亦复相似。因此，本篇在写王昭君怨恨的同时，也晃动着作者的影子。无怪乎清代沈德潜评本篇说“咏昭君诗此为绝唱，余皆平平。”（《唐诗别裁》）

本篇颔颈两联必须对仗。以下各律诗同此。

寄李儋元锡

韦应物

（平起首句不入韵格。一先韵）

去年花里逢君别，	十 — 十 | — — |	（句）
今日花开又一年。	十 | — — | | —	（韵）
世事茫茫难自料，	| | — — — | |	（句）
春愁黯黯独成眠。	— — | | | — —	（韵）
身多疾病思田里，	— — | | — — |	（句）
邑有流亡愧俸钱。	| | — — | | —	（韵）
闻道欲来相问讯，	十 | 十 — — | |	（句）
西楼望月几回圆。	— — | | | — —	（韵）

［作者］

韦应物（737—约789），京兆长安（今陕西西安）人。少年时尚豪侠，曾做过玄宗的三卫郎，狂放不羁。后来折节读书，由比部员外郎出为州刺史，官终苏州刺史，世称“韦苏州”。诗以写田园山水有名，也有反映民间疾苦的作品。他和王维、孟浩然、柳宗元都是唐代有名的山水田园诗人。传世有《韦苏州集》。

［题释］

本篇当作于唐德宗贞元初年任苏州刺史时。李儋，字元锡（一说李儋、元锡为两人），为作者友人，曾官殿中侍御史。从诗的内容来看，可能李儋曾寄有书（或诗）要来看望作者，但又逾期不至，故寄以此诗。

［注释与提示］

黯黯：思绪低沉，心情暗淡。

思田里：田里，田园乡里，此有归隐之意。

邑有流亡：邑，苏州。流亡，出外逃亡。

问讯：探望。

西楼：在苏州，一名观风楼。

这是一首友人有约而逾期不至，写寄相思及倾吐心情的诗。首联，写去年花开时相逢又分别，花落花开又是一年，一年来的世事也如花的开落般变幻莫测。颔联承写分别以来难自料的茫茫世事和独成眠的黯黯春愁。颈联，进一步说出这种茫茫感和黯黯愁的根源在于“身多疾病”，力不从心；“邑有流亡”，责未尽到。安史之乱后，富饶的苏州情况尚且如此，局面又无法改变，地方官吏应负责，朝廷更应负责，这才是作者思田里、愧俸钱的真实思想。这一联诗，大为后世所称赞。宋黄彻说：“余谓有官君子当切切作此语。彼有一意供租，专事土木，而视民如仇者，得无愧此诗乎？”（《巩溪诗话》）清沈德潜也说：“五、六（颈联），不负心语。”（《唐诗别裁》）。末联才说到望之意，不言盼友人逾期不至，却说在西楼上几望月圆。形象突出，意境优美，音调和婉。通篇全用白描直叙，不假雕琢，而读之甚能感人。充分体现了诗人恬淡高雅的风格。

杭州春望

白居易

（仄起首句入韵格。六麻韵）

望海楼明照曙霞，　|　|　—　—　|　|　—　（韵）

护江堤白踏晴沙。　+　—　+　|　|　—　—　（韵）

涛声夜入伍员庙，　—　—　|　|　+　—　|　（句）

柳色春藏苏小家。　|　|　—　—　+　|　—　（韵）

红袖织绫夸柿蒂，　＋ ｜ ＋ — — ｜ ｜　（句）
青旗沽酒趁梨花。　— — ｜ ｜ ｜ — —　（韵）
谁开湖寺西南路，　— ＋ ｜ ｜ — — ｜　（句）
草绿裙腰一道斜。　｜ ｜ — — ｜ ｜ —　（韵）

［作者］

见前。

［题释］

唐穆宗长庆三年(823)或四年(824)，作者在杭州刺史任上，当春登临眺望，写下这首诗。

［注释与提示］

望海楼：作者原注云："城东楼名望海楼。"

护江堤：即白沙堤，在杭州西城外，沿堤向西南行可达孤山。

伍员庙：伍员，字子胥，春秋时楚国人，父奢、兄尚皆为楚平王所杀。子胥逃往吴国，佐吴王阖闾破楚，曾掘楚平王墓鞭尸三百；又佐吴王夫差灭越国。后来吴王夫差听信谗言杀了伍员。民间同情伍员这样忠勇之臣，为之立庙纪念。传说子胥怨恨吴王，死后驱水为涛(潮)，故钱塘江潮又称"子胥涛"。

苏小：南齐时钱塘名妓苏小小，有墓在西湖西泠桥畔。

"红袖"句：红袖，织绫女。柿蒂，绫上的花纹。作者原注云："杭州出柿蒂花者尤佳也。"全句是说，织绫女织出有柿蒂花纹的精美绫子，很值得夸耀。

"青旗"句：青旗，酒家卖酒的幌子。梨花，作者原注云："其俗酿酒趁梨花熟时，号为梨花春。"全句是说，好趁梨花开时到酒家饮梨花春酒。

"草绿"句：作者原注云："孤山寺在湖洲中，草绿时望如裙腰。"

杭州西湖是作者当官最为留恋的一个地方。作者以西湖为描写对象的诗，除本篇外，还有《江楼夕望招客》《余杭形胜》《钱塘湖春行》《春题湖上》等篇，以及《忆江南》词三首等，都写得景美、情深而意长。本篇从"望"字出发，染以春色，犹如摄影，首联即让最突出的望海楼及护江堤进入镜头，一个“明”字和一个“白”字，便给湖光春色定下了基调。颔联写湖上胜迹，忠勇英雄伍员庙和传世美人苏小家，这些都在眺望中发人敬慕之思，逗人向往之情。颈联进一步精细描写杭州的名产和美俗；有织绫女的精妙技艺，有让游春者饮梨花酒的醇美享受。末联特写湖中的孤山寺，那像妇女腰裙一样点缀着通向湖寺的斜斜一道绿草，更是使人赏心悦目。上下古今，自然人事，湖光山色，俱在无限春光登临一望之中。全诗语言俊美，对仗精工，色彩绚丽，音调铿锵，读之使人如身临其境，与作者同享杭州春望之乐。

封建时代的地方官吏，扰民者多而爱民者少。作者在杭州刺史任内，为了蓄水备旱，曾筑过湖堤（有人认为即白沙堤）。从作者写的《别州民》诗，“唯留一湖水，与汝救凶年”，以及与西湖有关的许多诗篇来看，作者的山水游兴固然有，而与民同乐的思想也非全无。本篇“谁开湖寺西南路”中的“谁开”二字，就透露了这点消息。

隋师东

李商隐

（平起首句入韵格。十二侵韵）

东征日调万黄金，	— — ｜ ｜ ｜ — —	（韵）
几竭中原买斗心。	｜ ｜ — — ｜ ｜ —	（韵）
军令未闻诛马谡，	十 ｜ 十 — — ｜ ｜	（句）
捷书惟是报孙歆。	十 — 十 ｜ ｜ — —	（韵）
但须鸑鷟巢阿阁，	十 — ｜ ｜ — — ｜	（句）
岂假鸱鸮在泮林。	｜ ｜ — — ｜ ｜ —	（韵）
可惜前朝玄菟郡，	｜ ｜ — — — ｜ ｜	（句）
积骸成莽阵云深。	十 — 十 ｜ ｜ — —	（韵）

［作者］

见前。

［题释］

唐文宗大和元年(827)，李同捷据沧州、景州(今河北沧县东南)叛乱，朝廷命邻近诸藩发兵征讨，到大和三年（829）才初步平定。这年冬，李商隐在天平军节度使令狐楚幕下当巡官，随军东赴郓州（今山东郓城），耳闻目睹，有感而作此诗。隋炀帝大业中，频繁用兵东征高丽，此题《隋师东》盖举隋往事以讽唐。此题或作《随师东》，言郓州在长安以东，作者随师东赴郓州。

［注释与提示］

“东征”句：言在东征中，每日调拨大量黄金作犒赏。

“几竭”句：几乎耗尽中原地区的财力去收买将士的斗志。

马谡：三国时蜀将领，因违背军事部署，失守街亭。诸葛亮挥泪斩之，并自请贬官三级。

孙歆：三国时吴国都督，晋伐吴，为杜预所俘。在此以前，晋水军将领王睿谎报战功，谓已斩孙歆首级。后孙歆被俘送洛阳，王睿的谎话始被揭穿。

“但须”句：鸑鷟（yuèzhuó），凤凰的别名。阿阁，四周屋檐突出的楼阁。古人认为凤凰飞集阿阁，则朝廷有贤相，天下太平。

“岂假”句：岂假，难道能容许。鸱鸮（chīxiāo），猫头鹰，古人认为是不祥的鸟。泮，学宫；泮林，学宫前的树林。《诗经·鲁颂·泮林》：“翩彼飞鸮，集于泮林。食我桑葚，怀我好音。”原比喻淮夷归化。此处反其意而用之，是说，难道能容许猫头鹰在泮林里捣乱吗？意即不能容忍藩镇割据叛乱。

玄菟（tú）郡：汉武帝所置，今辽宁、吉林一带，唐时这一地区包括沧州、景州。此为代指。

“积骸”句：莽，密生的草。阵云，战云，杀气。此句是说，战云布满天空，战死者的骸骨纵横满地如密生的草。《资治通鉴·唐纪·文宗大和三年》：“沧州承丧乱之余，骸骨蔽地，城空野旷，户口存者什无三四。”可证此诗确为实录。

这是一首政论兼抒情诗，写此诗时作者才 17 岁。可以看出，青少年时代的作者即忧心国事，同情人民，而且诗歌创作才能已如此高超。

首联，写内战给国家造成的巨大损失。颔联，讽刺无严明的军纪，以至于出现了违令不受罚、谎报却有功的情况。颈联，作者希望朝廷有贤臣辅政，不让跋扈的藩镇横行，这既针对晚唐的弊政，也表示了自己的政治抱负。末联以惋叹之笔，指责朝廷的腐朽无能，同情广大人民的无辜受难。

李商隐是晚唐一位大诗人，他的作品辞藻精美，命意深刻，特别爱用典故，曾蒙“獭祭”之诮。其实用典是中国古典文学（特别是韵文）的一个特点。它有利也有弊：典故用得好，不仅使作品简练、庄雅、诗味浓郁，还可以唤起读者多方面的联想，使作品的内容深广，从而产生强烈的感染力；反之，如果用得不好，便陷入作者炫博学而让读者猜谜语的泥潭，作品的艺术效果是可想而可知的。李商隐的有些诗即存在这缺点。但本篇的典故都用得很精当，试想如果不用这些典故，那么作者这些意见如何在这短短的56个字中表示出来呢？

绥州作

韦庄

（平起首句入韵格。十一尤韵）

雕阴无树水难流，　— — ＋ | | — —　（韵）
雉堞连云古帝州。　| | — — | | —　（韵）
带雨晚驼鸣远戍，　| | ＋ — — | |　（句）
望乡孤客倚高楼。　＋ — ＋ | | — —　（韵）
明妃去日花应笑，　— — | | — — |　（句）
蔡琰归时鬓已秋。　| | — — | | —　（韵）
一曲单于暮烽起，　| | — — ＋ ＋ |　（句）
扶苏城上月如钩。　— — ＋ | | — —　（韵）

［作者］

见前。

［题释］

作者曾至绥州，俯仰古今，感慨时局，写下此诗。

［注解与提示］

绥州：今陕北绥德，西魏置绥州；隋置上州，改曰雕阴郡，唐复绥州。城滨无定河及大理河之会口。重峦叠嶂，烟树葱郁。古为西北重镇，秦始皇太子扶苏曾监蒙恬军于此。

“雕阴”句：雕阴，雕为北地大鸟，常盘旋高空，有时下憩于树荫。古时绥州地似多树，故曾名雕阴郡。后经天灾人祸，树木大减，故雕阴亦无树了。“水难流”，无定河泥沙壅积，河道深浅不定，故名无定，“水难流”意即指此。

雉堞：城上的女墙，即城垛子。

古帝州：绥州在秦时曾为秦始皇太子扶苏监军之地，故称古帝州。

“明妃”两句：明妃，即王昭君，和番时曾路经此城。蔡琰，即蔡文姬，她被俘入胡，后从胡归汉，亦经此城。“花应笑”颂明妃和番时的青春美貌；“鬓已秋”惜蔡琰归汉时人已苍老。

单于：曲调名，又名“小单于”，唐李益《听晓角》诗：“无限塞鸿飞不度，秋风吹入小单于。”

扶苏城：即绥州城。

首句写绥地荒凉景象，次句写此雉堞连云之边城曾是帝王所居之地，两句言下有不胜今昔之感。颔联写傍晚雨中远处传来骆驼叫声，孤身作客者此时正独倚城上高楼而想念着家乡。以上四句即景抒情，兼写北地风土。颈联就地追怀往事：王昭君、蔡文姬当年北去南归，都从此地经过。昭君北去日之美貌，花为解笑；文姬南归时之可怜，鬓已凋残。千百年来的佳人之不幸，在此联中以喟叹之笔出之，一个“笑”字和一个“秋”字，既含深意，又富形象感。末联特写暮夜情景，在一个傍晚，作者随着《小单于》的曲调声登上扶苏城，四野空阔，遥望烽燧，仰见月钩，这时候，游子悲，家国念，古今情，一时齐上心头，而诗歌的艺术感染力亦达到顶点。

作者初为晚唐闲吏，后作前蜀宰相，又是花间派著名词人，曾作长诗《秦妇吟》诋毁农民起义军，还以悭吝致讥当世。所为诗词，清丽而已，本篇却独具风格。

惜 花

韩 偓

(仄起首句不入韵格。十二侵韵)

皱白离情高处切,	丨 丨 一 一 一 丨 丨	(句)
腻红愁态静中深。	十 一 十 丨 丨 一 一	(韵)
眼随片片沿流去,	十 一 丨 丨 一 一 丨	(句)
恨满枝枝被雨淋。	丨 丨 一 一 丨 丨 一	(韵)
总得苔遮犹慰意,	丨 丨 一 一 一 丨 丨	(句)
若教泥污更伤心。	十 一 十 丨 丨 一 一	(韵)
临轩一盏悲春酒,	一 一 丨 丨 一 一 丨	(句)
明日池塘是绿阴。	十 丨 一 一 丨 丨 一	(韵)

[作者]

韩偓(844—923),字致尧,京兆万年(今陕西西安)人。童年能诗,曾得到姨父李商隐的赞赏。唐昭宗进士。历任翰林学士、兵部侍郎等职,颇受昭宗李晔的信任。因不肯依附权贵朱全忠,受到排挤贬官。后往福州,依拥兵割据的闽国王审知而终。

他是唐末的重要诗人,前期多写宫廷生活,后期多感怀身世;七言律诗继承了杜甫、李商隐的传统,形成自己的独特风格。另外,他还爱写艳情诗,称"香奁体",对后世有些不良影响。《全唐诗》收编他的诗,有《翰林集》四卷,《香奁集》三卷。

[题释]

借悼惜落花寄托亡国的哀伤。

[注释与提示]

皱白:白的花瓣现出萎缩皱纹。

腻红:红到极点的花瓣。

苔遮:花瓣落在青苔之上被遮住。

污泥:花瓣落在泥沼之中为泥所污染。

临轩：靠近窗户。

首联，写花树高枝上的白花现出萎缩皱纹，将要离开枝头；那些开得极艳的红花也将变衰，所以在闲静中现出深深的愁态。颔联进一步写眼看花随水流去，无计使之留住；痛恨那正在衰谢中的花枝被雨淋湿。颈联，由睹景伤怀展开想象：这些花瓣落下来，虽然被青苔遮住，还可稍慰心意；倘若掉在泥中被玷污，那就太伤心了。末联，写当窗端起一盏悲哀的饯春酒来，到了明朝不论白花红花都要消失，只有树影倒映在池塘里，一片绿荫而已。美好的花儿象征着美好的事物；花儿零落，比喻美好事物的消逝。结合作者的时代和生平来理解这首诗，写春残花落之恨，是隐喻亡国之恨。不难看出，句句惜落花，也是句句悯人事，含蓄委婉，特能感人。

我们应该用历史的观点来看待历史人物和事件。在封建社会里，某一王朝的兴亡，臣子们有着共同命运，“主忧臣辱”，“主辱臣死”，因此这些臣子们便把忠君与爱国混为一谈。韩偓这首《惜花》诗，就是借以悼惜他所忠爱的李家王朝被朱姓（全忠）所夺而写的，而韩偓自己也就是这残春落花中的一瓣了。

汉　武

杨　亿

（平起首句入韵格。十四寒韵）

蓬莱银阙浪漫漫，	— — 十 ｜ ｜ — —	（韵）
弱水回风欲到难。	｜ ｜ — — ｜ ｜ —	（韵）
光照竹宫劳夜拜，	十 ｜ — — — ｜ ｜	（句）
露汚金掌费朝餐。	十 — 十 ｜ ｜ — —	（韵）
力通青海求龙种，	十 — 十 ｜ — — ｜	（句）
死讳文成食马肝。	｜ ｜ — — ｜ ｜ —	（韵）
待诏先生齿编贝，	｜ ｜ — — 十 十 ｜	（句）
那教索米向长安。	十 — ｜ ｜ ｜ — —	（韵）

[作者]

杨亿(974—1020),字大年,建州(今福建建瓯)人。少时即能文,宋太宗淳化中赐进士及第,真宗时曾任翰林学士,制诰多出其手。所为诗多堆砌典故,主妍华,尚纤巧,追求声律婉谐。与钱惟演、刘筠等在秘阁编写《册府元龟》之暇,诗歌唱和,编为《西昆酬唱集》,号"西昆体"。这一诗风,影响北宋初诗坛达三四十年之久。

[题释]

宋真宗赵恒为了巩固其政权,便采取了附妄说、搞封禅等措施来迷惑百姓,这点颇似汉武帝当年。杨亿等时在馆阁,即以"汉武"为题,作诗讽谏;故本诗虽属"西昆体",却有一点现实主义意义。同时作诗者还有刘筠、钱惟演等人,而以杨亿此篇为胜。

[注释与提示]

"蓬莱"句:《史记·封禅书》:"……蓬莱、方丈、瀛洲,此三神山者,其传在渤海中,去人不远,患且至,则船风引而去。盖尝有至者,诸仙人及不死之药皆在焉。其物禽兽尽白,而黄金银为宫阙。"

"弱水"句:旧题汉东方朔撰《十洲记》:"凤麟州在西海之中央,洲四面有弱水绕之,鹅毛不浮,不可越也。"

"光照句":《汉书·礼乐志》:"以正月上辛,用事甘泉圆丘……夜常有神光如流星,止集于祠坛,天子自竹宫而望拜。"

"露漙"句:《诗经·郑风》:"野有蔓草,零露漙兮。"漙,露多貌。

"力通"句:《北史·吐谷浑传》:"青海周回千余里,海内有小山。每冬冰合后,以良牝马置此山,至来春收之,马皆有孕所生得驹,号为龙种。"武帝伐大宛得千里马,见于《汉书·西域传》。此句合两典故而用之。

"死讳"句:《史记·封禅书》:"齐人少翁以鬼神方见上……于是乃拜少翁为文成将军。……居岁余,其方益衰,神不至。乃为帛书以饭牛,详不知,言曰此牛腹中有奇。杀视得书,书言甚怪,天子识其手书,问其人,果是伪书,于是诛文成将军,隐之。……天子既诛文成,后悔其蚤死,惜其方不尽,及见栾大,大说。……大言曰:'臣常往来海中,见安期、羡门之属。'……臣之师曰：'黄金可成，而河决可塞，不死之药可得，仙人可致也。'然臣恐效文成，则方士皆奄口，恶敢言方哉？'上曰：'文成食马肝死耳。子诚能修其方，我何爱乎！'"古人认为马肝热而毒盛，食能杀人。

"待诏"两句：《汉书·东方朔传》："东方朔字曼倩，平原厌次人也。武帝初即位……朔初来，上书曰：'……臣朔年二十二，长九尺三寸，目若悬珠，齿若编贝……'上伟之，令待诏公车，奉禄薄……'朱儒长三尺余，奉一囊粟，钱二百四十。臣朔长九尺余，亦奉一囊粟，钱二百四十。朱儒饱欲死，臣朔饥欲死。臣言可用，幸异其礼；不可用，罢之，无令但索长安米。'"

本篇题为"汉武"，却只字未提汉武帝的丰功伟业，只列举了些汉武帝当年的无谓事迹，让读者自己去认识、评价；当然，也可联系宋朝。

诗的写法是大量运用与汉武帝有关的故事来说明问题，这些故事的贬义居多，但作者表示的态度却不够鲜明，仿佛是在客观叙述。前四句写汉武帝渴望长生不死，表现出一系列的求仙、拜光、餐露等愚妄行动。后四句，一方面写汉武帝为了得到千里马不惜劳师远征，同时为了掩盖自己的错误，还对臣下进行欺骗；另一方面也刻画了清客弄臣的帮闲嘴脸。这些如果说有点借古讽今意味，也未尝不可。

本篇的艺术性相当突出，尽管片面学习李商隐，大肆玩弄辞章，但相较于当时一些风花雪月之作，则显得词雅、才高而博学。明徐渤在所著《笔精》中评本篇："组织华丽，用事精确，对偶森严。"这样的诗和江西诗派的诗一样，对于一个初学作诗的人来说，确有预防浮华、浅率、枯瘠之病的效果；但到了一定火候就得改弦易辙，否则便把自己置诸西昆诗派之列了。晚唐社会大动乱，在严酷的现实面前，诗人写诗多学习白居易，但往往失之粗俗。宋初西昆诗人学习李商隐，欲扭转这一风气，可是又走向雕琢、晦涩。直到欧、梅、苏、黄等走上诗坛，才彻底清算了西昆体，使宋诗走上健康发展的道路。

示长安君

王安石

（平起首句入韵格。八庚韵）

少年离别意非轻，	十 — 十 丨 丨 — —	（韵）
老去相逢亦怆情。	丨 丨 — — 丨 丨 —	（韵）
草草杯盘供笑语，	丨 丨 — — — 丨 丨	（句）
昏昏灯火话平生。	— — 十 丨 丨 — —	（韵）
自怜湖海三年隔，	十 — 十 丨 — — 丨	（句）
又作尘沙万里行。	丨 丨 — — 丨 丨 —	（韵）
欲问后期何日是？	丨 丨 十 — — 丨 丨	（句）
寄书应见雁南征。	十 — 十 丨 丨 — —	（韵）

［作者］

见前。

［题释］

作者大妹妹王文淑，是工部侍郎张奎的妻子，封长安县君（县君是封建社会朝廷赐予妇女的一种爵位。凡五品官的母和妻，可受封为县君）。宋仁宗嘉祐五年（1060），作者出使辽国前，写诗示妹，情极真挚，语极朴实，流露出生离的哀感。

［注释与提示］

怆情：心情难受，悲伤。

“草草”句：随便准备的酒菜供大家在一起说说笑笑。

“昏昏”句：在不太亮的灯光下拉拉家常。平生：平时，平素。

“自怜”句：兄妹们隔湖隔海地分别多年，如今我又要冒着风沙出使到万里之外的辽国去。

后期：以后相会。

雁南征：鸿雁南飞。

首联，写兄妹们少年时会多离少，年老了会少离多，少年离别时心情很沉重，年老了相逢也很悲伤。颔联，写兄妹们在不太亮的灯光下，摆上简单的酒菜，吃喝谈笑话家常，洋溢着天伦乐趣。这一联情真意挚，气氛极其和谐，语言非常自然，宛然一幅家庭便宴图。后四句一气呵成：可怜兄妹们隔湖隔海地长期分别，好不容易见面，见面了我又要去作尘沙万里之行，这一分别后相会不知何日！当你看见鸿雁向南飞，就应是替我捎书带信与你啊！

全诗用朴素、自然而亲切的语言，把过去、现在和将来联系起来叙写，显得满腔真爱，一片深情；读之使人顿增骨肉亲情之感，谁说“拗相公”不近人情？本来“杯盘供笑语”“灯火话平生”两句已极佳，加之以“草草”“昏昏”，叙写亲属之间的简单随便情景，更觉亲切有味。

初到黄州

苏　轼

（仄起首句入韵格，七阳韵）

自笑平生为口忙，	｜ ｜ — — ｜ ｜ —	（韵）
老来事业转荒唐。	十 — ｜ ｜ ｜ — —	（韵）
长江绕郭知鱼美，	— — ｜ ｜ — — ｜	（句）
好竹连山觉笋香。	｜ ｜ — — ｜ ｜ —	（韵）
逐客不妨员外置，	｜ ｜ 十 — — ｜ ｜	（句）
诗人例作水曹郎。	— — ｜ ｜ ｜ — —	（韵）
只惭无补丝毫事，	— — 十 ｜ — — ｜	（句）
尚费官家压酒囊。	｜ ｜ — — ｜ ｜ —	（韵）

［作者］

见前。

［题释］

作者在“乌台诗案”结案后，于宋神宗元丰三年（1080）二月贬检校水部员外郎黄州团练副使，这首诗即作于初到黄州时。看似达观随遇，实则满腹牢骚。

［注释与提示］

黄州：今湖北黄冈，位于长江北岸，三面环水。

为口忙：为了糊口而做官，到处奔忙；还有因口祸而被放逐，以及以好吃自嘲之意。

“老来”句：年老了不但一事无成，而且犯了特大错误。事业，所营为事，事成为业。

逐客：被贬谪之人，即作者自己。

员外置：员外，宋以后指编制以外的闲散官员。员外置，安置在编外闲散官员之列。当时获罪的官吏大部分安插在这个位置。

水曹郎：隶属于工部四司之一水部的郎官。梁代何逊、唐代张籍、宋代孟宾于等都做过郎官，也都是诗人。作者此时亦为水曹郎。

压酒囊：即酒袋。宋代官吏薪俸，有时以实物折抵，“压酒囊”即折抵实物之一。

作者因反对新法而出任地方官，后又因作诗不慎而被罗织成狱，即所谓“乌台诗案”。结案后，被贬检校水部员外郎黄州团练副使，不得签书公事，实际上是当作罪犯来发配的。对作者来说，这是多么沉重的打击，多么大的委屈和耻辱！精神上压力之大和肚子里牢骚之多，可想而知。但是，从这首诗来看，前四句有趣地自嘲为了享口福吃鱼笋才来到黄州；后四句坦荡地承认自己既是逐客，又是诗人，那么安置于员外，做个水曹郎也不算什么，末了还因无所事事而愧费俸钱，情辞动人。其实稍加思忖，细看字里行间，却并非如此。

诗的第一句“为口忙”，也可以说是因口得祸，才有贬谪奔波的忙碌。第二句“事业转荒唐”，与其说是作者的“荒唐”，不如说作者受到“荒唐”的待遇。第三、四句的“鱼美”“笋香”，真是作者爱吃的吗？第五、六句的“不妨”和“例作”都是牢骚词语。第七、八句更是些反语，“压酒囊”除了形象地说明“官俸钱”外，还有押韵的要求。总之，这首诗在乍看和细思之间有着相当大的距离。如不从作者的时代、生平和作品的艺术特点来悉心领会，那么所得诗旨可能相反。因此，在这里需要说明一个问题：中国古代文人在其作品中要表达一种思想感情或表示一种意见时，采取直而率的方法，易为读者所理解，但艺术性一般较弱；采取曲而隐的方法，不易为一般读者所理解，但艺术性往往较强。苏轼的这首《初到黄州》即属于后者。

戏咏江南土风

黄庭坚

（仄起首句入韵格。七阳韵）

十月江南未得霜，	｜ ｜ — — ｜ ｜ —	（韵）
高林残水下寒塘。	— — ＋ ｜ ｜ — —	（韵）
饭香猎户分熊白，	＋ — ｜ ｜ — — ｜	（句）
酒熟渔家擘蟹黄。	｜ ｜ — — ｜ ｜ —	（韵）
橘摘金苞随驿使，	｜ ｜ — — — ｜ ｜	（句）
禾舂玉粒送官仓。	— — ｜ ｜ ｜ — —	（韵）
踏歌夜结田神社，	＋ — ｜ ｜ — — ｜	（句）
游女多随陌上郎。	＋ ｜ — — ｜ ｜ —	（韵）

［作者］

黄庭坚（1045—1055），字鲁直，号山谷道人，又号涪翁，洪州分宁（今江西修水）人。宋英宗进士。在北宋新旧党争中他倾向旧党，虽官至国史编修，终被贬谪，最后死于宜州（今广西宜州）贬所。他是“苏门四学士”之首，又是“江西诗派”的鼻祖，其诗在当时和后世的影响都很大。传世有《山谷集》。

［题释］

这是一首咏江南一带风俗的诗，情致生动活泼，语言遒劲，格律精严。在诗词并盛、道学方恣、文网较密的宋代，文士们挥毫落墨时，既要考虑到是否得体，又要遵循作诗的原则。如果觉得内容有可能遭受非议时，往往在诗题上加一个“戏”字，这样万一出了问题，也会为人们所谅解。黄庭坚诗中这样的题目是相当多的。

［注释与提示］

熊白：熊背上的白脂，为珍贵美味。

蟹黄：雌蟹卵巢，俗名蟹黄，味极鲜美。

金苞：橘子。

驿使：古代传达官文的人。后来泛称传送邮件、物品者为驿使。

玉粒：白玉般的颗粒（米）。

“踏歌”句：踏歌，古代一种集体歌舞，相互牵手或搭肩，踏地为节以歌；后世民间尚存遗风。唐·李白《赠汪伦》诗：“李白乘舟将欲行，忽闻岸上踏歌声。”田神社：祭祀土地神的场所。

全诗旨在描写江南地方的风俗，格调清新，语言遒健，对仗精巧。首联写江南初冬景色，十月天尚未降霜，高山丛林里的涓涓细流下落到寒冷的水塘里。颔联写猎户、渔家正在享用自己的劳动果实，这一联对仗极为精巧，不但有人物形象、动作，还有声、有色、有力，读之使人心悦气振，为黄诗中的名句。颈联写得形象美而命意深：摘下来的金黄色橘子，都随着驿使而去；舂出白玉般的大米，却送进了官家的粮仓。末联从另一角度描写江南地方的青年男女们夜晚在祭土地神的场所联袂踏歌，这仿佛使我们看见今天一些少数民族的青年在节日里载歌载舞，并进行求爱缔姻的情景。

这首诗写江南地方人民勤劳，物产丰富，风俗淳朴；有对景物的描绘，有对劳动者自食其力的书写，也有对少男少女们歌唱和恋爱的表现。这和一般文人颂功德、弄风月抒壮志或发牢骚的作品大不相同。这样的诗，既不能被同辈所称道，更不会为在上者所嘉许，于是诗人只好在题目前面加上个“戏”字了。

病　起

陆　游

（平起首句入韵格。十四寒韵）

山村病起帽围宽，　—　—　|　|　|　—　—　　（韵）

春尽江南尚薄寒。 ＋ ｜— — ｜ ｜ — （韵）
志士凄凉闲处老， ｜ ｜ — — —｜ ｜ （句）
名花零落雨中看。 — — ＋ ｜ ｜ — — （韵）
断香漠漠便支枕， ＋ —｜ ｜ — — ｜ （句）
芳草离离悔倚栏。 ＋ ｜— — ｜ ｜ — （韵）
收拾吟笺停酒椀， ＋ ｜— — —｜ ｜ （句）
年来触事动忧端。 — — ｜ ｜ ｜ — — （韵）

［作者］

见前。

［题释］

作者61岁时在故乡山阴晚春病后作此诗。诗中虽有凄凉况味，但从最末两句来看，作者是永远关心国事的，不甘心闲散寂寞地生活下去。

［注释与提示］

帽围宽：不说病后面容消瘦，而说帽围变宽，是从反面着笔的艺术表现手法。这和苏轼《南乡子》（九重登高）词中，不说风未吹落帽，却说“破帽多情却恋头”，同一机杼。

薄寒：微寒。

“断香”句：断香，残余的炉香。漠漠，淡淡分散。便（pián）支枕，合宜，方便于倚枕。全句是说，在淡淡飘散的残余炉香中适合倚枕而卧。表示闲适，即作者另一首《新夏感事》中的“漠漠炉香睡晚晴”之意。

“芳草”句：离离，繁盛貌。古人认为草可牵愁惹恨，故“芳草离离”即含有愁恨之意。作者在另一首《芳草曲》中即有“芳草愁人春复秋”之句。

吟笺：写诗的稿笺，指写诗。

酒椀：“椀”同“碗”。酒椀，酒杯，指饮酒。

忧端：忧愁的思绪。

首联，写病起所感，真切自然：“帽围宽”言面容消瘦，“尚薄寒”言体弱怯寒。颔联，写病起所见，凄恻动人：看见雨中名花零落，便联想到志士于闲处凄凉老去。四句两联，已寓有无可奈何的悲愤之意。颈联，写在断香漠漠之中支枕养病，在芳草离离之时倚栏眺景，生活与心情似很闲适，但一个“便”字和一个“悔”字，便把这种闲适生活与凄凉志士、零落名花联系起来，一种不满现实、不愿“闲处老”的心情跃然纸上。末联的“收拾吟笺停酒椀”，就是为了结束这闲适而凄凉的生活，走向一个爱国志士进行战斗所应去的地方，因为年来许多危国害民的事情已触动了作者的忧愁思绪。

作者因一生主张抗金复土，备受朝廷主和当权派的打击迫害，几十年不是给以闲职，使之无所作为，就是免官归里，过着乡农生活。本篇作于作者61岁在故乡闲居之时，诗中反映出作者不甘“闲处老”的积极爱国思想，读之使人感愤莫名。忠与奸，善与恶，历来水火不相容，最后奸败忠胜，恶没善彰，这是社会发展的客观规律。然而，在某一特定历史阶段里，忠毁于奸、善不胜恶的事实，确也存在。南宋以赵构、秦桧为首怀有私心的一伙，一开始就给这个小朝廷定下了妥协求和的基调，因此，终宋之世，任何志士仁人也无力挽回此局面，像诗人陆游这样的“志士”只能是“凄凉闲处老”了！所以读了本篇，我们除了获得诗艺方面的经验外，对于作者所处的那个时代，以及当时一些知识分子的爱国思想和积极奋斗精神，也有了进一步的认识、了解。

过零丁洋

文天祥

（仄起首句入韵格。九青韵）

辛苦遭逢起一经，	｜｜——｜｜—	（韵）
干戈寥落四周星。	——十｜｜——	（韵）
山河破碎风飘絮，	——｜｜——｜	（句）
身世浮沉雨打萍。	十｜——｜｜—	（韵）
惶恐滩头说惶恐，	｜｜——十｜｜	（句）
零丁洋里叹零丁。	——十｜｜——	（韵）
人生自古谁无死，	——｜｜——｜	（句）
留取丹心照汗青。	十｜——｜｜—	（韵）

［作者］

文天祥(1236—1283),字履善,又字宋瑞,号文山,庐陵(今江西吉安)人。理宗进士第一,历任多地地方官。恭帝时元兵渡江,他奉诏勤王,为右丞相,出使元军被拘,后脱险,重新募集将士,进兵江南,恢复州县多处。终为元军所败,俘至大都(今北京),监禁三年后不屈就义。在狱中所作《正气歌》,是我国文学史上最杰出的爱国主义诗篇。传世有《文山先生全集》。

［题释］

南宋帝昺祥兴元年(1278),作者抗元兵败被俘,元军元帅张宏范为了追击尚在广东崖山(在今广东新会)坚持抗元的君臣们,次年强迫作者随船同往,并要作者劝降宋军统帅张世杰,时船行驶在零丁洋(今广东中山南)中,作者不但坚决拒绝,而且写下这首诗拿给张宏范看。张知无望,只好作罢。

［注释与提示］

“辛苦”句:由于自己精通儒家经书,考取功名,于宋理宗宝祐四年(1256)以明经考取进士第一名,正遇上国家多难之秋,辛苦地为国效力。

“干戈”句:干戈,古代兵器,这里代指战争。寥落,指荒凉冷落的战争环境。周星,这里指地球十二个月绕太阳一周,故四周星即四年。作者于帝㬎德祐元年(1275)起兵抗敌,至帝昺祥兴元年(1278)被俘,正好四年。

惶恐滩:在今江西省万安,为赣江十八滩之一,滩险水急,作者在江西吉水附近被元军打败,曾由惶恐滩一带退往福建汀州(今福建长汀)。

零丁洋:见前“题释”。

汗青:古代无纸,用竹简书写。在书写前,须将竹简的水分烤去,才容易书写,还可防腐蛀,故叫作“汗青”。后世便以汗青代称史册。

诗的首联,写自己由于精通一种经书取得功名,遭逢国难而能为国效力,在荒凉冷落的战争环境中辗转了四年。颔联,写祖国大好河山受到践踏,破碎得如飞絮,零乱地在风中飘扬;己身为勤王,九死一生地四处奔忙,又如雨打萍散一般。此联形象而沉痛。颈联,把地名与自己勤王不力的惶恐心情,及兵败被俘于零丁洋的“零丁”处境糅合在一起.把风雨飘摇的国家与无能为力的个人命运联系在一起，表现了一片丹心为国而卒至英雄末路的哀伤。此联真切而感人。末联突出地表现了作者的崇高民族气节和宁死不屈的爱国精神，真是忠心照千古，浩气满乾坤。这一联成为数百年来传诵的名句，成为爱国者的座右铭，成为志士仁人舍生取义的典范和原动力，也是作者后来所作《正气歌》的前奏曲。

长律、六言及古诗

清明（二首之一）

杜　甫

此身飘泊苦西东，右臂偏枯半耳聋。寂寂系舟双下泪，悠悠伏枕左书空。十年蹴踘将雏远，万里秋千习俗同。旅雁上云归紫塞，家人钻火用青枫。秦城楼阁烟花里，汉主河山锦绣中。春去春来洞庭阔，白蘋愁杀白头翁。

［平声，一东韵］

［作者］

见前。

［题释］

此诗作于作者去世前一年(769)，原作二首，录一首。清明为农历一年中二十四节气之一，也是传统的扫墓游春和节日。旧俗清明前二日例不举火，称为“寒食”，到清明日始举火。本篇当为作者漂泊江汉一带，遇清明节有感而作，可以看出作者晚年的健康状况、漂泊生涯以及自强不息的精神。

［注释与提示］

“右臂”句：偏枯，即半身瘫痪。半耳聋，据作者《复阴》诗：“夔子之国杜陵翁，牙齿半落左耳聋。”则“半耳聋”应是左耳聋。试想一位老人，右半身瘫痪，左耳又聋了，该是多么痛苦，可怜。

“悠悠”句：悠悠，忧思貌。伏枕，卧病。左书空，《世说新语·黜免》：“殷中军被废……终日恒书空作字，……窃视，惟作‘咄咄怪事’四字而已。”右臂偏枯，仍用左手书空，可见他的顽强意志和悲愤心情。

“十年”两句：十年，作者于唐肃宗乾元二年（759）携家入蜀，至此已十年。蹴鞠：即踢球之戏，古时之球为皮制，内实以毛，也有弹跳性，传说自齐桓公北伐山戎，此戏始传入中原。梁宗懔《荆楚岁时记》载：“寒食、打球、秋千、施钩之戏。”此两句写与清明习俗有关之景物。

“旅雁”两句：旅雁，北归之大雁。紫塞，相传秦筑长城，土呈紫色，故称长城为“紫塞”。钻火用青枫，古代钻木取火，北方用榆柳，南方多枫，故钻火用青枫。此联仍言与清明有关之事，雁北归，举新火。

秦城：指京城长安。

汉主：指唐朝皇帝，这时为代宗李豫。

白蘋：一种开白色小花的浮萍。

本篇共六联十二句。一二两联，写漂泊病残之苦，而在这样的情况下诗人仍能自勉；三四联，以节候写漂泊之久和感触之深；五六两联，把遥想京华之美和乐与眼前漂泊之苦和愁作对照，情境益难堪。清人浦起龙《读杜心解》中评本篇：“起四，言‘漂泊’而病废……中四，就节候上见漂泊。‘十年’，言久，‘万里’言远，‘归紫塞’人惭北鸟。‘用青枫’事同南俗。后四，遥想京国，出飘泊之愁。‘秦城’‘汉主’，心在长安，‘洞庭’身在湖南，嫌其阻隔也。而‘烟花’‘锦绣’亦映带清明。”

本篇属于律诗中的排律（长律），除首尾二联外，中间各联皆对仗，并一韵到底，此种诗体，难写难工，故作者不多。杜甫这首较为典型。

蚁蝶图

黄庭坚

胡蝶双飞得意，偶然毕命网罗。群蚁争收坠翼，策勋归去南柯。

［六言诗，平声，五歌韵］

［作者］

见前。

[题释]

这是一首题画的六言诗。画中有蝴蝶,有蚂蚁,还有蜘蛛网。蝴蝶飞触蜘蛛网,成了蜘蛛的食物;蜘蛛吃剩了的蝴蝶翅膀落到地上,又被蚂蚁们争着搬回南柯蚁穴去报功。全诗深有寄托,长抒感叹,为黄诗中的名篇。

[注释与提示]

毕命:丧命。

罗网:网为捕鱼工具,罗为捕鸟工具,这里代指蜘蛛网。

策勋:纪功于简策。

南柯:唐李公佐《南柯太守传》记士人淳于棼(fēn)梦入槐安国,做了驸马,当了南柯郡太守,富贵荣华,不可一世。后来公主病死,国王又疑忌他,将他遣回来。醒后,才发现他住宅槐树下向南枝柯,就是他梦中去的槐安国南柯郡。这原是一篇警世的寓言,作者用此,既写实,又有寓意。

一双蝴蝶正在蹁跹飞舞时,不料碰到蜘蛛网上而丧生了。蜘蛛把吃剩下的蝴蝶翅膀丢落到地上,又被寻食的蚂蚁当作佳肴而争着搬回南柯上的窝里去邀功。写得多么曲折、生动而自然!可是深意也在其中。蝴蝶的毕命罗网和蚂蚁的突获佳肴而邀功,皆事出意外,理属无常。动物界如此,世事何独不然?作者在北宋新旧党争中一再遭受贬谪,最后死于贬所,又加上受佛、道思想影响,对于世事人生有时不免看法消极,本篇即唱着世事无常、人生可悯的低沉调子。但这中间也有点愤世嫉俗成分,如:蜘蛛的有意结网和蚂蚁的侥幸策勋。本来有了作恶者,必有受害者;有了不幸的失败,必有侥幸的成功。因此,这里也可以看出作者对现实的不满和批判。

六言四句诗体,从唐至宋都有人写作,而且有的还较出色,但是始终不能成为诗歌形式的正统,其原因就在于这种六言诗句违背了诗歌艺术的要求。一首好诗,除了内容正确外,还要求能够长吟低咏,以声感人。汉语从古迄今都多双音词,而六言的诗句,只能是死死的三个双音词,吟诵起来便呆板而缺乏韵味;如果一句中有一个单音词,不论摆在句中的哪个位置,读起来就灵活自然得多了。这就是中国的诗歌除最古的《诗经》外,都是五言或七言的客观原因。比如把这首《蚁蝶图》减少一个字成为五言绝句:“蝴蝶飞得意,偶然死网罗。群蚁收败翼,策勋归南柯”,或者增加一个成为七言绝句:“蝴蝶双飞正得意,偶然毕命于网罗,群蚁竞争收败翼,策勋归去到南柯。”试比较一下,改成五言或七言,尽管内容方面不如原诗完好,但读起来不仅朗朗上口,还可长吟慢咏。

古剑篇

郭　震

君不见昆吾铁冶飞炎烟,红光紫气俱赫然。良工锻炼凡几年,铸得宝剑名龙泉。龙泉颜色如霜雪,良工咨嗟叹奇绝。琉璃玉匣吐莲花,错镂金环映明月。正逢天下无风尘,幸得周防君子身。精光黯黯青蛇色,文章片片绿龟鳞。非直结交游侠子,亦曾亲近英雄人。何言中路遭弃捐,零落飘沦古狱边?虽复尘埋无所用,犹能夜夜气冲天。

[作者]

郭震(656—713),字元振,魏州贵乡(今河北大名)人。长七尺,美须髯。少有大志。年十八举进士,以《古剑篇》赏识于武后,为凉州都督,其后累次参与边防,有功,中宗时位至宰相,封代国公。诗人杜甫《过郭代公故宅》诗中有“高咏宝剑篇,神交付冥漠”之句,可见作者及本篇为当时所推崇。

[题释]

题也作《古剑歌》《宝剑篇》。通篇用古剑制作之精利及其废弃之可惜,比喻人的怀才不遇;但词气慷慨而不消极,才气横溢,倜傥不羁。这也是那个时代的自然反映。

[注释与提示]

“昆吾”句:昆吾,传说中之山名,山有积石,石冶炼成铁,铸作宝剑名为昆吾,光明如水晶,割玉如切泥。飞炎烟,冶铁铸剑时发出的火光和热气。

赫然:光辉闪耀的样子。

龙泉:相传浙江龙泉南有深渊曰龙渊(唐时避高祖讳改名龙泉),泉水可以淬剑,曾有人于此淬剑,剑化龙飞去,这口剑便名为龙泉剑(见宋·乐史

《太平寰宇记》)。

咨嗟:赞叹。

“琉璃”句:琉璃玉匣,汉高祖刘邦斩白蛇之剑以五色琉璃为匣(见《西京杂记》)。吐莲花,言剑在匣中发出的白色光芒如吐白莲花。

“错镂”句:错,涂饰。镂,雕刻。金环,环状的金属剑柄头。全句是说,涂饰、雕刻的环状金属剑柄头映照于明月下,发出闪闪光亮。

风尘:烽烟,借指战争。

“幸得”句:幸,庆幸。周防,周密防卫。

“精光”二句:言古剑发出像青蛇般精光内含的颜色,同时呈现出绿色龟形古雅花纹。

非值:不但。

何言:哪里想得到。

“零落”句:传说晋惠帝时,广武侯张华见斗牛之间有紫气,闻豫章人雷焕妙达纬象,乃召问之,焕曰:丰城宝剑之精上彻于天耳。因以焕为丰城令,令寻之。焕到县,掘狱屋得一石函,中有双剑,并刻题,一曰龙泉,一曰太阿,精芒炫目。乃一以送华,一自佩之(见《晋书·张华传》)。

本篇为典型的托物言志之作。先写良工铸造宝剑程序之不同于一般;次写宝剑的奇异光彩和珍贵装饰;再写此有用之宝剑因不逢时而变得无用,得遇知己,亦云有幸;最后写此宝剑虽被废弃埋没,但仍夜夜气冲霄汉。句句写剑,又是句句写人:剑的铸造过程,亦即人的成长过程;剑的光彩美饰,亦即人的内德与外荣;剑的有用而无所用,亦即人的怀才抱器而不逢时;剑的被废弃埋没仍气冲霄汉,亦即人才的“零落飘沦”但仍能有所表现而不意志消沉。全诗语言精丽、气势豪迈、有声有色、入情入理,读之使人襟为之开,气为之壮,是作者精心刻意之作,也是唐朝上升时期人们锐志进取精神的反映。据说武则天读毕大加赞赏,命令抄写数十篇,给李峤等学士看。可见本诗在当时的名气。

这是一首转韵的七言古诗,每韵自成一个段落,一层一意思,层层深入,由表及里,由叙写到抒情,字句有散行也有对偶。本篇与“初唐四杰”的一些长篇诗，同为唐诗歌行体的前驱。

金陵酒肆留别

李白

风吹柳花满店香，吴姬压酒劝客尝。金陵弟子来相送，欲行不行各尽觞。请君试问东流水，别意与之谁短长？

［七阳韵］

［作者］

见前。

［注释与提示］

吴姬压酒：吴姬，吴地青年女子，此指酒店中的女酒保或老板娘。压酒，米酒酿制将成时，压榨取酒。

全诗只有六句，前四句自然地交代出季节（春）、地点（酒肆）、送别之人（金陵子弟）、留别之人（作者自己），简单四句，呈现出一片酒家春色，满店少年，杯盘交错的筵席，以及作者的依依别意。这别意究竟深到何等程度呢？最后两句巧妙地用东流的江水来作比喻，并问比之别意谁短谁长？别意自应比江水深得多，不做解答而自然解答了。

全篇融合着情景，交织着悲欢，既生动活泼，又豪情洋溢。末两句用具体的流水来象征抽象的别意，给后世以不小的启发。后来李煜《虞美人》词中的“问君能有几多愁，恰似一江春水向东流”，就是杰出的一例。

李白爱写这种既非律体又非绝句的五言、七言六句诗，字句少而意味隽永。它既不像长篇古体那样铺陈始终，又不像律体、绝句要求有严谨格律。大约这种简括而轻淡自然的小诗，便于表现一种奇情妙境，最适合李白这样倜傥不羁的诗人一挥而就、立现才华吧！

佳 人

杜 甫

绝代有佳人，幽居在空谷。自云良家子，零落依草木。关中昔丧乱，兄弟遭杀戮。官高何足论，不得收骨肉。世情恶衰歇，万事随转烛。夫婿轻薄儿，新人美如玉。合昏尚知时，鸳鸯不独宿。但见新人笑，那闻旧人哭！在山泉水清，出山泉水浊。侍婢卖珠回，牵萝补茅屋。摘花不插发，采柏动盈掬。天寒翠袖薄，日暮倚修竹。

[一屋、二沃韵]（入声、古韵通押）

[作者]

见前。

[题释]

本篇或以为写实（即真有其人），或以为纯属寄托（即假设）。从文艺创作的特点来说，应以二者结合为是，即偶有这样的人，这样的事（并不等于诗中佳人的处境、遭遇及品格），作者结合自己的志行身世敷衍成篇，使佳人身上有诗人的影子和性格。

[注释与提示]

“绝代”句：绝代，绝世，举世无双。汉李延年歌中有：“北方有佳人，绝世而独立。”

良家子：好人家的后代，古代巫、医、商、贾、百工都不得列入良家。《史记·李将军列传》：“广以良家子从军击胡。”

“零落”句：身世飘零，托身于空谷草木之间。

“关中”句：古时函谷关以西称关中，此指长安。丧乱，指安史之乱，长安沦陷。

“不得”句：不能收葬兄弟的尸骨。

转烛：烛光随风飘转而无定，此言世事变化无定。

合昏：即夜合花，朝开夜合。

“在山”两句：在山泉水，喻在夫家；出山泉水，喻为夫所遗弃。古代妇女被夫遗弃即为人所贱视，故以泉水清浊为喻。

“摘花”两句：上句言吾心修饰，故采来花儿不愿戴在头上；下句言自甘清苦，故采撷柏子（柏子味苦）。盈掬，用双手捧满。

本篇开头即点题，标出此佳人色美品高而幽居深谷之中，为全篇主干。“自云”以下叙事夹抒情，赋、比、兴综合运用。关中丧乱，使得家破人亡；世态炎凉，夫婿另谋新欢；合昏花属、鸳鸯禽类，尚有情有谊，比喜新厌旧之夫婿，其行为此文花鸟还不如！女子在夫家犹如泉水在山而清，为夫捐弃则如泉水出山而浊。最后四句，写此佳人志坚行苦、秉性高洁，既与轻薄之夫婿作对比，又向丧乱世道提出控诉。通篇写佳人聊以自况。丧乱之世，有此遭遇不幸而幽居深谷之佳人，岂无与之情境类似之贞士？此诗作于作者弃官客秦州同谷时，作者当时所作的《同谷七歌》中的艰难处境和悲苦心情，比之佳人有过之而无不及。清沈德潜在《唐诗别裁》中评本篇：“结处只用写景，不更著议论，而清洁贞正意自隐然言外，诗格最超。”

本篇为押入声一韵到底的五言古诗，杜甫长于此体。

浩　歌

李　贺

南风吹山作平地，帝遣天吴移海水。王母桃花千遍红，彭祖巫咸几回死？青毛骢马参差钱，娇春杨柳含细烟。筝人劝我金屈卮，神血未凝身问谁？不须浪饮丁都护，世上英雄本无主。买丝绣作平原君，有酒惟浇赵州土。漏催水咽玉蟾蜍，卫娘发薄不胜梳。羞见秋眉换新绿，二十男儿那刺促？

［作者］

李贺（790—816），字长吉，福昌（今河南宜阳）人，家居宜阳之昌谷，是没落的宗室后裔。曾官奉礼郎，少年失意，郁郁而死，年仅 27 岁。诗歌的艺术特点是：想象丰富，立意新奇，构思精巧，用词瑰丽，但存在着较浓厚的唯美倾向和感伤情绪。传世有《李长吉歌诗》四卷,《外集》一卷。

[题释]

浩歌,即放声高歌之意。篇中运用浪漫主义手法,通过时间、空间的变化无常和神与人的修短有数,抒发了作者怀才不遇但还应振作有为的感慨。

[注释与提示]

"帝遣"句:帝,天帝。天吴,古代的神话传说中人面、八头、八尾、八足、背青黄色的水神。全句是说,天帝派遣水神天吴移走沧海,使之变成桑田。

"王母"句:王母,即传说中的西王母,她种植的仙桃三千年一度开花,三千年一度结实。此言"千遍红",极言时间的无限长。

"彭祖"句:彭祖,即彭铿,传说他活了800岁。巫咸,传说中的古代神巫。全句是说,不论高寿者彭铿还是巫咸,在历史长河也会死亡。

"青毛"句:毛色青白相杂并有铜钱似的花纹连在一起的马,即青骢马。

"娇春"句:在明媚的春天里,袅袅柳丝像青烟在飘动。

"筝人"句:筝人,弹筝的女子。卮,一种金质有柄的酒杯。全句是说,弹筝的姑娘手捧金屈卮劝我喝酒。

"神血"句:此承上句筝人劝酒而言,酒醉是神(精神)血(肉体)未凝在一起(古人认为酒醉时形神即分离),此身属谁尚不得而知,生死问题也就不会纠缠在心上了。

"不须"两句:"丁都护",刘宋时声音哀切的乐府曲名。英雄本无主,英雄的命运由自己来掌握,不必求什么"主"。全句是说,不必过度地借酒浇愁,世上真正的英雄人物不必强求赏识自己的主子。

"买丝"句:平原君,战国时赵国的赵胜,封平原君,为"战国四公子"之一,能礼贤下士,颇得人心。用丝绣平原君,即对平原君表示敬意。

"有酒"句:赵州,即古代赵国。以酒浇土,表示祭奠死者。全句是说,有酒只拿来祭奠当年平原君生长的赵国土地。此句与上句皆表示对平原君赵胜这样能礼贤下士的人物的向往和敬慕。

"漏催"句:漏,见前李商隐《龙池》诗注。全句是说,时光在计时器玉蟾蜍的滴漏声中消逝了。

"卫娘"句：卫娘，汉武帝皇后卫子夫，她因发美而得宠。全句是说，自己一事无成已有迟暮之感；犹如当年的卫子夫，已感衰老而美发不胜梳了。

"羞见"句：秋眉，指衰眉。新绿，指黛眉(年轻时的黑眉毛)。全句是说，羞见那黛眉为秋眉所替换。此句与上句相同，俱以美人衰老比喻英雄迟暮。其实作者当时才20岁左右，想必是思想衰老了吧！

"二十"句：此句陡然转出新意，说出真心话：20岁的小伙子何必局蹐烦恼而不振作起来呢？那，何。刺促，局蹐，烦恼。

诗的前四句，写大自然的变化和时间的无限，长寿的人和神仙也会死亡，反衬人生的短促渺小。"青毛"四句，写无聊时趁着春光骑马出游，在酒家又遇多情歌女劝酒，但酒醉后神形分离，不知身当属谁。"不须"四句，言不需要痛饮悲歌，英雄应掌握自己的命运，不希求有主子来赏识自己，因为礼贤识才者古有而今无。于是诗人便向古代礼贤下士的平原君致以衷心的敬意，既买丝绣其像，又酹酒浇赵州土，用颂古来非今，不满现实的思想自然流露出来。"漏催"两句写岁不我与，壮躯易衰，用意婉曲。最后两句，陡转为健思豪情，男儿当以秋眉换新绿为可羞，岂能让仅仅20岁年纪就局蹐烦恼而不奋发图强呢？

通篇反复曲折地表达了作者怀才不遇的抑郁心情，同时也是不景气的中唐社会在诗人笔下的自然反映。构思奇特，用典古媚幽深，铸词倜傥俊伟，是本篇突出的艺术特点。

本篇为平仄相间数换韵的七言古诗。

雉带箭

韩　愈

原头火烧静兀兀，野雉畏鹰出复没。将军欲以巧胜人，盘马弯弓惜不发。地形渐窄观者多，雉惊弓满劲箭加。冲人决起百余尺，红翎白镞随倾斜。将军仰笑军吏贺，五色离披马前堕。

［作者］

韩愈(768—824)，字退之，河内河阳(今河南孟州)人。韩氏郡望为昌黎，故称韩昌黎。贞元进士，曾官监察御史。宪宗时，官至刑部侍郎。因上书言事及谏阻迎佛骨，曾两次贬官(阳山令、潮州刺史)。穆宗时召为国子祭酒，历任京兆尹及兵部、吏部侍郎。卒谥文，世称韩文公。韩愈与柳宗元倡导“古文运动”，诗开重气势一派，有“以文为诗”之称。传世有《昌黎先生集》四十卷，《外集》十卷。

［题释］

本题很像即事名篇的新乐府，雉为什么会带箭呢？原来是被打猎者的箭所射中。是什么人在打猎？打猎的场面又如何？读了诗就会知道。

［注释与提示］

雉：野鸡。

“原头”句：原头，原野上。火烧，古人打猎时先用火烧去猎场草木，使鸟兽不能躲藏。兀兀，静貌。

“盘马”：骑在马上盘旋不进。弯弓，把弓拉满。惜，舍不得，不轻易。

加：射中。

冲人决起：雉本来潜伏着，受惊后冲人飞起。

“红翎”句：雉被射中后，红色的雉尾和白色的箭头歪歪斜斜向下坠落。

“五色”句：离披，散乱。全句是说，雉带着散乱的五色羽毛，落在将军马前。

本篇写打猎场面，有声有色，紧张热闹。“将军”两句原出于《孟子·尽心上》的“君子引而不发，跃如也”。很像一个精彩的电影镜头，不但形象生动，而且含有一些生活哲理，成为传诵名句。“白翎”一句非常形象，雉中箭后，那花花绿绿的躯体在“将军仰笑军吏贺”的热烈气氛中掉在将军马前，似乎连“咚’的一声也能听到，诗篇也戛然而止，给人以极为满足的艺术回味。在“横空盘硬语”的作者笔下，如此生动形象的描绘实为难得。

这也是一首古诗，全诗只十句而三换韵，平仄交替、抗坠疾徐的音节与打猎的情景恰相适应。

和秦太虚梅花

苏　轼

西湖处士骨应槁，只有此诗君压倒。东坡先生心已灰，为爱君诗被花恼。多情立马待黄昏，残雪消迟月出早。江头千树春欲暗，竹外一枝斜更好。孤山山下醉眠处，点缀裙腰纷不扫。万里春随逐客来，十年花送佳人老。去年花开我已病，今年对花还草草。不如风雨卷春归，收拾余香还界昊。

［七言古体，上声十九皓韵］

［作者］

见前。

［题释］

元代陈秀明《东坡诗话录》："秦少游尝和黄法曹忆梅花诗，东坡称之。故次其韵。"秦诗当为佳作，而本篇更佳。宋人作诗喜和韵（次韵），苏（轼）、黄（庭坚）尤甚。和韵既难，又易乏天然之趣；但东坡此篇却特别出色，盖由其学富才高，自能运斤斫垩。此诗约作于宋神宗元丰七年（1084），作者于贬谪中由黄州移汝州之时。通篇交织着旷放豪情与凄迷心绪。秦观：字少游，一字太虚，为苏门四学士之一。

［注释与提示］

"西湖"句：西湖处士，指林逋，隐居孤山，种梅养鹤，终身不娶，以梅为妻，以鹤为子；曾作《山园小梅》诗，有"疏影横斜水清浅，暗香浮动月黄昏"之句，为世传诵。处士，未做官的人。骨应槁，言身死已久。

"只有"句：言只有你秦太虚《和黄法曹忆建溪梅花诗》才能把林逋的梅花诗压倒。这是过誉之词，其实秦诗未必能压倒林诗。

"多情"四句：这四句化用林逋的梅花诗句并加以增彩渲染：多情的人立马等待黄昏到来，好欣赏暗香疏影。这时初春的残雪尚在，月早上升，在雪月交辉中，江头千树梅花渐次隐于来临的夜色之中，而绿竹外斜斜的一枝梅花，显得既幽独闲静，又俏丽美好。

“孤山”两句：十年以前作者在杭州时，曾在以梅花著称的孤山下浅醉闲眠，见那梅花纷纷飘落在绿草如裙腰的山脚下也无人去扫除。裙腰，唐代白居易《杭州春望》诗：“谁开湖寺西南路，草绿裙腰一道斜。”原注“孤山寺路在湖洲中，草绿时，望如裙腰。”

“万里”两句：梅开报春来；作为逐客的作者却来在梅开之前，好像万里春光随着逐客而来；十年前曾赏梅于孤山，在梅花十度开落的今天，似已把佳人送入老境，此两句意极悲壮。

草草：《诗经·小雅·巷伯》：“骄人好好，劳人草草。”朱熹注：“草草，忧也。”

畀(bì)昊(hào)：畀，给；昊，天。《诗经·小雅·苍伯》：“投畀有昊。”

这是一首押仄韵而一韵到底的七言古诗，全诗共十六句。开头四句，先誉秦诗之佳压倒林处士的梅花诗，继言自己心情之劣，但由于喜爱秦诗而写此诗篇。“多情”以下四句，描写梅花，化用林逋诗句而加以增彩渲染，把对梅花的欣赏推向艺术的更高境界：“竹外一枝斜更好”，俏丽而又闲静，成为咏梅佳句。“孤山”以下四句，慨言十年前曾在孤山赏梅，十年后花开依旧而佳人已老。“去年”以下至最后，从自己近年来在梅花盛开时，非疾病即忧愁，毫无善状，写到不知何时一番狂风骤雨席卷春光归去。那时候只有把零落的梅花收拾起来，还给主宰花儿命运的老天爷吧！

全诗命意深曲，情辞婉丽，意度豪迈，格调清新；句句不离梅花，处处关联自己。秦诗未必压倒林诗，而作者此篇真可压倒林、秦两人之作。

[附]秦太虚和黄法曹忆建溪梅花诗

长　歌　行

陆　游

人生不作安期生，醉入东海骑长鲸。犹当出作李西平，手枭逆贼清旧京。金印煌煌未入手，白发种种来无情。成都古寺卧秋晚，落日偏傍僧窗明。岂其马上破贼手，哦诗长作寒螀鸣？兴来买尽市桥酒，大车磊落堆长瓶。哀丝豪竹助剧饮，如钜野受黄河倾。平时一滴不入口，意气顿使千人惊。国仇未报壮士老，匣中宝剑夜有声。何当凯还宴将士，三更雪压飞狐城。

[七言古体，八庚韵]

[作者]

见前。

[题释]

《长歌行》为汉乐府旧题，原意是感叹时光易逝，老大无成，古辞中有“百川东到海，何时复西归？少壮不努力，老大徒伤悲”。本诗即用旧题意，表现了作者抗敌救国老当益壮的爱国思想和积极奋斗精神。

通篇七言，一韵到底，体现了乐府民歌的特色。

[注释与提示]

安期生：秦时方士。《史记·封禅书》载方士李少君对汉武帝说：“臣尝游海上，见安期生食巨枣，大如瓜。安期生仙者，通蓬莱中，合则见人，不合则隐。”

骑长鲸：唐李白自署“海上骑鲸客”。长鲸，大鲸鱼。

李西平：唐德宗朝，泾原节度使姚令言在京作乱，德宗奔奉天（今陕西乾县），姚令言奉太尉朱泚称帝，号大秦，后为李晟所败。李晟收复京师，封西平郡王。旧京，长安。

枭：斩。古代杀人悬首木上以示众曰“枭首”。

煌煌：闪闪发光。

种种：发短貌。

寒螀：即寒蝉，似蝉而小，色青赤。《礼记·月令》：“孟秋冬之月……寒蝉鸣。”

磊落：众多错杂的样子。

“如钜”句：钜野，古大泽名，在今山东巨野。此句写剧饮情状，像黄河水奔流入钜野泽一样，极言酒多而量大。

凯还：即“凯旋”，“还”读 xuán。

“国仇”句：宝剑原为杀敌武器，现不去报国仇，而壮士已衰老，匣中宝剑也为之不平，在夜里发出声音（此意在作者《宝剑吟》中写得最具体）。此为比兴手法。

飞狐城：古代北方关隘，在今河北涞源，地势险要。此时已沦陷于金人。

宋孝宗淳熙元年（1174），作者在四川成都时写下这首诗，时年已 50。从诗中可以看出作者这一时期的思想状态和生活情况。一个从青少年时起就立下“上马击狂胡，下马草军书”（《观大散关图有感》）志向和有着“四十从军渭水边”（《排闷》六首之一）实际行动的文武全才，在一筹莫展的此时此刻，怎能不唱出悲愤激烈的调子，写出狂放又振奋的诗篇？

安期生与李晟，是逃避现实与正视现实两条道路、两种人生观在当时历史条件下的具体体现，作者选择了后者。由于和当权的主和派意见相左，此路始终不通。“金印”两句，并非叹老嗟卑，而是壮志难酬、年华虚度的深沉慨叹，从写作方法来说叫扣题。在这晚秋季节，独卧在成都古寺里，令人不愉快的落日，偏偏照到这僧寮小窗里来。一个“卧”字和一个“偏”字，把低沉而又愤懑的情绪和盘托出，同时思想上也存在激烈的矛盾：难道一个马上击贼的能手，吟起诗来永远像寒蝉一样凄凄切切吗？然而现实的苦闷又无法排遣。于是诗人便在有兴致时把市桥店子里的酒都买来，长长的酒瓶子错落地堆满了一大车。在哀伤而又豪放的丝竹乐伴奏声中，像钜野泽受纳黄河水一样痛饮起来；虽然平时连一滴酒也不喝，然而诗人此时风发的意气顿时使人惊怖起来。“国仇”两句才是正面抒怀，是全诗的结穴处，也是警句。这时候思进还是思退？消沉下去，还是振奋起来？最后两句，积极、乐观而浪漫。有一天歼敌凯旋，在雪压飞狐城之夜欢宴将士，深刻表达了作者报国不遂的苦闷和杀敌复土的渴望。这样的爱国思想和曾顶盔披甲驰骋疆场的实际卫国行动，在中国古代文学家中是极为难得的。

全诗结构曲折起伏，语言简练自然，抒情豪迈，写景壮伟。开头六句高唱入云，结尾四句精警不懈，艺术性亦非常突出。此诗与李白《将进酒》的风格相近，而内容的积极意义则有过之。近代梁启超有《读〈陆放翁集〉》诗四首(戊戌变法失败后1899年流亡日本时作),对于陆放翁的爱国主义思想和从军精神推崇备至,盖梁、陆二人相同的爱国思想,在七八百年以后起了共鸣,现录其中一首,以供读陆诗时参考:

诗界千年靡靡风,兵魂销尽国魂空。集中什九从军乐,亘古男儿一放翁。

[附]略谈古诗的形式

古诗,是汉魏六朝以来诗歌体裁的统称。“古”是和从唐初兴起的近体(今体)诗的“近”(“今”)相对而言的。其实古体并未因近体的兴起而消亡;恰相反,唐代许多大诗人既写近体诗,也写古诗,甚至有些人还专以古诗见长,如李白、李贺、韩愈等。自唐至今,古诗不但与近体诗并行不悖,而且名篇佳作层出不穷。近体诗非常讲究格律,那么古诗就可以什么都不讲而随便写吗?下面作者就把前人在古诗写作形式方面的一些情况,结合上举古诗并与近体诗的形式对照,作点扼要介绍。

1.篇幅和字句

(1)古诗篇幅长短不限(如上举《金陵酒肆留别》四十二字,《雉带箭》七十字,有的一百多字);而近体诗除长律外,律诗只能是八句,绝句只能是四句。

(2)古诗字句多少不限(如上举《金陵酒肆留别》杂言,六句;《雉带箭》七言,十句。其他有五言,有七言,十几句或几十句);而近体诗只有五言、七言的四句、八句。

2.押韵与对仗

(1)古诗平、上、去、入四声都可押韵,如上举《金陵酒肆留别》《长歌行》押平声韵,《和秦太虚梅花》押上声韵,《佳人》押入声韵;而近体诗只能押平声韵。

(2)古诗可以一句押一韵,两句押一韵,三句押一韵,直至多少句押一韵均可。如上举《古剑篇》中有四句押一韵的,也有六句押一韵的;《雉带箭》中有四句押一韵的,也有两句押一韵的;《浩歌》中也有四句押一韵和两句押一韵的。近体诗中只能四句押一韵和八句押一韵。

(3)古诗可以转韵,而且唐以后转韵的古诗还居多数。上举各诗中除

《金陵酒肆留别》和《长歌行》外，都是转韵的。近体诗只能一韵到底。

(4)古诗可以押本韵，也可以押邻韵（通押）。如上举《长歌行》基本上押“庚”韵，但“大车磊落堆长瓶”的“瓶”字却属于邻韵的“青”韵。近体诗只能押本韵，如押邻韵则算出韵。

(5)古诗可以对仗，也可以不对仗。如上举《和秦太虚梅花》基本上是自由句式，但“万里春随逐客来，十年花送佳人老”两句却为对句；《长歌行》中的“金印煌煌未入手，白发种种来无情”、《佳人》中的“摘花不插发，采柏动盈掬”也都是自由句式中的对句。而近体诗中的颔、颈两联必须是两副工整的对联，长律除了开头和结尾两句外，中间各联均要求对仗。

3.平仄

由于受近体诗格律的影响，唐以后的古诗便走着两条路，分成两类：一种是可以转韵，诗中部分句子要求同近体诗一样平仄对仗，叫作入律古风；另一种是继承汉魏六朝以来自由诗体传统的古诗。作古诗的人为了尽量避免近体诗的平仄格律形式，一方面故为拗体（即近体诗中当用平处故用仄，当用仄处故用平；当对处故不对），多押仄声韵；另一方面又做出了一些写作古诗平仄韵脚的规定：

①三平脚（即不论五言或七言，句尾三字为“平平平”）

②三仄脚（同上，句尾三字为“仄仄仄”）

③平仄平脚（同上，句尾三字为“平仄平”）

④仄平仄脚（同上，句尾三字为“仄平仄”）

这三字脚规定出来便和近体诗平平仄、仄仄平、仄平平、平仄仄的平仄韵脚唱起了反调，自然打乱了近体诗平仄、对仗的阵营。只要一句诗照此规定来写就是拗句，一篇中有此一句，就是拗体；拗体自然归入古诗的范畴了。

且看韩愈的《雉带前》：

原头火烧静兀兀，野雉畏鹰出复没。
将军欲以巧胜人，盘马弯弓惜不发。
地形渐窄观者多，雉惊弓满劲箭加。
冲人决起百余尺，红翎白镞随倾斜。
将军仰笑军吏贺，五色离披马前堕。

第二节　词选

以下各词中：(1)词调大都有不同诸格体，这里只举常见的一体；一词调往往有多名，这里只举常用名称。(2)词中押韵字下的"○"表示平韵，"△"表示仄韵；[谱]中入韵句最后括号内的阿拉伯字数字，表示属于十九韵部中某一部次，"—"表必平，"｜"表必仄，"十"表示可平可仄。

小　令
（五十九字以内）

十六字令

蔡　伸

[词]	[谱]	(平韵格)
天！	—	(韵·7)
休使圆蟾照客眠。	十｜——十｜—	(韵)
人何在？	十｜｜	(句)
桂影自婵娟。	十｜｜——	(韵)

［作者］

蔡伸（生卒年不详），字仲道，自号友古居士，莆田（今浙江莆田）人。蔡襄之孙，宋徽宗政和五年（1115）进士，宣和中官彭城倅，与向子湮同官。词亦与子湮相伯仲。传世有《友古词》一卷。

［调题考释］

调考：此调起源尚不详，断句亦众说纷纭，填词当以蔡伸此词为准。《十六字令》为小令中最短小者，填此调并不难，而填好却不易，故在历代词人中填此调者寥寥无几。单调，十六字，三平韵。

题释：写圆月照客床所引起的怀人情景。

［注释与提示］

圆蟾：圆月、满月。古人认为月中有蟾蜍、玉兔、桂树等，故常用以代称月光。

桂影：月亮，月中桂树的影子。

婵娟：孟郊《婵娟篇》："花婵娟，泛春泉；竹婵娟，笼晓烟；妓婵娟，不长妍；月婵娟，真可怜。"

自然界的日月风云、雨雪霜露等现象，往往会引起人的种种情思和遐想，其中以妍美柔和的月光为最。人在白天，大都忙乱于工作、生活，只有到了夜晚，一切安闲，一片静谧，特别是在一轮明月之下，许多忆念和怀想，便会油然而生，所以月夜怀人、思乡等成为古代文学作品常见的题目。如李白的《静夜思》《关山月》，杜甫的《月夜》《月夜忆舍弟》等，都是这方面的名篇。

蔡伸这首小词，语言精练，情致婉丽，音节谐美；仅十六个字，把望月怀人之情之景，描写得如此典型。"天"可解作自然界的天，也可解作有所祈求而呼喊的上天。"休使圆蟾照客眠"，一个"休使"和一个"客眠"，便把主人公的愿望和处境直陈出来；不说"圆月"而说"圆蟾"，既增添了神话传说的色彩，又解决了平仄不叶（此处应用平声，而"蟾"为平声，"月"为仄声）的问题。对"人何在"这一郑重发问，月亮答复的却是尽量表现其美好的姿容。真是多情却被无情恼啊！

忆 江 南

李 煜

[词]	[谱]	(平韵格)
闲梦远，	一十丨	(句)
南国正清秋。	十丨丨一一	(韵·12)
千里江山寒色暮。	十丨十一一丨丨	(句)
芦花深处泊孤舟。	十一十丨丨一一	(韵)
笛在月明楼。	十丨丨一一	(韵)

[作者]

李煜(937—978)，初名从嘉，字重光，中主李璟之子，继璟为南唐主，世称李后主。在位十五年中，纵情享乐，不修政事。宋灭南唐，他受封为“违命侯”。三年后被宋太宗用牵机药毒死。他妙解音律，能书善画，尤工于词。早期词作多反映封建帝王荒淫颓废的生活，亡国后则转为哀伤沉痛之音，扩大了题材。不加雕饰，风貌天然，实为唐五代其他词人所不及。传世有《南唐二主词》(与父璟合集)。

[调题考释]

调考：本调据唐段安节《乐府杂录》，乃李德裕为亡妓谢秋娘作。原名《谢秋娘》，因白居易词《忆江南》而取今名。此调异名甚多，如《梦江南》《望江南》《望江梅》《江南好》等等。单调二十七字，三平韵。宋人多用双调。

题释：对南国美丽景物的依恋，流露出一种欲往而不能的心情。

[注释与提示]

南国：指我国江南一带地方，即原南唐小王朝所在地。

生于深宫之中，长于妇人之手，文艺上杰出而政治上庸懦的李煜，国亡被俘，做了阶下囚后，时时思念着他失去的金銮宝座，做着昔日的美梦：“多少恨，昨夜梦魂中；还似旧时游上苑，车如流水马如龙，花月正春风。”(《望江南》)“故国梦重归，觉来双泪垂。”(《菩萨蛮》)“梦里不知身是客，一晌贪欢。”

(《浪淘沙》)。这些暴露真实思想又没有博得人们同情的词,是他后期生活的一个方面;另一方面,他又通过对南国美丽景物的向往与描写,概括而曲折地反映了他的故国之思,这首《忆江南》(秋景)和另一首同调(春景),就是如此。

"闲梦远"的"闲"字,表现了词人既无聊又无可奈何,是写词的动机;"梦"字是个关键词,是全词的具体内容;"远"字,既指遥远的南国,又叹自己远在天涯。梦中归去的南国,正是清秋季节,景物多么清丽美好!千里江山在清寒薄暮之中:白茫茫的芦花里,停泊着一叶孤舟。这时候,那明月照着的高楼之上,传来了悠扬的笛声,真是景色宜人,声情感人。南国之秋,是多么美好!然而作者只能在梦中去欣赏,梦醒后还不是"双泪垂",还不是"以泪洗面"。

这首小词,总共只有五句二十七个字,但形象如此鲜明,语言如此清丽,用意又是如此深婉,读之使人如身临其境而真赏其景,细味之下还会使人对作者发出点同情(似乎已忘记了作者是个亡国之君)。在五代词人中,这样的作品实为难得。

这首原与另一首同调("闲梦远,南国正芳春")合为双调,名《望江梅》,上阕写春景,下阕写秋景,而下阕较胜于上阕。《全唐诗》及《历代诗余》均分成两首。

调笑令

韦应物

[词]	[谱]	(平仄韵转换格)
胡马!	—丨	(仄韵·10)
胡马!	—丨	(叠)
远放燕支山下。	丨十十—十丨	(叶仄)
跑沙跑雪独嘶,	十丨十丨十—	(转平韵·3)
东望西望路迷。	十丨十十丨—	(叶平)
迷路!	—丨	(再换仄韵·4)

迷路！	—丨	（叠）
边草无穷日暮。	十丨十一十丨	（叶仄）

［作者］

见前。

［调题考释］

调考：白居易《代书诗一百韵寄微之》："打嫌调笑易，饮讶卷波迟。"自注："抛打曲有《调笑令》，饮酒曲有《卷白波》。"可知中唐时已有此调。一名《转应曲》（因词末叠句，是上句末二字倒转相应而成）《宫中调笑》《三台令》。小令（单调），三十二字。四仄韵，两平韵，两叠韵。

题释：写胡马放牧境地及其迷路情景。

［注释与提示］

胡马：我国西北地区出产的骏马。

燕支山：见前面《赠苏绾书记》诗注。

跑沙跑雪：跑，用足扒地，即"刨"义。唐代刘商《胡笳十八拍》："马饥跑沙衔草根。"此处之"跑沙跑雪"，似此失群之胡马因饥饿而刨沙刨雪以觅食，或因日暮迷途而急躁。

本篇写一匹放牧在燕支山下的骏马，日暮饥饿又迷路，刨沙刨雪独自嘶叫的情景。境界开阔，形象生动；特别是最后一句，读之使人既同情此骏马的彷徨无归，又激赏苍茫落照中的壮阔草原风光。唐人以诗入乐，久之成为陈词老调。如此清新简括的语言，宛转疾徐的节奏，怎不令人欣喜从而竞相仿制呢！

如梦令

秦观

［词］	［谱］	（仄韵格）
遥夜沉沉如水，	十丨十一一丨	（韵·3）
风紧驿亭深闭，	十丨十一一丨	（韵）

梦破鼠窥灯，	＋｜｜－－	（句）
霜送晓寒侵被。	＋｜｜－－｜	（韵）
无寐，	－｜	（韵）
无寐，	－｜	（叠）
门外马嘶人起。	＋｜｜－－｜	（韵）

［作者］

秦观(1049—1100)，字少游，一字太虚，号淮海居士，扬州高邮(今江苏高邮)人。神宗进士，哲宗时官至国史院编修官。他是苏门四学士之一，在新旧党争中屡遭贬谪。他以词名，也能诗文。词的格调婉约清丽，为北宋一大家。词的内容多写柔情，但也有不少为放逐哀怨而发。传世有《淮海集》。

［调题考释］

调考：本调为后唐庄宗李存勖所创制，本名《忆仙姿》，因嫌其欠雅，而词中又有“如梦，如梦，残月落花烟重”等句，改名《如梦令》，又名《宴桃源》《比梅》《不见》《如意令》等。单调三十三字，七句、五仄韵，一叠句。

题释：具体描写旅途的艰辛(可能是贬谪途中)，不着一嗟叹之词，但读来却能给人以深刻印象和凄凉感受。

［注释与提示］

“遥夜”句：遥夜，深夜。沉沉如水，像水一般沉静(一作“遥夜月明如水”)。

驿亭：古代设在大路旁的馆舍，专供过往公差官员休息、住宿。

“梦破”句：睡梦惊醒后，看见老鼠窥视着油灯，打算偷油吃。

“霜送”句：黎明前温度最低，似乎严霜把寒气强送进被窝里来。

这首小词，大概写于作者贬谪途中，夜宿驿亭的所见、所闻、所感。第一句写时间(深夜)。第二句写寒风劲吹，驿亭紧闭，这些都是外景。第三句写梦被惊醒，鼠在窥灯，是室内景象。第四句写人因寒透被而不成眠，则是结合着人写床上情景。作者旅夜不成寐，思潮起伏，是由内及外；但写来却是由外及内，使得凄凉的境地与凄怆的心情互为表里，形象极为突出。尽管作者未加任何牢骚评论语，而读来真实感人，对于作者所要表达的思想感情，读者自能心领神会。“无寐”重叠，叹深怨极。最后一句，既是使人懊恼的一夜过去，又是催人劳顿的新旅途的开始。通篇写景即抒情，简单的描绘包含着无比复杂的思绪。

长相思

冯延巳

[词]	[谱]	（平韵格）
红满枝，	＋＋－	（韵·3）
绿满枝，	＋＋－	（叠）
宿雨厌厌睡起迟。	＋｜－－＋｜－	（韵）
闲庭花影移。	＋－＋｜－	（韵）
忆归期，	＋＋－	（韵）
数归期，	＋＋－	（叠）
梦见虽多相见稀。	＋｜－－＋｜－	（韵）
相逢知几时？	＋－＋｜－	（韵）

[作者]

冯延巳（903—960），又名延嗣，字正中，广陵（今江苏扬州）人。南唐中主李璟时，历官至左仆射同平章事。词的内容虽多为娱宾遣兴，流连光景，但调新词畅，堂庑特大，开北宋一代风气。传世有《阳春集》（《阳春录》）。

[调题考释]

调考：汉代古诗中常用“长相思”三字，如，《古诗十九首》中的“文彩双鸳鸯，裁为合欢被，著以长相思，缘以结不解”。苏武诗中的“生当复来归，死当长相思”。这一当时习用词语，历魏晋南北朝至唐代，渐渐成为乐曲名（唐教坊有《长相思》曲），又成为词之专调。白居易即有《长相思》：“汴水流，泗水流，流到瓜洲古渡头。吴山点点愁。思悠悠，恨悠悠，恨到归时方始休。月明人倚楼。”这是一首早期的词，调与题的内容是完全一致的。此调又名《双红豆》《吴山青》《山渐青》《相思令》《忆多娇》等。双调三十六字，上下阕各四句，三平韵，一盘韵。

题释：借闺人之口，诉说相思相见知何日的别恨离情。

［注释与提示］

宿雨：夜雨。

厌厌：同“恹恹”，有病的样子。

上阕借写美景反衬相思难堪之情。经过一阵夜雨，朝阳下呈现出使人悦目的满枝绿叶红花，这正如王维六言诗《田园乐》中所描写的“桃红复含宿雨，柳绿更带朝烟”一样的清新优美；然而，由于心绪不佳，作者直到日上三竿满庭花影转移了时，才像患病似的慢慢起床。

下阕直抒离情。想着、计算着心上人归来的日期，可是人总是不归来，只在梦中频频相见，于是只有发出“相逢是几时”的悲叹了。

词在唐五代时期尚处于文人模仿制作的阶段，闺情绮怨是其特点，其中南唐的二主（中主李璟，后主李煜）一臣（冯延巳）略胜“花间”一筹。冯延巳这首词，从内容上看仍不外乎一般男女离愁别思，但语言清新，情调爽朗，已开宋词先河。无怪乎传世的冯延巳词有些被收入北宋欧阳修的词集中，不易分辨出来。

生　查　子

牛希济

［词］	［谱］	（仄韵格）
新月曲如眉，	十 丨 丨 — —	（句）
未有团圞意△。	十 丨 — — 丨	（韵・3）
红豆不堪看，	十 丨 丨 — —	（句）
满眼相思泪△。	十 丨 — — 丨	（韵）
终日劈桃穰，	十 丨 丨 — —	（句）
人在心儿里△。	十 丨 — — 丨	（韵）

两朵隔墙花，　　＋｜｜——　　（句）
早晚成连理。　　＋｜——｜　　（韵）

[作者]

牛希济(生卒年均不详)，陇西(今甘肃陇西)人，事前蜀后主王衍，官翰林学士，御史中丞，后唐庄宗李存勖同光三年(925)灭前蜀，希济投降，至洛阳，任雍州节度副使。词作善言情而清新自然。

[调题考释]

调考：据清朝毛先舒《填词名解》说"'查'古'槎'字通，取海客事。"又据晋朝张华《博物志》说，旧说天河与海通，近世人乘槎而去，十余日中犹睹日月星辰，后忽忽不觉昼夜。至一处，遥望宫中多织妇，一丈夫牵牛饮之，因还。后至蜀问严君平，曰："某年月日有客星犯牵牛宿。计年月，正此人到天河时也。"海客事即指此。晋朝王嘉《拾遗记》记载，尧登位三十年，有巨查(槎)浮于西海.查上有光若星月，常浮绕四海，十二年一周天，周而复始，名曰"贯月查"，亦谓"挂星查。"此即"星槎"之由来。按"生"古读"星"音，故"星槎"可读"生槎"(即"生查")。晚唐韩偓《生查子》("侍女动妆奁")，为早期的文人作品。本调又名《楚云深》《梅和柳》等。双调四十字，上下阕各两仄韵。

题释：本篇用民歌语调写男女恋情，情感真挚，风格清新。

[注释与提示]

团圞：团圆。

红豆：一种草本木质植物，种子大小如豌豆，色鲜红，又名相思豆。唐代王维《相思》诗："红豆生南国，春来发几枝。愿君多采撷，此物最相思。"

桃穰(ráng)：桃核。

早晚：多早晚，何日。

连理：晋朝干宝《搜神记》说，宋康王舍人韩凭妻何氏甚美，康王夺之，韩凭遂自杀，何氏亦坠楼死，遗言愿与韩凭合葬。康王怒，不许，埋之使两冢相望，不久有大梓木生于二冢之端，旬日而大盈抱，屈体相就，根交于下，枝错于上，即连理木。后世借喻夫妇相爱，故唐代白居易《长恨歌》有"在天愿作比翼鸟，在地愿为连理枝"之句。

上阕一二两句用“曲如眉”“未团圞”的新月暗喻人不能团圆，形象而贴切。三四两句借看红豆而引起的“满眼相思泪”，直写胸臆，情实难堪。这四句形象、生动而深刻地表现了男女两人不能结合的苦恋之情。

下阕运用民歌的隐语双关手法，进一步具体刻画渴切盼望结合的心情，既形象生动，又富于生活气息。“终日劈桃穰”，暗喻每时每刻都在苦苦相思，“人在心儿里”，“人”即“仁”的谐音，“心”是桃穰的心，也是人的心。桃穰里总是有仁，而人心里也总是有恋着的人。最后两句又用比喻，“隔墙花”是被墙隔开的两株花木，“墙”就是人为的障碍。在这人为的障碍之下，两人何日才能结合呢！“成连理”在这里既是男女结合的套语，又表示彼此爱情的坚贞。当年韩凭夫妇死后分葬，坟上尚能长出连理木，今天我俩就不能逾“墙”而结成连理枝吗？

词起源于民间，质朴、爽朗、清新是其本色，经文人仿作后，不免沾染上柔媚浮华之气，花间派的作者大率如此。牛希济这首词虽也写得清丽，但民歌的特点保留尚多，这是值得称道的。

昭　君　怨

郑　域

［词］	［谱］	（平仄韵转换格）
道是花来春未，	＋｜＋－＋｜	（仄韵·3）
道是雪来香异。	＋｜＋－＋｜	（叶仄）
竹外一枝斜，	＋｜｜－－	（转平韵·10）
野人家。	｜－－	（叶平）
冷落竹篱茅舍，	＋｜＋－＋｜	（仄韵·10）
富贵玉堂琼榭。	＋｜＋－＋｜	（叶仄）
两地不同栽，	＋｜｜－－	（转平韵·5）
一般开。	｜－－	（叶平）

［作者］

郑域(生卒年不详)，字中卿，号松窗，三山(今福建福州)人。宋孝宗淳熙十一年(1184)进士，卒池阳。宁宗庆元二年(1196)，曾出使金国。有《燕谷剽闻》二卷，今不传。

［调题考释］

调考：据宋郭茂倩《乐府诗集》卷五十九琴曲歌词《昭君怨》引《琴操》(旧题汉蔡邕撰)："昭君，齐国王穰女。端正闲丽，未尝窥门户。穰以其有异于人，求之者，皆不与。年十七，献之(汉)元帝。元帝以地远不之幸，以备后宫。积五六年，帝每游后宫，常怨不出。后单于遣使朝贡，帝宴之，尽召后宫，昭君盛饰而至。帝问：欲以一女赠单于，能者往。昭君乃越席请行。时单于使在旁，惊恨不及。昭君至匈奴……恨帝始不见遇，乃作怨思之歌。"可知本调名由来已久。隋唐以后渐成为词曲、词名。清毛先舒说："汉王昭君作怨诗，入琴操，乐府吟叹曲有《王昭君》(晋辟司马昭讳，改昭君为明君)，盖石崇拟作，以教绿珠(石崇爱妾，后坠楼死)。隋唐相沿此曲。"(《词学全书》)本调又名《一痕沙》《宴西园》。小令，四十字，全调四换韵，两仄两平递转，上下阕同。

题释：通过对梅花冲寒开放精神的颂扬，和不骄富、不厌贫性格的刻画，表现了作者的非凡操守。

［注释与提示］

"道是"两句：首句说，是花吧春尚未来；次句说，是雪吧又别有香味。两个"来"字皆为语助词，即"呢"。宋代王安石《梅花》诗："遥知不是雪，为有暗香来。"此两句即用其意。

"竹外"句：此句用苏轼《和秦太虚梅花诗》句，见前。

这是一首咏梅词，但正面并不说破，让读者自己去领会，充分表现托物言志的特点。

上阕写梅花的姿态和精神。它冲寒先春开放，像雪一样洁白，更具特异香味，姿容美好地斜映在野人家的竹林之外。叙事兼议论，写景又抒情，只有梅花才适合这情景，只有与梅花同样姿态和精神的人，才能被感染而将其写入词里。

下阕赞美梅花毫不势利的高贵品质。作者把梅花的两种境地作对比：它不论生长在贫贱人家的竹篱茅舍旁还是富贵人家的玉堂琼榭边，都一样开放，并不因富贵而早开、多开、久开，也不因贫贱而迟开、少开、暂开。这种品格，在梅花是很自然的，可是比拟于人，情况就大不相同了。人类社会中有权势有无之差，等级高下之别，良莠善恶之分，因而有公正无私刚直不阿之辈，也有趋炎附势、谄上骄下之流。他们只要是“不同栽”，就不会“一般开”。可见作者所寄托意义的深远。

点　绛　唇

王禹偁

［词］	［谱］	（仄韵格）
雨恨云愁，	＋｜——	（句）
江南依旧称佳丽。	＋—＋｜——｜	（韵.3）
水村渔市，	｜——｜	（韵）
一缕孤烟细。	＋｜——｜	（韵）
天际征鸿，	＋｜——	（句）
遥认行如缀。	＋｜——｜	（韵）
平生事，	—＋｜	（韵）
此时凝睇，	｜——｜	（韵）
谁会凭栏意。	＋｜——｜	（韵）

［作者］

见前。

［调题考释］

调考：本调又名《点樱桃》《十八香》《南浦月》《沙头雨》等。据明杨慎《词品》说，《点绛唇》取梁江淹诗“白雪凝琼貌，明珠点绛唇”以为名。清徐釚《词苑丛谈》亦主此说。此名实指女郎口脂，双调，四十一字，上阕四句三仄韵，下阕五句四仄韵。

题释：这首词，宋代黄昇《花庵词选》题作“感兴”。通过对江南水乡景物的描写，表达了作者积极用世的抱负。

［注释与提示］

雨恨云愁：形容江南一带雨多云暗，使人愁闷。

江南依旧称佳丽：谢朓《入朝曲》有“江南佳丽地”。

孤烟细：言人家稀少，炊烟细微。孤烟，炊烟。

行（háng）如缀：鸿雁高飞，排成整齐行列，如连缀一样。

凝睇：注视。

会：理解。

作者是北宋太宗朝的进士，官至翰林学士，知制诰。因直言敢谏，多次遭贬谪，为北宋初反对绮靡文风的诗文家之一。从这首词里可看出一种新的精神和风貌。

上阕即景抒情。尽管江南一带雨多使人愁闷，但如当年谢朓所说的，江南依旧是称得上“佳丽”的地方。可是渔人住的村落，以及水上的市场，却都显得很萧条。北宋建国后的内政情况，于此可见一斑。

下阕借景言志。仰头看那排列得整整齐齐的飞鸿，便触动了素来为国为民的情怀，这时作者别有心事地注视着高天和远处，鸿雁是那么自由而有秩序地高飞远逝，对比自己的潦倒生涯，又有谁能理解作者在这登临凭栏远眺时的心情呢！

词在晚唐五代属于艳科，不过是供酒边花下描风月、绘花草、伤离别、诉恋情之一助而已，王禹偁这首词则颇异其趣。全词尽管还停留在细写景、空言志的阶段，但呈现出一缕清新刚健气息。宋词之所以由附庸到蔚为大观，于此已透露了些消息。

浣 溪 沙

——荆州约马举先登城楼观塞

张孝祥

[词]	[谱]	(平韵格)
霜日明霄水蘸空，	＋｜＋－＋｜－	(韵·1)
鸣鞘声里绣旗红，	＋－＋｜｜－－	(韵)
淡烟衰草有无中。	＋－＋｜｜－－	(韵)
万里中原烽火北，	＋｜＋－－｜｜	(句)
一尊浊酒戍楼东，	＋－＋｜｜－－	(韵)
酒阑挥泪向悲风。	＋－＋｜｜－－	(韵)

[作者]

张孝祥(1132—1169)，字安国，号于湖居士，历阳乌江(今安徽和县)人。南宋高宗进士第一。领建康留守及荆南荆湖安抚使。他主张抗金，极力赞成张浚北伐，被主和派弹劾免官。他的诗词追迹苏、辛，雄丽而特具爱国思想。传世有《于湖集》。

[调题考释]

调考：本调为唐玄宗时教坊曲名，后改为词名。又名《小庭花》《满院春》《东风寒》《广寒枝》《清和风》《踏花天》《杨柳陌》《锦缠头》等。双调，四十二字，上阕三句三平韵，二十一字；下阕三句两平韵，二十一字。

题释：宋孝宗乾道四年(1168)，作者任荆南荆湖安抚使，驻节荆州。荆州在当时是前线。马举先，何许人不详。通篇表现登城所见的壮伟景色和仇敌爱国思想。

[注释与提示]

“霜日”句：秋日明照天空，像蘸水般澄亮。鞘，刀鞘。绣旗，锦绣军旗。全句是说，在红色锦绣军旗招展中，军士们佩带的武器发出摩擦的声响。

淡烟衰草：描写秋天郊原景色。

“万里”句：沦陷了的万里中原地方都在这战线以北。

戍楼：有守备的城楼。

酒阑：饮罢酒后。

上阕写秋日登戍楼远眺。从天空到地面，从近处到远方，从苍茫的自然景色到整武的军士阵容，均倍增抗敌卫国精神。“淡烟”句既是极目中原的实写，又寄寓对沦陷区痛苦人民的感念。

下阕直抒胸臆。词人眼看着这战线以北被敌人占领了的万里中原地方无法收复，于是端起一杯浊酒在这戍楼东头喝起来，本想借酒消愁，谁知酒后愁更愁，只有向悲风而挥泪了。

作者原为皇帝近臣，因赞成张浚北伐而受到主和派的打击迫害，因此在这边塞地方官任内“酒阑挥泪向悲风”的意义就更深长了。

菩萨蛮

温庭筠

[词]	[谱]	（平仄韵转换格）
玉楼明月长相忆。	＋——｜——｜	（韵·17）
柳丝袅娜春无力。	＋—＋｜——｜	（叶仄入）
门外草萋萋，	＋｜｜——	（换平韵·3）
送君闻马嘶。	＋——｜—	（叶平）
画罗金翡翠，	＋——｜｜	（再换仄韵·3）
香烛消成泪。	＋｜——｜	（叶仄）
花落子规啼，	＋｜｜——	（再换平韵·3）
绿窗残梦迷。	＋——｜—	（叶平）

[作者]

温庭筠（812—约870），名岐，字飞卿，太原（今山西太原）人。早有才名，但屡试进士不第。曾为方城（今河南方城）尉，官终国子助教，世称“温助教”。诗词并工，因精通音律，故词的成就尤高。内容多写闺情，辞藻艳丽，是花间派首要作家。诗与李商隐齐名，后世并称温、李。传世有《温飞卿诗集》《金奁集》。

［调题考释］

调考：本调为唐玄宗时教坊曲名（见崔令钦《教坊记》），后用作词调名。本调乃古缅甸乐，开元、天宝间传入中国。今中缅边境的少数民族仍称女子为小菩萨。此调又名《重叠金》《子夜歌》《巫山一片云》等。双调，四十四字，上下阕各四句，两仄韵，两平韵。

题释：写女子回忆与情人分别时的情景，以及空闺独守的寂寞心情，原作十四首（见《花间集》），选一首。

［注释与提示］

袅娜：草木柔弱的样子。

萋萋：草茂盛的样子，《楚辞・招隐士》：“王孙游兮不归，春草生兮萋萋。”

“画罗”二句：画罗，有花纹的丝织品、衾帐之属。金翡翠，衾帐上用金线绣成的翡翠鸟形状。香烛，加入香料制成燃起来有香味的蜡烛。消成泪，蜡烛渐渐燃完，蜡油像人流泪似的。

子规：即杜鹃鸟，鸣声凄厉，能动旅客思归之情。

上阕写女子在春柳袅娜的季节，夜月当空的玉楼之上，想念着离别的情人，一个“长”字，说明离别时间之久与思念之深。在春风中轻柔摇动的柳丝最容易引起离人的怀思，如王昌龄《闺怨》诗的“忽见陌头杨柳色，悔教夫婿觅封侯”，这高楼明月之夜，又和李白《关山月》的“高楼当此夜，叹息未应闲”有相似之处。柳丝的“无力”，象征着人因思绪低沉而导致的肢体慵懒，寓情于景，极为自然。这时，与情人分别时的镜头出现了：在那芳草萋萋时节，依依不舍地送别，走远了还听到那人所骑的马的叫声，是多么令人深沉忆念，使人肠断魂销！李白《送友人》诗：“挥手自兹去，萧萧班马鸣”，也是用马鸣来象征人的不忍分离。

下阕回到现实，写情人离去后此女子生活极度无聊和无限伤感的情景。在黄绿交错翡翠鸟纹的罗帏外，散发着香味的蜡烛快燃完了，蜡油像在替人流泪，这又和杜牧《赠别》诗的“蜡烛有心还惜别，替人垂泪到天明”很相似，可以想见此女相思相忆夜不成眠的情味。这时试听窗外，一片残春的花落鹃啼，回望窗里，只剩天已向晓的迷离残梦。

通篇写男女离别相思之情，虽无甚现实意义，但情景真实，语言华美，音调谐婉，读之使人如临其境，若睹其人，颇悯其情。据《北梦琐言》记载：“宣宗爱唱菩萨蛮词，令狐相国假其新撰，密进之，戒令勿泄，而遽言于人，由是疏之。”本篇是否在所进词之中，尚待考证，如确为进呈之作，那么为了投帝王之所好，用香艳、含蓄、委婉之笔大写闺愁别恨就不可苛责作者了。但不管怎样，在当时能写出这样与传统诗体迥异的清新佳丽的歌词，便应予以肯定。

减字木兰花

——听琵琶

朱敦儒

［词］	［谱］	（平仄韵转换格）
刘郎已老，	+ − + |	（仄韵·8）
不管桃花依旧笑。	+ | + − − | |	（叶仄）
要听琵琶，	+ | − −	（换平韵·10）
重院莺啼觅谢家。	+ | − − + | −	（叶平）
曲终人醉，	+ − + |	（再换仄韵·3）
多似浔阳江上泪。	+ | + − − | |	（叶仄）
万里东风，	+ | − −	（再换平韵 ·1）
国破山河落照红。	+ | − − + | −	（叶平）

［作者］

朱敦儒（约1080—约1175），字希真，号岩壑，洛阳（今河南洛阳）人。早年不愿做官，以布衣负重名。南渡初流寓两广，旋应高宋征召出仕，官至鸿胪少卿。他原接近主战派，晚年依附秦桧，为论者所讥。他一生隐多于仕，思想消极，偶有念乱之作。语言清新晓畅，风格有时近苏轼。传世词集有《樵歌》(一名《太平樵唱》)。

［调题考释］

调考：晚唐诗人陆龟蒙，当木兰花盛开时于苏州刺史张搏家宴会即席咏《木兰堂》诗："洞庭波浪渺无津，日日征帆送远人。几度木兰舟上望，不知原是此花身。"被推为绝唱。后遂创《木兰花》词调。《减字木兰花》即将《木兰花》词调的唱腔有所减省，简称《减兰》。小令，四十四字，上下阕各两仄韵，两平韵，平仄递转。

题释：伤老境无俚，且听琵琶；叹回天无力，故而放荡，看似为乐，实是遣愁。

［注释与提示］

"刘郎"两句：南朝刘义庆《幽明录》中有刘晨、阮肇入山采药遇仙女的故事，晚唐诗人曹唐作刘、阮洞中遇仙女诗，中有"流水桃花满涧香""桃花流水依然在"等句；五代词人皇甫松《天仙子》词，有"刘郎此日别天仙，登绮席"句；唐刘禹锡《再游玄都观 》有 "种桃道士归何处，前度刘郎今又来"句；唐崔护《题都城南庄》诗，有"人面不知何处去，桃花依旧笑春风"句。糅合几个典故，只不过突出"刘郎"与"桃花"，说明自己因年老已对春风桃李不那么感兴趣而已。用几个典故来说明一个问题，是从南北朝后期庾信的诗、赋中学来的。

重院：深深庭院。

谢家：歌伎人家。

浔阳江上泪：唐代白居易贬谪江州，夜晚在浔阳江边送客，因听琵琶女演奏琵琶引起天涯沦落的同感而伤心落泪，沾湿了他的青衫(见白居易《琵琶行》)。这里写作者听了琵琶演奏，也像当年白居易一样泪落沾襟。

"国破"句：唐代杜甫《春望》诗，有"国破山河在"句。此句一本作"故国山河落照红"。

作者活到九十多岁，少年时期以清高自命，不愿做官(可能与北宋中后期的政治情况不佳有关)。靖康之变后流寓南方,后应朝廷征召出仕,官位并不高,时间也很短,中间还遭劾免过。大部分时间过着江湖隐居的悠闲生活,因此他的词作基调是脱离现实的,偶有忧时念乱之作,但艺术上颇有特色,本篇即其一例。

上阕一二句用典合成,自伤年老,对春风桃李已兴味索然。三四句作自我解嘲,不妨也寻欢作乐一下,来到歌伎院听听琵琶演奏。言下颇有老大无聊之感。琵琶自唐代以来成为民间燕乐(俗乐)演奏的主要乐器。它虽不像荣登大雅之堂的清乐那样为富贵人们所欣赏,但也能从民间艺人的演奏中表现出一些质朴、清新的情味。

下阕再用典故,从听琵琶引出了司马青衫之泪。最后更用杜甫在安史之乱中所写《春望》诗句意,在东风万里吹来的夕照之下,凄望着破碎的山河,真是伤心至极!

通篇有一定的忧心国事、不忘国耻之意,也有强为欢笑之情,似消极而实感愤,反映了当时一般士大夫的典型心理状态。

采　桑　子

——别情

吕本中

[词]	[谱]	(平韵格)
恨君不似江楼月,	+ — + | — — |	(句)
南北东西,	+ | — —	(韵·3)
南北东西,	+ | — —	(韵)
只有相随无别离。	+ | — — + | —	(韵)
恨君却似江楼月,	+ — + | — — |	(句)
暂满还亏,	+ | — —	(韵)
暂满还亏,	+ | — —	(韵)
待得团圆是几时。	+ | — — + | —	(韵)

［作者］

吕本中(1084—1145)，字居仁，寿州(今安徽寿县)人。绍兴六年(1136)赐进士出身。做过中书舍人等官。因向高宗赵构陈述恢复大计而触怒了秦桧，被免官。他诗宗江西诗派，诗作清新，浑然天成，有民歌风味，亦不乏反映当时社会动乱的内容。传世有《紫微词》。

［调题考释］

调考：此调又名《丑奴儿》《罗敷艳歌》《罗敷媚》，唐教坊大曲有《杨下采桑》，大抵取义于汉乐府《陌上桑》罗敷采桑的故事，小令、双调，四十四字，上下阕各三平韵。

题释：题作"别情"，巧用月亮随人不离和暂满还亏的自然现象，表达了闺中女子对不在身边的丈夫的虽恨实爱而渴望团聚之情。

［注释与提示］

暂满还亏：暂时团圆，又呈缺象。亏，缺。

上阕从"恨君不似"来说，就像在江边楼上望见的那月儿，它不论到什么地方，总是跟随着人；夫妻也该像月儿随人一样形影不离才对，可是你却经常不在我身边。这怎能不教人怅恨呢？

下阕又从"恨君却似"来说，就像在江边楼上望的那月儿，它总是暂时圆了又呈缺象；这却和你我很相像，那么我们再团聚又是何日？这怎能不教人怅恨呢！

这首词有着突出的民歌风味，明白、流畅的语言，新巧的构思，以及重叠、对比等表现手法，把男女会少离多的怅恨之情，极其形象生动地表现出来，在专工藻绘、堆砌的文人词作中实为难得。更特别的是，作者原为追求奇拗冷僻的江西诗派诗人，曾作《江西诗派主客图》，却能写出这样的词来，这也可说明词"别是一家"(李清照《词论》)的道理。

卜 算 子

——送鲍浩然之浙东

王 观

[词]	[谱]	(仄韵格)
水是眼波横，	＋｜｜——	(句)
山是眉峰聚。	＋｜——｜	(韵・4)
欲问行人去那边，	＋｜——｜｜—	(句)
眉眼盈盈处。	＋｜——｜	(韵)
才始送春归，	＋｜｜——	(句)
又送君归去。	＋｜——｜	(韵)
若到江南赶上春，	＋｜——｜｜—	(句)
千万和春住。	＋｜——｜	(韵)

[作者]

王观(生卒年不详)，字通叟，如皋(今江苏如皋)人，一说高邮(今江苏高邮)人，宋仁宗嘉祐二年(1057)进士，官大理寺丞，江都知县，据宋代吴曾《能改斋漫录》说，他曾应制撰《清平乐》词云："黄金殿里，烛影双龙戏。劝得官家真个醉，进酒犹呼万岁。 折旋舞彻伊州，君恩与整搔头。一夜御前宣住，六宫多少人愁。"高太后以为亵渎皇帝，罢其职，世遂有"逐客"之号。他的词风接近柳永，故名其词为《冠柳集》，已佚。今存词十六首。宋王灼《碧鸡漫志》评其词说："王逐客才豪，其新丽处与清狂处，皆足惊人。"

[调题考释]

调考：本调据万树《词律》引毛先舒说："唐骆宾王诗用数目名，人谓之卜算子"；宋代黄庭坚释为卖卜算命的人。又名《百尺楼》《楚天遥》《眉峰碧》等。双调，四十四字，上阕四句两仄韵，下阕同。

题释：用新颖的构思写送别之情。鲍浩然生平不详，当为作者之友人。之浙东，往浙东去。浙东即浙江省内东南部，宋置浙江东路，以山清水秀著称。

［注释与提示］

眼波横：言眼神闪动如水波横流。李白《长相思》诗："昔时横波目，今作流泪泉。"

眉峰聚：言眉毛弯曲如山峰。《西京杂记》："（卓）文君姣好，眉色如望远山。"

盈盈：含情脉脉的样子。

上阕一二句写鲍浩然往山清水秀的浙东去，送别时四目相看，愁眉颦蹙，在这一刹那间，作者把当前的愁眉泪眼与想象中浙东的名山胜水和美人的眉眼联系起来。那清澈的水啊，不就是美人的眼神在流动吗？那攒聚的山啊，不就是美人弯曲的眉毛吗？三四句承上，先设问一句，行人将向哪里去呢？回答是去那眉眼脉脉含情的地方啦，这一比喻，何等的灵动而新颖。

下阕结合季节把送春与送人糅合起来写，更显得情致深婉，春归不可住亦如人去不可留，刚才送春归去，又送你归去，你们是一前一后的；你如果到江南把春赶上了，那就望你千万把春天留住。美好的事物同要好的友人在一起，纵使远隔天涯，我也会心安意适，情虽绝痴而理有固然。不但构思巧妙，而且寄情遥深，使读者耳目一新。这样的词作怎能不跻于上乘？

谒 金 门

韦 庄

［词］	［谱］	（仄韵格）
空相忆，	— 十 ｜	（韵・17 入）
无计得传消息。	十 ｜ 十 — — ｜	（韵）
天上嫦娥人不识，	十 ｜ 十 — — ｜ ｜	（韵）
寄书何处觅。	十 — — ｜ ｜	（韵）
新睡觉来无力，	十 ｜ 十 — 十 ｜	（韵）
不忍把君书迹。	十 ｜ 十 — — ｜	（韵）
满院落花春寂寂	十 ｜ 十 — — ｜ ｜	（韵）

断肠芳草碧。 ＋－－｜｜ （韵）

[作者]

见前。

[调题考释]

调考：本调原为唐教坊曲名，崔令钦《教坊记》曲名表中有《儒士谒金门》一曲，又敦煌曲子辞中亦有“得谒金门朝帝庭”之语，都与本调所出有关。又名《垂杨碧》《花自落》。双调，四十五字，上下阕各四仄韵。

题释：写与自己所钟爱的女性不幸离别，再见无由，深表相思哀怨之情。

[注释与提示]

嫦娥：即姮娥（见前王禹偁《咏白莲》诗注）。

书迹：所爱所思的人的手迹。

上阕写与所爱的人分别后再也得不到消息，“空相忆”，一个“空”字便为全篇定下了悲哀失望的基调。“天上嫦娥人不识”，设想奇特而命意极深，大有“侯门一入深如海，从此萧郎是路人”（唐·崔郊《赠去婢》诗）之慨。

下阕“新睡”两句写相思无路，精神委顿。一个“新”字，说明睡了又睡才刚醒来，词人因心事重重，睡不安眠，故起来觉得无力。在百无聊赖之余，只有把伊人的手迹拿来把玩，借以暂慰相思之苦，可又睹物伤怀，心实不忍。在这暮春季节，寂寂的庭院里飞满惹恨的杨花，长满牵愁的碧草，此情此景，怎不使人心摧肠断？

据杨湜《古今词话》：“（韦）庄有宠人，姿质艳丽，兼善词翰。（王）建闻之，托以教内人（宫女）为词，强夺去。庄追念悒怏，作《小重山》……”。又据《十国春秋·韦庄传》：“庄有美姬善文翰，高祖（王建）托以教宫人为词，强夺去，庄作《谒金门》辞忆之。姬闻之不食而死。”这两则记载如果属实，那么这首词就有一些社会意义了。王建是五代十国中前蜀的皇帝，国都在四川成都。韦庄既是这个小朝廷的开国重臣，又是大名鼎鼎的诗人、词人，其遭遇尚且如此，其他人可想而知了。“天子好美女，夫妇不成双”（曹邺《捕鱼谣》），从这里得到了确证。在历史上的混乱年代里，掌权得势者作威作福，为所欲为，与软弱的文人及被凌辱的妇女往往成了极不公平的对比，韦庄这首词便从侧面反映了这一现实。

忆秦娥

范成大

[词]	[谱]	(仄韵格)
楼阴缺，	＋＋｜	(韵·18入)
栏干影卧东厢月。	＋－＋｜－－｜	(韵)
东厢月	－－｜	(叠)
一天风露，	＋＋＋＋	(句)
杏花如雪。	＋＋－｜	(韵)
隔烟催漏金虬咽。	＋－＋｜＋－｜	(韵)
罗帏暗淡灯花结。	＋－＋｜－－｜	(韵)
灯花结，	－－｜	(叠)
片时春梦，	＋－＋｜	(句)
江南天阔。	＋＋－｜	(韵)

[作者]

范成大(1126—1193)，字致能，号石湖居士，吴郡(今江苏苏州)人，南宋高宗进士。孝宗时使金，不辱使命而归。曾几次任地方官，有利民政绩。后官至参知政事，晚年归隐石湖。他的诗初学江西诗派，后能自立一宗，田园诗的成就高，影响大。传世有《石湖居士诗集》《石湖词》。

[调题考释]

调考：据《钦定词谱》，此词始自李白，因有“秦娥梦断秦楼月”句，故名《忆秦娥》，又名《秦楼月》，还有《双荷叶》《碧云深》等。后来贺铸又易仄韵为平韵，如：“晓朦胧，前溪百鸟啼匆匆。啼匆匆，凌波人去，拜月楼空。　旧年今日东门东，鲜妆辉映桃花红。桃花红，吹开吹落，一任东风。”小令，四十六字，上下阕各三仄韵，一叠韵。

题释：这首词指写在美丽的月夜，有个贵妇人独守高楼时对离家丈夫的怀念及梦中相会情景。

［注释与提示］

楼阴缺：在树荫里露出楼房一角。

“栏干”句：月亮斜照在东厢房，栏杆的影子卧于壁间或地上。

一天：满天。

“隔烟”句：隔着空濛的雾气，听着报更铜壶的低咽声。金虬，即铜龙，从铜制龙形的口里吐出水来，滴在铜壶上发出声响；更尽时水将滴完，像哽咽住似的。李商隐《深宫》诗：“金殿销香闭绮笼，玉壶传点咽铜龙。”

“罗帏”句：灯烛结花，室内的罗帐显得昏暗了，同时，灯结花也表示即将有喜事（与丈夫梦中相会）。

“片时”两句：是说好梦易醒和隔得遥远。岑参《春梦》：“洞房昨夜春风起，遥忆美人湘江水。枕上片时春梦中，行尽江南数千里。”

上阕是一幅芳春夜月楼台画。明月高照在树荫缺处的东厢，栏杆的影子投射在地上，这时候满天风露，杏花在月光下洁白如雪。

下阕是一段深闺思妇情。夜已深了，隔着空蒙的月雾，将涸的更漏像在呜咽，灯油亦将尽而结出灯花，室内的罗帐也显得暗淡。贵妇人刚进入与夫相逢的梦境，但迅即醒来。就在这瞬间的春梦中，她已行遍了长远而空阔的江南天地之间。

本篇写景由外及内，又由景及人，好似电影的镜头，故事徐徐展开，情节层层深入。这与《古诗十九首》中“青青河畔草，郁郁园中柳”的写作方法，颇有相似之处。

清　平　乐

黄　昇

［词］	［谱］	（平仄韵转换格）
珠帘寂寂△，	＋＋＋｜	（仄韵·17 入）
愁背银缸泣△。	＋｜－－｜	（叶仄）
记得少年初选入△，	＋｜＋－－＋｜	（叶仄）
三十六宫第一△。	＋｜＋－＋｜	（叶仄）

当年掌上承恩，	＋ — ＋ ｜ — —	（换平韵·6）
而今冷落长门。	＋ ＋ ＋ ｜ ＋ —	（叶平）
又是羊车过也，	＋ ｜ ＋ — ＋ ｜	（句）
月明花落黄昏，	＋ ＋ ＋ ｜ — —	（叶平）

［作者］

黄昇（生卒年不详，约宋理宗嘉熙前后在世），字叔旸，又号花庵词客，建安（今福建建瓯）人。早弃科举，雅意读书，吟咏自适，是一位不合时宜的人。与魏庆之（《诗人玉屑》作者）相友。著有《花庵词选》十卷，《散花庵词》一卷。

［调题考释］

调考：本调为唐教坊曲名。温庭筠有《清平乐》："新岁清平思同辇"，显有海内清平之意，又名《清平乐令》《醉东风》《忆萝月》等。双调，四十六字，上阕四句，四仄韵，下阕四句，三平韵。

题释：既有对失宠宫人的同情，又对封建帝王恣意玩弄女性的讽刺，更有失意文人悲愤的弦外之音。

［注释与提示］

银缸：银质的油灯。"缸"通"釭"。

三十六宫：言宫殿之多。班固《两都赋》："离宫别馆，三十六所。"

掌上承恩：言此宫人体态轻盈，能在手掌上舞蹈，以博取皇帝恩宠。《飞燕外传》载，汉成帝皇后赵飞燕身轻，能为掌上舞。

冷落长门：汉武帝陈皇后阿娇（本为武帝亲表妹）因妒失宠，被贬居长门宫，陈皇后使人奉百金，令当时大赋家司马相如为《长门赋》以悟武帝，遂复得幸。

羊车：帝王在宫中乘坐由羊拉的小车。据《晋书·胡贵嫔传》记载，武帝掖庭（后宫）并宠者众，帝莫知所适，常乘羊车，恣（任）其所之，致使宴寝；宫人乃取竹叶插户，以盐汁洒地，而引帝车。盖竹叶、盐汁，均为羊所喜食，车至食叶舐盐而不去。

月明花落黄昏：杜牧《宫词》二首之一："监宫引出暂开门，照例须朝不是恩。银钥却收金锁合，月明花落又黄昏。"

通篇写对不得宠宫人的同情，但颇有言外之意。

上阕从寂寂珠帘中一个哀愁地背着银灯哭泣的宫人写起，接着叙述此宫人年轻时被选入宫，美貌压倒所有人，真使“六宫粉黛无颜色”。

下阕换头承上启下，发出不胜今昔之感，“掌上承恩”时何等荣幸；然而红颜易老，而今在这冷冷清清的长门宫里独守青灯，怎不令人伤心落泪！“又是羊车过也”一个“又”字，既说明君恩已属别人，又说明盼望君至非一夕，而是经历了多少个月正明、花在落、人失望的黄昏啊！最后两句，一用晋宫旧事，一用杜牧诗句，意婉、情悲而景美。

封建社会的统治者，为了满足淫欲，把许多良家少女选入宫来供其玩乐，不少宫怨诗、词均由此而来。而这些诗词的作者，又往往是较有良心而怀才不遇的文人，因此，他们除了对不幸的宫人予以同情，对统治者的淫逸生活有所讽刺外，还联系自己的失意情怀而作比况。黄昇这首《清平乐》之所以耐人寻味，原因就在此。

阮 郎 归

徐 照

[词]	[谱]	（平韵格）
绿杨庭户静沉沉，	＋－＋｜｜－－	（韵·13）
杨花吹满襟。	－－＋｜－	（韵）
晚来闲向水边寻，	＋－＋｜｜－－	（韵）
惊飞双浴禽。	＋－＋｜－	（韵）
分别后，	－｜｜	（句）
忍登临，	｜－－	（韵）
暮寒天气阴。	＋－＋｜－	（韵）
妾心移得在君心，	＋－＋｜｜－－	（韵）
方知人恨深。	＋－＋｜－	（韵）

[作者]

徐照，字道晖，一字灵晖，又自号山民，永嘉（今浙江温州）人。生年不详，卒于宋宁宗嘉定四年（1211）。善为诗，与徐玑（灵渊）、翁卷（灵舒）、赵师秀（灵秀）号称“永嘉四灵”，以晚唐贾岛、姚合野逸清瘦之诗风相标榜。有《芳兰轩集》传世。

［调题考释］

调考：据南朝刘义庆《幽明录》记载，相传东汉永平年间，浙江剡县人刘晨、阮肇入天台山采药，迷路，遇两仙女，被邀至家中。半年后还家，子孙已历七代。后重入天台山访仙女，终不得。后来文人作诗文，常以刘、阮入天台山遇仙女为题材。晚唐诗人曹唐即有《刘阮洞中遇仙人》等五首。其后又创为词调。小令，四十七字，上下阕各四平韵。

题释：写男女分别后的深切相思，而能出之以新意，诚挚感人。

［注释与提示］

“绿杨”句：写女子的居处，即欧阳修《蝶恋花》“庭院深深深几许，杨柳堆烟，帘幕无重数”情境。

双浴禽：即双双戏水的鸳鸯鸟。

上阕曲折地表达别后相思。先写庭院春深，杨花乱飞，沾满衣襟。既说春光已暮，又恼恨杨花的不解人意，这和韩愈《晚春》“杨花榆荚无才思，惟解漫天作雪飞”的用意相似。次写女子与男方分别后的极度无聊和异常思念之情。到晚来更感寂寞，便去水边散心，借以寻找在一起生活时的甜蜜往事，却把卿卿我我地正在戏水的鸳鸯吓得飞走了。因人的思念却惊飞了鸟，似煞风景，却富情趣。

下阕直抒胸臆，不仅把悠久深情和盘托出，而且这情深得出人意表。自从分别后，不忍一个人去登山临水，何况在这天气阴沉、薄寒料峭之时，真把人想念得太苦了！可是我这样想念你，你大概还不会理解吧？要是能把我的心换成你的心，那你才会知道我对你是多么的又爱又恨啊！最后两句巧妙又深刻，为后来的言情词开辟了新的表达途径。其实这两句词也是前有所本的。五代顾敻《诉衷情》词：“永夜抛人何处去？绝来音。香阁掩，眉敛，月将沉。争忍不相寻？怨孤衾。换我心，为你心，始知相忆深。”迟生两百多后的徐照此作，对比顾词，当然青出于蓝了。

喜迁莺

许　棐

[词]	[谱]	(平间仄韵格)
鸠雨细，	＋＋｜	(句)
燕风斜，	｜－－	(平韵.10)
春悄谢娘家，	＋｜｜－－	(叶平)
一重帘外即天涯，	＋－＋｜｜－－	(叶平)
何必暮云遮。	－｜｜－－	(叶平)
钏金寒，	＋＋－	(句)
钗玉冷，	－＋｜	(换仄韵·11)
薄醉欲成还醒。	＋｜＋－＋｜	(叶仄)
一春梳洗不簪花，	＋－＋｜｜－－	(再换平韵·10)
孤负几韶华。	＋＋｜＋－	(叶平)

[作者]

许棐，字忱父，海盐(今浙江嘉兴)人。生卒年不详，约宋理宗宝庆前后在世。居秦溪，绕屋植梅花，号曰梅屋。作诗多吟咏山林闲适生活，风格颇近江湖派。著作颇多，有《梅屋集》五卷。传词十八首，均为小令。

[调题考释]

调考：《诗经·小雅·伐木》："伐木丁丁，鸟鸣嘤嘤。出自幽谷，迁于乔木。"或为调名所本。据《钦定词谱》："此调有小令、长调两体。小令起于唐人，《太和正音谱》注黄钟宫。因韦庄词有'鹤冲天'句，更名《鹤冲天》。和凝词有'飞上万年枝'句，名《万年枝》。冯延巳词有'拂面春风长好'句，名《春光好》；宋夏竦词名《喜迁莺令》。晏几道词名《燕归来》。李德载词有'残腊里，早梅芳'句，名《早梅芳》。长调起于宋人。"此调为小令，四十七字，上阕四平韵，下阕两仄韵，两平韵。

题释：女子与恋人相隔咫尺，却无由会面，怅恨年华虚度，借酒亦不能消愁。

［注释与提示］

“鸠雨”两句：写斑鸠和燕子在斜风细雨中飞来飞去。

谢娘：指女主人公。唐时有名妓谢秋娘，唐宋人诗词中常用以代替所爱女性。

“钏金寒”两句：“金钏寒，玉钗冷”的倒文。

孤负：即辜负。

这是一首闺怨小词。

上阕写在斜风细雨中飞翔的斑鸠、燕子，衬托女主人公寂寞冷清的心境和环境，但有一种清丽景象。近在咫尺的那人，只隔着薄薄一重帘子，却像天涯般遥远而不能见面，在这令人断肠的黄昏时候，何必再让暮云来遮掩呢！情悲而意愤。

下阕写在这样的情景下，金钏、玉钗都被冷落；借酒消愁吧，将要醉却又醒来。整个春天，梳洗时也不愿戴花，把许多美好的青春时光都辜负了哟。

全篇情致缠绵而凄婉，将旧时代女性在恋爱、婚姻方面不自由的满腔哀怨，像用画笔一样细细描绘出来，既使人同情，又给人艺术美感。

眼儿媚

朱淑真

［词］	［谱］	（平韵格）
迟迟春日弄轻柔，	＋ － ＋ ｜ ｜ － －	（韵 ·12）
花径暗香流。	＋ ｜ ｜ － －	（韵）
清明过了，	＋ － ＋ ｜	（句）
不堪回首，	＋ － ＋ ｜	（句）
云锁朱楼。	＋ ｜ － －	（韵）

午窗睡起莺声巧，　+ — + | — — |　（句）
何处唤春愁？　+ | | — —　（韵）
绿杨影里，　+ — + |　（句）
海棠亭畔，　+ — + |　（句）
红杏梢头。　+ | — —　（韵）

［作者］

朱淑真，生卒年不详（约宋高宗绍兴初年前后在世），钱塘（今浙江杭州）人（一说海宁人）。自号幽栖居士。传说她因婚姻不美满，一生抑郁。她有文才，善绘事，通音律，诗词多写闺情，婉丽自然，但时露幽愤之情。据说她死后，遗作由其父母以火焚之。宛陵魏端礼收辑她的焚余诗词，为《断肠集》二卷，《断肠词》一卷。

［调题考释］

调考：此调名所始已难确考，或谓出自唐代白居易《长恨歌》之“回眸一笑百媚生”；或谓出自宋代左誉为所恋名妹张秾填制的词（词见《钦定词谱》）而得名。“眼儿”为俗称，雅称为“秋波”，故又名《秋波媚》，陆游词即用之；又左词中有“斜月小阑干”句，故又名“小阑干”。小令，四十八字，上阕三平韵，下阕两平韵。

题释：写一闺中女子在柔媚的春光中，由看花听莺而引起的往事不堪回首的哀愁。

［注释与提示］

“迟迟”句：迟迟，形容日子长，《诗经·豳风·七月》：“春日迟迟。”弄轻柔，指柳树在春风中摇曳的情景，秦观《江城子》：“西城杨柳弄春柔。”

花径暗香流：花儿发出的香味在花径中浮动。

云锁朱楼：云雾笼罩着华丽的楼阁。

唤春愁：唤起人们春天的哀愁。

本篇通过写景抒发闺中的闲淡愁情。通篇语言形象而流美，给人以娇柔、馨香妍丽之感。雅而不俗，哀而不伤。

上阕开头写春柳婆娑于迟迟春日中，暗香浮动于烂漫花径里，季节已过清明，春色即将逝去。在杜鹃鸟的啼叫声中，云笼雾罩着楼阁里的女主人公，对着这将尽的春光和易逝的年华，她感到不堪回首。

下阕写睡醒时巧啭的莺声不能使之感到悦耳，却唤起人如许的春天愁思。这莺声从哪儿传来的呢？是来自那杨柳的绿荫中，那开满海棠花的亭子旁边，那红杏树的梢头啊。这里写的是听觉，却包含着视觉：花红、树绿、景物妍，一幅多么秾丽的春光图啊！也就是在这如画美景的衬托中，女主人公的愁思，便自然地闪现出来。

本词用季节美、境界美、风日美、花鸟美，来烘托女主人公的人美情柔及其春愁绮思，丽而能秀，雅而不俗；格虽不高，调亦欠逸，而情实可喜。看来作者虽缺乏如李清照之才情，却别有自家的风韵。

西　江　月

辛弃疾

［词］	［谱］	（平仄韵通叶格）
醉里且贪欢笑，	＋｜＋－＋｜	（句）
要愁那得工夫。	＋－＋｜－－	（平韵·4）
近来始觉古人书，	＋－＋｜｜－－	（叶平）
信着全无是处。	＋｜＋－＋｜	（叶仄韵·4）
昨夜松边醉倒，	＋｜＋－＋｜	（句）
问松我醉何如。	＋－＋｜－－	（韵）
只疑松动要来扶，	＋－＋｜｜－－	（叶平）
以手推松曰去。	＋｜＋－＋｜	（叶仄韵）

［作者］

辛弃疾（1140—1207），字幼安，号稼轩，历城（今山东历城）人。少年时曾聚众两千参加耿京的抗金起义军，失败后南归，历陈恢复中原方略，不但不被采纳，而且以刚直为朝廷当权者所忌，落职闲居几达二十年之久。晚年虽被起用，亦未能展其才能，只好好把满腔忠愤寄之于词，成为最杰出的爱国词人。传世有《稼轩长短句》。

［调题考释］

调考：本调为唐教坊曲，可能与李白的“只今惟有西江月，曾照吴王宫里人”有关。后用为词调。最早见于敦煌曲辞，又名《白蘋香》《步虚词》《江月令》《壶天晚》等。双调五十字，上阕四句，两平韵，第四句押就此平声韵切去之仄声韵；下阕同。

题释：表现了作者对妥协的主和政策以及对自己不被重用的强烈不满。

［注释与提示］

“近来”两句：《孟子·尽心下》说：“尽信书，则不如无书。”从作者文武双全的高深造诣来看，绝不会是不相信古人书的，只是对当时不合理的现实说说气话而已。

作者才兼文武，年轻时已锋芒毕露，怀着满腔爱国热忱和报国宏愿而南归，不料自己收复中原的愿望与小朝廷苟安求活的态度大相径庭，以致闲居数十年之久，其牢骚抑郁之情可想而知。本词即于酒后大发牢骚，语似癫狂而思极清醒，情极可悯。

上阕借饮酒写思想活动。自己经常很愁闷，少有欢意笑容，但在喝醉之后，暂抛开一切，且贪欢笑吧！因为，在欢笑时要想发愁也没工夫了。作者出身进士，哪会不相信古人书呢？只是在这不合理、无是非的现实环境中，对照一下反而觉得古人书中的话都不可信，信了也无用了。在这里，作者不满现实的满腔怒火，几乎要喷射而出。

下阕写自己因苦闷的无法排解而导致生活有时颓放。昨天夜里我喝醉了酒倒在松树旁，还要问松树，我醉的程度如何了？就在这时候，我疑心那松树关心我，要来扶我，其实我是酒醉心明白，更不愿意别人同情我，就用手推松树说：“你给我走开！”看似醉语疯言，其实作者此时内心的苦闷已达极点。

浪 淘 沙

——题岳阳楼

张舜民

[词]	[谱]	(平韵格)
木叶下君山,	十｜｜——	(韵·7)
空水漫漫,	十｜——	(韵)
十分斟酒敛芳颜,	十—十｜｜——	(韵)
不是渭城西去客,	十｜十——｜｜	(句)
休唱阳关。	十｜——	(韵)
醉袖抚危栏,	十｜｜——	(韵)
天淡云闲,	十｜——	(韵)
何人此路得生还,	十—十｜｜——	(韵)
回首夕阳红尽处,	十｜十——｜｜	(句)
应是长安。	十｜——	(韵)

[作者]

张舜民(生卒年不详),字芸叟,号浮休居士,邠州(今陕西彬县)人。宋英宗治平二年(1065)进士,神宗时用兵西夏失利,他因写诗发表意见而得罪上层官僚,谪监郴州(今湖南郴州)酒税。后在哲宗朝任谏官,以敢于直言见称。死于徽宗时,著有《画墁集》。

[调题考释]

调考:本调为唐教坊曲,后用为词调。唐人《浪淘沙》本七言绝句,至李煜始改为两阕令词,又名《浪淘沙慢》《卖花声》。双调五十四字,上阕五句,四平韵,下阕同。

题释:本篇当为作者贬官往郴州,途经岳阳楼登临眺览时所作,颇有牢骚,但写景清壮,抒情浑涵,为宋词中之名篇。

［注释与提示］

岳阳楼：在今湖南岳阳市西北城楼上。始建于唐初张说，宋时滕宗谅重修（见范仲淹《岳阳楼记》），楼当洞庭湖入长江口，“下临洞庭，景物宽阔”。（宋·范致明《岳阳风土记》）。

“木叶”：树叶。下，落。《楚辞·九歌·湘夫人》：“洞庭波兮木叶下。”君山，在洞庭湖中，登岳阳楼即可望见。宋代黄庭坚有《雨中登岳阳楼望君山》诗。

敛芳颜：描写歌女演唱时先将笑容收敛一下的情态。

“不是”二句：反用唐代王维《送元二使安西》诗意。作者往郴州，是南去而非西去，故不让他们再唱这《阳关曲》了。言下颇有牢骚之意。

天淡云闲：唐代杜牧诗：“天淡云闲今古同”（《题宣州开元寺水阁阁下宛溪夹溪居人》），此处借用其词而恢宏其意。

长安：指当时的汴京。

本篇作于宋神宗元丰六年（1083）贬监郴州酒税途中。作者在所著《画墁集》中有登岳阳楼的记述。

上阕写登楼一望水天空阔，借用《楚辞》描写湘水神人的美丽句意，既发人思古之幽情，又单刀直入地振起全篇精神。三句写歌女们斟上满杯酒，收敛了笑容准备歌唱，可是所唱的《阳关曲》太不符合我的实际情况了，不要唱了吧，因为我是向南去而不向西去呀！

下阕从上阕的斟酒引出“醉袖抚危栏”，“袖”是“醉袖”，“栏”是“危栏”，可见酒意十分、高楼倚望情景。“天淡云闲”用于此地则有了新意，大有放眼云天、俯仰今古之慨。下句陡作悲愤语，“何人此路得生还”，这个“何人”无疑是作者自己。在封建社会里，奸佞受宠，正直人遭殃，几乎成为惯例，作者此时不乐的心情是可想而知的，但仍怨而不怒。最后两句写景又抒情，“应是”两字意极深婉。因望夕阳而想到君国，意有不满而情犹依恋，所谓“处江湖之远，则忧其君”（范仲淹《岳阳楼记》），含蓄而悲壮。此两句原出于唐代白居易的“夕波红处近长安”（《题岳阳楼》），改诗成词，则觉青出于蓝。

唐、宋以来，迁客骚人们凡是经过岳阳楼都要题诗或作文，如唐代的孟浩然、杜甫、白居易，宋代的范仲淹、陈与义等。张舜民这首词，比之上述作者，不但毫无逊色，而且也与同时的婉约派词作大异其趣。

鹧 鸪 天

晏几道

[词]	[谱]	(平韵格)
小令尊前见玉箫，	十丨一一十丨一	(韵·8)
银灯一曲太妖娆。	十一十丨丨一一	(韵)
歌中醉倒谁能恨，	十一十丨一一丨	(句)
唱罢归来酒未消。	十丨一一十丨一	(韵)
春悄悄，	一丨丨	(句)
夜迢迢，	丨一一	(韵)
碧天云共楚宫遥。	十一十丨丨一一	(韵)
梦魂惯得无拘检，	十一十丨一一丨	(句)
又踏杨花过谢桥。	十丨一一十丨一	(韵)

[作者]

晏几道(1030—约1106)，字叔原，号小山，晏殊的幼子。他富有才华，但高傲不合时宜，故仕宦不得志，只做过职位卑微的颍昌府许田镇监。词的风格接近其父，号称“二晏”。他工于言情，华美而多哀思，措辞之妙，则一时独步。传世有《小山词》。

[调题考释]

调考：本调据明代杨慎《词品》说，取自郑嵎诗：“春游鸡鹿塞，家在鹧鸪天。”又名《思佳客》《剪朝霞》《于中好》《醉梅花》等。双调，五十五字，上阕四句三平韵，二十八字；下阕五句三平韵，二十七字。

题释：与所恋之人在酒筵歌席上分别后，因人事阻遏，再见无期，于是只有在梦中去寻觅。

［注释与提示］

小令：晋朝王献之与王珉在书法上齐名，世称献之为大令，称珉为小令，见《晋书·王珉传》。作者在此用以自比。

玉箫：唐代范摅《云溪友议》："西川节度使韦皋，少游江夏，止于姜使君之馆，有小青衣曰玉箫，常令祗侍，后稍长，因而有情。时廉使得韦季父书，发遣归觐；遂与言约，少则五载，多则七载，取玉箫。至八年春，玉箫遂绝食而殒。"此词中系以玉箫借指沈廉叔、陈君宠家中之侍女，莲、鸿、蘋、云等（皆作者所爱恋者，在《小山词》中曾多次提到）。

妖娆：美妍、妩媚的样子。

楚宫：即楚王宫，传说宫中多美女，此处借指所恋者的居处。

拘检：拘束。

谢桥：即谢娘桥。唐时有名妓谢秋娘，故唐宋文人诗词常用谢家（如唐代张泌《寄人》："别梦依依到谢家。"）、谢娘（如宋代史达祖《倚罗香》："隐约遥峰，和泪谢娘妩。"）、谢娘家（如宋代许棐《喜迁莺》词："鸠雨细，燕风斜。春悄谢娘家。"）等，作为美丽妇女居处的代号，本篇中的"谢桥"也是如此。这和文人作品中代称女性的"萧娘"和代称男性的"萧郎"道理一样，都不必实指其地、其人。

晏几道是名词人晏殊的小儿子，地道的贵族子弟、公子哥儿，但他一生仕途并不得意，还很有点不肯趋时附势的书呆子气和疏狂的生活作风。所为词措辞婉妙，论者皆以为优于其父。作者在《小山词》自序里说："始时沈十二廉叔、陈十君宠家，有莲、鸿、蘋、云，品清讴娱客，每得一解，即以草授诸儿，吾三人持酒听之，为一笑乐。已而君宠疾废卧家，廉叔下世，昔狂篇醉句，遂与两家歌儿酒使，俱流转人间。"据此可知作者的某些词篇是与两家歌儿的恋情有关。本篇开头的"小令""玉箫"，即所以借代身份不同而情有所钟的彼此两方。贵族子弟的恶习加上封建文人的故态，遂成此篇；但写作技巧之高妙，却为历来文人所称道。

上阕第一句写二人的身份和相识的情境；第二句写伊人在银灯下所唱

的极为妍媚的歌曲和优美的情态，一个“太”字表现了作者无比倾艳羡慕的心情；第三句写在美妙歌声和接杯痛饮里虽醉倒而无怨恨；第四句写听罢唱歌带着未消的酒意归来。此阕用歌、酒来衬托人的姿美、艺超而情多，回味无穷。

下阕写歌停人散后的相思。春光悄悄，春夜迢迢，怅望碧云天远，寻思楚宫（借指沈、陈二家）路遥。难忘的回忆和难抛的恋情啊，在这水隔山阻、风流云散之日和礼教的束缚之下，一颗痴心，只有在不受一切拘束的梦魂中，向伊人所在地寻访。“又踏杨花过谢桥”，杨花是那样的轻扬，那样的洁白，在梦魂中踏着它去寻访伊人，便构成了一个异常和谐的优美飘忽的梦境。一个“又”字，说明这样无拘束地梦过谢桥已不止一次了。动机虽无足称道，叙写却真挚感人。

宋代邵博《邵氏闻见后录》说：“程叔微云，伊川（程颐，宋代理学家）闻诵晏叔原‘梦魂惯得无拘检，又踏杨花过谢桥’长短句，笑曰，‘鬼语也！’意亦赏之。”可见这样的词句连当时的大理学家“亦赏之”，其艺术性之突出，感染力之强烈，早已有定论了。

玉 楼 春

宋 祁

［词］	［谱］	（仄韵格）
东城渐觉风光好，	＋ — ＋ ｜ — — ｜	（韵·8）
縠皱波纹迎客棹。	＋ ｜ ＋ — — ｜ ｜	（韵）
绿杨烟外晓寒轻，	＋ — ＋ ｜ ｜ — —	（句）
红杏枝头春意闹。	＋ ｜ ＋ — — ｜ ｜	（韵）
浮生长恨欢娱少，	＋ — ＋ ｜ — — ｜	（韵）
肯爱千金轻一笑。	＋ ｜ ＋ — — ｜ ｜	（韵）
为君持酒劝斜阳，	＋ — ＋ ｜ ｜ — —	（句）
且向花间留晚照。	＋ ｜ ＋ — — ｜ ｜	（韵）

［作者］

宋祁（998—1061），字子京，安陆（今湖北安陆）人，徙居开封雍丘（今河南杞县）。宋仁宗朝，与兄庠同榜举进士。官龙图阁学士，史馆修撰。与欧阳修同修《新唐书》。旋出知亳州。自是十余年间，出入内外，常以史稿自随。《新唐书》成，迁左丞，进工部尚书。拜翰林学士承旨。卒谥景文。

［调题考释］

调考：《花间集》载顾敻词有“月照玉楼春漏促”句，又有“柳映玉楼春日晚”句；《尊前集》载欧阳炯词有“春早玉楼烟雨夜”句，或取以为调名（《钦定词谱》）。又有《木兰花令》与《玉楼春》字数相同，而所属宫调不同（《玉楼春》入大石调，《木兰花令》入仙吕调）。宋时两体已混合为一。小令，双调，五十六字，前后阕各三仄韵。

题释：这是一首在内容方面瑕瑜互见的词。上阕写春水泛舟，绿杨红杏等景物清新自然而优美；下阕强调及时行乐，千金买笑，流露出封建士大夫的庸俗思想。

［注释与提示］

“縠皱”句：縠皱，有均匀皱纹的纱。客棹，游船。全句意思是，游船荡行在微风吹起皱纱般水纹的春波之中。

春意闹：一片繁盛秾丽的春意。

浮生：人生。《庄子·刻意》：“其生若浮，其死若休。”言人生在世，虚浮无定（此乃道家唯心哲学思想）。李白在其《春夜宴桃李图序》中还加以发挥：“夫天地者万物之逆旅，光阴者，百代之过客，而浮生若梦，为欢几何……”

“肯爱”句：肯，岂肯。爱，吝惜。南朝梁王僧儒《咏宠姬》诗：“再顾连城易，一笑千金买。”全句意思是，岂肯爱惜千金而放弃寻欢作乐呢？

上阕写縠波泛舟，红杏绿杨一片秾春景色。一个“渐”字，说明春光由新妍而盛艳，自然动人游兴；一个“迎”字，不说舟行破细浪，而说细浪迎客舟，反面着笔，别有风趣。因系早春之晨，故觉绿杨之处仍有轻寒袭人，而红杏方华，枝头呈现一片繁艳情景。此时此刻，不但美景悦人，作者亦踌躇满志；

特别是一个“闹”字，历来文人大加赞赏，作者亦因之而获“红杏枝头春意闹尚书”的美称。王国维在《人间词话》中评说：“著一‘闹’字而境界全出。”为什么会境界全出呢？因为既有花开秾艳之景，又有蜂围蝶舞之情，更有人得意会心时的艺术构思与创造，使读者通过这个“闹”字而自然感受到富丽繁华的无限春光。其实，这句词亦有所本，王士祯《花草蒙拾》中说：“‘红杏枝头春意闹尚书’，当时传为美谈。吾友公戬极叹之，以为卓绝千古。然实本花间‘暖觉杏梢红’，特有青蓝、冰水之妙耳。”

下阕抒写浮生欢娱恨少，不惜千金买笑的庸俗思想。最后两句似乎有点珍惜时间之意，但仍不外乎用来寻欢作乐。据宋代魏泰《东轩笔录》说：“子京（宋祁字）博学能文章，天资蕴藉，好游宴，以矜持自喜。晚年知成都府，带《唐书》于本任刊修。每宴罢，盥漱毕，开寝门，垂帘，燃二椽烛，媵婢夹侍，和墨伸纸，远近观者，皆知尚书修《唐书》矣。望之如神仙焉。多内宠，后庭曳罗绮者甚众。”据此，可知作者确实才华出众，而其生活之奢靡亦出众，宜乎写下如此词篇；当然这和历史上那些只矜豪富、事淫靡而道德一钱不值者又不相同。

总之，本篇在艺术性方面确有明显特色，但内容的欠缺也很突出。对于那个时代的这样一位显贵而风流的封建文人来说，倒也符合其本色。为法固不足，不可，苛求亦似不必。

虞　美　人

——宜州见梅作

黄庭坚

[词]	[谱]	（平仄韵转换格）
天涯也有江南信，	＋ — ＋ ｜ — — ｜	（仄韵・6）
梅破知春近。	＋ ｜ — — ｜	（叶仄）
夜阑风细得香迟，	＋ — ＋ ｜ ｜ — —	（换平韵・3）
不道晓来开遍向南枝。	＋ ｜ ＋ — ＋ ｜ ｜ — —	（叶平）

玉台弄粉花应妒，	＋－＋｜－－｜	（换仄韵·4）
飘到眉心住。	＋｜－－｜	（叶仄）
平生个里愿杯深，	＋－＋｜｜－－	（再换平韵·13）
去国十年老尽少年心。	＋｜＋－＋｜｜－－	（叶平）

[作者]

见前。

[调题考释]

调考：为唐教坊曲。《脞说》称“起于项籍虞兮之歌”。宋代王灼即纠正其说，认为“后世以此命名可也，曲起于当时非也”。更证以植物有虞美人草，琴曲有《虞美人操》，都为后世所命名。此调一名《玉壶冰》《忆柳曲》《一江春水》等。小令，双调，五十六字，上下阕各两仄韵，两平韵。

题释：作者于宋哲宗朝以修《神宗实录》不实的罪名贬官四川涪州别驾。宋徽宗即位，一度起用，又以撰写《承天院塔记》一文指为“幸灾谤国”而被除名，押送宜州（今广西宜山）编管（管制）。本篇通过在贬所宜州看见梅花开放的情景，曲折地表达出对于十年贬谪生涯的不满。

[注释与提示]

“天涯”句：天涯，指远在天涯的贬地宜州。信，信息，消息。江南一带的梅花多在冬末春初开放，故在宜州看见梅花开，也和在江南一样，感到了春天将到来的信息。

梅破：梅花破萼开放。

“夜阑”句：因夜将尽天快亮时风力细微，故慢慢才闻到香味。

不道：不知不觉，不料。

向南枝：向南梅枝因得阳气之先，故花较先开放。

“玉台”两句：相传南朝宋武帝刘裕之女寿阳公主甚美，卧于章台殿檐下，梅花落于她额上，使她面容更加美丽。宫中竞相仿效，称梅花妆（见《太平御览》）。这两句用此典故，说美女的美丽姿容，引起了梅花的嫉妒，故意飘落到她的眉心来捣乱，不料却成了她更美丽的梅花妆，所谓无意而致祥。玉台，梳妆台。

平生：见前王安石《示长安君》诗注。

个里：此中，这里面。“个”有“这”意，凡意有所指而不便明言时，常用之。

杯深：不断把酒杯斟得满满的。

去国：离开朝廷，离开京城。范仲淹《岳阳楼记》：“登斯楼也，则有去国怀乡，忧谗畏讥，满目萧然，感极而悲者矣。”

宜州在遥远的南方，故云天涯。上阕即从天涯见梅花开放着笔，言宜州的梅开也同故乡江南（作者为江西人）一样，透露了春天将临的信息，表现出一点喜悦心情。“夜阑”两句，写想不到一夜之间向南枝的梅花全开放了；可是因天亮前风吹得很小，以致迟迟才嗅到梅花的香味。看似写生活中的些许小情趣，实寓有一种人生侘傺之感。

下阕就梅花而联想到寿阳公主梅妆的故事，并化用其意，妙织成文。梅花无心飘落，却说妒人美容靓妆而故玷眉心，不料更助其美。这一描写，亦觉弦外有音。坏事变成好事的辩证法则，人世间不乏其例。作者诗开江西一派，书法为有宋大家，俱对当时及后世有深远影响，其得力于贬谪流徙中的江山之助者，当属不小。最后两句直抒感慨。往常当梅开香至之日，总愿端起酒杯，满斟长饮，而在这远离朝廷十年的贬谪生涯中，使自己少年时代的壮志雄心都不复存在，意谓连喝酒的兴致也不似当年了。宋代钱惟演《木兰花》词最后两句“昔年多病厌芳尊，今日芳尊惟恐浅”，与本篇“平生”句的含意恰恰相反：一伤寥落，一娱荣华（钱为显贵官僚），同臣宋室，黄之才和能远非钱所能比，而境遇之不同却若是！

本篇为作者死于贬所前一年（1104）所作。作者是北宋新旧党争中的牺牲者之一，其所获的种种罪名，大都是政治斗争中的借口。然而作者的身后重名，并未被当时的不利与不幸所淹没。因为历史是最无情的，又是最公正的。那些感叹自古文人多薄命的论调，实在太肤浅了。

鹊　桥　仙

——夜闻杜鹃

陆　游

[词]	[谱]	(仄韵格)
茅檐人静，	十 — 十 ｜	(句)
蓬窗灯暗，	十 — 十 ｜	(句)
春晚连江风雨。	十 ｜ 十 — 十 ｜	(韵・4)
林莺巢燕总无声，	十 — 十 ｜ ｜ — —	(句)
但月夜、	十 十 ｜	(豆)
常啼杜宇。	十 — 十 ｜	(韵)
催成清泪，	十 — 十 ｜	(句)
惊残孤梦，	十 — 十 ｜	(句)
又拣深枝飞去。	十 ｜ 十 — 十 ｜	(韵)
故山犹自不堪听，	十 — 十 ｜ ｜ — —	(句)
况半世、	十 十 ｜	(豆)
飘然羁旅。	十 — 十 ｜	(韵)

[作者]

见前。

[调题考释]

调考：本调始自宋代欧阳修词："鹊迎桥路接天津。"本为咏牛郎织女七夕相会事。又名《鹊桥仙会》《忆人人》《金风玉露相逢曲》《广寒秋》等。双调，五十六字，上阕五句，二仄韵，下阕同。

题释：写夜闻杜鹃啼叫而引起的羁旅飘零之感。

[注释与提示]

杜鹃：亦名子规、杜宇，相传为古蜀帝杜宇精魂所化。多于月夜啼叫，其声哀苦，似曰"不如归去"，常动旅客思归之情。

故山：故乡。此处指作者山阴家乡。

“况半世”句：作者此时已是五旬年纪，又身在四川，故云。羁旅，客居他乡。

上阕写景。正是连江风雨的晚春季节，作者独守在寂静的茅屋里，昏暗灯光的窗下。林子里的莺和巢里的燕子这时候都不发出声音了，但在有月亮的夜里，却常常听到动人归思的杜鹃啼叫声。

下阕抒情。“催成”三句，写杜鹃声既催人泪下，又惊醒孤客的梦魂，然后它却另拣合适的深密树枝飞去了。“故山”两句，是说这杜鹃声即使身在故乡听了也使人感情上受不了，何况我这个半世在外漂泊作客的人呢！最后这两句，隐含着年华虚度而壮志莫酬的极大悲愤。

这首词写景优美，抒情真切，但情调很低沉，不像出自这样一位有强烈爱国思想诗人的笔下。其实，在那诗和词表情达意有所不同的时代，也很自然。须知诗人的这一消极思想，正是忧国忧民积极精神的反映，和一般文人的叹老嗟卑，有着本质的不同。陈廷焯认为“放翁词唯《鹊桥仙》‘夜闻杜鹃’一章，借物寓言，较他作为合乎古”（《白雨斋词话》），道理也就在此。当然，这中间也反映了陈廷焯在词学评论方面的一些偏见，他是不大欣赏那种直接抒写国仇家恨的激昂慷慨之作的。

踏莎行

贺　铸

［词］	［谱］	（仄韵格）
杨柳回塘，	十｜－－	（句）
鸳鸯别浦，	十－十｜	（韵・4）
绿萍涨断莲舟路。	十－十｜－－｜	（韵）
断无蜂蝶慕幽香，	十－十｜｜－－	（句）
红衣脱尽芳心苦。	十－十｜－－｜	（韵）
返照迎潮，	十｜－－	（句）

行云带雨。　　＋－＋｜　　（韵）
依依似与骚人语。　　＋－＋｜－－｜　　（韵）
当年不肯嫁春风，　　＋－＋｜｜－－　　（句）
无端却被秋风误。　　＋－＋｜－－｜　　（韵）

［作者］

贺铸（1052—1125），字方回，卫州（今河南卫辉）人。性耿直，尚气近侠，为权贵所不喜。早年当过武官，后转文职。哲、徽两朝做过通判、州倅等小官。晚年退居苏州，自号"庆湖遗老"。他的词并具婉约与豪放风格，为北宋后期一重要词家，传世有《东山词》（一名《东山寓声乐府》。

［调题考释］

调考，本调似取名自唐代韩翃诗："踏莎行草过春溪。"又名《喜朝天》《柳长春》《踏雪行》《惜余春》《芳心苦》等。双调，五十八字，上阕五句，三仄韵；下阕同。

题释：借咏荷花寄寓作者身世之感。

［注释与提示］

"杨柳"句：岸栽杨柳的回环水塘。

别浦：水流的岔口，水边。

红衣：荷花的红色花瓣。

芳心苦：芳心，莲心；莲子有苦味。

"反照"句：夕照的光迎着晚潮。

"当年"半句：唐代韩偓《寄恨》诗："莲花不肯嫁春风。"又，宋代张先《一丛花》词："沉恨细思，不如桃杏，犹解嫁东风。"

无端：无缘无故，没来由。

上阕一二句通过婀娜多姿的杨柳和相亲相爱的鸳鸯，描绘出回塘别浦的美丽环境，正是荷花着艳溢香的清幽水乡。三句写煞风景的绿萍长满了水乡，连仅可亲近荷花的采莲船的道路也给隔断了。在这秋风水国之中，已断绝了慕幽香的蜜蜂蝴蝶的光临，荷花的红色花瓣落尽了，只剩下苦心的莲子，既流露出作者的孤傲之情和迟暮之感，又引荷花的不染尘、不受累、不可狎玩的高洁以自赏。

下阕再用迎潮的返照和带雨的行云，静中有动地进一步描写荷花，同时还拟人化地让花与诗人依依相语。最后两句才道出了内心深处的懊恼：当年不肯开放于春风之中，如今却被秋风所诳误！如泣如诉之情，跃然纸上。这种无理之理，却具有特殊的艺术效果。细读全词，一种失意之感和孤洁傲岸之情，如见其人，若闻其声。唐代高蟾《下第后上永崇高侍郎》诗："芙蓉生在秋江上，不向东风怨未开。"与本篇均为托荷言志之作，一委婉而一率直，一自宽而一他怨，一为独创而一有借鉴（见前注释），但能各臻其妙。《宋史》本传说，作者"竟以尚气使酒，不得美官，悒悒不得志。"可见本篇借荷言志，并非无因；而其希名图利之心情，亦昭然若揭。

中调
（五十九字至九十字）

临　江　仙

鹿虔扆

[词]	[谱]	（平韵格）
金锁重门荒苑静，	＋丨＋——丨丨	（句）
绮窗愁对秋空。	＋—＋丨——	（韵·1）
翠华一去寂无踪。	＋—＋丨丨——	（韵）
玉楼歌吹，	＋—＋丨	（句）
声断已随风。	＋丨丨——	（韵）
烟月不知人事改，	＋丨＋——丨丨	（句）
夜阑还照深宫。	＋—＋丨——	（韵）
藕花相向野塘中，	＋—＋丨丨——	（韵）
暗伤亡国，	＋—＋丨	（句）

清露泣香红。　　　　┼ ｜ ｜ 一 一　　　　　　　　（韵）

[作者]

鹿虔扆，生卒年不详，后蜀时举进士，官学士，广政初任永泰军节度使，进位检校太尉，加太保。后蜀亡，不仕。他虽属“花间派”词人，但能以清丽之笔写感慨之音。存词六首，见《花间集》。

[调题考释]

调考：本调为唐教坊曲，后用为词调。原为咏水仙（唐词大都按照词题来写词，如《渔歌子》《忆江南》等），本调字数有增有减，衍为各体，又名《雁后归》《画屏春》《鸳鸯梦》《庭院深深》等。双调，五十八字，上阕三平韵，下阕同。

题释：通过景物衬托和气氛烘染，表现了对小朝廷灭亡的哀悼。

[注释与题示]

金锁重门：重重宫门都被锁住。

苑：古代帝王游玩打猎的园林。

绮窗：饰有彩绘的窗户。

翠华：翠色鸟羽装饰的旗子，用作帝王车驾的仪仗，此处借称帝王。杜甫《咏怀古迹》：“翠华想像空山里，玉殿虚无野寺中。”

歌吹（chuì）：歌唱、奏乐。

夜阑：夜深、夜将尽。

藕花：荷花。

上阕用昔日豪华盛况作衬托，烘染出眼前宫苑的荒凉气氛和凄凉景象。金锁仍锁重重宫门，绮窗则向秋空而发愁，大有“江头宫殿锁千门，细柳新蒲为谁绿”（杜甫《哀江头》）之感。当年皇帝的车架仪仗，一去不复返；玉楼上欢乐的歌声乐奏，也已随风飘散了。情景极为悲凉。

下阕将无知的烟月与多情的藕花相对应，进一步描写深宫月夜的荒凉景色和沧桑之感。看那烟霏光皎的月儿在深夜里依旧照着当年的宫殿，便会使人想到那“只今唯有西江月，曾照吴王宫里人”（李白《苏台览古》）的情景，而被月笼露泫的野塘中色红香清的藕花，朵朵相对，更像流着眼泪暗暗哀伤这个小朝廷的覆灭。那么，曾经目睹并经历过此地繁华的人，在这样的月下花前将作何感想！

通篇不着一句议论，也不见一个人影，只是写景，但能寓情于景，又借景抒情。读者的感受，亦即作者的词心，物我相应，作意自现。

五代十国是我国历史上最混乱的时代，一些搞封建割据、称王称霸从而祸害人民的小王朝头子们，他们的完蛋及其安乐窝的荒凉，应该是大好事，而鹿虔扆却在这里替灭亡的小朝廷唱挽歌，难道这样的作品还有可取之处吗？但是，用历史的观点和从文艺的特点以及作者其人来看，还不能完全否定其作品。作者不过是小朝廷下属的一员，从“国亡不仕”（《乐府纪闻》）这点来看，还不是图名好利之流，因此他的“暗伤亡国”词便和那些因失去皇帝宝座的人所写的悲叹怨恨词（如《虞美人》《燕山亭》）有所不同，他们都是知道大势已去，权势无法再来，因而有死不甘心之感；而本篇所表现的不过一点黍离之悲而已。再从艺术表现来说，这首词在花间派词中也是很有特色的一篇。

蝶恋花

柳　永

［词］	［谱］	（仄韵格）
伫倚危楼风细细，	＋｜＋——｜｜	（韵·3）
望极春愁，	＋｜——	（句）
黯黯生天际。	＋｜——｜	（韵）
草色烟光残照里，	＋｜＋——｜｜	（韵）
无言谁会凭栏意。	＋—＋｜——｜	（韵）
拟把疏狂图一醉，	＋｜＋——｜｜	（韵）
对酒当歌，	＋｜——	（句）
强乐还无味。	＋｜——｜	（韵）

衣带渐宽终不悔，	＋｜＋——｜｜	（韵）
为伊消得人憔悴。	＋—＋｜——｜	（韵）

［作者］

柳永，生卒年不详，原名三变，字耆卿，举子时常出入歌楼伎馆，为以歌唱为生的乐工伎女撰写歌词，因而屡举不第，中晚年方中进士，官至屯田员外郎，世称柳屯田。他精通音律，不排斥俚俗语言，尤善于铺叙，大量制作慢词，推动了宋词的发展。一生穷愁潦倒，传说他死后无以为葬，由群伎合金埋之。传世有《乐章集》。

［调题考释］

调考：本调或取名自梁简文帝萧纲的“翻阶蛱蝶恋花情”诗句；《钦定词谱》谓为唐教坊曲名。本名《鹊踏枝》，以后又有《黄金缕》《卷珠帘》《凤栖梧》《一箩金》等名。双调，六十字。上阕五句，四仄韵；下阕同。

题释：对所恋念的人表示专一诚挚，言浅近而意深远，写作技巧颇为新颖。

［注释与提示］

伫倚危楼：伫，久立。危楼，高楼。

“望极”两句：按语意为“望极，春愁黯黯生天际”。望极，竭尽目力望去。黯黯，因伤别而心情沮丧。

“拟把”句：拟把，打算。疏狂，毫无拘束。图，谋求。全句意思是，打算纵情地喝酒，喝个大醉。

对酒当歌：原为曹操《短歌行》诗句，借用为面对歌酒之意。

强笑：勉强欢笑、作乐。

衣带渐宽：借用《古诗十九首》“相去日已远，衣带日已缓”之意。

伊：她。

消得：值得。

上阕写作者独自一人久倚在春风细细吹来的高楼上的栏杆旁，竭尽目力向着天尽头望去；这时已是满眼斜阳，一川烟草，又有谁能理解我登临眺望时的心情呢？把人物形象地放在特定的季节、时间和环境里来描写，“凭栏意”不必说出，读者自会理解到。这种寓情于景，写景即抒情而意在言外的艺术表现手法，是我国古代韵文作品的一大特点。

下阕从眺望外景转入内心活动的描写。当一个人思想矛盾，情绪极度低沉的时候，往往会想出一些没有实际作用的解决办法来，于是便去寻欢作乐，借酒浇愁吧，可是这种勉强地“对酒当歌”总不是滋味；那么只有让这相思病继续害下去啊！为了她，自己再消瘦也是值得的。从这里可以看出作者对爱情的真诚、执着到了何等程度！这一阕纯属抒情，却又情中寓理。词句本来是写男女恋爱之情，可是读者会从中悟出某些道理来。这种寓理于情的表现手法，是我国古代韵文艺术表现的有一特点。如果区别唐、宋诗的主要不同之点，那就是：唐诗多寓情于景，而宋诗多寓理于情。柳永这首词则是兼二者而有之。

这首词的最后两句向为墨客骚人所称道。如果说李商隐《无题》诗的“春蚕到死丝方尽，蜡炬成灰泪始干”能被目为“见道之语”，那么柳永这两句词的“见道”之处，并不相让，因为这样的词句比李诗更为含蓄委婉些，更为温柔敦厚些。清代贺裳在其所著《皱水轩词筌》中说：“小词以含蓄为佳，亦有作决绝语而妙者，如韦庄‘谁家年少足风流，妾拟将身嫁与一生休，纵被无情弃，不能羞。’之类是也……柳耆卿(永)‘衣带渐宽终不悔，为伊消得人憔悴。’或即韦意，而气加婉矣。”王国维在其所著《人间词话》中就将其抬得更高了，他说：“古今之成大事业、大学问者，必经三种之境界……‘衣带渐宽终不悔，为伊消得人憔悴’，此第二境界也。”

一　剪　梅

——舟过吴江

蒋　捷

[词]	[谱]	(平韵格)
一片春愁待酒浇。	十丨——十丨—	(韵·8)
江上舟摇，	十丨——	(韵)

楼上帘招。　　　　＋｜——　　　　（韵）
秋娘渡与泰娘桥，　＋—＋｜｜——　（韵）
风又飘飘，　　　　＋｜——　　　　（韵）
雨又潇潇。　　　　＋｜——　　　　（韵）

何日归家洗客袍？　＋｜——＋｜—　（韵）
银字笙调，　　　　＋｜——　　　　（韵）
心字香烧。　　　　＋｜——　　　　（韵）
流光容易把人抛，　＋—＋｜｜——　（韵）
红了樱桃，　　　　＋｜——　　　　（韵）
绿了芭蕉。　　　　＋｜——　　　　（韵）

［作者］

蒋捷，生卒年不详，字胜欲，号竹山，阳羡（今江苏宜兴）人。度宗进士。宋亡，隐居不仕。其词语言通俗而新异，音节谐畅，风格多样，对于亡国剧变，时有曲折的反映。传世有《竹山词》。

［调题考释］

调考：宋人称"一枝"曰"一剪"，原为赠梅表相思之意。周邦彦词有"一剪梅花万样娇"句，本调或取名于此。又韩淲词有"一朵梅花百和香"句，名《蜡梅香》；李清照词有"红藕香残玉簟秋"句，名《玉簟秋》。此调有不同各格体，此列一体。中调，六十字，上下阕各六平韵。

题释：作客倦游，盼望归家过家居生活；一种苦闷无聊之情，溢于言表。

［注释与提示］

吴江：今江苏区名，在苏州南，太湖东，吴淞江北流经此。

楼上帘招：酒楼上的酒帘在招展，似乎在招引喝酒的人。

"秋娘"句：二地皆在吴江兰湾附近。此句一作"秋娘度与泰娘娇"。

"何日"句：一作"何日云帆卸浦桥"。

银字笙调：吹着用银作字以示音色高低的笙。调，吹。"笙一作"筝"。

心字香烧：一种盘屈成心字形的名香。明代杨慎《词品》："所谓'心字香’者，以香末萦篆成心字也。”

上阕写对作客生涯的厌倦，当春借酒来浇愁。在雨打风吹的行舟中，经过吴江的秋娘渡与泰娘桥。橹在江上轻摇，酒旗在楼上招展，景虽美而情实伤。

下阕写盼望回家与家人团聚，过着闲适的家庭生活。作者洗净了客袍之后，吹起银字笙，燃起心字香，且打发这极无聊而又较安适的日子吧。看光阴过得多么快，像很容易把人给抛弃似的，转眼间樱桃已熟了，芭蕉也长出了新的绿叶，时令已跨入了夏季。借颜色的转换来写时光的流逝，真可谓“字字妍倩”（毛晋《竹山词跋》）。

《白雨斋词话》作者陈廷焯不喜竹山词，而极力推崇梦窗词。其实吴文英出入权贵之门的人品和脱离现实一味追求艺术技巧的词品，都不能和蒋捷相比。可见在文艺方面持偏爱偏见者，历来不乏其人！

唐多令

邓剡

［词］	［谱］	（平韵格）
雨过水明霞，	＋｜｜－－	（韵·10）
潮回岸带沙。	＋－＋｜－	（韵）
叶声寒，	｜＋－	（豆）
飞透窗纱。	＋｜－－	（韵）
堪恨西风吹世换，	＋｜＋－－｜｜	（句）
更吹我，	＋＋｜	（豆）
落天涯。	｜－－	（韵）
寂寞古豪华，	＋｜｜－－	（韵）
乌衣日又斜。	＋－＋｜－	（韵）
说兴亡、	｜＋－	（豆）

燕入谁家？	＋｜－－	（韵）
惟有南来无数雁，	＋｜＋－－｜｜	（句）
和明月，	＋＋｜	（豆）
宿芦花。	｜－－	（韵）

[作者]

邓剡，生卒年不详（与文天祥同时），字光荐，号中斋，一号中甫，庐陵（今江西吉安）人。与文天祥同里，年龄亦相当，为文天祥的幕客、挚友。宋理宗景定三年(1262)进士，做过礼部侍郎。临安陷没后，他转徙海南，坚持抗元斗争。崖山兵败，投海殉国，被元兵救起，与文天祥同俘北遣，至南京放还，但终不屈节。传有《中斋词》，存词十三首。

[调题考释]

调考：此调亦名《糖多令》（来源无考）。宋代周密因刘过词中有"二十年重过南楼"句，名《南楼令》，又张翥词中有"花下钿箜篌"句，名《箜篌曲》。中调，六十字，上下阕各四平韵。

题释：诉说亡国之痛，漂泊天涯之苦，以及对敌人的仇恨，对兵乱中人民的同情。

[注释与提示]

"堪恨"句：用季节的变换暗喻朝代的更替。"堪恨"一作"懊恨"。

落天涯：指远离故土而流落天涯。

古豪华：南京为六朝（吴、东晋、宋、齐、梁、陈）故都，向为繁华之地。

"乌衣"两句：乌衣巷在南京城内，东晋时王、谢贵族家多居此巷。唐代刘禹锡《乌衣巷》诗："朱雀桥边野草花，乌衣巷口夕阳斜。旧时王谢堂前燕，飞入寻常百姓家。"此两句深寓兴亡之感。

南来无数雁：比喻兵乱中颠沛流离的无辜百姓。

这首词为作者被俘过南京所作。

上阕开始便着眼于雨后水中的映霞和潮退岸尚带沙的苍凉景色，以及落叶的寒声透进窗纱的凄凉感受，自然引起西风换世的懊恨；自己正像落叶一样，已被这换世的西风吹落向海角天涯。在这里，作者的亡国之痛和身世之感，虽未明言，已经暗喻了。

下阕通过南京地方的怀古，对照兴亡。有昔日的豪华，就有今日的荒凉寂寞，乌衣王谢，只剩斜阳。后之视今犹今视昔，此地此时之亡，安见其不有此地他时的兴；此地此时的兴，安见其不有此地他时的亡。那无知的燕子，既不懂兴亡也不管什么人家，都可飞入筑巢安居；而有知的人却不能如此。再看那南飞的雁群吧，它们只有在芦花与月光交映的地方停宿，而这些芦中雁不正象征着包括作者在内的战乱流离中的亡国之民吗？

传世的邓剡词与文天祥的词往往混淆（如步苏东坡韵的那首《念奴娇》词，究为谁作，迄无定论），可见两人不仅感情亲密，词的风格也相似，而且有着共同的志节和遭遇。这首《唐多令》写得何等沉痛而悲凉，读之不能不使人为之感慨悲哀。

渔家傲

朱　服

[词]	[谱]	（仄韵格）
小雨纤纤风细细，	＋｜＋——｜｜	（韵·3）
万家杨柳青烟里。	＋—＋｜——｜	（韵）
恋树湿花飞不起，	＋｜＋——｜｜	（韵）
愁无际，	—＋｜	（韵）
和春付与东流水。	＋—＋｜——｜	（韵）
九十光阴能有几，	＋｜＋——｜｜	（韵）
金龟解尽留无计。	＋—＋｜——｜	（韵）
寄语东阳沽酒市，	＋｜＋——｜｜	（韵）
拚一醉，	—＋｜	（韵）
而今乐事他年泪。	＋—＋｜——｜	（韵）

[作者]

朱服，字行中，生卒年不详（约宋哲宗元祐初前后在世），宋湖州乌程（今浙江吴兴)人。登宋神宗熙宁六年(1073)进士。元丰初为御史,曾拒绝章惇拉拢。后外任润、泉、婺、庐、寿、广等州地方官多年,徽宗时以赋诗得罪,贬袁州,再贬蕲州安置。曾于婺州东阳郡斋作《渔家傲》(即本篇)以寄意,颇流传人口。

［调题考释］

调考:本调首见于晏殊词,因有"神仙一曲渔家傲"句,取以为名。又名《绿蓑令》《荆溪咏》等。双调,六十二字,上阕五句,五仄韵;下阕同。

题释:本篇作于知婺州(东阳)时,在春残花落无可奈何的光景中,流露出及时行乐的消极哀愁情绪。北宋后期社会矛盾尖锐,作为一个敏感而又无能为力的文人如此言行,虽脱离现实但尚可理解。

［注释与提示］

"小雨"句:雨纤风细,触景愁人。此即李易安词"小风疏雨"之意。

九十光阴:农历正月、二月、三月共九十日为春天,是花开花落季节,故曰"九十光阴"。

"金龟"句:唐制三品以上官佩金龟。李白《对酒忆贺监诗序》:"太子宾客贺公,于长安紫极宫一见余,呼余为谪仙人,因解金龟,换酒为乐。"

东阳:唐属婺州,即今浙江金华。

上阕寓情于景。小风细雨中,万家杨柳在青烟里摇曳;恋树的花儿湿漉漉地飘落,想飞也飞不起来。万家,言杨柳俱笼愁烟;"恋"字,把花儿写得倍有情感。此景此情,怎能不令人哀愁?但又无可奈何。那么只有让可怜的花儿和自己的无际哀愁,一并付与碧水东流去吧!花儿零落象征春意阑珊,真是流水落花春去也!作者在这里把自然界的柳恋花落,与世事的可忧,以及自己的哀感,综合写来,情调虽低沉,内心却不平静。

下阕抒写其无际愁怀。作者深感春光已逝,好景难留,世事莫测,祸福难料,于是便向消极方面滑去,不惜用金龟来换酒,喝个大醉,以图忘忧;同时也自然预感到:眼前的及时行乐,或许会成为他年的伤心之泪吧!在这点上,作者与李白《将进酒》中"五花马,千金裘,呼儿将出换美酒,与尔同销万古愁”的思想和做法颇为相似。李白曾涉足宫掖，不仅熟悉帝王家的腐朽内幕，而且身蒙其害，以致放浪江湖，潦倒终身，故其消极具有极大的悲愤成分。而朱服所处的北宋后期，社会的种种隐忧，并不低于唐天宝时期。作为一个敏感而又无能为力的文人，这时候如再侈言壮志，虚颂升平，那岂非有点虚伪！

宋代方勺《泊宅篇》说：“朱行中自右史带假龙出典数郡，是时年尚少，风采才藻皆秀整，守东阳日……公往往乘醉大言：你曾见我‘而今乐事他年泪’否？盖公自谓好句，故夸之也。”又况周颐《蕙风词话》说：“白石词‘少年情事老来悲’，宋·朱服句‘而今乐事他年泪’。二语合参，可悟一意化两之法。宋·周端臣《木兰花慢》云：‘料今朝别后，他时应梦今朝’。与‘而今’句意同。”当然，前人都是从意趣方面来评价此篇，但从文学的社会作用来说，本篇所反映的，既与当时的社会现实无关，又缺乏激励人心的因素，比之同时其她词人的好作品，则瞠乎其后了。

青　玉　案

无名氏

［词］	［谱］	（仄韵格）
年年社日停针线，	十－十｜－－｜	（韵·7）
怎忍见，	｜十｜	（豆）
双飞燕？	－－｜	（韵）
今日江城春已半。	十｜十－－｜｜	（韵）
一身犹在，	十－十｜	（句）
乱山深处，	十－十｜	（句）
寂寞溪桥畔。	十｜－－｜	（韵）
春衫着破谁针线？	十－十｜－－｜	（韵）
点点行行泪痕满。	十｜－－｜－｜	（韵）
落日解鞍芳草岸，	十｜十－－｜｜	（韵）
花无人戴，	十－十｜	（句）

酒无人劝，	＋ — ＋ ｜	（韵）
醉也无人管。	＋ ｜ — — ｜	（韵）

［作者］

作者名氏无考。《历代诗余》题黄公绍作。

［调题考释］

调考：本调取名于东汉张衡《四愁诗》："美人赠我锦绣段，何以报之青玉案。"（"案"为"碗"字）。又名《横塘路》《西湖路》《青莲池上客》等。双调，六十七字，上阕六句，五仄韵，三十三字；下阕六句，五仄韵，三十四字。

题释：写游子思家，先设想闺人念远。全词情调悲凉，可能为宋亡国后流浪在外的文人所作。

［注释与提示］

社日：古代以立春后第五个戊日为春社，立秋后第五个戊日为秋社，于这个日子祀社神，故称社日。唐、宋人诗词中常用"社日停针线"之语，"社日不用针线，谓之忌作。"（宋·张邦基《墨庄漫录》）

"春衫"句：穿破的春衫是谁一针一线制成的呢？当然是自己思念中的妻子了。

"花无人戴"句：宋时男子也戴花，如邵雍《插花吟》："头上花枝照酒卮，酒卮中有好花枝。"

上阕写在外流荡的丈夫，在社日这天怀念家中的妻子，想象她按照风俗今天也该停了针线吧，还进一步替她设想，在燕子双双飞舞时，她一定不愿意看见，因为自己是孤独一人，相形之下，太难受了。作者这时既怨恨又同情自己，现在已是江城春半的时候，还流荡在这乱山深处冷清的溪桥边，回不成家。

下阕，换头的"春衫着破谁针线"，有意重复"针线"以与上阕首句的"针线"相呼应，而这里的"针线"却是看到自己穿破了的春衫上妻子辛辛苦苦的一针一线，睹物更加怀人，以至于伤心之泪落满了这破旧的衣衫。傍晚时在长满芳草的岸边解鞍下马，作者的心情难受到了极点：花不愿戴（宋代男子也有戴花习惯)，也无人给我戴；酒不想喝，也无人劝我喝；即便是喝醉了酒，也无人照顾我呀！

古代丈夫往往从所穿衣的针线方面来怀念或悼念妻子，因为那时候丈夫穿的衣服大都是妻子缝制的，因此写来具体而感人。如汉乐府《艳歌行》中的“故衣谁当补？新衣谁当绽”，贺铸《鹧鸪天》词中的“空床卧听南窗雨，谁复挑灯夜补衣”，都是这一道理。这首词以“针线”为线索，写来“语淡而情浓，事浅而言深”(贺裳《皱水轩词筌》)；同时，从全词的情调和描写的气氛来推想，作者可能是一位宋亡国后不得已而离家出走的人。

江　城　子

谢　逸

［词］	［谱］	（平韵格）
杏花村馆酒旗风。	＋－＋｜｜－－	（韵·1）
水溶溶，	｜－－	（韵）
飏残红。	｜－－	（韵）
野渡舟横、	＋｜＋－	（豆）
杨柳绿阴浓。	＋｜｜－－	（韵）
望断江南山色远，	＋｜＋－－｜｜	（句）
人不见，	－＋｜	（句）
草连空。	｜－－	（韵）
夕阳楼外晚烟笼。	＋－＋｜｜－－	（韵）
粉香融，	｜－－	（韵）
淡眉峰。	｜－－	（韵）
记得年时、	＋｜＋－	（豆）
相见画屏中。	＋｜｜－－	（韵）
只有关山今夜月，	＋｜＋－－｜｜	（句）
千里外，	－＋｜	（句）

素光同。　　　　|——　　　　　　（韵）

[作者]

谢逸，生卒年不详，约1093年前后在世，字无逸，临川（今江西临川）人。少孤，博学工文词，与弟迈同为江西诗派骨干。尝作蝴蝶诗三百首，人盛传之，因呼为“谢蝴蝶”。其中佳句如“狂随柳絮有时见，舞入梨花何处寻”“江天春暖晚风细，相逐卖花人过桥”。屡试不第，遂以布衣终老。宋代费衮《梁溪漫志》记载作者曾向友人潘大临求近作诗，潘将“满城风雨近重阳”一句与之，士林传为佳话。有《溪堂词》一卷传世。

[调题考释]

调考：本调取名自《花间集》欧阳炯的“如西子镜，照江城”，原为单调，到宋人始写双调。又名《江神子》《村意远》《水晶帘》等。双调。七十字，上阕七句，五平韵；下阕同。

题释：通过晚春郊野秀丽而凄婉景物的描写，表现了对所恋者的昼夜怀念之情。

[注释与提示]

“杏花”句：唐代杜牧《清明》：“借问酒家何处有，牧童遥指杏花村。”又杜牧《江南春》：“千里莺啼绿映红，水村山郭酒旗风。”此句合两首诗句，来描写卖酒人家，既有出处，又很形象。

飏（yàng）残红：落花在空中飘荡。飏，飘扬。

“野渡”句：唐代韦应物《滁州西涧》：“春潮带雨晚来急，野渡无人舟自横。”

“粉香”两句：描写意中人之温馨与秀美。

草连空：唐代杜牧《题宣州开元寺水阁阁下宛溪夹溪居人》：“六朝文物草连空，天淡云闲今古同。”

年时：那年时候。

素光：白如素丝的月光。

上阕写景，一幅匀美的春郊景色画图出现在读者眼前：有杏花村馆招展的酒旗，有沄沄流水，有落花飘舞，有杨柳的浓荫，以及横在水上的渡船。这些优美的自然景色，却不能使作者赏心快意，因为伊人不在，极目向江南望去，只是连天的草色而已。

下阕前几句写甜美的回忆，交代出这个爱而不见的人。在那年，晚烟笼罩着的楼里的画屏间，与伊人相见，她那温馨的情态和淡远的眉峰，实在令人难忘。后几句说：如今却是相隔千里关山，在这良夜白丝似的月光下，只有共同凝望明月、怀念彼此吧。

通篇不外写景抒情，而且抒的还是一般男女爱恋之情，既乏现实意义，格调又不高；但能写得韶秀天然而情致凄婉，所谓“陶炼清圆，点染工丽”，（四库书目提要评《溪堂词》语），也有可取之处。

据《复斋漫录》载：“谢逸尝过黄州杏花村馆，题《江神子》一阕于驿避，过者必索笔于馆卒，驿卒苦之，因以泥涂焉。其为赏重如此。”但谢集中有《江城子》两首，内容相似，不知所指哪首。

长　调

（九十字以外）

满　江　红

——登黄鹤楼有感

岳　飞

［词］	［谱］	（仄韵［入声］格）
遥望中原，	＋｜——	（句）
荒烟外、	—＋｜	（豆）
许多城郭。	＋—＋｜	（韵·16）
想当年、	｜——（—｜｜）	（豆）
花遮柳护，	＋—｜｜	（句）
凤楼龙阁。	｜—＋—	（韵）
万岁山前珠翠绕，	＋｜＋——｜｜	（句）

蓬壶殿里笙歌作。	＋－＋｜－－｜	（韵）
到而今、	＋＋＋	（豆）
铁骑满郊畿，	＋｜｜－－	（句）
风尘恶。	－－｜	（韵）
兵安在？	＋＋｜	（句）
膏锋锷。	－－（｜）｜	（韵）
民安在？	－－（｜）｜	（句）
填沟壑。	－－｜	（韵）
叹江山如故，	｜－－＋｜	（句）
千村寥落。	＋－－｜	（韵）
何日请缨提锐旅，	＋｜＋－－｜｜	（句）
一鞭直渡清河洛。	＋－＋｜－－｜	（韵）
却归来、	＋＋＋	（豆）
再续汉阳游，	＋｜｜－－	（豆）
骑黄鹤。	－－｜	（韵）

［作者］

岳飞（1103—1141），字鹏举，相州汤阴（今河南汤阴）人，少年从军，为南宋初抗金名将，屡建奇功，绍兴十一年（1141）大败金兵于距离汴京四十五里之朱仙镇。中原地方人民纷起响应，一举击溃金兵收复失地的胜利已在握。但以高宗赵构为首的利益既得集团，以一日十二道金牌招还岳飞，并以莫须有的罪名处死，年仅三十九岁。

［调题考释］

调考：清代毛先舒《填词名解》说："唐《冥音录》载曲名《上江虹》，后转二字，得今名。"又《本草纲目》有"满江红"水草，或为词人随取入词。此调宋人填者较多，大都以柳永词为准（押仄韵［例用入声］），宜于写豪情壮志，作激情慷慨之响；南宋姜夔将此调改为押平韵，则情调大异。盖姜夔原非慷慨激昂者流，故只能在音律上下功夫。长调九十三字，上阕八句四仄（平）韵，下阕十句五仄(平)韵。

题释:写对国破民殃、都城繁华消歇的慨叹,渴望提兵收复失地的壮怀与必胜信念。黄鹤楼在今湖北武汉(宋时称鄂州),为长江中游的名胜古迹,当时在防线上。1138年岳飞驻军鄂州,在此之前曾上书朝廷,请求北伐收复中原,朝廷不许,故词中用了“请缨”典故。

[注释与提示]

黄鹤楼:旧址在今武昌蛇山的黄鹄矶上。传说仙人王子安曾乘黄鹤过此,因而得名。一说费文祎登仙乘黄鹤在此休息,故名。

凤楼龙阁:指汴京帝王宫殿楼阁的雕饰。

万岁山:指宋徽宗赵佶为了享乐不惜浪费大量人力、物力、财力,于宣和四年(1122)在汴京东北隅建成的周围十余里的游乐山,其间亭台楼阁不可胜数。

珠翠绕:指宫女们的华丽装饰。

蓬壶殿:即蓬莱宫殿,传说中仙人所居处,此指万岁山里的华丽宫殿。

铁骑:指金兵。

郊畿:古代京城及其周围所辖的地方。

风尘:比喻战乱。

膏锋锷:兵士们被杀死,血沾润着剑锋刀刃。锋锷,兵器的锐尖和利刃。

填沟壑:老百姓饥寒伤病死,丢在溪谷里。沟壑,溪谷。杜甫《醉时歌》:“焉知饿死填沟壑。”

请缨:《汉书·终军传》,终军出使南越,临行前向汉武帝“自请愿受长缨(长绳索),必羁南越王而致阙下”。

河洛:黄河和洛水,此处泛指中原一带地方。

上阕开头两句写站在这黄鹤楼上遥望沦陷了的中原地区的许多城郭。接着作者便运用回想特写花遮柳护的汴京城里的凤楼龙阁,那珠围翠绕仕女如云的万岁山前,那笙歌盈耳的蓬壶殿里,当时多么富丽、繁华而热闹(这中间有歌颂更有批评),可是今天却是满城郊的金人铁骑和一片战乱。

下阕先自问自答，突出了军民死亡流离的惨状及作者无比愤激之情。“江山如故，千村寥落”，是慨叹的内容，又是感愤的来由，“何日”两句更有言外意，就是说自己报国有志，而朝廷却不允许。最后两句，既是想象奏凯归来，游汉阳、骑黄鹤的欢乐情景，又反映了作者战必胜之的坚定信念。

岳飞是我国历史上杰出的爱国将领，在南宋初年本有力量和好的时机，可以打退金兵，收复中原，取回徽、钦二帝；但由于高宗赵构的私心及其帮手秦桧的恣意弄权，不仅诬害了岳飞，还给终南宋之世的妥协和永远偏安，定下了可悲的基调。

岳飞是一位文武全才，传世的作品虽不多，却能以质胜，像本篇及另一首《满江红》(怒发冲冠)词，两宋词坛上最豪放的词作也不能与之相比。

水调歌头

——焦山

吴　潜

[词]	[谱]	(平韵格)
铁瓮古形势，	＋＋＋＋丨	(句)
相对立金焦。	＋丨丨－－	(韵·8)
长江万里东注，	＋－＋丨－丨	(豆)
晓吹卷惊涛。	＋丨丨－－	(韵)
天际孤云来去，	＋丨＋－＋丨	(句)
水际孤帆上下，	＋丨＋－＋丨	(句)
天共水相邀。	＋丨丨－－	(韵)
远岫忽明晦，	＋＋＋－丨	(句)
好景画难描。	＋丨丨－－	(韵)
混隋陈，	＋＋＋	(句)
分宋魏，	＋＋－	(句)
战孙曹。	丨＋－	(韵)
回头千载陈迹，	＋－＋丨－＋	(豆)

痴绝倚亭皋。	＋｜｜－－	（韵）
惟有汀边鸥鹭，	＋｜＋－＋｜	（句）
不管人间兴废，	＋｜＋－＋｜	（句）
一抹度青霄。	＋｜｜－－	（韵）
安得身飞去，	＋｜＋－｜	（句）
举手谢尘嚣。	＋｜｜－－	（韵）

［作者］

吴潜（1196—1262），字毅夫，号履斋，宣州宁国（安徽宁国）人，一说德清（今浙江德清）人。南宋宁宗嘉定十年（1217）进士第一。历任中央和地方军政要职。曾拜右丞相兼枢密使，封崇国公，次年即受弹劾罢相。宋理宗开庆元年（1259）元兵渡江攻鄂州，吴潜又被任命为左丞相，进封庆国公、许国公。他主张刷新政治，坚决抗敌，又受到贾似道等权奸的谗言，再次罢相，贬谪至死。他是南宋后期一位既有才能又有忧国济时抱负的人物。著有《履斋诗余》，存词二百余首，多抒写悲愤之情。

［词题考释］

调考：《钦定词谱》说，《水调》是唐人大曲，有歌头（即首章）。本调即裁大曲之歌头而成。又名《台城游》《元会曲》《凯歌》《花犯念奴》等。双调，九十五字，上阕九句，四平韵，四十八字；下阕十句，四平韵，四十七字。

题释：焦山，因东汉时处士焦先隐居于此而得名，在今江苏镇江东长江之中，与市北原在江中的金山（又名浮玉山）相对峙。本篇通过写景抒怀古之情，同时也流露出逃避现实的思想。

［注释与提示］

铁瓮：镇江城的古名，相传为孙权所筑的镇江子城，内外皆甃（砌井壁）以甓（砖），号铁瓮城（见《镇江府志》）；一说镇江子城深狭，其状若瓮，故名。

金焦：见题释。

东注：向东流去。

晓吹（chuì）：风。唐代姚鹄《风不鸣条》："晓吹何曾歇，柔条自不鸣。"又花蕊夫人《宫词》："晓吹翩翩动翠旗，炉烟千叠瑞云飞。"

邀:邀约,招。

远岫:远山峰峦。

混隋陈:隋灭南朝的陈,统一中国。混,统一。

分宋魏:隔开南朝的刘宋和北朝的拓跋魏。分,隔开。

战孙曹:三国时孙权与曹操在此江中大战一场。战,指赤壁之战。

千载陈迹:过去千年的历史事迹。

痴绝倚亭皋:倚在水边平地的岗亭上出神。痴绝,出神的样子。《汉书》颜师古注:“亭皋,为亭候于皋隰(水边平地)之中。”“亭皋”这一词语,古代诗词中常用之。

一抹度青霄:像一抹轻微的痕迹毫不留意地抹过天空。

举手谢尘嚣:举手,表示分别的动作。《古诗为焦仲卿妻作》:“举手长劳劳,二情同依依。”谢,辞别。尘嚣,人世间的纷扰。

上阕写景。开头四句写长江万里东流,在风卷惊涛中,镇江城东西金焦两山对峙的雄姿。“天际”三句,从天上的“孤云来去”到水面的“孤帆上下”,好像天和水相邀似的。两个“孤”字和一个“邀”字,把一片空阔的江天景色描绘得何等清妙而活泼;再加上远处山峦的忽明忽暗,真可说是“画图难足”,充分表现了作者对江山的热爱和欣赏之情;同时,从两个“孤”字中也透露出作者的忧国忧民和孤立寡俦。

下阕抒怀古之情。作者出神地倚立在水边平地的岗亭上,想着当年隋灭陈统一中国,南朝的刘宋与北朝的元魏划分疆界,孙权与曹操鏖战,无不与此地此江水有关。“回头”以下,由追昔转向抚今,从人世扩向自然界。人世过去千年的历史陈迹,成败兴亡,对于那些江中洲上的沙鸥和鹭鸶一类水鸟来说,都是毫无意义的,它们只是扇动翅膀不经意地掠过蔚蓝天空,从而引起我们的羡慕之情,真想能够和它们一样飞去,举手告别这纷扰喧嚣的尘世啊!

作者是南宋后期一位在各方面都比较突出的人物,按理应该起到一定的作用;可是在那世道衰微、正不胜邪、统治阶级庸懦腐朽的情势下,再努力也只能以悲剧告终。因此,在本篇中作者描写了壮阔的江山景色,发出怀古幽情，又流露出逃避现实的消极思想，这点虽不足为法，但可以理解。在当时那样的社会条件下，不可能要求作者做出怎样的积极努力。武将如岳飞的报国遭杀，文臣如陆游等的爱国获谴，在那君权至上、豪强权贵左右一切的时代，“直如弦，死道边；曲如钩，反封侯”的“真理”是颠扑不破的。

满　庭　芳

——夏日溧水无想山作

周邦彦

［词］	［谱］	（平韵格）
风老莺雏，	＋｜－－	（句）
雨肥梅子，	＋－＋｜	（句）
午阴嘉树清圆。	｜＋＋｜－－	（韵·7）
地卑山近，	＋－－｜	（句）
衣润费炉烟。	－｜｜－－	（韵）
人静乌鸢自乐，	＋｜－－｜｜	（句）
小桥外、	＋＋｜	（豆）
新绿溅溅。	＋｜－－	（韵）
凭栏久，	－－｜	（句）
黄芦苦竹，	＋－＋｜	（句）
拟泛九江船。	＋｜－－－	（韵）
年年，	－－	（韵）
如社燕，	－｜｜	（句）
飘流瀚海，	－－｜｜	（句）
来寄修椽。	＋｜－－	（韵）
且莫思身外，	｜＋－＋｜	（句）
长近尊前。	＋｜－－	（韵）
憔悴江南倦客，	＋｜＋－｜｜	（句）
不堪听、	＋＋｜	（豆）

急管繁弦。	＋｜－－	（韵）
歌筵畔，	－－｜	（豆）
先安枕簟，	＋－＋｜	（句）
容我醉时眠。	＋｜｜－－	（韵）

［作者］

周邦彦(1056—1121)，字美成，自号清真居士，钱塘(今浙江杭州)人。神宗时，因献《汴都赋》为太学正。后历任地方官。徽宗时为大晟乐府提举。他善融化古句入词，精通音律，能自度曲，格律法度极为精审，开南宋姜夔、张炎一派。王国维在《人间词话》中评论他："言情体物，穷极工巧。"但缺乏思想内容和新的意境，是其大病。传世有《片玉集》(又名《清真集》)。

［调题考释］

调考：本调似来自唐代柳宗元《赠江华长老》"偶地即安居，满庭芳草积"，及唐代吴融《废宅》"几树好花闲白昼，满庭芳草易黄昏"。一名《锁阳台》《满庭霜》《潇湘暮雨》等。

题释：宋哲宗元祐八年(1093)，作者移官溧水令，官卑职小，处地又偏僻。久不升迁，遂生厌倦之情，因有此作。

［注释与提示］

溧水无想山：溧水，亦今江苏区名，在镇江以南。无想山，为作者给溧水诸景命名之一(此名原出释典)。

"风老"句：幼莺在暖风里长大了。唐代杜牧《赴京初入汴口晓景即事先寄兵部李郎中》诗："露蔓虫丝多，风蒲燕雏老。"

"雨肥"句：梅子受雨水滋润而肥大。杜甫《陪郑广文游何将军山林》诗十首之五："绿垂风折笋，红绽雨肥梅。"

"无阴"句：日正中时照射树木，形成有清凉意味的树荫。嘉树，对树木的美称。

"地卑"两句：因地处卑湿，又靠近山，以致衣服湿润，须多费炉烟来熏之使干。

乌鸢自乐：旧注引杜甫诗"人静乌鸢乐"，但今本杜集无此句。乌，乌鸦，鸢，鹞鹰。此外泛指自由快乐的鸟类。

新绿溅溅：新涨的水流声溅溅，《木兰诗》："不闻爷娘唤女声，但闻黄河流水鸣溅溅。"

"黄芦"两句：唐白居易谪居浔阳（今江西九江），作《琵琶行》有"住近湓城地低湿，黄芦苦竹绕宅生"之句。此处用其意，颇寓宦途失意之感。作者虽非谪居，而境遇相似。

社燕：古时祀社神（土地神）之日为社日，汉以后以立春后第五个戊日为春社，立秋后第五个戊日为秋社；适当春分、秋分前后。燕子春社时来，秋社时去，故称社燕。

瀚海：本指沙漠。唐代陶翰《出萧关怀古》："孤城当瀚海，落日照祁连。"此处泛指荒远地区。

修椽（chuán）：长的屋椽。指燕子在人家垒巢的地方。

"且莫"两句：杜甫《漫兴》诗九首之四："莫思身外无穷事，且尽尊前有限杯。"这里很像用这两句诗的歇后语。身外，即人世间的一切浮名浮利；尊前，即酒杯。两句是说，不要想人世间的功名利禄了，且饮干杯中酒吧。

江南倦客：即在江南倦于作客（为官）的人。

急管繁弦：曲调激越而繁杂的管、弦音乐。亦即白居易《琵琶行》中"呕哑嘲哳难为听"之意。

簟（diàn）：竹制的凉席。

上阕写景，开头三句写江南初夏的可人景色：雏莺在熏风中长成变老，梅子于雨中显得很肥硕，日正午时树木在地上投下清凉圆美的影子；"老""肥"皆为形容词用作动词，显得异常形象生动。"清圆"形容正午时的树荫，很别致，为前所未有之描述。江南初夏"梅子黄时雨"的季节，有美景，也有使人难受的潮湿，加上"地卑山近"，"衣润"自然要"费炉烟"了。"费"字为俗词雅用，特具表现力。"人静"两句，用禽乐水欢来衬托人的抑郁无聊。作者在无想山长时间的凭栏眺望中，融情入景，仿佛觉得自己已和当年贬谪江州的白居易无甚差别，看着这些黄芦苦竹而打算去泛舟浔阳江了。

下阕有感于自己飘荡不定的生涯（约十年之间，从汴京到庐州、荆州，又到溧水)，像秋去春来的社燕，从荒远地方飞来寄居人家高屋长椽之上。身外的浮名浮利不去想了，且常和酒杯亲近些吧！我这个厌倦仕途的江南憔悴客人，哪愿听当地这种曲调急促而音响繁杂的音乐呢？还是先在这歌声酒筵旁安好枕头和凉席，允许我醉后睡个大觉吧！

通篇情多怫郁而语殊含蓄，恬静可乐，温雅宜人，活用前人诗句，浑成若己出，声律特别精严，故最能体现周词的风格。

《白雨斋词话》中说："乌鸢虽乐，社燕自苦，九江之船卒未尝泛。此中有多少说不出处，或是依人之苦，或有患失之心，但说得虽哀怨却不激烈，沉郁顿挫中别饶蕴藉。后人为词好作尽头语，令人一览无余，有何趣味？"清代陈洵也在《海绡说词》中说："方喜嘉树，旋苦地卑；正羡乌鸢，又怀芦竹；人生苦乐万变，年年为客，何时了乎！且莫思身外，则一齐放下，急管繁弦，徒增烦恼，固不如醉眠之自在耳。"这些评语，只能供纸上参考，不可作实地探求。其实作者既非淡于名利，又非脱离现实。后来提举大晟府，成为徽宗赵佶最合意的清客，即有力之证。王国维在《人间词话》中评周词"创调之才多，创意之才少"，如再添一句"帮闲之味重"，就更全面了。

凤凰台上忆吹箫

李清照

[词]	[谱]	(平韵格)
香冷金猊，	十丨一一	(句)
被翻红浪，	十一十丨	(句)
起来慵自梳头。	十一十丨一一	(韵·12)
任宝奁尘满，	丨丨一一丨	(句)
日上帘钩。	十丨一一	(韵)
生怕离怀别苦，	十丨一一十丨	(句)
多少事、	一十丨	(豆)
欲说还休。	十丨一一	(韵)
新来瘦，	一一丨	(句)
非干病酒，	一一丨丨	(句)

不是悲秋。	｜｜——	（韵）
休休！	——	（韵）
这回去也，	｜十｜｜	（句）
千万遍阳关，	—十｜——	（句）
也则难留。	十｜——	（韵）
念武陵人远，	｜｜——｜	（句）
烟锁秦楼。	十｜——	（韵）
惟有楼前流水，	十｜——十｜	（句）
应念我、	—十｜	（豆）
终日凝眸。	十｜——	（韵）
凝眸处，	——｜	（句）
从今又添，	——｜—	（句）
一段新愁。	｜｜——	（韵）

［作者］

李清照（1084—约 1151），号易安居士，济南（今山东济南）人。学者李格非之女，金石家赵明诚之妻。她多才艺，工诗文，词尤出色，为宋朝一大家。靖康之变后，国破家亡夫死。她孑然一身流落江东，故其词早年多欢愉而晚年多哀伤。工于造语，善于创意出奇，还善用白描手法，是其词的突出艺术特点。她是我国文学史上最杰出的女词人。传世有后人辑本的《漱玉词》和今人辑本的《李清照集》。

［调题考释］

调考：据《钦定词谱》引《列仙传拾遗》："萧史善吹箫，作鸾凤之响。秦穆公有女弄玉，善吹箫，公以妻之，遂教弄玉作凤鸣。居十数年，凤凰来止。公为作凤台，夫妇止其上，数年，弄玉乘凤，萧史乘龙去。"这一故事广为流传，唐李峤《奉和初春幸太平公主南庄应制》诗中有"鸾辂已辞乌鹊渚，箫声犹绕凤凰台"之句。再往后遂成词调名。自李清照这篇问世后，成为词作家们填词的定格。长调，九十五字，上阕四平韵，下阕五平韵。

题释：写丈夫离家后的无比思念，情深意挚，是作者前期生活中颇有代表性的一篇词作。

[注释与提示]

金猊：猊，即狻猊（suān ní），狮子；金猊：即金属（或镀金）狮形香炉。

“被翻”句：是说起床后未叠被子，让红色丝绸面子的被子乱堆在床上，高低起伏的形状像红波在翻动。一说作者既睡不着，又不想起床，身体在被子里扭动，红色的被面像波浪翻动着。

慵：懒。

宝奁：华贵的梳妆镜匣。

生怕：最怕，只怕。

非干病酒：不是由于喝多了酒而致病。

休休：罢了（表示无望）。

阳关：即《阳关三叠》，源于唐代王维的《渭城曲》（即《送元二使安西》），唐以后送别时所唱的曲子。

也则：也便，也是。

武陵人远：武陵，今湖南常德。境内有山洞，相传即晋陶渊明《桃花源记》中武陵捕鱼人所到的桃花源洞。作者的丈夫赵明诚，年轻时曾屏居乡里十年。从这四个字里，既可看出其夫当时的处境，也可看出作者对其夫的期望以及对当时政局的看法，还可推测本篇的写作时间（在作者25～35岁之间）。

秦楼：即秦穆公女弄玉所居之楼。详见“调考”。

凝眸：注视着，或呆望着。

新愁：说明这种离愁还是新添的，有“新愁”当然应该还有“旧愁”，那么旧愁又是什么？这可与“武陵人远”相联系推想而知。

这首词的词牌与内容尚能相符，有的本子加有“别情”或“闺情”等题目，实无必要。

上阕前面几句，写分别时身心的懒倦与无聊。金炉也不燃香了，日上帘钩时才起床，还懒得去梳头，被子也未叠，任其堆放床上，那红色被面的闪光，像红浪般翻动着，最怕这分别的时刻呀，我心中是多么的悲苦！许多话想说，却又咽了下去。后几句说近来自己瘦了，这瘦既不是由于多喝了酒而致病，也不是因悲秋而身感不适。那么究竟是为了什么呢？“非干”“不是”这一侧写，竟是意外见意，情中含情，极宛转曲折，作者不说明，读者自能体会到。

下阕先作失望语“罢了”，这回离去，就是把那《阳关曲》唱千遍万遍，也留不住你啊。次说，你像那武陵人一样往那清静而遥远的桃花源去；而我却和当年的弄玉一样，留在这烟笼愁织的秦楼之上。再把楼下的流水拟人化，意思是说我无比怀念你的心情，只有这楼前的流水才能够理解，并能同情我终日在这高楼之上呆望着你呀！最后总起来说，从今以后，我呆望着你的时候，真是旧愁又添新愁啊！

通篇写得宛转曲折，细腻清畅，情深意挚；用典贴切而有深意，将水拟人，更饶新趣。开头三句破空而来，结尾三句凄然而止，真不愧词家高手。

沈际飞《草堂诗余正集》评本篇：“顺说出妙。瘦为甚的，尤妙；千万遍，痛甚。转转折折，忤合万状。清风明月，陡化为楚雨巫云；阿阁洞房，并变成离亭别墅，至文也。”

八声甘州

张　炎

辛卯岁，沈尧道同余北归，各赴杭、越。逾岁，尧道来问寂寞，语笑数日，又复别去。赋此曲，并寄赵学舟。

［词］	［谱］	（平韵格）
记玉关踏雪事清游，	｜＋－＋｜｜－－	（韵·12）
寒气脆貂裘。	＋＋｜－－	（韵）
傍枯林古道，	｜＋－＋｜	（句）
长河饮马，	＋－＋｜	（句）
此意悠悠。	＋｜－－	（韵）
短梦依然江表，	＋｜＋－＋｜	（句）

老泪洒西州。	＋｜｜——	（韵）
一字无题处，	＋｜＋—｜	（句）
落叶都愁。	＋｜——	（韵）

载取白云归去，	＋｜＋—＋｜	（句）
问谁留楚佩，	｜＋—＋｜	（句）
弄影中州？	＋｜——	（韵）
折芦花赠远，	｜＋—＋｜	（句）
零落一身秋。	＋｜｜——	（韵）
向寻常、	｜＋＋	（豆）
野桥流水，	＋—＋｜	（句）
待招来、	｜＋—	（豆）
不是旧沙鸥。	＋｜｜——	（韵）
空怀感、	——｜	（豆）
有斜阳处，	＋—＋｜	（句）
却怕登楼。	＋｜——	（韵）

［作者］

张炎（1248—约1320），字叔夏，号玉田，又号乐笑翁。先世凤翔（今陕西凤翔），寓居临安，宋亡后落魄至死。其词重格律，尚婉丽，语句清畅，属周邦彦、姜夔一派。所撰《词源》，是一部有影响的论词专著。传世有《山中白云词》。

［调题考释］

调考：本调取名自唐教坊大曲《甘州》，因上下阕八韵，故名八声（也有别说）。又名《甘州》《萧萧雨》《宴瑶池》等。双调，九十七字，上阕九句，四平韵，四十六字；下阕九句，四平韵，五十一字。

题释：据词前小序，可知作者于宋亡后曾偕友人沈尧道北游新王朝，可能与个人前途有关，却失意归来。本词即综合个人悲情和亡国哀怨而写成。作者为宋末一大词家，风格独特，故本词内容虽只是一般的哀感，而艺术技巧尚堪称道。

［注释与提示］

辛卯岁：元世祖忽必烈至元二十八年(1291)。南宋亡于1279年，至此已历十二年。

沈尧道、赵学舟：沈尧道即沈秋江，赵学舟一作曾心传，元世祖至元庚寅(1290)九月与作者同以写经入上都（今北京）。（见吴则虞校辑《山中白云词》引明水竹居钞本词题，及江昱《山中白云词疏证》）。

各赴杭越：杭，杭州，沈尧道北归后居处；越，今浙江绍兴，作者北归后居处。

玉关：玉门关，这里泛指北方。

“寒气”句：北方苦寒，貂裘亦为脆裂；还有苏秦说秦惠王未果，貂裘弊、黄金尽之意（见前王维《送丘为落第归江东》注），说明自己此行无着的苦衷。“脆”一作“弊”。

长河：黄河。

“短梦”句：周邦彦《隔浦莲近拍》：“屏里吴山梦自到，惊觉，依然身在江表。”此句是说，北游像做了个梦，醒来身仍在江南。江表，江南。

“老泪”句：西州，古城名，在今南京市西；一说即建康城西门。《晋书·谢安传》说，羊昙是谢安甥，为谢安所爱重。谢安病重还都，曾入西州门。谢安死后羊昙行不由西州路。后因酒醉，不觉至西州门，便恸哭而去。此句有怀才能遇知音之感。作者时年四十五岁，古人易衰老，故称“老泪”。

“一字”两句：翻用唐人红叶题诗典故，说明自己精神沮丧，不愿题诗，连曾用以题诗的落叶都发愁了（一说深秋叶落无处题诗），以寄相思之情。

“载取”句：白云象征山林隐居。梁陶弘景《诏问山中何所有赋诗以答》：“山中何所有？岭上多白云。只可自怡悦，不堪持赠君。”此句是说，沈尧道来访，倏又作别，归去当隐居，故以白云为喻；又张炎词集名《山中白云》语含双关。

“问谁留”两句：《楚辞·湘君》有“遗余佩兮澧浦”“蹇谁留兮中州”等句，写湘夫人对湘君的怀念与惜别。楚佩，湘夫人的玉佩。此两句与下句的“折芦花赠远”，都是写与沈尧道的依依别情。

旧沙鸥：指旧日的朋友。

却怕登楼：用王粲《登楼赋》意。王粲是三国时建安七子之一，避难荆州时，曾登当阳城楼作《登楼赋》。

作者45岁时寓居绍兴，在北游失意的心情下，在与好友暂聚又别之时，不禁感慨生涯，忧伤身世，再加上一些怀念故国之情，而写下这首词。

上阕写北游及失意情怀。开头一个“记”字直贯以下五句，健拔而有气势：玉关踏雪、寒脆貂裘、枯林古道、长河饮马，好一幅北国冬旅图，想起来真是快意悠悠。“玉关”泛指北方地带；“清游”也是饰词，实为有所求而不得。“短梦”以下四句，直写归后的凄伤，北游等于一场短梦，醒来身仍在江南，希望成空；泪洒西州，题字的笔难上落叶，叶愁人更愁。

下阕写别友及身世之感、故国之叹。“载取白云”三句，借高洁的白云和优美的神话，象征沈尧道之人品；“折芦花”两句，喻己之潦倒，情味足而寄托深。芦花易零落，在秋风中洒落一身，是何景象？“向寻常”以下五句，写世态的更新，野桥流水依旧，而招来的沙鸥却非从前。这一恋旧情与孤独感，正和斜阳暮景一样凄黯，怀感也徒然，登楼眺望就更为可怕了。此中哀苦，只有怀着故国之思的人，才能体味出来。

词中一些习见典故的运用和优美情境的描写（如貂裘、西州泪、留楚佩、弄影中州、落叶都愁、零落一身秋等），既加深了作品的为涵，又扩大了读者的联想，自然增强了词作的艺术性；从而使比较薄弱的思想内容（更多的个人身世之感），得到一定程度的拔高，赢得了“壮词”的好评（清代谭献在所著《谭评词辨》中评本词“一气旋转，作壮词须识此法”）。

念　奴　娇

姜　夔

余客武陵，湖北宪治在焉。古城野水，乔木参天。余与二三友日荡舟其间，薄荷花而饮。意象幽闲，不类人境。秋水且涸，荷叶出地寻丈，因列坐其下，上不见日，清风徐来，绿云自动。间于疏处窥见游人画船，亦一乐也。揭来吴兴，数得相羊荷花中。又夜泛西湖，光景奇绝，故以此句写之。

[词]	[谱]	（仄韵格）
闹红一舸，	＋ － ＋ ｜	（句）
记来时、	｜ － ｜	（豆）
尝与鸳鸯为侣。	＋ ＋ ＋ ＋ － ｜	（韵·4）
三十六陂人未到，	＋ ｜ ＋ － － ｜ ｜	（句）
水佩风裳无数。	＋ ｜ ＋ － － ｜	（韵）
翠叶吹凉，	＋ ｜ － －	（句）
玉容消酒，	＋ － ＋ ｜	（句）
更洒菰蒲雨。	＋ ｜ － － ｜	（韵）
嫣然摇动，	＋ － ＋ ｜	（句）
冷香飞上诗句。	＋ － － ｜ － ｜	（韵）
日暮青盖亭亭，	＋ ｜ ＋ ｜ － －	（句）
情人不见，	＋ － ＋ ｜	（句）
争忍凌波去？	＋ ｜ － － ｜	（韵）
只恐舞衣寒易落，	＋ ｜ ＋ － － ｜ ｜	（句）
愁入西风南浦。	＋ ｜ ＋ － － ｜	（韵）
高柳垂阴，	＋ ｜ － －	（句）
老鱼吹浪，	＋ － ＋ ｜	（句）
留我花间住。	＋ ｜ － － ｜	（韵）
田田多少，	＋ － ＋ ｜	（句）
几回沙际归路。	＋ － － ｜ － ｜	（韵）

[作者]

姜夔（约1155—约1221），字尧章，号白石道人，饶州鄱阳（今江西鄱阳）人，少有文名，但应试不第，一生未入仕途。以清客身份与公卿往来，转徙江湖，布衣终老。他精通音律，能自度曲。格律精严，字句雕琢。上与周邦彦近似，下开吴、张一派。传世有《白石道人歌曲》。

［调题考释］

调考：本调取名于唐天宝年间的歌伎念奴，元稹《连昌宫词》中有“力士传呼觅念奴”句。又名《百字令》《大江东去》《酹江月》《壶中天》《湘月》等。双调，一百字，上阕十句，四仄韵，四十九字；下阕十句，五仄韵，五十一字。

题释：词前小序，意境幽美。词中将荷花比美女，欣赏荷花盛开，即欣赏此美女之盛年；而惜荷花之凋残，亦即伤美人之迟暮。作者自命高洁并惋伤身世之意，于此词可见一斑。

［注释与提示］

武陵：今湖南常德。

湖北宪治在焉：宪治，官署。当时湖北提刑官署设在武陵。

薄：迫近，靠近。

寻丈：八尺为寻；寻丈，八尺到一丈长的距离。

朅(qiè)来：来到。朅，发语词，无义。

相羊：同徜徉，徘徊游玩。《离骚》：“聊逍遥以相羊。”

光景：风光景色。

闹红一舸：在盛开的荷花中划着船。舸，船。

三十六陂：三十六，许许多多的习用词语。陂，池塘。王安石即有“三十六陂春水”(《题西太一宫壁》)的诗句。

水佩风裳：形容荷花及荷叶在风中摇动，与水相连，很像妇女的衣裳和佩饰。

玉容消酒：将娇艳的荷花比作年轻妇女的面颊。当喝醉酒时看着这些荷花的玉容，可使人酒意全消。古人说秀色可餐，此却以为玉容可以消酒，都是借花来赞美女性。

“更洒”句：菰蒲为生于池塘之植物，即茭白，落雨时，沙沙作响。此处写船在划行时擦动荷花荷叶，发出像雨洒菰蒲时的响声。

嫣然摇动：嫣然，形容女子笑貌。此处形容荷花摇动时呈现出像女子娇美笑容的样子。

冷香飞上诗句：人从荷花散发出的冷香中产生写诗的激情。

青盖亭亭：形容荷叶亭亭玉立如伞盖。

争忍凌波去：争忍，怎忍，怎么忍心。凌波，形容女子步履姿态，曹植《洛神赋》有"凌波微步，罗袜生尘"，后来成为形容女性步履姿态的成语。此句意思是说：荷花像美女期待着她的情人，日色已暮而情人还未来，怎么忍心就离去呢！

舞衣：荷叶。

西风南浦：荷叶在西风中凋零之时，人们将在水边为之发愁。南浦，泛指分别时的水边。江淹《别赋》："送君南浦，伤如之何！"

田田：田字像荷叶形状。田田，即许多荷叶，古乐府："江南可采莲，莲叶何田田。"

几回沙际归路：多次走在水边沙滩的归途上。

本词前的小序，不仅写得诗味盎然，还给理解这首词提供了时、地、事等背景，让读者了解作者把武陵、吴兴和西湖三地的荷花联系起来描写的特点，以及借助拟人化的手法来表现人格与寄托身世之感的艺术技巧。

上阕开头"闹红一舸"，写乘着船进入盛开的荷花丛中游赏。"尝与鸳鸯为侣"，写物我共乐，得天真逸趣。"三十六陂"两句，写荷花处境幽静，"水佩风裳"不只此一地，包括了武陵、吴兴、西湖等处。"翠叶"两句，写人赏花，花可人。绿叶红花，不但悦人心目，还能醒人酒意；再加上船行花间与花叶相摩擦而发出像雨洒在菰蒲叶上的沙沙响声，特给人以清凉的感受。"嫣然"两句，写花叶在风中摇动，芳姿丽影，清香冷韵，特别能启发诗人写诗的激情。此阕将荷花比美人，造境雅丽而抒情优美，使荷花的风神、性格与作者的人格、兴致融合为一。"冷香"句特为警策，不说诗人赏味荷香而作诗，却说荷香飞入诗人的诗句。这一构思和造句技巧，大大影响了姜夔以下南宋后期的许多词人。

下阕进一步进行拟人描写。到了傍晚，荷花像等待情人的美女擎着亭亭青盖不忍心离去似的。怕的是西风吹到那送别的南浦，花叶凋残，有如美人迟暮。此情此景，怎能不触动词人的胸襟和迟暮情怀！这时岸上的高柳树垂下浓荫，水里的大鱼儿吹起了浪花，都像挽留词人在这花间长住下去，可是不可能啊，在那归去的沙滩上，词人多次望着那田田的荷叶，是多么留恋难舍。

高　阳　台

——和周草窗《寄越中诸友》韵

王沂孙

[词]	[谱]	（平韵格）
残雪庭阴，	＋｜——	（句）
轻寒帘影，	＋——｜	（句）
霏霏玉管春葭。	＋—＋｜——	（韵·10）
小帖金泥，	＋｜——	（句）
不知春在谁家。	＋＋＋｜——	（韵）
相思一夜窗前梦，	＋＋＋｜——｜	（句）
奈个人、	｜＋—	（豆）
水隔天遮。	＋｜——	（韵）
但凄然，	｜——	（句）
满树幽香，	＋｜——	（句）
满地横斜。	＋｜——	（韵）
江南自是离愁苦，	＋—＋｜——｜	（句）
况游骢古道，	｜＋—＋｜	（句）
归雁平沙。	＋｜——	（韵）
怎得银笺，	＋｜——	（句）
殷勤与说年华。	＋＋＋｜——	（韵）
如今处处生芳草，	＋＋＋｜——｜	（句）
纵凭高、	＋｜—	（豆）
不见天涯。	＋｜——	（韵）
更消他，	｜——	（句）

几度东风，　　十｜——　　（句）
几度飞花。　　十｜——　　（韵）

[作者]

王沂孙（约1240—约1290），字圣与，号碧山，会稽（今浙江绍兴）人。宋亡后曾仕元，为庆元路（今浙江鄞州区）学正。词多故国感，咏物词尤凄婉工丽；手法隐晦，为亡国之音。传世有《花外集》（又名《碧山乐府》）。

[调题考释]

调考：清代毛先舒《填词名解》说，此调名取宋玉赋神女事（见《文选》宋玉《高唐赋序》），又汉习郁于岘山作养鱼池，中筑钓台，是燕游名处。山简为荆州，每临此池，辄大醉，曰："此吾高阳台池也。"此调又名《庆春泽》。长调，一百字，上下阕各四平韵。

题释：本词为步韵唱和之作，向有作于南宋亡前和亡后两说，但细看内容，以作于宋亡后较合适。表面似写春日怀念友人，实含有某种难言之痛，故借一些景物和典故曲折委婉地表达出来。和韵，就是完全用原作的韵来填写（参阅后附的周密原词）。

[注释与提示]

周草窗：即周密，作者至交，词友。

越中：今浙江一带。

"霏霏"句：据传，古人用玉制十二月律的律管以测节候。方法是，在密室内把十二律管内端各塞以葭莩（jiāfú，芦苇）灰，节候到了，灰就飞扬。（见《汉书·律历志》）。霏霏，葭灰飞扬的样子。

小帖金泥：古代风俗，立春日用黄金粉涂于纸上制成泥金帖子，写上"宜春"字样，宋代范成大《代儿童作立春贴门诗》："剪彩宜春胜，泥金祝寿幡。"此句点出春天已到来。

"相思"句：唐代卢仝《有所思》："相思一夜梅花发，忽到窗前疑是君。"此句点明忆友，而且忆的是像梅花般高雅的朋友。

个人：那人，伊人。

"满树"两句：宋林逋《山园小梅》："疏影横斜水清浅，暗香浮动月黄昏。"

此二句，一写梅香，一写梅影，既有形象，又有寄托。

游骢：游人骑的毛色青白相间的马。

归雁平沙：雁归宿于平旷的沙滩。古琴曲有《平沙落雁》。

银笺：色白如银的信纸。

"殷勤"句：情意恳切地与朋友们说着时光的易逝。殷勤，恳切地。年华，时光。

"如今"两句：翻用苏轼《蝶恋花》"天涯何处无芳草"之意，情极悲痛。

消他：禁得起。

上阕写春天来到。从庭阴的残雪色和帘影的轻寒感以及测量节候的玉管里飞散出的葭灰，来说明春天的到来，特别是喜迎春光的"宜春"小帖也贴出；可是，这春光不知究竟来到谁家了。作者自己既无春来之望，也少春乐之感，这情绪已不比一般。这时候，作者对于品格如梅花的朋友们非常怀念，尽管水隔山遮无由见面，然而此情此意有如梅花的满树幽香，梅影的满地横斜，令人难忘。

下阕写离别愁苦，隐含国亡人散之恨。游骢古道，行者长往，归雁平沙，返者无家。怎样才能得到信笺，恳切地把今昔的不同说给我的朋友们听听。如今处处是萋萋芳草，可是登高也看不见要想看到的天边了。这样还能禁得起几度东风吹、百花落呢？一种失望之情和一腔对未来的不幸之感，从字里行间徐徐流露出来。

［附］：周密《高阳台》（寄越中诸友）

小雨分江，残寒迷浦，春容浅入蒹葭。雪霁空城，燕归何处人家？梦魂欲渡苍茫去，怕梦轻、还被愁遮。感流年，夜汐东还，冷照西斜。凄凄望极王孙草，认云中烟树，鸥外春沙。白发青山，可怜相对苍华。归鸿自趁潮回去，笑倦游、犹是天涯。问东风，先到垂杨，后到梅花？

水 龙 吟

——春恨

陈　亮

[词]	[谱]	(仄韵格)
闹花深处层楼，	＋－＋｜－－	(句)
画帘半卷东风软。	＋－＋｜－－｜	(韵·7)
春归翠陌，	＋－＋｜	(句)
平莎茸嫩，	＋－＋｜	(句)
垂杨金浅。	＋－＋｜	(韵)
迟日催花，	＋｜－－	(句)
淡云阁雨，	＋－＋｜	(句)
轻寒轻暖。	＋－＋｜	(韵)
恨芳菲世界，	｜＋－＋｜	(句)
游人未赏，	＋－＋｜	(句)
都付与，	＋＋｜	(豆)
莺和燕。	－－｜	(韵)
寂寞凭高念远，	＋｜＋－＋｜	(韵)
向南楼，	｜－＋	(豆)
一声归雁。	＋－＋｜	(韵)
金钗斗草，	＋－｜｜	(句)
青丝勒马，	＋－＋｜	(句)
风流云散，	＋－＋｜	(韵)
罗绶分香，	＋｜－－	(句)
翠绡封泪，	＋－＋｜	(句)
几多幽怨。	｜－－｜	(韵)
正销魂、	｜－－	(豆)
又是疏烟淡月，	｜｜－－｜｜	(句)

子规声断。　　　　|——|　　　　（韵）

[作者]

陈亮(1143—1194),字同南,婺州永康(今浙江永康)人。一生未做官,称龙川先生。光宗时中进士第一,授官未赴任而卒。生平主张抗金最力。词与辛弃疾同调,而豪迈之气有时过之。传世有《龙川文集》《龙川词》。

[调题考释]

调考:本调据毛先舒《填词名解》,采自李白诗句"笛奏龙吟水",首见于北宋柳永咏梅之作。又名《龙吟曲》《庄椿岁》《小楼连苑》等。双调,一百〇二字,上阕十一句,四仄韵,五十二字;下阕十一句,五仄韵,五十字。

题释:通过浓丽春景及别情的描写,寄寓了对时事的一些感慨。

[注释与提示]

"闹花"句:闹花,花开得繁盛;宋祁《玉楼春》"红杏枝头春意闹",似为"闹花"一词所本。

平莎茸嫩:莎,一年生草,因其铺地生长,故称"平莎"。茸嫩,形容初生草的纤细柔嫩。

垂杨金浅:形容淡黄色的柳丝。

迟日催花:花儿在慢悠悠的春日中渐次开放。《诗经·七月》中有"春日迟迟"。

淡云阁雨:雨停了,天空现出淡淡云彩。阁,停止。

芳菲世界:花红柳绿的绚丽原野。

金钗斗草:斗草,为古代妇女的一种游戏(见梁·宗懔《荆楚岁时记》),此处是说用头上的金钗来斗草游戏,此处代指女性。

青丝勒马:用青丝绳做马络头。汉乐府《陌上桑》:"青丝系马尾,黄金络马头",此处代指男性。

罗绶分香:绶,带子。古人用丝织品做成带子,内贮香料,作为赠送情人的纪念物。秦观《满庭芳》:"香囊暗解,罗带轻分。"

翠绡封泪:翠绡,绿色丝织品手绢。分别时用手帕擦泪,叠起后像把眼泪封闭在里面一样。

子规声断：杜鹃凄厉地叫着。

陈亮是南宋爱国词人辛弃疾的挚友。他才华横溢，意气风发，平生主张抗金最力。所为词大声镗鞳，与辛弃疾同，而其豪迈之气有时超过了辛。这首《水龙吟》却写得深秀妍丽，风韵独绝；置之婉约派名篇中，毫不逊色，可见大作家无施而不可。此与辛弃疾的“宝钗分，桃叶渡”（《祝英台近》），同为逸出常格之作，又同为名篇。

上阕写东风软吹，画帘半卷，掩映于浓花深处的楼台。此中有人，在这春回翠陌，草如茵、柳摇金、云淡雨停、迟迟风日的轻寒轻暖的大好春光中，却未能一一游赏这芳菲世界，只看着那些莺莺燕燕在欢歌乐舞，内心的孤寂和哀怨，反衬得如此鲜明。同时，以乐写哀的手法，也显得极为高明。

下阕换头即点明上阕中的人“寂寞凭高念远”，总上又启下。这时候一声归雁叫过南楼，加深了念远之情。想当时我用金钗斗草做游戏，他用青丝绳络勒马头，这些美好情景，都像风之流、云之散而消失了。分别时相赠的香带和绿丝手绢上保存的泪痕，标志着多少幽思哀怨啊！正在这极度哀伤之时，淡淡的月光透过稀疏的烟雾照进屋里，杜鹃的凄厉叫声又送进耳内，使人何以为情！

本篇似写爱情，但历来评论家大都认为寓有深沉感慨。作者的朋友叶适说：“同甫长短句四卷，每一章成，辄自叹曰：‘平生经济之怀，略已陈矣。’”刘熙载在《艺概》中说：“‘恨芳菲世界，游人来赏，都付与莺和燕。’言近旨远，直有宗留守（泽）大呼渡河之意。”又黄苏评本篇说：“闹花深处层楼，久不事事也，东风软，即东风不竞之意也。迟日淡云，轻寒轻暖，一暴十寒之喻也。好世界不求贤共理，惟与小人游玩如莺燕也。念远者，念中原也。一声归雁，谓边信至，乐者自乐，忧者徒忧也。”（《蓼园词选》）。以上所引这些，作为参考则可，作为定评则未必。人类社会本来很复杂，作为社会成员之一的人的思想就更为复杂。如果说一个伟人或名人一生的言行绝对纯正无邪，只有英雄气概而毫无儿女柔情，那是不符合生活的实际情况的。因此，不必为某位大名鼎鼎的词人写了一首似乎不大符合他身份的词，而不惜大搞穿凿，其结果必然神化或偶像化了作者，却是欲扬反抑了。

永 遇 乐

苏 轼

彭城夜宿燕子楼，梦盼盼，因作此词。

[词]	[谱]	(仄韵格)
明月如霜，	—｜——	(句)
好风如水，	＋——｜	(句)
清景无限。	—｜—｜	(韵·7)
曲港跳鱼，	｜｜——	(句)
圆荷泻露，	——｜｜	(句)
寂寞无人见。	｜｜——｜	(韵)
紞如三鼓，	＋—＋｜	(句)
铿然一叶，	——｜｜	(句)
黯黯梦云惊断。	＋｜｜——｜	(韵)
夜茫茫、	｜——	(豆)
重寻无处，	——＋｜	(句)
觉来小园行遍。	｜—＋＋—｜	(韵)
天涯倦客，	——｜｜	(句)
山中归路，	———｜	(句)
望断故园心眼。	＋｜＋—＋｜	(韵)
燕子楼空，	｜｜——	(句)
佳人何在，	＋——｜	(句)
空锁楼中燕。	—｜——｜	(韵)
古今如梦，	｜——｜	(句)
何曾梦觉，	＋—＋｜	(句)
但有旧欢新怨。	＋｜＋—＋｜	(韵)
异时对、	＋—｜	(豆)
黄楼夜景，	——｜｜	(句)
为余浩叹。	｜—｜｜	(韵)

［作者］

见前。

［调题考释］

调考：本调起源有毛先舒《填词名解》中所说唐代杜秘书与邻女酥香生死爱情事，实为无考。有押平仄韵两体；仄韵起于北宋，平韵起于南宋。双调，一百○四字，上阕十一句，第三、六、九、十一句押韵；下阕同。

题释：据词题，作者于彭城（徐州）夜宿燕子楼，梦见关盼盼而作此词，借以抒发作者在政治上不得志的牢骚，也流露出一种虚无消极的思想。

［注释与提示］

彭城：今江苏徐州。作者于宋神宗元丰元年（1078）知徐州时作此词。

燕子楼：据唐代白居易《燕子楼》诗序："徐州故张尚书，有爱妓曰盼盼，善歌舞，雅多风态……尚书既没，归葬东洛。而彭城有张氏旧第，第中有小楼名燕子。盼盼念旧爱而不嫁，居是楼十余年。"

"明月"两句：极言月白风清。唐代李益诗："受降城外月如霜。"（《夜上受降城闻笛》）。

"曲港"三句：在寂静的夜里，只有鱼儿在曲折的水中跳动，露珠从荷叶上流下。

"纨如"句：纨（dǎn），打鼓声。如，助词。全句意思是，三更鼓打响了。

"铿然"句：夜静得连树叶落地的声音都听得到。铿然，清脆的响声。

"黯黯"句：用宋玉《高唐赋》载楚王梦神女典故以点明题意。

"天涯"三句：言自己已倦于在远方作客，很想回到故乡去过田园生活，然而无法实现。故园心眼，唐代杜甫《春日梓州登楼二首》："天畔登楼眼，随春入故园。"

"燕子"三句：这是作者要表达的中心思想，也是全词的警句。通过高度的概括和造境技巧，把盼盼和自己、死者和生人、幽冥和现世联系起来。在封建社会里往往有着名士的坚志和美人的贞心，二者皆足称道；但是作者在此的思想却是虚无而消极的。

旧欢新怨：过去难以追回的欢乐和当前无法排遣的愁怨，即不断欢怨之情。

“异时”三句：异时，他日，将来。黄楼，徐州东门城楼，为作者知徐州时所建造。这三句意思是说，作者今天在这里凭吊关盼盼，那么想着将来，后世之人当此清幽的夜景在此地来凭吊自己时，也会发出像我今天这样的哀伤感叹吧。这种思维逻辑，似从唐代杜牧《阿房宫赋》最后几句“后之视今，亦犹今之视昔，悲夫”化用来。

据清代王文诰《苏诗总案》，元丰元年（1078）十月，作者梦登燕子楼，翌日往寻其地而作。

上阕先写梦中夜景，幽艳而寂寞。体物微妙，着笔高雅，布局奇巧（倒叙）而自然。“黯黯”句，写见到了盼盼，也许还和她叙过寒暄，对她进行了安慰。接着点明是对梦境的追述。“小园行遍”四字，说明关心和诚意相寻。虽属幻境痴情，却见真心美意。

下阕就梦境摅慨。对于王安石变法，作者站在不全赞成的立场，因而感到压力，便请外调任地方官，由杭州转密州又转徐州，这时虽在“乌台诗案”之前，但已预感不佳，情绪颇不稳定，因而吏隐两种念头时有起伏。下阕开头三句即表现了归隐的思想。对于天涯宦游的厌倦，对于山中归路的向往，结合关盼盼守志燕子楼的往事，自然发出了古今如梦，但欢怨之情不断而梦亦不醒的感叹。不仅如此，最后还从自己感念关盼盼，联想到将来也会有人在这夜景中来感念自己。这种思想当然是消极的，但对此时此地的作者来说，倒也是真实的。

作者一生仕途坎坷，但颇能达观随遇，可是唯心主义的世界观和封建文人的传统思想，有时不免使他滑向虚无观的人生道路，但他不能不面对严峻的现实，所以往往表现出两重性格。这首词的消极思想就相当突出。其实，在那“诗人少达而多穷”（欧阳修《梅圣俞诗集序》）的时代，作为一个有理想有抱负而又备受打击迫害的知识分子，他虽然不满现实，但不能像农民那样拿起武器和统治阶级作殊死斗争，那就只有在笔下发发牢骚，或者逃避现实（如陶渊明）。这是阶级的、时代的局限，不必过于责备作者。当然，这又是不足为法的，特别是对于我们今天的读者来说。

一　萼　红

——登蓬莱阁有感

周　密

［词］	［谱］	（平韵格）
步深幽，	｜——	（韵·12）
正云黄天淡，	｜＋—＋｜	（句）
雪意未全休。	＋｜｜——	（韵）
鉴曲寒沙，	＋｜——	（句）
茂林烟草，	＋—＋｜	（句）
俯仰千古悠悠。	＋｜＋｜——	（韵）
岁华晚，	｜＋｜	（豆）
飘零渐远，	＋—＋｜	（句）
谁念我、	＋＋＋	（豆）
同载五湖舟？	—｜｜——	（韵）
磴古松斜，	＋｜——	（句）
崖阴苔老，	＋—＋｜	（句）
一片清愁。	＋｜——	（韵）
回首天涯归梦，	＋｜＋—＋｜	（句）
几魂飞西浦，	｜＋—＋｜	（句）
泪洒东州。	＋｜——	（韵）
故国山川，	＋｜——	（句）
故园心眼，	＋—＋｜	（句）
还似王粲登楼。	＋＋＋｜——	（韵）
最负他，	｜＋＋	（豆）
秦鬟妆镜，	——＋｜	（句）
好江山，	＋＋＋	（豆）

何事此时游！	十丨丨一一	（韵）
为唤狂吟老监，	十丨十一十十	（句）
共赋销忧。	十丨一一	（韵）

［作者］

周密（1232—1298），字公谨，号草窗、萧斋、四水潜夫等。祖籍济南，流寓吴兴（今属浙江）。南宋理宗淳祐中为义乌（今浙江义乌）令。宋亡，隐居不仕。其词偏重形式美，接近姜夔、吴文英，亦能诗文。著有《草窗词》（一名《蘋州渔笛谱》）、《齐东野语》《武林旧事》等，编有《绝妙好词》。

［调题考释］

调考：据《钦定词谱》，此调有押平、仄韵两体；仄韵体见宋代曾慥《乐府雅词》所载无名氏作，词中有"未教一萼，红开鲜蕊"，调名本此；平韵体见宋代姜夔《白石道人歌曲》此调前序言。向来填词的人，多填平韵调而很少填仄韵调。此平韵长调，一百〇八字，上阕五平韵，下阕四平韵。

题释：本词作于南宋灭亡后，作者到处漂泊之日（一说作于南宋灭亡前），借登临览景抒发羁旅之情和国破家亡之慨，以及对故国、故园的眷念。既苍茫感慨，又含蓄曲折，向被认为《草窗词》中压卷之作。

［注释与提示］

蓬莱阁：故址在今浙江绍兴市卧龙山下，以唐代元稹"谪居犹得近蓬莱"诗句得名。

鉴曲：即鉴湖一曲。唐代贺知章年老，请还乡，"有诏赐镜湖剡川一曲"（《新唐书·贺知章传》）。镜湖，即鉴湖，在今绍兴市南。

茂林：东晋王羲之于晋穆帝永和九年（353），偕友集会于会稽山阴西南兰渚山上之兰亭，作了一篇《兰亭集序》，其中有"此地有崇山峻岭，茂林修竹"之句。故此处茂林即代指兰亭。山阴，即今绍兴。

"俯仰"句：《兰亭集序》中有"俯仰之间，已为陈迹"之语，此处有横观上下四方、纵思古往今来之意。

同载五湖舟：春秋时范蠡佐越王勾践灭吴后，"遂乘轻舟，以泛于五湖，莫知其所终极"（《国语·越语》）。此地借以说明自己的离乡漂泊。五湖，即太湖。

磴：石级。

崖阴：背着阳光的山崖。

“几魂飞”两句：作者自注：“阁在绍兴，西浦、东州皆其地。”几，几度，几次。

王粲登楼：见前张炎《八声甘州》注。

秦鬟妆镜：秦鬟，指绍兴市东南形似妇女发髻的秦望山。妆镜，指绍兴市南像妇女梳妆时用来照影的镜湖。此均指登楼所见的佳山丽水。

“为唤”两句：唐诗人贺知章曾任秘书监，告老还故乡绍兴后，又自号“四明狂客”，故称“狂吟老监”。两句是说，为我把当年的诗人贺知章唤来，共同赋诗来消除忧愁吧。

上阕写登楼所见所感。开头三句，点明季节属冬，仰观云黄天淡，雪意未休。词人独自在深幽的蓬莱阁上漫步。这情景已说明作者此时的心绪何等低沉了。然后俯视鉴湖的寒沙，远望兰渚山上的兰亭烟草，这些富有历史意义的风物，对比今日自会引起悠悠千古的感慨。人老了却要到处漂泊，而且越去越远。有谁同情我，能像范蠡当年一样，同去泛舟五湖呢？范蠡为了逃禄、逃名，我则为了逃避耻辱和痛苦。看那旧时的石级、歪斜的松树以及背阴山边的古老苍苔，都只能引起我抚今追昔，织成一片清愁。

下阕进一步伤己感时。只身流落天涯的往事真不堪回首，我凄惶的魂曾几度飞向西浦，痛国的眼泪也曾洒向东州。可爱又可怜的故国山川，长在心中的故园，让我像当年登楼望乡作赋的王粲，一腔悲愤，满目忧伤！这发髻般的秦望山，这妆镜样的鉴湖，多么美好的江山啊，可是我真太辜负它们了，为什么在这国亡家破之日我才来游赏呢！孤独一身，无人可共语，我真想唤来当年在此地的狂吟老监贺知章，共同赋诗消忧啊！

通篇感慨苍茫，情哀词健，形象突出，风韵清绝。读之使人如临其境，见其人，闻其声。前人评为《草窗词》中压卷之作，不无理由。

沁　园　春

——梦孚若

刘克庄

[词]	[谱]	（平韵格）
何处相逢？	＋＋－－	（句）
登宝钗楼，	＋＋＋＋	（句）
访铜雀台。	＋＋＋－	（韵·5）
唤厨人斫就，	｜＋－＋｜	（句）
东溟鲸脍；	＋－＋｜	（句）
圉人呈罢，	＋－＋｜	（句）
西极龙媒。	＋｜－－	（韵）
天下英雄，	＋｜－－	（句）.
使君与操，	＋－＋－	（句）
余子谁堪共酒杯？	＋｜－－＋｜－	（韵）
车千乘，	＋－｜	（句）
载燕南赵北，	＋＋－＋｜	（句）
剑客奇才。	＋｜－－	（韵）
饮酣鼻息如雷，	＋－＋｜－－	（韵）
谁信被、	＋＋｜	（豆）
晨鸡轻唤回。	＋－＋｜－	（韵）
叹年光过尽，	｜＋－＋｜	（句）
功名未立；	＋－＋｜	（句）
书生老去，	＋－＋｜	（句）
机会方来。	＋｜－－	（韵）
使李将军，	＋｜－－	（句）
遇高皇帝，	＋－＋｜	（句）

万户侯何足道哉。	＋｜－－＋｜－	（韵）
披衣起，	＋＋｜	（句）
但凄凉四顾，	｜＋－＋｜	（句）
慷慨生哀。	＋｜－－	（韵）

［作者］

刘克庄（1187—1269），字潜夫，号后村居士，莆田（今福建莆田）人。以世家子入仕，因作讪诗免官，理宗时赐进士出身。历官有直声，以龙图阁学士致仕。他是南宋后期爱国词人，传世有《后村先生大全集》。

［调题考释］

调考：本调取名自东汉时幽美的沁水公主园林，为出自侯门的古调，又有《寿星明》《洞庭春色》等别名。双调，一百一十四字，上阕十三句，四平韵，五十六字；下阕十二句，五平韵，五十八字。

题释：方孚若名信儒，是作者的志同道合的挚友，以几次使金不屈著名。本篇为通过梦境悼念亡友，并抒发彼此怀才不遇、壮志莫酬的悲愤之作。

［注释与提示］

宝钗楼：宋时陕西咸阳有名的酒楼。陆游《对酒》诗："但恨宝钗楼，胡沙隔咸阳。"

铜雀台：三国时曹操所建，在今河北临漳（即邺都）。以上两地当时都在金人统治区。

"唤厨人"两句：斫（zhuó），用刀砍剁。东溟，东海。鲸脍（kuài），把大鲸鱼切成细片。圉（yǔ）人，养马的官。西极龙媒，《汉书・郊祀歌》："天马徕，从西极"，"天马徕，龙之媒。"古人认为天马和神龙是同类，故天马可为招龙的媒介，所以称天马为龙媒。这两句用浪漫主义手法，说在梦中叫厨人把东海的鲸鱼切成细片来吃，又叫管马官把天马牵来供坐骑。

"天下"三句：《三国志・蜀书・先主传》："是时曹公从容谓先主曰：'今天下英雄，惟使君（刘备）与操耳。'"（辛弃疾的《南乡子》词中曾有"天下英雄谁敌手，曹、刘"之句）。此三句把方孚若和自己比作曹操和刘备，其他人全不在眼下。这里并非作者骄傲自大，而是愤慨于坚决收复中原的主战者少，而苟且偷安的主和者多。那些主和者都是不堪共酒杯的。

车千乘:古时一车四马叫乘。此言在梦中招揽恢复中原的人才之多。此句一作“车千辆”。

“燕南”二句:燕、赵,今河北、山西一带,古为燕、赵二国地。韩愈《送董邵南序》:“燕、赵古称多感慨悲歌之士。”此即用其意。剑客奇才,指武术谋略出众的人,《汉书·李陵传》:“臣所将屯边者,皆荆楚勇士,奇材剑客也。”此两句写所结交皆非凡之人,联系上句的“车千乘”来看,似乎不仅有收复失地的打算,而且已付诸行动了。写的尽管是梦境,流露出来的却是真实思想和具体行动。

鼻息如雷:酒后酣睡发出的鼾声。一作“画鼓如雷”。

“谁信”句:谁料到这准备恢复失地的好梦被报晓的鸡声唤醒了。

老去:一作“老矣”。

“使李将军”两句:汉李广抗击匈奴屡建奇功,匈奴称为“飞将军”,但终未封侯。《史记·李将军传》载汉文帝刘恒曾对李广说:“惜乎,子不遇时,如令子当高帝时,万户侯岂足道哉。”这里既是借李广的不遇时,抒发作者及方孚若的怀才不遇,又有对南宋小朝廷皇帝的婉讽。

回顾:一作“感旧”。

常言道,日有所思,夜有所梦。当这样一位志同道合的挚友死去之后,词人能不把多年的友谊和共同的理想以及共同的不幸遭遇,思之而形诸梦寐吗?

上阕写梦境,这梦境非同一般。是挚友死别后的梦;是在沦陷了百余年的中原土地上登临访胜,驰骋宴饮,结交游侠,实现豪情壮志的梦;是一场受现实约束而恣意遨游的梦。看“使君与操”这两位人物登宝钗楼,访铜雀台,食鲸脍,跨天马,千乘万骑簇拥着燕南赵北的剑客奇才。这一在现实中不可能实现的理想,却在梦中实现了,多么称心快意啊!

下阕过片写这场好梦却被晨鸡的啼叫声唤醒,“谁信”和“轻”表达了梦中正在得意之际被鸡声唤醒了。在这惺忪时刻,一切又回到了使人愤慨的现实中来。这时候很自然地把梦境和现实来个对比,用一个“叹”字直贯以下六句："年光过尽，功名未立"是现实，"书生老去，机会方来"是梦境；梦中的汉文帝还会同情李广的不遇时，而现实中的南宋小朝廷统治者，对方孚若和作者这些爱国志士却是横加压抑和打击。那么"披衣起，但凄凉四顾，慷慨生哀"，自是难免的了，可是又极为含蓄，不尽之意见于言外。这里必须说明，作者所说的"功名未立"亦即不遇时，和李广当年的不遇时未立功名，又有所不同。李广的不遇时，说明了汉朝廷的赏罚不明；作者及方孚若的不遇时，却控诉了南宋小朝廷的庸懦和腐朽。

借梦境来寄托理想的奇特构思，给本篇定下了浪漫主义的基调。古代作家们往往把一些不便明说或直说的思想感情，托诸梦境表现出来，产生了意外的艺术效果。如李白的《梦游天姥吟留别》、元稹的《梦游春七十韵》等都为名作，但真能寄托如此爱国忧时感慨的，还得让本篇居先。

摸　鱼　儿

——东皋寓居

晁补之

［词］	［谱］	（仄韵格）
买陂塘、	｜——	（豆）
旋栽杨柳，	———｜	（句）
依依淮岸江浦。	十——｜—｜	（韵·4）
东皋嘉雨新痕涨，	——十｜——｜	（句）
沙嘴鹭来鸥聚。	十｜｜——｜	（韵）
堪爱处。	—｜｜	（韵）
最好是，	十｜｜	（豆）
一川夜月光流渚。	十—十｜——｜	（韵）
无人独舞。	十—十｜	（韵）
任翠幄张天，	｜十｜——	（句）
柔茵藉地，	十—十｜	（句）
酒尽未能去。	十｜｜—｜	（韵）

青绫被，	— — ＋	（句）
莫忆金闺故步，	＋ ｜ — — ｜ ｜	（韵）
儒冠曾把身误。	— — — ｜ — ｜	（韵）
弓刀千骑成何事？	＋ — ＋ ｜ — — ｜	（句）
荒了邵平瓜圃。	＋ ｜ ＋ — — ｜	（韵）
君试觑，	— ｜ 　 ｜	（韵）
满青镜，	＋ — ｜	（豆）
星星鬓影今如许。	＋ — ＋ ｜ — — ｜	（韵）
功名浪语。	＋ — ＋ ｜	（韵）
便似得班超。	｜ ＋ ｜ — —	（句）
封侯万里，	＋ — ＋ ｜	（句）
归计恐迟暮。	＋ ｜ ｜ — ｜	（韵）

［作者］

晁补之（1053—1110），字无咎，济州钜野（今山东巨野）人。宋神宗元丰二年（1079）进士第一。曾任秘书省正字、著作佐郎等职。以坐修《神宗实录》失实，贬监处、信二州酒税。后被起用，任达、泗州知州。晚年还家葺“归来园”，慕陶潜为人，自号“归来子”。作者年少未登第时即受知于苏轼，为词风格亦近苏轼，为苏门四学士之一。

［调题考释］

调考：本调一名《摸鱼子》，当为民间捕鱼时所歌。唐教坊曲，后用为词调，又名《买陂塘》《陂塘柳》《迈陂塘》《双渠怨》等。双调，一百一十六字。上阕十句，六仄韵，五十七字；下阕十一句，七仄韵，五十九字。

题释：通过东皋寓居的描写和抒怀，表示对官场生活的厌弃，对田园生活的喜悦，似旷达而实愤激。

［注释与提示］

东皋：作者家乡的东山，即“归来园”所在地。

陂（bēi）塘：蓄水的池塘。

旋：不久，很快。

“依稀”句：仿佛淮水、湘江一带的美丽景色。

嘉雨：好雨。

沙嘴：沙洲突出水中之处。

翠幄张天，柔茵藉地：坐在柳树下的草地上，上面是翠色帐幕般的天空，下面是茵席般柔软的衬垫。幄，帐幕。茵，席子。藉，衬垫。

“青绫被”两句：汉代尚书郎值夜班，由公家供给新青缣白绫被盖。金闺，即金马门，为汉武帝时学士们替皇帝草拟文稿的地方。此两句为作者回忆其在朝廷供职著作佐郎时情景。

“儒冠”句：此即杜甫《奉赠韦左丞丈二十二韵》中“儒冠多误身”之意。儒冠，代称读书人。这是一句牢骚话，难道说读书真的会误人吗？

弓刀千骑(jì)：指作者当地方官时手下前呼后拥佩带武器的侍卫。

邵平瓜圃：秦代东陵侯邵平，在秦亡后隐居长安城东种瓜，瓜呈五色，味美，世称东陵瓜（阮籍《咏怀》诗中有一首专咏东陵瓜，可参考）。此句言做官妨碍了隐居生活。

觑(qù)：看，注视。

青镜：古人用青铜做镜子，镜面磨得很光，照人与今天的镜子一样，故称青铜镜，简称青镜。

星星：花白头发。

浪语：空话。

“便似得”几句：东汉班超少有大志，投笔从戎，后来出使西域建立大功，封定远侯。在外三十一年。其妹班昭（曹大家），以其年老，上书皇帝，乞归。超回京城已年逾七十，不久死去。事见《后汉书·班超传》。作者这几句是说，自己即使能学得当年班超那样封侯万里，恐怕归来已是迟暮之年，实际上是说明功名于己已无分了。

上阕叙事写景。开头三句，写退隐的决心和退隐后为自己经营的幽美闲适的生活环境。“东皋”以下，写东皋雨晴昼夜的可爱景色：鸥鹭集沙洲，满川皎月亮；在翠幕似的天空下，如茵的草地上，一个人醉舞欢酌，直到把酒喝光了还不想离去。这时候，作者似乎真的否定了陶渊明《归园田居》中“少无适俗韵”的“韵”字，而肯定了“性本爱丘山”的“性”字。美景、豪情、清欢、醉舞，谱写成一曲田园得意乐。

下阕抒情。“青绫被”几句，是说不要再回忆在朝廷供职当著作佐郎那段生活了，这正是受了儒冠的诳误。“弓刀”两句，写自己外任地方官，既无成就，又妨碍了追求闲适的隐居生活。“君试觑”以下，从镜中衰鬓想到功名事业，都是些空话，到如今即使能如班超封侯，而年事已迟暮，言下不胜牢骚。屈原曾说：“日月忽其不淹兮，春与秋其代序；惟草木之零落兮，恐美人之迟暮。”（《离骚》）作者此时亦正有此感，然屈原所关心的是楚国及其人民的命运，而作者却停留在个人的荣辱升沉上。封建社会文人的思想，似晁者甚多而同屈原者太少啊！

本篇总的说来，内容一般，只是艺术性尚有可取之处。清代刘熙载在《艺概》中说：“无咎词堂庑特大，人知辛稼轩《摸鱼儿》‘更能消几番风雨’一阕，为后来名家所竞效，其实辛词所本即无咎《摸鱼儿》‘买陂塘旋栽杨柳’之波澜也。”其实辛词满腔忠愤之情，晁词安能与之相比？但晁词之艺术成就，特别是一种磊落气概和豪放风格，在当时应予肯定，对后世也有一定的影响。

贺新郎

——西湖

文及翁

[词]	[谱]	（仄韵格）
一勺西湖水，	＋ ｜ — — ｜	（韵·3）
渡江来、	｜ — —	（豆）
百年歌舞，	＋ — ＋ ｜	（句）
百年酣醉，	＋ — — ｜	（韵）
回首洛阳花石尽，	— ｜ ＋ — — ＋ ｜	（句）
烟渺黍离之地。	＋ ｜ ＋ — ＋ ｜	（韵）
更不复，	＋ ＋ ｜	（豆）

新亭堕泪。	＋ － ＋ ｜	（韵）
簇乐红妆摇画艇，	＋ ｜ ＋ － － ｜ ｜	（句）
问中流，	｜ ＋ －	（豆）
击楫谁人是？	＋ ｜ － － ｜	（韵）
千古恨，	＋ ｜ ｜	（句）
几时洗？	＋ － ｜	（韵）

余生自负澄清志。	＋ － ＋ ｜ － － ｜	（韵）
更有谁，	｜ ＋ ＋	（豆）
磻溪未遇。	＋ ＋ ＋ ｜	（句）
傅岩未起。	｜ － ＋ ｜	（韵）
国事如今谁倚仗，	＋ ｜ － － － ＋ ｜	（句）
衣带一江而已。	＋ ｜ ＋ － ＋ ｜	（韵）
便都道、	｜ ＋ ｜	（豆）
江神堪恃。	＋ － ＋ ｜	（韵）
借问孤山林处士，	＋ ｜ ＋ － － ＋ ｜	（句）
但掉头、	｜ ＋ －	（豆）
笑指梅花蕊。	＋ ｜ － － ｜	（韵）
天下事，	＋ ｜ ｜	（句）
可知矣，	＋ － ｜	（韵）

［作者］

文及翁，生卒年不详，字时学，号本心，绵州（今四川绵阳）人，移居吴兴。宋理宗宝祐元年（1253）进士。官资政殿学士。宋亡不仕，闭门著书。诗文集失传。存词一首。

［调题考释］

调考：本调据毛先舒《填词名解》说，为宋代苏轼所创，因词中有“晚凉新浴”句，故名为“贺新凉”，渐误为“贺新郎”。又名《金缕曲》《风敲竹》《乳燕飞》等。双调，一百一十六字。上阕九句，六仄韵，五十七字；下阕九句，六仄韵，五十九字。

题释：一方面谴责南宋小朝廷官僚集团置国耻于不顾，纵情声色，醉生梦死；另一方面对当时一些自命清高、不问国事的知识分子进行了批判。

［注释与提示］

一勺西湖水：勺，为古代舀酒器具。此句极言西湖之小，是作者的愤慨语。

“渡江来”两句：从公元1127年北宋灭亡，赵构（宋高宗）即位迁都江南，到作者的时代已一百多年。

“回首”句：洛阳，指北宋都城汴京（开封）；洛阳在北宋时以园林花木著称，又宋徽宗赵佶曾派人去江南大肆搜刮民间奇花异石，运回汴京营造为其享乐的寿山艮岳（万寿山）。当时运花石的船队不断来往于淮汴之间，号称“花石纲”。“花石尽”一作“花世界”。

“黍离之地”：指广大中原沦陷区。《诗经·王风·黍离》：“彼黍离离，彼稷之苗。”据《毛诗序》，此诗“悯周室之倾覆”。此指已沦陷的北宋京都汴京。

新亭堕泪：刘义庆《世说新语·言语》说：“过江诸人，每至美日，辄相邀新亭（在今南京），藉卉饮宴，周侯（周顗）中坐而叹曰：‘风景不殊，正自有河山之异。’皆相视流泪。惟王丞相（王导）愀然变色曰：‘当共戮力王室，克复神州，何至作楚囚相对！’”当时南宋的情势与东晋相似，用此典甚为贴切，都是置中原沦陷区于不顾。

“簇乐”句：浓妆艳抹的歌伎们在繁弦急管中摇着画船。“画艇”一作“画舫”。

中流击楫：《晋书·祖逖传》：“渡江，中流击楫而誓曰：‘祖逖不能清中原而复济者，有如大江！’”

澄清志：《后汉书·范滂传》：“滂登车揽辔，慨然有澄清天下之志。”

磻溪未遇：相传姜太公（姜尚）未遇周文王（姬昌）时，曾在磻溪隐居垂钓。磻溪，在今陕西宝鸡市东。

傅岩未起：相传傅说为奴，版筑（筑墙）于傅岩，殷高宗识拔为相，遂成名臣。

衣带一江而已：《南史·陈后主记》记载，隋文帝将南下攻陈，对高颎说："我为百姓父母，岂可限一衣带水，不拯之乎？"这里是说如今国家只倚仗像衣带般的一条长江水而已。

孤山林处士：即北宋初隐居西湖孤山，以梅为妻、以鹤为子的林逋（和靖）。这里借指那些自命清高、对国事漠不关心的人。处士，隐居不仕的人。

上阕，作者劈头就把批判的矛头直指南宋统治阶层，指责他们在这小小西湖之中"百年歌舞，百年酣醉"，像一把钢刀直刺南宋最高统治集团的胸膛，怒斥他们不但不思收复中原失地，反而过着花天酒地、醉生梦死的可耻生活。这种胆识与快语，在当时多么难得！"回首洛阳"几句，痛言沦陷了的广大中原地区，特别是汴洛一带，昔日的繁华已如烟云散空，只剩下黍离之悲，而渡江百年来的南宋士大夫们，也已意志颓丧，弱陋成习，不再洒新亭之泪了。"簇乐"以下，言再看那西湖之上，载着粉白黛绿、急管繁弦的歌伎舞娘的画舫兰桡，不禁要使人问一问，像当年击楫中流誓雪国耻的祖逖那样，又是哪些人呢？这千百年来的国耻民恨啊，何时才能得到洗雪！

下阕既抒己怀，又批判那种侥幸苟安的人心和消极颓废的世风。尽管自负有范滂那样的"澄清志"，也还有像姜尚、傅说那样未被识拔的治国杰出人才，然而这些都将无济于事，无补于时；今天国家最倚仗的却是一条像带子样的长江水而已，认为江神才是可以信赖的。多么可笑又可悲！至于那些虽有才能而甘当隐士的林逋式人物，他们只知道去欣赏梅花而不管什么国家大事。这样国家的前途是可想而知的了。

据李有《古杭杂记》，文及翁登第后，与诸进士游西湖，有人戏问他："西蜀有此景否？"他即席写下这首《贺新郎》词。作者突出的爱国精神、正义感和敏捷才思，在当时确属凤毛麟角。可惜病入膏肓的南宋统治集团，决非这小小的一针一砭所能奏效。还可惜的是这位词人的诗文集均已亡佚，传世的词仅此一首。本来"花香不在多"，这首《贺新郎》与唐代张若虚的《春江花月夜》，真可谓异曲同工，又异代共命了。

兰　陵　王

——丙子送春

刘辰翁

［词］	［谱］	（仄韵格）
送春去，	＋－｜	（韵·4）
春去人间无路。	＋｜－－＋｜	（韵）
秋千外，	－－｜	（句）
芳草连天，	－｜＋－	（句）
谁遣风沙暗南浦？	＋｜－＋｜－｜	（韵）
依依甚意绪，	＋－｜＋｜	（韵）
漫忆海门飞絮。	＋｜＋－＋｜	（韵）
乱鸦过，	＋－｜	（句）
斗转城荒，	＋｜＋－	（句）
不见来时试灯处。	＋｜－－｜－｜	（韵）
春去，	＋｜	（韵）
最谁苦？	｜－｜	（韵）
但箭雁沉边，	｜＋｜－－	（句）
梁燕无主，	＋｜－｜	（韵）
杜鹃声里长门暮。	＋－＋｜＋－｜	（韵）
想玉树凋土，	＋＋＋＋｜	（句）
泪盘如露。	＋－＋｜	（句）
咸阳送客屡回顾，	－＋＋｜｜＋｜	（韵）
斜日未能度。	＋＋＋－｜	（韵）
春去，	＋｜	（韵）
尚来否？	｜＋｜	（韵）
正江令恨别，	｜＋＋＋＋	（句）

庾信愁赋，	＋＋－｜	（韵）
苏堤尽日风和雨。	＋－＋｜－－｜	（韵）
叹神游故国，	｜＋＋｜｜	（句）
花记前度。	＋＋＋｜	（韵）
人生流落，	＋＋＋＋	（句）
顾孺子，	｜＋｜	（句）
共夜语。	｜＋｜	（韵）

［作者］

刘辰翁(1232—1297)，字会孟，号须溪，庐陵(今江西吉安)人。理宗进士，曾被荐居史馆，除太学博士，皆以时政腐败而不就。其词情辞沉痛，为南宋逸民中最深切反映爱国思想者。传世有《须溪词》。

［调题考释］

调考：据宋代王灼《碧鸡漫志》记载，《北齐史》及《隋唐嘉话》称：齐文襄之子长恭，封兰陵王，与周师战，尝著假面对敌，击周师金墉城下，勇冠三军，武士共歌谣之，曰《兰陵王入阵曲》。本调之名即本此。此调有不同各体，兹列一体。长调，一百三十字，分三阕。首阕七仄韵，次阕五仄韵，末阕六仄韵。

题释：丙子，为南宋恭帝(赵㬎)德祐二年(1276)。这年春天，元兵攻陷临安(杭州)，掳赵㬎及太后嫔妃北去。本词即作于这年暮春时候。古代文人每当春暮时，常作诗或填词来饯春、送春。作者的这首词，题为送春，词是悲宋，曲折写来，读之使人感慨莫名。

［注释与提示］

春去人间无路：表现了作者在临安陷落、帝室被掳后的极端苦闷和走投无路的心情。

风沙暗南浦：风沙，比喻敌军。南浦，原指面南的水边，后泛指送别之地。此处借指江南水乡。

甚：什么。

“漫忆”句：漫忆，徒然思念着。海门飞絮，借指逃往福建由宰相陈宜中及宗室拥立的南宋幼君(端宗赵昰)及大臣们。此句是说,白白思念着像飞絮般飘向南海一带的南宋君臣们。

乱鸦:比喻敌军。

斗转:北斗七星移动了位置,叫作斗转。古人认为斗转则春回。这里兼指时代变迁。

试灯:旧历正月十五称灯节,在这之前悬灯预赏,称为试灯。这里泛指昔日临安的春灯繁华景象。

箭雁沉边:箭雁,中箭受伤的雁;沉边,落在边远的地方。此句意思是,被掳走的南宋君臣,像被射伤的大雁一样落在远方。

梁燕无主:言流散各地的南宋士大夫,他们的家已室空无人,梁上的燕子也失去了主人;象征臣子失君后的悲哀心情。

"杜鹃"句:长门,见前黄昇《清平乐》词注。此指繁华消歇后的临安宫殿都像长门宫一样,在傍晚杜鹃的凄厉啼声中,真使人情惨心悲。

玉树凋土:庾亮死,何充临葬叹息说:"埋玉树于土中,使人情何能已。"(《晋书·庾亮传》)。这里指许多为国牺牲者。

泪盘如露:言金人承露盘里盛的不是露水,而是眼泪。承露盘,见李贺《金铜仙人辞汉歌并序》:"魏明帝青龙九年八月,诏宫官牵车西取汉孝武捧露盘仙人,欲立置前殿。宫官既拆盘,仙人临载,乃潸然泪下。"这里表示作者有铜仙那样"忆君清泪如铅水"的亡国哀痛。

"咸阳"两句:俱承上句铜仙典故,借铜仙在咸阳道上日斜时尚不忍起步,来说明被元军俘虏者的故国之思。

江令恨别:江淹被黜为建安吴兴令,故称江令,曾作《别赋》(见《梁书·江淹传》)。

庾信愁赋:梁庾信出使北周,被留不返,曾作《愁赋》(已亡佚)。宋代叶廷珪《海录碎事》中存有片段。

"苏堤"句:苏轼知杭州时筑堤西湖,故名苏堤,向为游览胜地;而今却在元军的统治之下。风雨,喻元军及其所利用的败类们的胡作非为。

"神游"两句:用苏轼《念奴娇》词中的"故国神游"和刘禹锡《再游玄都观》"种桃道士归何处,前度刘郎今又来"诗意,表现了陷落后残破荒凉的临安，和离散而重返者对比今昔的哀伤感受。

“人生”三句：写在战乱中流落他乡的凄凉境地，无人可共语，只有在夜里和小儿子谈谈心。孺子，作者的儿子。

全词分三阕，每阕皆用“春去”开头，表面上感叹春天的一去不回，实是对宋室覆亡的深沉哀悼。

首阕开头即说“送春去，春去人间无路”。家破国亡，正如春天归去一样，人间一片荒凉寂寞，哪里有道路可走呢！“秋千外”两句，对比原来的芳草绿波和今天的漫天风沙，是谁把美丽的江南水乡变成这个样子？一个“谁”字，问得有理、有力，又很愤慨。作者此时对故国和过去的一切，情不能自已，只有想着那向海门飘去的飞絮。尽管是斗转春回的季节，那些乌鸦乱飞过上空时，再也看不见像试灯节那样的昔日繁华景象了。本阕运用比兴手法，写春去、写风沙漫天、写海门飞絮、写乱鸦飞空，把国亡、君去、民瘁、城荒、敌人肆虐的悲惨情景，曲折、形象、深刻地表现出来。

次阕通过比兴及用典手法，进一步写“春去”之痛。春去“最谁苦?”，这个“谁”字，包括了作者在内的亡国君臣和民众；“苦”的是中箭落在边远地方的大雁、归来无主的梁燕、傍晚时在长门宫上啼叫的杜鹃，以及长埋于地下的为国捐躯者，还有露盘盛着泪、日斜时还不忍离开咸阳道的金铜仙人。这些都因春去而悲苦、眷恋。那么，此时此地送春的人，对国亡、君俘，对臣民的死亡流离，对一切破坏和改变，该是何等感念和悲痛呢？

末阕痛感春去不再来，“尚来否?”问得多么凄伤又多么眷恋。像江淹赋别、庾信赋愁那样伤离痛别，又有何用。世已换，天已改，那美景如画的苏堤，整日在风风雨雨之中，春来是无望了！想那故都的桃花，随着春去已零落净尽，只有一片荒凉和凄惨。前度刘郎只有在神游中才会再来！可叹我在流落生涯中，凄凉悲苦，只有在夜里和小儿子谈谈心啊！

和作者同时、同遭遇而同样深感亡国之痛的南宋末诗人林景熙，写过一首《送春》诗：“蜀魄声声诉绿阴，谁家门巷落花深？游丝不系春晖住，愁绝天涯寸草心！”也是借送春来哀悼亡宋的，但和本词相比，又有深浅厚薄之不同。所以刘辰翁这首词，是应该给予肯定的。

莺 啼 序

——春晚感怀

吴文英

[词]	[谱]	(仄韵格)
残寒正欺病酒，	— — ｜ — ｜ ｜	(句)
掩沉香绣户。	｜ — — ＋ ｜	(韵·4)
燕来晚、	＋ ＋ ｜	(豆)
飞入西城，	＋ ｜ — —	(句)
似说春事迟暮。	｜ ＋ ＋ ｜ — ｜	(韵)
画船载、	＋ ＋ ｜	(豆)
清明过却，	— — ｜ ｜	(句)
晴烟冉冉吴宫树。	— — ｜ ｜ — — ｜	(韵)
念羁情，	｜ ＋ —	(句)
游荡随风，	＋ ｜ ＋ —	(句)
化为轻絮。	＋ ＋ — ｜	(韵)
十载西湖，	＋ ｜ — —	(句)
傍柳系马，	＋ ＋ ＋ ｜	(句)
趁娇尘软雾。	｜ ＋ — ＋ ｜	(韵)
溯红渐、	＋ ＋ ｜	(豆)
招入仙溪，	＋ ｜ — —	(句)
锦儿偷寄幽素。	＋ — — ＋ ＋ ｜	(韵)
倚银屏、	｜ — —	(豆)
春宽梦窄，	＋ — ｜ ｜	(句)
断红湿、	＋ ＋ ｜	(豆)
歌纨金缕。	＋ — — ｜	(韵)
暝堤空，	｜ ＋ —	(句)
轻把斜阳，	＋ ｜ ＋ —	(句)

总还鸥鹭。	＋ — — |	（韵）
幽兰旋老，	＋ — ＋ |	（句）
杜若还生，	＋ | ＋ —	（句）
水乡尚寄旅。	＋ ＋ ＋ ＋ |	（韵）
别后访、	＋ | |	（豆）
六桥无信，	＋ ＋ ＋ |	（句）
事往花萎。	＋ | ＋ |	（韵）
瘗玉埋香，	| | — —	（句）
几番风雨？	| ＋ ＋ |	（韵）
长波妒盼，	＋ — ＋ |	（句）
遥山羞黛，	— — ＋ |	（句）
渔灯分影春江宿，	＋ — ＋ | — — |	（句）
记当时、	| ＋ —	（豆）
短楫桃根渡。	＋ | ＋ — |	（韵）
青楼仿佛，	— — | |	（句）
临分败壁题诗，	＋ ＋ ＋ | — —	（句）
泪墨惨淡尘土。	＋ ＋ ＋ ＋ — |	（韵）
危亭望极，	＋ — ＋ |	（句）
草色天涯，	＋ | — —	（句）
叹鬓侵半苧。	| | — ＋ |	（韵）
暗检点、	| ＋ |	（豆）
离痕欢唾，	＋ — ＋ |	（韵）
尚染鲛绡，	| | — —	（句）
亸凤迷归，	＋ | — ＋	（句）
破鸾慵舞。	＋ ＋ ＋ |	（韵）
殷勤待写，	— — | |	（句）
书中长恨，	— — — |	（句）

蓝霞辽海沉过雁，	＋ — ＋ ｜ ＋ ＋ ｜	（句）
漫相思、	｜ — —	（豆）
弹入哀筝柱。	＋ ｜ — — ｜	（韵）
伤心千里江南，	＋ — ＋ ｜ — —	（句）
怨曲重招，	＋ ｜ — —	（句）
断魂在否？	｜ ＋ ＋ ｜	（韵）

［作者］

吴文英（约1200—约1260），字君特，号梦窗，四明（今浙江宁波）人。长期以清客身份来往苏、杭一带，以布衣终身，但交游多朝中显贵。他的词除了注重音律及词采奇丽外，有时过分雕琢晦涩，使人如读今天的朦胧派诗。传世有《梦窗词》。

［调题考释］

调考：此调最早见于宋代吴文英《梦窗词》及宋代赵闻礼编《阳春白雪》所载徐宝之词（押入声韵），后世填此调皆以吴词为准。“序”即“叙”，有铺叙之意，故能拉长篇幅。长调，二百四十字，分四阕，每阕各四仄韵。

题释：据夏承焘《吴梦窗系年》考证，吴文英曾纳两妾，一在苏州，后遣去；一在杭州，后病死。本篇似其在晚春季节悼念后者之作。《宋六十名家词》题作“晚春感怀”。

［注释与提示］

“残寒”句：言因饮酒过量而致病的人，经受不住清明前后残余寒意的侵袭。

沉香绣户：指词人所居以沉香木为门户之房屋。

西城：即杭州城西，包括西湖在内。

春事：春天游乐之事。

“晴烟”句：晴烟，晴天的烟霭。冉冉，轻柔的样子。吴宫，南宋京城临安（杭州）旧属吴地，五代时吴越王钱镠亦建都于此。这句是说，晴天轻柔的烟霭淡淡笼罩着京城杭州的宫苑树木。

羁情：旅情，离情。

傍柳系马：唐代王维《少年行》："系马高楼垂柳边"，此处指作者的冶游生活。

娇尘软雾：描写西湖游乐情景，连游春仕女们所乘车扬起的灰尘变成的烟雾都感到娇而软。

"溯红"句：写作者的艳遇，暗用刘、阮神话故事（见前朱敦儒《减字木兰花》词注）。

"锦儿"句：锦儿，原为钱塘名妓杨爱爱的婢名，此处代指作者所爱人的侍婢。幽素，深深的情意。"素"同"愫"。此句言伊人的侍婢为其暗传书信。

"倚银屏"句：银屏，伊人居处的银饰屏风。春色无边，而天台仙梦极为短促。

"断红"两句：断红，红泪。歌纨，歌唱时用的罗扇。金缕，舞蹈时穿的名贵衣衫。此句言惜别红泪，把舞衫歌扇都打湿了。

"暝堤空"三句：言天色渐晚，游人散尽，把白天为人所占有的斜阳晚景，都还给大自然的海鸥和鹭鸶去享受了。说明作者自己也不能不离去。

"幽兰"两句：幽兰，幽香的兰草，春季开花。杜若，香草名，《楚辞·湘君》有"采芳洲兮杜若"，夏季开花。此两句写时序的变更。

寄旅：寄居作客。

六桥：宋代苏轼守杭州，在外湖建造六座桥：映波、锁澜、望山、压堤、东浦、跨虹。此代指西湖及其留恋之地。

花萎：花凋谢，此指爱妾死亡。

瘗（yì）玉埋香：玉、香皆代指妾，即伊人已埋葬于地下。

"长波"两句：盼，女性眼睛之美，《诗经·卫风·硕人》："美目盼兮。"黛，女性之眉毛，《西京杂记》："（卓）文君姣好，眉毛如望远山。"两句意思是，长流的水波妒忌她的眼神，秀淡的远山羞比她的眉色。

"渔灯"句：那春夜渔舟灯火映照着我们同宿的影子。

"短楫"句：桃根，王献之妾桃叶之妹，献之曾作《桃叶歌》以送别，歌云："桃叶复桃叶，渡江不用楫。但渡无所苦，我自迎接汝。""桃叶复桃叶，桃叶连桃根。相连两乐事，独使我殷勤。"（见《乐府诗集》引《古今乐录》）此句意思是，曾划着小船迎接伊人。

青楼仿佛：青楼，伊人所居之高楼。仿佛，依稀似旧。意谓楼空人亡。

“临分”两句：当日分别时和泪研墨在墙壁上题下诗句，如今壁已败坏，诗也湮没于惨淡尘土中了。

危亭望极：登上高亭，极目远望。

叹鬓侵半苎：苎，麻（白色）。此句言，叹息自己的头发已经花白。

“暗检点”两句：暗暗检查一下手帕上离别时擦的泪迹和欢笑时留的唾痕。李煜《一斛珠》：“烂嚼红茸，笑向檀郎唾。”鲛绡，传说南海中有鲛人，水居如鱼，不废织绩，其眼能泣珠（见晋·张华《博物志》）。此鲛绡即用鲛人所织成的丝织品制成的手帕。

亸(duǒ)凤：垂下翅膀的凤鸟。

破鸾慵舞：破鸾，破镜。《艺文类聚》卷九十引刘宋代范泰《鸾鸟诗序》：“昔罽宾王结罝峻祁之山，获一鸾鸟。王甚爱之，欲其鸣而不致也。乃饰以金樊，饷以珍馐。对之愈戚，三年不鸣。其夫人曰：‘闻鸟见其类而后鸣。何不悬镜以映之？’王从其意，鸾睹形悲鸣，哀响冲霄，一奋而绝。”此处作者用以自况，有破镜不复重圆之意。

“蓝霞”句：傍晚时天边现出带有蓝色的霞光。辽海，辽远无边的大海。沉过雁，连传书大雁的影子都消失了，概述人亡信杳。

“漫相思”句：徒然将相思的苦情弹入筝的哀怨之弦中。

“伤心”三句：此化用《楚辞·招魂》“目极千里兮伤春心，魂兮归来哀江南”之意，点出悼亡招魂、伤心填词之本意。

全词共分四阕。首阕从伤春写起。“残寒”两句，既点明季节，又说明作者此时正为暮春残寒所侵袭，闭户借酒消愁以致病酒。“燕来”两句，写觉得迟迟飞来的燕子，在城西（西湖一带）呢喃，似诉说春光快完了。“画船”两句，写大好清明时节已随着西湖上游人的画船而过尽，剩下的只有笼罩在树上的清烟淡霭（一说湖中的倒影）而已。“念羁情”三句，写客游落拓情怀，已随着春风化成飞絮飘走。这三句，有个人的身世潦倒感，也能听到家国之忧的弦外音。

次阕追叙与伊人在西湖初遇情景。“十载西湖”以下五句，用倒叙笔法回忆当年在此地艳遇的经过。“傍柳系马，趁娇尘软雾”，写对伊人的爱慕与追求。“溯红渐”两句，用刘、阮遇仙成偶和杨爱爱侍婢锦儿传书递爱的故事，写作者与伊人的结缘。“倚银屏”两句，写爱情遭某种势力的阻挠，好梦不长，离泪洒湿了歌扇舞衫，往日的赏心乐事，成了今朝的苦恋深哀。“暝堤空”三句，写向晚时游人散尽，像把美丽的斜阳湖景完全还给了无知的水鸟似的。多么令人怅恨！

三阕写飘零与伤逝之怀。“幽兰”三句，通过花木的荣枯暗示季节的变更，可是自己仍寄旅水乡，突出身世落魄之感。“别后”四句，写伊人云逝，探访无踪，花容已杳，玉体长埋；“几番风雨”，益增凄伤。“长波”四句，描绘伊人容貌之美、春夜同宿江上之乐，及送别之殷勤情意，以反衬今日无可奈何之悲思。“青楼”三句，写人逝楼空，连分别时用泪研墨题诗之墙壁如今也壁败字泯，惨不忍睹了。

四阕极写沉哀。“危亭”三句，写登上高亭极目远望，芳草天涯而伊人不见，自伤老境，情实难堪。“暗检点”四句，写别离时的泪痕和欢笑时的唾迹，还封在手绢之中。伊人像迷归的垂翅凤凰，我如对镜懒起舞的孤鸾。“殷勤”七句，把绵绵长恨、切切深情写成书，可又寄书无处觅，只有将满腔相思托诸筝弦。真伤心啊，向那千里江南我唱着怨曲，再次招魂，但不知伊人的零落残魄是否还在？

本篇只不过是悼念亡妾，感伤身世。除了篇幅长和词采华美外，实无任何现实意义和积极内容，可是古今有些文人却特为激赏。他们大都从艺术表现手法着眼（如：思维的跳跃、结构的奇特、写情境的迷离，用词造句的细腻华美等）。其实，这样的词好像唐·李贺的诗，不可无一，不必有二。如果千百年来我国的诗词都走着李诗、吴词的道路，试想后来的诗坛、词坛将发展成什么样子呢？恐怕今天全世界最时髦的文学流派，都要瞠乎其后了！

第四章　楹联

第一节　楹联的性质、特点及作法

楹联，又称对联、对子，是我国雅俗共赏的文学形式之一，从诗词演变而来的，但它的独立性和实用性，较之诗词有过之而无不及。在学会了作诗填词之后再来创作楹联，就轻而易举了。不过，有几点必须说明。

1.本来律诗中的颔、颈两联就是两副楹联，但只限于五言、七言，而楹联则不受此限，可以从三言起到十言，几十言，百言，百言以上。

2.律诗中的颔、颈两联只是全诗内容的一部分，往往上下两句一个意思；楹联则不同，每副楹联都独立表达一个内容，故上下联的意思只能相似或相反，不能相同（同了叫作“合掌”，是楹联的大忌），要在对立中求得统一，以突出主题。

3.楹联要求以短小的形式表达丰富的内容，因此必须是经锤炼、浓缩后有高度概括性的语言；有时还要求有言外之意，弦外之音，故创新出奇、振聋发聩的楹联，从古迄今，屡见不鲜；它们的社会效益往往超过了鸿篇巨制或百什千章之作。由于它们易于上口，便于传诵，又能雅俗共赏，遂成为我国人民精神文化生活中的一个颇有价值和意义的组成部分。

4.楹联的制作也有其特点。由于形式简短，饱学之士固易制成，粗通文墨者亦不难作好，崇古的人喜爱它，创新的人也不鄙弃它。在古为今用中，它算用得最好的一例。客厅书斋、林园亭榭的装饰，吉凶宾军嘉场合的应用，一切旅游胜境的点缀，楹联还都有其盎然生意、翛然雅趣的作用。它能把人们的思想感情、丰富的生活内容以及一个民族特有的精神风貌，用一种整齐的形式、对称的节奏与和谐的音调，充分而鲜明地表现出来；特别是有志并有功力的真正书法家们，楹联更为其提供了一片驰骋笔墨的广阔天地。

5.楹联的上联最末一字必须仄声，下联最末一字必须平声，特殊情况可相反。平仄对仗等和律诗的颔、颈两联要求完全一样。

6.本书中收录的楹联主要为楹联写作提供一些范例。为了方便仿作，故次序的编排也不同于一般。(1)形式由短到长，最短四言，最长九十言，分为名胜、题赠、庆吊、集句、嘉言、杂题六类，每类中也由短到长为排列顺序。(2)从内容来说，因受由短到长次序的限制，不得不打破一般按时代或按人、按性质来分类的顺序。从研究和欣赏的角度来看，这样分类似乎有点紊乱，但从掌握其写法的进程来看，比较方便；同时还尽量选入历来被传诵或作者有名气之作，以引起读者的珍视和兴趣；又凡作者姓名难考者，则于题后仅署“佚名”二字。(3)不少传世佳联的作者，不是出于附会，就是张冠李戴；也有同一名胜楹联甲乙两地都见到，这或为传录失实，或者一联书于两地，要完全落实，颇不容易，但亦无伤大雅。我们也不必拘泥于某联必为某人所作，某联定为某地所有。又楹联大都明白易懂，极少数用事、用典者，必要时可以查一查辞书。

第二节　楹联集萃

名　胜

山川异域；

风月同天。

——江苏扬州鉴真纪念堂联（佚名）

丹心托月；

赤手擎天。

——浙江杭州于谦墓联（清高宗·弘历）

月色如故；

江流有声。

——湖北武昌二赋堂联（佚名）

花开山寺；

咏留诗人。

——江西庐山花径联（佚名）

秦时明月；

洞口桃花。

——湖南桃源桃花源联（佚名）

移花得蝶；

买石饶云。

——江苏扬州瘦西湖勺园联（郑板桥）

凛凛生气；
悠悠苍天。

——河南汤阴岳飞庙联（张汉）

一日无心出；
群山不敢高。

——山东泰山绝顶亭联（萧髯公）

云中藏古寺；
山外尽劳人。

——江西大余县云封寺联（佚名）

三绝诗书画；
一官归去来。

——江苏兴化郑板桥故居联（李啸村）

日光千里白；
秋色一天青。

——湖南洞庭湖君山亭联（佚名）

水清鱼读月；
山静鸟谈天。

——浙江杭州西湖竹素园联（吴恒）

月来满地水；
云起一天山。

——江苏扬州瘦西湖月观（郑板桥）

声驱千骑疾；
气压万山来。

——浙江钱塘江观潮亭联（佚名）

诗写梅花月；
茶煎谷雨春。

——浙江杭州西湖龙井联（佚名）

屋小疏茅覆；
门深乱柳遮。

——上海翦松阁联（吴芝瑛）

泉声常在耳；
山色不离门。

——江苏南京半山寺联（魁时若）

前朝干净土；
高节大罗山。

——湖南衡阳王夫之墓联（王闿运）

室雅何须大；
花香不在多。

——江苏兴化郑板桥故居联（郑板桥）

鬼狐有性格；
笑骂成文章。

——山东淄川蒲松龄故居联（老舍）

蜀道关山险；
剑门天下雄。

——四川剑阁剑门关联（佚名）

月在荔枝树上；
人行茉莉香中。

——广州十香园联（谢里甫）

好事流传千古；
良书播惠九州。

——浙江宁波天一阁联（郭沫若）

泉自几时冷起？
峰从何处飞来？

——浙江杭州西湖冷泉亭联（董其昌）

悲哉秋之为气；
惨矣瑾其可怀。

——浙江杭州西泠桥畔秋瑾墓联（佚名）

一门父子三词客；
千古文章四大家。

——四川眉山三苏祠联（张鹏翮）

一面楼台三面柳；
二分池沼八分田。

——山东潍坊复园草堂居联（郑板桥）

一种湖光比西子；
千秋乐府唱南朝。

——江苏南京莫愁湖联（李松云）

人从宋后羞名桧；
我到坟前愧姓秦。

——浙江杭州西湖岳飞墓联（秦鉴泉）

人生自古谁无死；
第一功名不爱钱。

——河南汤阴岳飞庙联（何金寿）

二崤虎口夸天险；
九折羊肠确地雄。

——甘肃嘉峪关城楼联（佚名）

九朝不改青山色；
百洞斧凿佛像尊。

——河南洛阳龙门石窟联（佚名）

千古江流环槛绕；
万重山色上城来。

——广西桂林叠彩山望江亭联（徐宗培）

夕阳山色横危槛；
夜雨河声上小楼。

——甘肃兰州中山西园夕佳楼联（谭继洵）

三关要冲无双地；
九塞尊崇第一关。

——山西代县雁门关联（佚名）

千朵莲花三尺水；
一弯新月半亭风。

——江苏苏州闲吟亭广池联（佚名）

万顷重湖悲故国；
一江千古属斯人。

——湖南汨罗屈原坟联(李元度)(注:字次青)

山势西来犹护蜀；
江声东下欲吞吴。

——重庆巫山关帝庙联(佚名)

大帝君臣同骨肉；
小乔夫婿是英雄。

——湖南岳阳周瑜墓联(佚名)

门前学种先生柳；
岭上长留处士坟。

——江西九江陶渊明祠联(唐陶山)

千秋冤案莫须有；
百战忠魂归去来。

——浙江杭州西湖岳王坟联(吴芳培)

万树梅花一潭水；
四时烟雨半山云。

——云南昆明黑龙潭联(硕庆)

千载登临容我辈；
一灯读序忆儿时。

——江西南昌滕王阁联(何秋槎)

日月两轮天地眼；
诗书万卷圣贤心。

——江西庐山白鹿洞书院联(朱熹)

心中怀念农桑苦；
耳里如闻饥冻声。

——河南洛阳白居易墓联(佚名)

天外楼台山外寺；
云边钟鼓月边僧。

——江西抚州龙济寺联(苏轼)

水向石边流出冷；
风从花里过来香。

——浙江西湖云栖联（佚名）

水能性澹为吾友；
竹解心虚即我师。

——沈阳故宫衍庆宫联（阮元）

文章草草皆千古；
仕宦匆匆只十年。

——江苏南京小仓山房联（黄仲则）

正邪自古同冰炭；
毁誉于今判伪真。

——浙江杭州西湖岳王坟联（沙孟海）

四面荷花三面柳；
一城山色半城湖。

——山东济南大明湖小沧浪亭联（刘凤诰）

半塔斜阳颓老衲；
一池残叶战秋声。

——浙江杭州西湖静凉轩联（佚名）

华岳三峰凭槛立；
黄河九曲抱关来。

——陕西潼关城楼联（佚名）

池荷出水清于我；
庭草当风瘦可人。

——江苏苏州半园君子居联（李根源）

地到无边天作界；
山登绝顶我为峰。

——山东泰山天门阁联（佚名）

曲径每过三益友；
小庭长对四时花。

——江苏苏州留园联（陈洪绶）

却讶鸟飞平地上；
自惊人语半天中。

——陕西西安大雁塔联（佚名）

迎来海外三千履；
望尽齐州九点烟。

——山东崂山联（张伯驹）

两京锁钥无双地；
万里长城第一关。

——长城山海关东城门联（佚名）

谷城山好青如黛；
藤县花开白似银。

——广西藤县谷城联（佚名）

每闻善事先心喜；
或见奇书辄手抄。

——北京故宫景福楼联（清高宗·弘历）

犹留正气参天地；
永剩丹心照古今。

——浙江温州文天祥祠联（佚名）

花笺茗椀香千载；
云影波光活一楼。

——四川成都望江楼公园吟诗楼联（何绍基）

吾辈到此堪饮酒；
先生在上莫题诗。

——安徽当涂采石矶太白楼联（王有才）

删繁就简三秋树；
领异标新二月花。

——江苏兴化郑板桥故居联（郑板桥）

青山有幸埋忠骨；
白铁无辜铸佞臣。

——浙江杭州西湖岳飞墓联徐氏女

忠贞岂受奸王诏；
风雅空留才子诗。

——江苏苏州唐寅墓联（佚名）

青冢有情犹识路；
平沙无处可招魂。

——内蒙古呼和浩特昭君墓联（王锦）

屈醒陶醉随斟酌；
春韭秋莼入品题。

——浙江杭州西湖楼外楼联（佚名）

流水当年怀往事；
桃花依旧笑春风。

——湖南桃源桃花源问路桥联（罗润章）

莺花尚恋霓裳影；
环佩空归月夜魂。

——陕西兴平马嵬坡杨贵妃墓联（毕沅）

思亲泪落吴江冷；
望帝魂归蜀道难。

——安徽芜湖蛟矶孙夫人祠联（徐文长）

真人白水生文叔；
名士青山卧武侯。

——河南南阳城楼联（佚名）

烟雨湖山六代梦；
英雄儿女一枰棋。

——江苏南京莫愁湖联（范仕义）

峰高华岳三千丈；
险据秦关百二重。

——宁夏固原六盘山萧关城楼联（佚名）

烟笼古寺无人到；
树倚深堂有月来。

——北京陶然亭联（翁方纲）

倚槛苍茫千古事；
过江多少六朝山。

——安徽安庆大观亭联（陶沄）

清风明月自来往；
流水高山无古今。

——湖北汉阳古琴台联（周延俊）

乾坤吴楚双开眼；
廊庙江湖一倚楼。

——湖南岳阳楼联（吴敏树）

弹指声中千偈了；
拈花笑处一言无。

——天津杨柳青桃花寺联（佚名）

爽借清风明借月；
动观流水静观山。

——江苏苏州拙政园联（赵之谦）

越锦何须衣义士；
黄金只合铸娇姿。

——浙江诸暨西子祠西子龛联（佚名）

湖山此地曾埋玉；
花月其人可铸金。

——浙江杭州西湖慕才亭联（佚名）

登楼始悟浮生梦；
久坐唯闻落叶声。

——江苏南京清凉山扫叶楼联（徐淮生）

登楼便欲凌云去；
临水应知得月先。

——江苏镇江北固山多景楼联（佚名）

锦水春风公占却；
草堂人日我归来。

——四川成都杜甫草堂联（何绍基）

翠色千重包楚塞；
黄河一线下秦川。

——河南嵩山绝顶亭联(佚名)

漫空翠竹扶山住；
数点红梅补屋疏。

——浙江杭州灵峰补梅庵联(沈钧儒)

才子风流，岂在色字；
名贤忠正，不附权奸。

——江苏苏州唐寅墓联(佚名)

义不帝秦，间关万里；
功在救国，俎豆千秋。

——湖南长沙蔡锷墓联(佚名)

水绿山青，座中人醉；
花明柳媚，湖上春长。

——浙江杭州西湖两宜酒楼联(退省老人)

世上疮痍，诗中圣哲；
民间疾苦，笔底波澜。

——四川成都杜甫草堂联(郭沫若)

叶公好龙，真龙必出；
伯乐相马，凡马皆空。

——湖南长沙招贤馆联(吴清卿)

石上清泉，松间明月；
山光鸟性，潭影人心。

——浙江天台山国清寺清心亭联(佚名)

写鬼写妖，高人一等；
刺贪刺虐，入骨三分。

——山东淄川蒲松龄故居联(郭沫若)

半壁江山，六朝雄镇；
一楼风月，几辈传人。

——江西九江庾楼联(洪稚存)

红树青山，斜阳古道；
桃花流水，福地洞天。

——湖南桃源桃花源联（佚名）

芝砌春光，兰池夏气；
菊含秋馥，桂映冬荣。

——北京颐和园澄爽斋联（乾隆）

铜琶铁板，大江东去；
月明星稀，乌鹊南飞。

——湖北黄冈赤壁联（佚名）

惟巢由乃可与并驾；
微光武不能成其高。

——浙江富春江严子陵祠联（戴槃）

中圣人之清，有如此水；
取醉翁之意，以名吾亭。

——甘肃酒泉亭联（左宗棠）

咬定一两句，终身得力；
栽成六七竿，四壁皆清。

——北京白云观华室联（板桥道人）

翁去八百年，醉乡犹在；
山行六七里，亭影不孤。

——安徽滁州醉翁祠联（佚名）

真儒者，不图文章名世；
大丈夫，当以马革裹身。

——四川德阳庞靖侯祠联（佚名）

一力奠金瓯，以社稷为重；
三台埋碧血，于湖山有光。

——浙江温州于公墓联（佚名）

义胆忠肝，六经以来二表；
托孤寄命，三代而后一人。

——陕西岐山五丈原武侯祠联（佚名）

城内宝塔，好比玉钻钻天；
野外黄花，犹以金钉钉地。

——河北定州宝塔联（清高宗·弘历）

是薛校书旧日枇杷门巷；
为古天府第一郊外公园。

——四川成都望江楼公园联（佚名）

宽一分则民多受一分赐；
取一文则官不值一文钱。

——浙江海宁谯楼联（张津）

海水朝，朝朝朝，朝朝朝落；
浮云长，长长长，长长长消。

——河北山海关孟姜女庙联（佚名）

高阁逼层霄，举头红日近；
远山收入画，回首白云低。

——安徽黄山玉屏楼联（佚名）

雾朝朝，朝朝朝，朝朝朝散；
潮长长，长长长，长长长消。

——浙江温州江心屿江心寺联（王十朋）

翠翠红红，处处莺莺燕燕；
风风雨雨，年年暮暮朝朝。

——浙江杭州西湖花神庙联（吴中纲）

大肚能容，容天下难容之事；
开口便笑，笑世间可笑之人。

——北京潭柘寺弥勒殿联（佚名）

与国咸休，安富尊荣公府第；
同天并老，文章道德圣人家。

——山东曲阜孔府大门联（纪昀）

心在朝廷，原无论先主后主；
名高天下，何必辨襄阳南阳。

——河南南阳卧龙岗武侯祠联（顾嘉蘅）

不作公卿，非无福命都缘懒；
难成仙佛，为爱文章又恋花。

——江苏南京随园联（梁章钜）

风声雨声读书声，声声入耳；
家事国事天下事，事事关心。

——江苏无锡东林书院联（顾宪成）

天命有归，万里长城宜自坏；
人心不死，千秋直道任公评。

——广东东莞袁崇焕祠联（何耘劬）

为政有余闲，不废登山临水；
与人可同乐，无非明月清风。

——浙江杭州西湖迎翠轩联（秦湘业）

白水如棉，不用弓弹花自散；
红霞似锦，何须梭织天生成。

——贵州黄果树瀑布亭联（佚名）

有月即登台，无论春秋冬夏；
是风皆入座，不分南北东西。

——江苏扬州乐善庵联（李渔）

后乐先忧，范希文庶几知道；
昔闻今上，杜少陵可以言诗。

——湖南岳阳楼联（周元鼎）

华表千年，遗蜕可闻玄鹤语；
孤山一角，暗香先返玉梅魂。

——浙江杭州西湖孤山放鹤亭联（吴棣华）

灯影憧憧，凄绝暗风吹雨夜；
荻花瑟瑟，魂销明月绕船时。

——江西九江琵琶亭联（金眉生）

何处招魂，香草还生三户地；
当年呵壁，湘流应识九歌心。

——湖南长沙三闾大夫祠联（秦小岘）

身后是非，盲女村翁多乱说；
眼前热闹，解元才子几文钱。

——江苏苏州唐六如祠联（俞陛云）

事在人为，休言万般皆是命；
境由心造，退后一步自然宽。

——四川青城山天师洞三皇殿联（黄齐生）

柳暗花明，好鸟枝头亦朋友；
峰回路转，白云深处有人家。

——天津蓟县龙泉园联（赵鹤琴）

高视两三州，何论二分明月；
旷观八百载，难忘六一风流。

——江苏扬州平山堂联（梁章钜）

秦皇安在哉？万里长城筑怨；
姜女未亡也，千秋片石铭贞。

——河北山海关孟姜女庙联（文天祥）

晓起凭栏，六代青山都到眼；
晚来对酒，二分明月正当头。

——江苏扬州平山堂联（伊秉绶）

爽气西来，云雾扫开天地憾；
大江东去，波涛洗尽古今愁。

——湖北武昌黄鹤楼联（符秉忠）

崔唱李酬，双绝二诗传世上；
云空鹤去，一楼千载峙江边。

——湖北武昌黄鹤楼联（陈大伦）

着手成春，卷中著述皆千古；
有官不仕，林下逍遥见一人。

——江苏南京随园联（庄念农）

繁冗驱人，旧业尽抛尘市里；
湖山招我，全家移入画图中。

——浙江杭州西湖铁崖岭芥子园联（李渔）

一百八记钟声，唤起万家春梦；
二十四番风信，吹香七里山塘。

——江苏苏州虎丘花神庙联（佚名）

只合任他顽，谁又来凿开混沌；
既然如此怪，我亦欲粉碎虚空。

——云南昆明西山云华洞联（宋湘）

一览极苍茫，旧苑高台同万古；
两间容啸傲，青天明月此三人。

——河南开封三贤（高适、李白、杜甫）祠联（麟庆）

七十二健儿，酣战春云湛碧血；
四百兆国子，愁看秋雨湿黄花。

——广州黄花岗烈士陵园联（黄兴）

五载我重游，桑海高吟诗世界；
一层谁更上，乾坤沉醉酒春秋。

——吉林北山公园玉皇阁联（成多禄）

心痛鼎湖龙，一寸江山双血泪；
魂归华表鹤，二分明月万梅花。

——江苏扬州史可法祠墓联（蒋士铨）

汇人间群书博览者，何其好也；
集天下英才教育之，不亦乐乎。

——湖南长沙王船山学社联（何叔衡）

正气贯人寰，河岳日星垂万世；
明禋崇庙观，丹心碧血照千秋。

——北京文天祥祠联（佚名）

枫叶四弦秋，怅触天涯迁谪恨；
浔阳千尺水，勾留江上别离情。

——江西九江白太傅祠联（佚名）

诗思向谁寻，风雪一天驴背上；
客魂销欲尽，云山万里马蹄前。

——陕西西安灞桥联（叶伯英）

依然极浦遥天，想见阁中帝子；
安得长风巨浪，送来江上才人。

——江西南昌滕王阁联（宋牧仲）

咳！仆本丧心，有贤妻何至若是；
啐！妇虽长舌，非老贼不到今朝。

——浙江杭州西湖岳飞墓联（阮元）

药物素有灵，苦无奇方医俗病；
王侯高不任，独操仁术救人危。

——陕西耀州区药王庙联（佚名）

公昔登临，想诗境满怀，酒杯在手；
我来依旧，见青山对面，明月当头。

——安徽马鞍山市采石矶太白楼联（胡敬）

下笔千言，正桂子香时，槐花黄后；
出门一笑，看西湖月满，东浙潮来。

——浙江杭州府贡院联（阮元）

仰之弥高，钻之弥坚，可以语上也；
出乎其类，拔乎其萃，宜若登天然。

——山东泰山孔子庙联（徐宗干）

我辈复登临，目极湖山千里而外；
奇文共欣赏，人在水天一色之中。

——江西南昌滕王阁联（李春园）

睡至二三更时，凡功名都成幻境；
想到一百年后，无少长俱是古人。

——河北邯郸吕仙祠联（佚名）

理冤狱，关节不通，自是阎罗气象；
赈灾黎，慈悲无量，依然菩萨心肠。

——安徽合肥包公祠联（佚名）

道与天地参，功满天地，名满天地；
书留春秋在，知我春秋，罪我春秋。

——山西代县文庙联（佚名）

十五年旧地重游，云外神仙应识我；
八百里长天一览，湖边风月最宜秋。

——湖南岳阳楼联（熊雨胪）

天地一沙鸥，何劳屈子九歌，贾生三策；
江山留胜迹，犹是夕阳城郭，烟雨楼台。

——湖南长沙天心阁联（高毓衡）

气备四时，与天地日月鬼神合其德；
教垂万世，继尧舜禹汤文武作之师。

——北京孔庙大成殿联（清高宗·弘历）

世外人，法无定法，然后知非法法也；
天下事，了犹未了，何妨以不了了之。

——四川新都宝光寺联（何元曾）

桥跨虎溪，三教三源流，三人三笑语；
莲开僧舍，一花一世界，一叶一如来。

——江西庐山虎溪三笑亭联（唐英）

七十日带发效忠，表太祖十六朝人物；
三千人同心赴义，存大明一百里江山。

——江苏江阴阎典史祠联（临难自述）

大明湖畔，趵突泉边，故居在垂杨深处；
漱玉集中，金石录里，文采有后主遗风。

——山东济南李清照纪念堂联（郭沫若）

书道入神明，落纸云烟，今古竞传八法；
酒狂称草圣，满堂风雨，岁时宜奠三杯。

——江苏常熟草圣祠联（梁章钜）

由秀才封王，为天下读书人别开生面；
驱异族出境，语中国有志者再鼓雄风。

——台湾台南郑成功祠联（唐景崧）

英雄儿女各千秋，昭烈有陵，薛涛有井；
名士美人同一慨，尚书怜色，节度怜才。

——四川成都望江楼公园吟诗楼联（胡毅）

亲不负楚，疏不负梁，爱国忠君真气节；
骚可为经，策可为史，经天行地大文章。

——湖南长沙屈贾祠联(左辅)

能攻心，则反侧自消，从古知兵非好战；
不审势，即宽严皆误，后来治蜀要深思。

——四川成都武侯祠联(赵藩)

烟雨楼台，革命萌生，此间曾著星星火；
风云世界，逢春蛰起，到处皆闻殷殷雷。

——浙江嘉兴南湖纪念馆联(董必武)

等闲辜负年光，看绿镜楼台，翠凉亭宇；
何人重赋清景，待三生杜牧，前度刘郎。

——广东广州海山仙馆联(陈棠溪)

才与福难兼，贾傅以来，文字潮儋同万里；
地因人始重，河东而外，江山永柳各千秋。

——广西柳州柳侯祠联(杨季鸾)

主辱臣忧，当在外从亡，一饭已经肝胆碎。
功成身退，问诸君食禄，千秋留得姓名无？

——山西介休绵山介子推庙联(王执中)

胜地足风流，直博得一代芳名，千秋艳说；
赏心多乐事，且看此半湖烟水，十顷荷花。

——江苏南京莫愁湖联(彭玉麟)

胜地拓层楹，却招延三面湖光，四围山色；
清游移短棹，尽消受一帘松翠，十里荷香。

——浙江杭州西湖迎翠轩联(张沄卿)

唐代论诗人，李杜以还，唯有几篇新乐府；
苏州怀刺史，湖山之曲，尚留三亩旧祠堂。

——江苏苏州白公祠联(贺长龄)

晚景自堪嗟，落日余晖，平添枫叶三分艳；
春光无限好，生花妙笔，难写江天一色秋。

——湖南长沙岳麓山爱晚亭联(罗典)

提挈自西东，帕首靴刀，十年戎马书生老；
指挥定中外，塞霜边月，万里寒鸦相国祠。

——新疆乌鲁木齐左文公祠联（陈迪南）

渺渺几千年，谁想那梁苑风流，潮沟浪迹；
盈盈余一水，我爱此菰蒲烟雨，杨柳楼台。

——江苏南京玄武湖神庙联（钱福臻）

异代不同时，问如此江山，龙蜷虎卧几诗客；
先生亦流寓，有长留天地，月白风清一草堂。

——四川成都杜甫草堂联（顾复初）

却怪武陵渔，自洞口归来，把今古游人忙煞；
欲寻彭泽宰，问田园安在，唯桃花流水依然。

——湖南桃源桃花源联（佚名）

胜地据淮南，看云影当空，与水平分秋一色；
扁舟过桥下，问箫声何处，有人吹到月三更。

——江苏扬州二十四桥联（江湘岚）

望望七十二峰，工部游时，诗圣有谁能继响；
遥遥一千余载，文公去后，岳云从此不轻开。

——湖南衡山祝融峰联（佚名）

三千里持节孤臣，雪窟冰天，半世归来赢属国；
十九年托身异域，韦鞲毳幕，几人到此悔封侯。

——陕西西安苏武庙联（马子静）

尘劫历一千余年，重复旧观，幸有名贤来作主；
诗人题二十八字，长留胜迹，可知佳句不须多。

——江苏苏州寒山寺联（邹福保）

铜雀锁春风，可怜歌舞楼台，千古不传奸相冢；
杜鹃啼夜月，也为英雄夫婿，三更犹吊美人魂。

——湖南岳阳小乔墓联（李秀峰）

江楼烟月依然，相逢万里桥边，节度不来洪度渺；
门巷枇杷何处，笑指百花潭畔，诗人太瘦美人妍。

——四川成都望江楼公园崇丽阁联（马长卿）

闭门宛在深山，好花解笑，好鸟能歌，尽是性天活泼；

开卷如游往古，几辈英雄，几番事业，都成文字波澜。

——广东广州荔枝湾陈园联（张南山）

夕阳红到枇杷，阅古今过客词人，苔荒洪度千年井；

春水绿生杨柳，触多少离怀别绪，门泊东吴万里船。

——四川成都望江楼公园濯锦楼联（林思进）

望江楼，望江流，望江楼上望江流，江流千古，江楼千古；

印月井，印月影，印月井中印月影，月影万年，月井万年。

——四川成都望江楼公园崇丽阁联（李吉玉）

开千古得未曾有之奇，洪荒留此山川，作亡民世界；

际一生无可奈何之运，缺憾弥诸天地，是破格完人。

——台湾台南郑成功庙联（沈葆桢）

其身世系中夏存亡，千秋享庙，死重泰山，当时乃蒙大难；

闻鼙鼓思辽东将帅，一夫当关，隐若敌国，何处更得先生。

——北京袁都师庙联（康有为）

廿四风吹开红萼，悟蜂媒蝶使总是姻缘，香国无边花有主；

一百年系定赤绳，愿秾李夭桃都成眷属，情天不老月长圆。

——浙江杭州西湖月老殿联（魏滋伯）

绣岭委荆榛，只余堠馆留宾，记当年赐浴池畔，长恨空吟白傅；

环园新结构，云是唐宫旧址，问我辈沈香亭北，雅才谁嗣青莲。

——陕西临潼华清池联（杨颐）

南华经，相如赋，班固文，马迁史，薛涛笺，右军帖，少陵诗，摩诘画，屈子离骚，古今绝艺；

沧海日，赤城霞，峨眉雾，巫山云，洞庭月，彭蠡烟，潇湘雨，广陵涛，庐山瀑布，宇宙奇观。

——湖北襄阳诸葛亮隆中故居联（佚名）

一楼何奇，杜少陵五言绝唱，范希文两字关情，滕子京百废俱兴，吕纯阳三过必醉，诗耶，儒耶，吏耶，仙耶，前不见古人，使我怆然涕下；

诸君试看，洞庭湖南极潇湘，扬子江北通巫峡，巴陵山西来爽气，岳州城东道岩疆，潴者，流者，峙者，镇者，此中有真意，问谁领会得来。

——湖南岳阳楼联（何绍基）

五百里滇池奔来眼底。披襟岸帻，喜茫茫空阔无边。看东骧神骏，西翥灵仪，北走蜿蜒，南翔缟素；高人韵士，何妨选胜登临，趁蟹屿螺洲，梳裹就风鬟雾鬓；更苹天苇地，点缀些翠羽丹霞。莫辜负四围香稻，万顷晴沙，九夏芙蓉，三春杨柳；

数千年往事注到心头。把酒凌虚，叹滚滚英雄谁在？想汉习楼船，唐标铁柱，宋挥玉斧，元跨革囊；伟烈丰功，费尽移山心力，尽珠帘画栋，卷不及暮雨朝云；便断碣残碑，都付与苍烟落照。只赢得几杵疏钟，半江渔火，两行秋雁，一枕清霜。

——云南昆明大观楼联（孙髯翁）

题　赠

人淡如菊；
品逸于梅。

——赠郑逸梅联（高燮）

求通民情；
愿闻己过。

——行队木牌联（王守仁）

浮舟沧海；
立马昆仑。

——赠王朴山联（周恩来）

白眼观天下；
丹心报国家。

——赠冯心侠联（宋教仁）

老骥思千里；
鹪鹩足一枝。

——自题联（翁方纲）

束云归砚匣；
裁梦入花心。

——赠晴江联(郑板桥)

莲子心中苦；
梨儿腹内酸。

——临刑前书联(金圣叹)

花发春无恙；
诗成客有秋。

——赠傅聪(萧劳)

铁肩担道义；
妙手著文章。

——巧改杨椒山句赠杨子惠联(李大钊)

工画是王摩诘；
知音许钟子期。

——赠王森然联(齐白石)

白马秋风塞上；
杏花春雨江南。

——自题联(徐悲鸿)

鹊报援朝胜利；
花贻抗美英雄。

——题何香凝喜鹊牡丹画联(周恩来)

几间东倒西歪屋；
一个南腔北调人。

——自题联(徐渭)

为人竖起脊梁铁；
把卷撑开眼海银。

——自题联(谭嗣同)

不信美人终薄命；
古来侠女出风尘。

——赠小凤仙联(蔡锷)

文章真处性情见；
谈笑深时风雨来。

——自题联（翁同龢）

白衣骂座三升酒；
红烛谈兵万树花。

——赠高旭联（柳亚子）

半窗图画梅花月；
一枕波涛杨柳风。

——题金山草堂联（王寿祚）

有关家国书常读；
无益身心事莫为。

——赠青年王汉秋（徐特立）

花开花落僧贫富；
云去云来客往还。

——赠焦山长老联（郑板桥）

两袖清风廉太守；
二分明月古扬州。

——赠魏成宪联（阮元）

雨醒诗梦来蕉叶；
风载书声出藕花。

——题书舍联（徐渭）

春随香草千年艳；
人与梅花一样清。

——题小香山梅花堂联（徐霞客）

海内共知徐孺子；
前身应是九方皋。

——赠徐悲鸿联（章士钊）

莫放春秋佳日过；
最难风雨故人来。

——自题联（孙星衍）

清风有意难留我；
明月无心自照人。

——题湘西草堂（王夫之）

救民安有息肩日；
革命方为绝顶人。

——自题联（冯玉祥）

搔痒不着赞何益；
入木三分骂亦精。

——自题联（郑板桥）

人生得一知己足矣；
斯世当以同怀视之。

——集禊帖赠瞿秋白联（鲁迅）

前辈典型，秀才风味；
华嵩品格，河海文章。

——赠蒋士铨联（王文治）

读书作文，我用我法；
莳花种竹，吾爱吾庐。

——题厅堂联（佚名）

霜熟稻粱肥，几村农唱；
灯红楼阁迥，一片书声。

——自题联（郑板桥）

虎贲三千，直捣幽燕之地；
龙飞九五，重开大宋之天。

——元末起义军军旅联（韩林儿）

理事若作真书，绵密无间；
爱民如保赤子，体会入微。

——赠林则徐（程恩泽）

心有三爱，奇书骏马佳山水；
园栽四物，青松翠竹白梅兰。

——自题联（方志敏）

水隔笙簧，白日鸟啼花竹里；
庭园锦绣，青春人在画图中。

——题张氏书室联（徐渭）

远富近贫，以礼相交天下少；
疏亲慢友，因财而散世间多。

——赠曹雪芹（鄂比）

破虏平蛮，功贯古今人第一；
出将入相，才兼文武世无双。

——赠徐达联（朱元璋）

放眼楼头，看海水南流，夕阳西下；
寄怀天末，咏京华北望，零雨东归。

——题清代驻日公使馆联（黄遵宪）

曾从二千石起家，衣钵新传贤子弟；
难得八十翁就养，湖山旧识老诗人。

——赠梁章钜联（林则徐）

三策治河书，纬武经文，永作江淮保障；
一篇澄海赋，揆天藻地，蔚为华国文章。

——赠潘锡恩联（林则徐）

士所尚在志，行远登高，万里鹏程关学问；
业必精于勤，博闻强识，三余蛾术惜光阴。

——题志勤堂联（朱琦）

个中小寄闲情，待移来五岳精灵，供之几席；
此处已非故国，且分取南冠涕泪，洒向花枝。

——赠周瘦鹃联（邓散木）

关心夜雨疏帘，费半盏寒灯，为来日谋朝齑夕韭；
回首春风上苑，剩一枝秃管，与诸君写近水遥山。

——赠黄均联（严保庸）

庆　吊

文坛先进；

词学宗师。

——贺夏承焘八十五寿(胡乔木)

甲兵洗净；
子舍承欢。

——甲子春联(佚名)

志同道合；
花好月圆。

——婚联(佚名)

学界泰斗；
人世楷模。

——挽蔡元培联(毛泽东)

有天皆丽日；
无地不春风。

——春联(佚名)

寿比萧伯纳；
功追高尔基。

——狱中贺郭沫若五十寿联(叶挺)

新年纳余庆；
嘉节号长春。

——最早的一副春联(孟昶)

雀屏欣中目；
鸿案庆齐眉。

——贺新婚联(佚名)

复生不复生矣；
有为安有为哉。

——挽谭嗣同联(康有为)

万事不如公论久；
千秋难泯寸心丹。

——挽李琪联(丁一岚)

五十年华全绿鬓；
三千弟子半红妆。

——贺郑逸梅五十寿（高燮）

天上双星征百福；
人间半子祝千秋。

——贺岳父母双寿联（佚名）

不幸周郎竟短命；
早知李靖是英雄。

——挽蔡锷联（小凤仙）

平生事业鲁男子；
半世风流孽海花。

——挽曾朴联（吴梅）

平生慷慨班都护；
万里间关马伏波。

——挽蔡松坡联（孙中山）

未许落花生大地；
不教灵雨洒空山。

——挽许地山联（端木蕻良）

此日梓楠同受范；
他年桃李广培材。

——某师范学校春联（佚名）

浮沉宦海为鸥鸟；
生死书丛似蠹鱼。

——自挽联（纪昀）

勒马黄河悲壮士；
挥戈易水哭将军。

——挽叶挺联（刘伯承）

千秋青史，不忍魂去；
寸草春晖，难报恩来。

——挽周恩来联（佚名）

秋风黄花，一窗秋雨；
春雨杨柳，万户春风。

——挽欧阳予倩联（郭沫若）

敌乎友乎，余惟自问；
知我罪我，公已无言。

——挽鲁迅联（徐懋庸）

桃李增华，坐帐无鹤；
琴书作伴，支床有龟。

——贺马寅初六十寿联（周恩来、董必武、邓颖超）

爆竹二三声，人间易岁；
梅花四五点，天下皆春。

——春联（佚名）

文星酒星书星，在天不灭；
金管银管斑管，其人可传。

——挽桑调元联（沈德潜）

百岁老人，永使百花齐放；
万年不朽，赢得万口同声。

——挽齐白石联（郭沫若）

如此乾坤，待卧龙而不起；
正当风雨，失鸣鸡其奈何。

——挽黄遵宪联（蒋智由）

屈指三秋，天上又逢七夕；
齐眉百岁，人间自有双星。

——祝蔡仰斋夫妇五十双寿联（严保庸）

厥功首功，武昌响，长沙应；
今日何日，专制死，自由生。

——贺长沙光复纪念联（吴恭亨）

并气同芳，八宝芝兰成眷属；
还珠合镜，升天梅福是神仙。

——挽福芝芳联（张伯驹）

五老中惟余二人，悲君又去；
九泉下若逢三友，说我就来。

——挽赵熙联（刘咸荥）

介寿朋来，而我独羁千里足；
倾心兄事，为君多读十年书。

——贺周梅初七十寿（沈葆桢）

红日入怀，盖世勋名光子舍；
白云在望，漫天黯淡陨慈晖。

——挽朱德母联（谢觉哉）

年年国庆，欣逢稻菽丰登日；
处处笙歌，喜值秋高爽朗天。

——庆祝十一国庆节联（佚名）

帝道真如，如今都成过去事；
医民救国，继起自有后来人。

——自挽联（杨度）

春满九州，大庆欣逢卅五载；
人迎四化，小康看定二千年。

——一九八四年春联（苏步青）

破浪乘风，投笔惟殷宗悫慕；
中流击楫，着鞭只恐祖生先。

——贺人海军学校毕业联（佚名）

惊变埋玉，洛水神悲生死恨；
还巢失凤，游园遥想牡丹亭。

——挽言慧珠联（许姬传）

一个人倒下去，千万人站起来；
千万人站起来，一个人倒下去。

——挽闻一多联（佚名）

一病负殊恩，九派清江怀太守；
十年成大觉，二分明月吊诗人。

——挽屠倬联（齐彦槐）

十载奏双簧，无词今后难成曲；
数人弱一个，教我如何不想他。

——挽刘半农联（赵元任）

无可颂扬，百姓膏脂，未尝染指；
有何欢喜，七旬夫妇，难得齐眉。

——七十自寿联（谢秋槎）

写诗写文章，亦庄亦谐如口出；
反帝反封建，不挠不屈见襟期。

——祝冯玉祥六十寿联（邓颖超）

北苑千秋人，汉石隋泥同不朽；
西风两行泪，水痕墨气失知音。

——挽任颐联（吴昌硕）

且舍鱼取熊，大小姐构通孟子；
莫吹毛求疵，老相公重作新郎。

——贺熊希龄、毛彦文结婚联（沈尹默）

江户矢丹忱，感君首赞同盟会；
轩亭洒碧血，愧我今招侠女魂。

——挽秋瑾联（孙中山）

百岁能预期，廿载后如今日健；
群芳齐上寿，十年前已古来稀。

——祝某翁春日八十寿联（佚名）

在革命党中，是一个干净人物；
从南社集里，见许多传世文章。

——挽陈去病联（王执圃）

学术各门庭，与子平生无唱和；
交情同骨肉，俾予后死独伤悲。

——挽朱筠联（纪昀）

杰构地乃幽，水如碧玉山如黛；
庶民居不俗，凤有高梧鹤有松。

——贺新屋落成联（佚名）

相亲相爱.并肩齐创百年幸福；
互帮互学，合力共描四化蓝图。

——贺新婚联(佚名)

涕泣及牛衣，卅载都成断肠史；
废残难豹隐，九泉稍待眼枯人。

——自挽联(陈寅恪)

著述最谨严，岂徒中国小说史；
遗言犹沉痛，莫作空头文学家。

——挽鲁迅(蔡元培)

年难过，年难过，年年难过年年过；
事无成，事无成，事事无成事事成。

——一九二三年自撰寿联(陈毅)

事业本寻常，胜固欣然，败亦可喜；
文章久零落，人皆欲杀，我独怜才。

——挽梁启超联(杨度)

月圆人共圆，看双影今宵，清光并照；
客满樽亦满，羡齐眉此日，秋色平分。

——贺张丰奄夫妇中秋双寿(李渔)

花事年年，为问岭表白云，寒梅开未；
车尘历历，指点汉阳红树，流水依然。

——贺粤汉铁路首次通车(佚名)

专一壑，别无求，更向五千言勤研祖德；
致百龄，知有术，再留四十载普济民生。

——祝李和卿医师六十寿联(吴獬)

方悬四月，叠坠双星，东亚西欧同殒泪；
钦诵二心，憾无一面，南天北地遍招魂。

——挽鲁迅联(郭沫若)

巨笔写春秋，何独屈子问天，文姬归汉；
雄才跨百代，岂让杜陵尊圣，太白称仙。

——挽郭沫若联(白雉山)

未免有情，忆酒绿灯红，一别竟伤春去也；
谁能遣此，怅梁空泥落，几时重盼燕归来。
——挽亡妓春燕联（曾国藩）

凭咱这点切实工夫，不怕二三人是少数；
看作一团孩子脾气，谁说四十岁为中年。
——贺胡适四十寿（丁文江）

一饭尚铭恩，况曾保抱提携，只少怀胎十月；
千金难报德，即论人情物理，也当泣血三年。
——挽乳母联（曾国藩）

玉骢马，少年场，白眉世家，一代文章传季子；
金叵罗，合欢酒，黄花门第，三秋韵事半玲珑。
——贺马文季、罗韵玲九月结婚联（方尔谦）

为民族解放，为阶级翻身，事业垂成，公胡遽死；
有云水襟怀，有松柏气节，典型顿失，人尽含悲。
——挽续范亭联（毛泽东）

四万里皇图，伊古以来，从无一朝一统四万里；
五十年圣寿，自前兹往，尚有九千九百五十年。
——祝乾隆五十寿辰联（纪昀）

能诗能笔即真才，且休说万古奇冤，燕山夜话；
为国为民皆实迹，更那堪一生心事，碧海青天。
——挽邓拓联（杨沫、马健民）

作白话文，传白话神，令普天下读者如亲謦欬；
为青年师，向青年学，愿吾辈中壵士共守仪型。
——挽朱自清联（郭绍虞）

英雄作事无他，只坚忍一心，能成世界能成我；
自古成功有几，正疮痍满目，半哭苍生半哭公。
——挽孙中山联（杨度）

痛恨绿林兵，假称白日青天，黑暗沉沉埋赤子；
克服黄安县，试看碧云紫气，苍生济济拥红军。
——黄安起义庆祝大会联（吴兰阶）

七夕是生辰，喜功名事业从心，处处带来天上巧；

百花为寿域，美玉树芝兰绕膝，人人占却眼前春。

——贺朱建三寿辰联（李渔）

守常惨死，独秀幽囚，新青年旧友，而今又弱一个；

打油风趣，幽默情怀，当年知己者，无人不哭半农。

——挽刘半农联（胡适）

归神于九霄之间，直看噫籁成诗，更忆拈花微笑貌；

北来无三日不见，已诺为余编剧，谁怜推枕失声时。

——挽徐志摩（梅兰芳）

两卷新诗，廿年老友，相逢同是天涯，只为佳人难再得；

一声河满，九点齐烟，化鹤重归华表，应愁高处不胜寒。

——挽徐志摩（郁达夫）

万里南天鹏翼，直上扶摇，那堪忧患余生，萍水姻缘成一梦；

几年北地胭脂，自悲沦落，赢得英雄知己，桃花颜色亦千秋。

——挽蔡锷联（小凤仙）

我别良人去矣，大丈夫何患无妻！待他年重结丝罗，莫对新妻话死妇；

子依严父哀哉，小儿女终当有母！苟异日稍能抚养，须知继母即亲娘。

——临终遗嘱夫及子女联（叶碧华）

教书三十年，一面教，一面学，向时代学，向青年学，生能如斯，君诚健者；

生存五一载，愈艰苦，愈奋斗，与丑恶斗，与暴力斗，死而后已，我哭斯人！

——挽朱自清联（许德珩）

仗剑从云，作干城，忠心不易，军声在淮海，遗爱在江南，万庶尽衔哀，回望大好山河，永离赤县；

挥戈抗日，接樽俎，豪气犹存，无愧于平生，有功于天下，九泉应含笑，伫看重新世界，遍树红旗。

——挽陈毅联（张伯驹）

集 句

其来有自(欧阳修《泷冈阡表》);

且住为佳(晋·无名氏帖)。

——题某旅邸联(佚名)

大江流日夜(谢朓);

明月照高楼(曹植)。

——湖北武昌黄鹤楼联(佚名)

夕阳无限好(李商隐);

高处不胜寒(苏轼)。

——江苏镇江夕阳楼联(端方)

户外一峰秀(孟浩然);

窗前万木低(张谓)。

——广西桂林独秀峰五咏堂联(梁章钜)

云卧衣裳冷(杜甫);

山气日夕佳(陶潜)。

——福建福州小西湖宛在堂联(朱海谷)

文章千古事(杜甫);

社稷一戎衣(杜甫)。

——山西太原晋祠贞观宝翰亭联(李世民)

曲径通幽处(常建);

连山到海隅(王维)。

——山东泰山云步桥酌泉亭联(佚名)

江流石不转(杜甫);

云在意俱迟(杜甫)。

——江苏镇江焦山夕阳楼联(佚名)

是乃仁术也(《孟子·梁惠王上》);

岂曰小补哉(《孟子·尽心上》)。

——题医药行业联(佚名)

松竹生虚白(陈子昂);
波澜动远空(王维)。

——江苏扬州瘦西湖小洪园小江潭联(杨棨)

客心洗流水(李白);
荡胸生层云(杜甫)。

——江苏镇江北固山甘露寺祭江亭联(佚名)

柳占三春色(温庭筠);
荷香四座风(刘威)。

——江苏扬州净香园春禊亭联(佚名)

举头望明月(李白);
把酒问青天(苏轼)。

——山东潍坊复园草堂联(曹仲铭)

结庐在人境(陶潜);
步屧随春风(杜甫)。

——广东梅县人境庐联(黄遵宪)

举杯邀明月(李白);
放眼看青山(白居易)。

——安徽当涂采石矶太阳楼联(佚名)

春秋多佳日(陶潜);
园林无俗情(陶潜)。

——广西桂林雁山公园联(佚名)

荷风送香气(孟浩然);
潭影空人心(常建)。

——浙江杭州西湖三潭印月联(石祖芬)

高楼当此夜(李白);
明月落谁家(李白)。

——重庆五福宫楼外楼联(佚名)

掩之诚是也(《孟子·滕文公上》);
逝者如斯夫(《论语·子罕》)。

——题义冢联(佚名)

深心托豪素(颜延之);
努力爱春华(汉·古诗)。

——自题联(郑板桥)

绿竹入幽径(李白);
仙桃正发花(孟浩然)。

——北京蜨园门联(赵曾望)

清操厉冰雪(文天祥);
赤手捕长蛇(卢仝)。

——自题联(邓中夏)

干青云而直上(孔稚圭《北山移文》);
障百川而东之(韩愈《进学解》)。

——四川乐山凌云寺联(佚名)

望崦嵫而勿迫(《离骚》);
恐鹈鴂之先鸣(《离骚》)。

——自题联(鲁迅)

几处早莺争暖树(白居易);
谁家玉笛暗飞声(李白)。

——湖北武昌晴川阁联(佚名)

万牛回首丘山重(杜甫);
鲸鱼跋浪沧溟开(杜甫)。

——浙江普陀山文物馆联(郭沫若)

才见早春莺出谷(韦庄);
更逢晴日柳含烟(苏颋)。

——江苏扬州瘦西湖望春楼联(金兆燕)

劝君更尽一杯酒(王维);
与尔同销万古愁(李白)。

——题甘肃酒泉亭联(黄莘田)

六宫粉黛无颜色(白居易);
万国衣冠拜冕旒(王维)。

——山西文水武则天庙联(佚名)

日暮乡关何处是(崔颢);
古来征战几人回(王翰)。

——新疆乌鲁木齐昭忠祠联(左宗棠)

世事沧桑心事定(龚定庵);
胸中海岳梦中飞(龚定庵)。

——自题联(谢冰心)

岂有文章惊海内(杜甫);
欲将沉醉换悲凉(晏几道)。

——自题联(郁达夫)

此地有崇山峻岭(《兰亭集序》);
是日也天朗气清(《兰亭集序》)。

——浙江绍兴兰亭联(佚名)

吏情更觉沧洲远(杜甫);
诗卷长留天地间(杜甫)。

——四川成都杜甫草堂联(吴棠)

阳羡春茶瑶草碧(钱起);
兰陵美酒郁金香(李白)。

——题茶馆联(佚名)

闲坐小窗读周易(叶采);
每依南斗望京华(杜甫)。

——广东粤中净芳园联(达诚斋)

但是人家有遗爱(白居易);
曾将诗句结风流(白居易)。

——杭州白公祠联(阮元)

吴宫花草埋幽径(李白);
魏国山河半夕阳(李益)。

——河南商丘关帝庙联(佚名)

侧身天地更怀古(杜甫);
独立苍茫自咏诗(杜甫)。

——四川成都杜甫草堂联(谢无量)

枫叶荻花秋瑟瑟（白居易）；
闲云潭影日悠悠（王勃）。

——江西南昌百花洲联（阮元）

泥上偶然留指爪（苏轼）；
故乡无此好湖山（苏轼）。

——浙江杭州苏公祠联（华秋槎）

独坐黄昏谁是伴（白居易）；
争教红粉不成灰（白居易）。

——四川成都望江楼公园联（赵熙）

树影悠悠花悄悄（曹唐）；
晴烟漠漠柳毵毵（韦庄）。

——江苏扬州趣园锦镜阁联（佚名）

桃花潭水深千尺（李白）；
明月扬州第一楼（赵孟頫）。

——江苏扬州集贤楼联（佚名）

清风明月本无价（欧阳修）；
近水遥山皆有情（苏舜钦）。

——江苏苏州沧浪亭联（梁章钜）

眼前突兀见此屋（杜甫）；
独立苍茫自咏诗（杜甫）。

——四川成都杜甫草堂联（顾子远）

彩笔昔曾干气象（杜甫）；
流年自可数期颐（苏轼）。

——自寿联（刘海粟）

桃花流水杳然去（李白）；
油壁香车不再逢（晏殊）。

——浙江杭州苏小小墓联（徐兰修）

新鬼烦冤旧鬼哭（杜甫）；
他生未卜此生休（李商隐）。

——讽庸医联（纪昀）

远吞山光，平挹江濑（王禹偁）；
下临无地，上出重霄（王勃）。
——江苏扬州平山堂联（崧骏）

帝子长洲，仙人旧馆（《滕王阁序》）；
将军武库，学士词宗（《滕王阁序》）。
——江西南昌滕王阁联（阮元）

俯仰之间，已为陈迹（《兰亭集序》）；
少长咸集，畅叙幽情（《兰亭集序》）。
——浙江绍兴兰亭联（佚名）

群贤毕至，少长咸集（《兰亭集序》）；
清风徐来，水波不兴（《前赤壁赋》）。
——广东广州珠江侧亭联（佚名）

愿天下有情人，都成了眷属（《西厢记》）；
是前生注定事，莫错过姻缘（《琵琶记》）。
——浙江杭州西湖月老殿联（佚名）

此地有崇山峻岭茂林修竹（《兰亭集序》）；
是能读三坟五典八索九丘（《左传》）。
——江苏南京随园联（李鹤峰）

集芙蓉以为裳，又树蕙之百亩（《离骚》）；
帅云师而来御，将往观乎四荒（《离骚》）。
——湖南汨罗屈子祠联（郭沫若）

我辈复登临，昔人已乘黄鹤去（孟浩然，崔颢）；
大江流日夜，此心吾与白鸥盟（谢朓，黄庭坚）。
——湖北武昌黄鹤楼联（端方）

我本楚狂人，五岳寻仙不辞远（李白，李白）；
地犹邹氏邑，万方多难此登临（李隆基，杜甫）。
——山东泰安泰山楼联（彭玉麟）

蝴蝶儿，晚春时，又是一般闲暇（张泌，辛弃疾）；
梧桐树，三更雨，不知多少秋声（温庭筠，张炎）。
——集唐宋词赠胡适联（梁启超）

游目骋怀，此地有崇山峻岭茂林修竹（《兰亭集序》）；
赏心乐事，则为你如花美眷似水流年（《牡丹亭》）。

——浙江江山船联（佚名）

竹外疏花，冷香飞上诗句（姜夔）；
梅边吹笛，此地宜有词仙（姜夔）。

——江苏苏州怡园桂花亭集词名联（杨岘）

翠嶂围屏，回首沧浪故苑（吴文英）；
宝台临砌，有情花影阑干（吴文英）。

——江苏苏州怡园桂花亭集词句联（吴恒）

唤个月儿来，清光更多，只放冰壶一色（辛弃疾）；
从今花影下，娇黄成晕，染教世界都香（辛弃疾）。

——江苏苏州怡园桂花亭集词句联（顾子山）

但一庭风月，几曲栏干，换却繁华，更底用燕帘莺户（张炎）；
且料理琴书，夷犹今古，还将乐事，凭寄与象管蛮笺（张炎）。

——江苏苏州怡园桂花亭集词句联（顾子山）

嘉　言

行已有耻；
博学于文。

——自题联（顾炎武）

宽以济猛；
俭能养廉。

——旧联（佚名）

读古人书；
友天下士。

——赠丁晏联（包世臣）

多言即少味；
无欲斯有为。

——旧联（佚名）

以教人者教己；
在劳力上劳心。

——赠许士骐、贝聿琄夫妇联（陶行知）

安能尽如人意；
要当无愧我心。

——旧联（佚名）

俯仰不愧天地；
褒贬自有春秋。

——旧联（佚名）

一味黑时犹有骨；
十分红处便成灰。

——咏炭联（徐宗干）

几番琢磨方成器；
半世耕耘自有功。

——旧联（佚名）

与有胆识人共事；
从无字句处读书。

——自题联（周恩来）

才能济世何须位；
学不宜民枉为官。

——自题联（朱经畲）

月无贫富家家有；
燕不炎凉岁岁来。

——自题联（吴必大）

书山有路勤为径；
学海无涯苦作舟。

——旧联（韩愈）

反观自己难全是；
细论人家未尽非。

——旧联（佚名）

书有未曾经我读；
事无不可对人言。

——旧联（佚名）

友如作画须求淡；
文似看山不喜平。

——旧联（佚名）

水能善下方成海；
山不矜高自及天。

——旧联（佚名）

未出土时便有节；
及凌云处更虚心。

——题《竹》画联（李苦禅）

世事洞明皆学问；
人情练达即文章。

——自题联（曹雪芹）

充海阔天高之量；
养先忧后乐之心。

——自题联（任环）

宝剑锋从磨砺出；
梅花香自苦寒来。

——旧联（佚名）

事能知足心常惬；
人到无求品自高。

——自题联（陈白崖）

诗堪入画方称妙；
官到能贫乃是清。

——赠桐峰联（戴远山）

阅透人情知纸厚；
踏穿世路觉山平。

——自题联（林真）

欲知世事须尝胆；
不晓人情只看花。

——自题联（黄奕芳）

欲除烦恼须无我；
历尽艰难好做人。

——自题联（俞樾）

虚心竹有低头叶；
傲骨梅无仰面花。

——题《竹梅图》联（郑板桥）

好大喜功，终为怨府；
贪多务得，那有闲时。

——自题联（顾颉刚）

孝子贤孙，须先救国；
志士仁人，最重保民。

——赠冯忍言、季苹夫妇联（冯玉祥）

身无半亩，心忧天下；
读破万卷，神交古人。

——题家塾联（左宗棠）

海纳百川，有容乃大；
壁立千仞，无欲则刚。

——自题联（林则徐）

尽力尽心，未能十分尽职；
任劳任怨，不敢半点任功。

——自题联（蔡东轩）

浮躁一分，到处便招尤悔；
因循二字，从来误尽英雄。

——旧联（梁章钜）

苟有恒，何必三更眠五更起；
最无益，莫过一日曝十日寒。

——自题联（胡居仁）

四体不勤，五谷不分，孰为夫子；
小疑必问，大事必闻，才算学生。

——自题联（陶行知）

芝草无根，醴泉无源，人贵自立；
流水不腐，户枢不蠹，民生在勤。

——旧联（佚名）

无富色，无贵色，无文章色，方成士品；
有书声，有机声，有小儿声，才是人家。

——题厅堂联（涂晫）

有志者事竟成，破釜沉舟，百二秦关终属楚；
苦心人天不负，卧薪尝胆，三千越甲可吞吴。

——自励书于压书铜条联（蒲松龄）

吃苦是良图，作苦事，用苦心，费苦劲，苦境终成乐境；
偷闲非善策，说闲话，好闲游，做闲事，闲人就是废人。

——自题联（李甲秾）

杂 题

见机而作；
入土为安。

——躲空袭联（陈寅恪）

不明才主弃；
多故病人疏。

——巧改孟浩然诗句赠庸医（纪昀）

未必逢凶化；
何曾起死回。

——缺字讽联（佚名）

咦！哪里放炮；
哦！他们过年。

——旧社会土地庙一副春联（佚名）

海为龙世界；
云是鹤家乡。

——古联（佚名）

君子之交淡如；
醉翁之意不在。

——讽出售掺水酒缺字联（佚名）

坐，请坐，请上座；
茶，泡茶，泡好茶。

——讽人情世态联（阮元）

酒醉，饭饱，茶香；
花好，月圆，人寿。

——写生活联（佚名）

一二三四五六七；
孝悌忠信礼义廉。

——讽刺军阀缺字联（佚名）

入店三杯醉者也；
出门一拱歪之乎。

——题酒肆联（佚名）

风入松间眉峰碧；
鹤冲天处寿星明。

——词牌名集联（施平江）

行，行，行，行行且止；
坐，坐，坐，坐坐何妨。

——浙江奉化休休亭联（佚名）

水底日为天上日；
眼中人是面前人。

——即景巧对联（寇准，杨亿）

自古未闻粪有税；
而今只剩屁无捐。

——讽旧时代官吏横征暴敛联（刘师亮）

闲人免进贤人进；
盗者莫来道者来。

——同音巧对联(解缙)

近水楼台先得月；
向阳花木早逢春。

——讽举才不公平联(苏麟)

画上荷花和尚画；
书临汉帖翰林书。

——同音回文联(佚名)

栀子牵牛犁熟地；
灵芝背母入常山。

——药名联(佚名)

点灯登阁各攻书；
移椅倚桐同赏月。

——同音顶针巧对联(佚名)

独览梅花扫腊雪；
逸睨山势舞绿溪。

——音阶趣联(佚名)

贾岛醉来非假倒；
刘伶饮尽不留零。

——酒馆趣联(佚名)

宰相合肥天下瘦；
司农常熟世间荒。

——旧时代大官们互讽趣对联(佚名)

饥鸡盗稻童筒打；
暑鼠凉梁客咳惊。

——同音趣对联(供名)

稻草捆秧父抱子；
竹篮装笋母怀儿。

——生活巧对联(佚名)

鹦鹉能言难似凤；
蜘蛛虽巧不如蚕。

——咏物讽对联(王禹偁)

万寿无疆，普天同庆；
三军败绩，割地求和。

——讽慈禧太后联(佚名)

帝女合欢，水仙含笑；
牵牛迎辇，翠雀凌霄。

——七夕故事集花名联(许宾衢)

王好货，不论金银铜铁；
寅属虎，全需鸡犬牛羊。

——讽贪污县令王寅联(佚名)

孟光轧姘头，梁鸿志短；
宋江吃败仗，吴用威消。

——讽刺汉奸梁鸿志、吴用威联(吴湖帆)

垂帘廿余年，年年割地；
尊号十六字，字字欺天。

——祝慈禧太后生日联(佚名)

红白相兼，醉后怎知南北；
青黄不接，贫来卖尽东西。

——颜色方位错对联(佚名)

两舟并行，橹速不如帆快；
八音齐奏，笛清怎比箫和。

——谐音藏名对联(佚名)

冻雨洒窗，东两点，西三点；
切瓜分客，上七刀，下八刀。

——析字巧对联(蒋焘)

娘子官人，平日无非演戏；
生哥莺妹，今宵真做夫妻。

——贺两演员结婚联(佚名)

蟹入鱼罾，恰似蜘蛛结网；
鼠偷蚕茧，浑如狮子抛球。

——动物趣对联（佚名）

万瓦千砖，百匠造成十佛寺；
一舟二橹，三人摇过四通桥。

——数字趣对联（佚名）

马骨崚嶒，吃豆吃麸兼吃草；
车声历碌，拉人拉货不拉钱。

——马棚联（王廷绍）

水陆洲，洲停舟，舟动洲不动；
天心阁，阁落鸽，鸽飞阁未飞。

——长沙地名连珠巧对联（佚名）

水部火灾，金司空大兴土木；
南人北相，中书君什么东西。

——五行方位巧对联（纪昀）

四口同图，内口都为外口管；
五人共伞，小人全靠大人遮。

——字形趣联（杨薄）

冬夜灯前，夏侯氏读春秋传；
东门楼上，南京人唱北西厢。

——四季方位巧对联（佚名）

看我非我，我看我，我亦非我；
装谁像准，谁装谁，谁就像谁。

——赠演员妙对联（佚名）

鼓瑟鼓琴，弦更张时风更韵；
宜家宜室，镜仍合处月仍圆。

——赠续婚联（佚名）

墙上芦苇，头重脚轻根底浅；
山间竹笋，嘴尖皮厚腹中空。

——讽无真才实学者联（解缙）

醉汉骑驴，颠头簸脑算酒账；
艄公摇橹，打拱作揖讨船钱。

——摹状趣联（佚名）

劈破石榴，红门中许多酸子；
咬开银杏，白衣里一个大仁。

——水果巧对联（徐晞）

民犹是也，国犹是也，何分南北；
总而言之，统而言之，不是东西。

——讽曹锟贿选总统联（佚名）

冰冷酒，一点水，两点水，三点水；
丁香花，百字头，千字头，万字头。

——字形巧对联（清高宗，彭元瑞）

爱民如子：金子，银子，皆吾子也；
执法如山：钱山，靠山，其为山乎。

——讽某县令联（佚名）

水仙子持碧玉箫，风前吹出声声慢；
虞美人穿红绣鞋，月下引来步步娇。

——集词牌联（佚名）

男女平权，公说公有理，婆说婆有理；
阴阳合历，你过你的年，我过我的年。

——长沙土地庙春联（佚名）

蔺相如，司马相如，名相如实不相如；
魏无忌，长孙无忌，彼无忌此亦无忌。

——人名巧对联（佚名）

只有几文钱，你也求，他也求，给谁是好；
不做半点事，朝也拜，夕也拜，使我为难。

——财神庙联（佚名）

伤心夜雨，蕉窗点半盏寒灯，替诸生改之乎也者；
回首秋风，桂苑剩一枝秃笔，为举家谋柴米油盐。

——旧社会下层学吏自嘲联（李璧瑜）

混之为用大矣哉，大吃大喝，大摇大摆，命大福大，大到院长；
球之本领滚而已，滚来滚去，滚入滚出，东滚西滚，滚进棺材。
——讽挽谭延国联（解泪）

大老爷过生，银也要，钱也要，票子也要，红黑一把抓，不分南北；
小百姓该死，谷未收，麦未收，豆儿未收，青黄两不接，送甚东西。
——旧社会乡民讽贪官污吏联（佚名）

附录一

近体诗的对韵

讲究格律是近体诗的一个突出特点，而固定的字句和严格的平仄、粘对、押韵等，就是这一特点的具体内容。以下就以平水韵的平声三十韵为本，介绍一下近体诗最基本的押韵、对仗练习（这就是旧时代在学作诗之前先学对对子的一种有效方法）。其中有一字对韵、二字对韵、三字对韵、五字对韵和七字对韵（四字、六字对韵多用于赋和骈文，对读、写诗的作用不大，故不举对韵例）。体例稍仿《笠翁对韵》，但较简要、时新些。其中五言、七言纯举唐、宋（金）名家诗句例，并注明出处方便循例句以读原诗；既扩大韵诗的范围，熟谙押韵情况，又通过富于文采的韵语对读，以提高阅读欣赏的兴趣和锻炼旧体诗作的基本功。诗和词在语言、格律和表现手法方面原有许多相通之处，故这一对韵练习，也有助于读词和填词。对于其中较僻、难的典故和词语，作者也略加注释。

上平声

一　东韵

绿(对)红,拙(对)工,华(对)嵩;春燕(对)秋鸿,赤日(对)苍穹;山远近(对)水西东,云叆叇(对)月玲珑;门前五杨柳(对)井上二梧桐;梨花院落溶溶月(对)柳絮池塘淡淡风。

[注释]

华(huà)、嵩:华,西岳华山,在陕西省;嵩,中岳嵩山,在河南省。

苍穹:苍天。

叆叇(ài dài):云彩很厚貌。

玲珑:月色空明貌。

"门前"两句:见唐代李白《赠崔秋浦三首》诗。

"梨花"两句:见宋代晏殊《寓意》诗。

二　冬韵

夏(对)冬,薄(对)浓,虎(对)龙;烟锁(对)云封,剑阁(对)炉峰;花灼灼(对)草茸茸,金菡萏(对)玉芙蓉;风暖鸟声碎(对)日高花影重;有子才如不羁马(对)知君心似后凋松。

[注释]

剑阁:在今四川剑阁东北。

炉峰:在今江西九江西南,庐山之北,即香炉峰。

菡萏:荷花之别称。

芙蓉:荷花又一名称,还有木芙蓉亦简称芙蓉。

"风暖"两句:见唐代杜荀鹤《春宫怨》诗。

"有子"两句:见宋代黄庭坚《和高仲本喜相见》诗。不羁马,比喻人之才气横溢,不受拘限。后凋松,出自《论语·子罕》:"子曰:岁寒然后知松柏之后凋也。"比喻人要经得住严峻考验。

三　江韵

海(对)江，扣(对)撞，调(对)腔；建国(对)兴邦，竹簟(对)兰釭；嘶风马(对)吠雪龙，山岌岌(对)水淙淙；苒弱楼前柳(对)轻空花外窗；俱飞蛱蝶元相逐(对)并蒂芙蓉本自双。

［注释］

竹簟(diàn)：竹席。

龙(máng)：犬之多毛者，即狮子狗。

岌岌：山高貌。

“荏弱”两句：见唐代温庭筠《春日寄岳州从事李员外二首》诗(其一)。荏弱：柔软怯弱貌。

“俱飞”两句：见唐代杜甫《进艇》诗。蛱蝶，蝴蝶。

四　支韵

麦(对)葵，险(对)夷，望(对)思；意匠(对)心师，击剑(对)弹棋；飘飘意(对)落落词，鹦鹉赋(对)鸳鸯诗；柳塘春水慢(对)花坞夕阳迟；白发无情侵老境(对)青灯有味似儿时。

［注释］

弹棋：古代一种博戏。

飘飘意、落落词：北周庾信《谢赵王示新诗启》：“落落词高，飘飘意远。”

鹦鹉赋：汉末祢衡作。

鸳鸯诗：唐代崔珏作。

“柳塘”两句：见唐代严维《酬刘员外见寄》诗。花坞，四围高中低凹而长着花木的地方。

“白发”两句：见宋代陆游《秋夜读书每以二鼓尽为节》诗。

五　微韵

是(对)非，密(对)稀，宏(对)微；茅舍(对)朱扉，风信(对)霜威；波渺渺

(对)柳依依,乌衣巷(对)燕子矶;水深鱼极乐(对)林茂鸟知归;风来震泽帆初饱(对)雨入松江水渐肥。

[注释]

风信:风应花期而来,故称风信或花信风。《荆楚岁时记》:"始梅花,终楝花,凡二十四番花信风。"

乌衣巷:六朝时金陵(今南京市)城内一个贵族居住区。唐代刘禹锡《乌衣巷》诗:"朱雀桥边野草花,乌衣巷口夕阳斜。旧时王谢堂前燕,飞入寻常百姓家。"

燕子矶:在今南京市北观音山上。

"水深"两句:见唐代杜甫《秋野五首》诗。

"风来"两句:见宋代苏轼《次韵沈长官三首》其一。

六 鱼韵

樵(对)渔,茗(对)蔬,实(对)虚;芍药(对)芙蕖,雨笠(对)烟锄;嘶风马(对)踏雪驴,微雨润(对)好风徐;择木知幽鸟(对)潜波想巨鱼;孤屿池痕春涨满(对)小栏花韵午晴初。

[注释]

芙蕖:荷花。

"择木"两句:见唐代杜甫《中宵》诗。

"孤屿"两句:见唐代司空图《归王官次年作》诗。孤屿,孤立在池中的小岛。

七 虞韵

柳(对)榆,有(对)无,轴(对)枢;五窦(对)三苏,布谷(对)提壶;云梦泽(对)洞庭湖,谢蝴蝶(对)郑鹧鸪;片云天共远(对)永夜月同孤;窗里日光飞野马(对)案头筠管长蒲卢。

[注释]

轴:穿在轮子中间的圆柱形物件。

枢：门上的转轴。

五窦：五代后周渔阳人窦禹钧，有五子俱登科，称窦氏五龙。俗谓“教子有方”“五子登科”，俱本此。

三苏：宋代苏洵、苏轼、苏辙父子兄弟三人俱以文学名世，世称“三苏”。

布谷、提壶：俱鸟名，古人认为布谷劝人耕种，提壶催人沽酒。

谢蝴蝶：宋代谢无逸作《咏蝶》诗三百首颇有名。

郑鹧鸪：唐代郑谷作《鹧鸪》诗，为世所称赞。

“片云”两句：见唐代杜甫《江汉》诗。

“窗里”两句：见晚唐韩偓《安贫》诗。

野马：成玄英疏《庄子·逍遥游》：“青春之时，阳气发动，遥望薮泽之中，犹如奔马，故谓之‘野马’也。”蒲卢，即细腰蜂。

八　齐韵

枣（对）梨，楚（对）齐，冠（对）笄；赠芍（对）归荑，云北（对）水西；虫语急（对）雁行低，花绕屋（对）柳覆堤；五更千里梦（对）残月一城鸡；寒花篱脚飘金钿（对）新月天涯挂玉篦。

［注释］

冠：古礼男子二十加冠，叫作“冠”。

笄（jī）：古礼女子十五始安发笄，叫作“及笄”。笄，发簪。

赠芍：《诗经·邶风·静女》：“自牧归荑。”牧，野外；归，馈赠；荑，始生的白茅嫩芽。言此静女在野外以荑赠男，表示相爱。

“五更”两句：见宋代梅尧臣《梦后寄欧阳永叔》。

“寒花”两句：见宋代黄庭坚《和答任仲微赠别》。金钿（diàn），用金钗比喻菊花的黄色花瓣；玉篦（bì），新月像一把玉色篦子。

九　佳韵

陌（对）街，米（对）柴，合（对）乖；丹壑（对）翠崖，画障（对）诗牌；登楚岫（对）渡秦淮，绿萝径（对）红药阶；凭医看蜀药（对）寄信觅吴鞋；野蔬充膳甘长藿(对)落叶添薪仰古槐。

[注释]

画障:画屏,指入画的自然景色。

诗牌:唐人以木板题诗,故称诗牌。又刻平声三十诗韵为纸牌式,每韵一页,山游分韵,人取一页,也叫作诗牌(见明代屠隆《考槃余事》)。

"凭医"两句:见唐代张籍《和左司元郎中秋居十首》诗。

"野蔬"两句:见唐代元稹《遣悲怀三首》诗其一。藿,豆叶;长藿,长期以豆叶为食。

十　灰韵

乐(对)哀,李(对)梅,悟(对)该;七政(对)三才;庶矣(对)康哉;风生籁(对)雨息埃;青玉案(对)黄金台;暗尘随马去(对)明月逐人来;蝇说冰霜如梦寐(对)鹅闻钟鼓亦惊猜。

[注释]

七政:古人以日、月及金、木、水、火、土五星为七政。

三才:古人以天、地、人为三才。

青玉案:古时贵重食器、案,即承杯筋之盘。汉代张衡《四愁诗》:"美人赠我锦绣段,何以报之青玉案。"后来用作词牌名。

黄金台:相传战国时燕昭王,于今河北省易县东南筑台,置千金于台上以延请天下贤士,后人慕之亦筑台于此。"金台夕照"为今北京八景之一。宋恭宗赵㬎《在燕京作》诗中有"黄金台下客,应是不归来"之句。

"暗尘"两句:见唐代苏味道《正月十五夜》诗。

"蝇说"两句:见宋代黄庭坚《题神移仁寿塔》诗。"蝇说冰霜"出《庄子·秋水》:"夏虫不可以语于冰者,笃于时也。""鸡闻钟鼓"出《庄子·达生》:"吾告以至人之德,譬之若载鼷鼠以车马,乐鴳以钟鼓也。彼又恶能无惊乎哉!"

十一　真韵

凤(对)麟,智(对)仁,革(对)因;蠖屈(对)龙伸;浊富(对)清贫;花馥馥

（对）草萋萋，烟云幻（对）日月真；海内存知己（对）天涯若比邻；沉舟侧畔千帆过（对）病树前头万木春。

［注释］

蠖（huò）屈：蠖，即尺蠖，虫名，体细长，行时屈伸其体，如尺量物，故名；一说为蛾之幼虫。古人常以蠖屈喻人之不遇时。

“海内”两句：见唐代王勃《送杜少府之任蜀州》诗。

“沉舟”两句：见唐代刘禹锡《酬乐天扬州初逢席上见赠》诗。

十二　文韵

俭（对）勤，戚（对）欣，素（对）荤；壮骨（对）强筋，镂月（对）裁云；北雪艳（对）南风熏，燕许笔（对）韩柳文；野花留宝靥（对）蔓草见罗裙，词客有灵应识我（对）霸才无主独怜君。

［注释］

镂月、裁云：唐代李义府《堂堂词》：“镂月成歌扇，裁云作舞衣。”以喻工巧。

燕许笔：唐玄宗时，燕国公张说（yuè），许国公苏颋（tǐng），俱以文章显名，当时称为燕许笔。

“野花”两句：见唐代杜甫《琴台》诗。

“词客”两句：见唐代温庭筠《过陈琳墓》诗。

十三　元韵

季（对）昆，祖（对）孙，晓（对）昏；月窟（对）山根；夏屋（对）衡门；梨花冷（对）柳絮温，碑堕泪（对）赋招魂；月昏天有晕（对）风软水无痕；子美集开诗世界（对）伯阳书见道根源。

［注释］

季、昆：弟、兄。

月窟、山根：月中、山脚。

夏屋：富贵人居住的高大房屋。《诗经·秦风·权舆》：“于我乎，夏屋渠渠，今也每食无余。”

衡门：贫士所居以衡木为门的房屋。《诗经·陈风·衡门》：“衡门之下，可以栖迟。”

碑堕泪：晋羊祜镇襄阳，以抗东吴有功劳，死后襄阳人在岘山为之立碑，见碑的人，多为之泪下，故称“堕泪碑”。

赋招魂：“招魂”为楚辞篇名，相传为宋玉所作，以招屈原之忠魂。

“月昏”两句：见宋代陆游《村夜》诗。

“子美”两句：见宋代王禹偁《日长简仲咸》诗。子美，杜甫字。王禹偁于北宋初年反对西昆体，主张诗文革新，故特尊崇杜甫，认为杜诗开了诗世界的新纪元。伯阳，春秋时老子李耳字，曾著《道德经》五千言，主张自然无为，为道家学说的根源。

十四　寒韵

矗（对）攒，危（对）安，窄（对）宽；黄犬（对）青鸾，虎踞（对）龙蟠；诛佞剑（对）进贤冠，风凛凛（对）雪漫漫；一时花带泪（对）万里客凭栏；蓝水远从千涧落（对）玉山高并两峰寒。

［注释］

黄犬：晋陆机有黄耳犬，能传递书信。

青鸾：凤属，多赤色者为凤，多青色者为鸾。古代帝王车前饰鸾鸟衔铃，称鸾车、鸾舆，是高级交通工具。

虎踞、龙蟠：向用以指金陵（今南京市）形势之雄壮。诸葛亮曾评金陵地形说：“钟阜龙蟠，石城虎踞。”

诛佞剑：汉朱云忠直敢谏，曾请汉成帝给他尚方宝剑去砍掉帝师佞臣安昌侯张禹的头，帝怒，将斩云，云攀槛，槛折，因辛庆忌说情得免。后当治槛，帝命勿易，留之以旌直臣。

进贤冠：古代儒者所戴的缁布冠，冠上有梁，以梁数的多少来区别贵贱。杜甫《丹青引》：“良将头上进贤冠，猛将腰间大羽箭。”

“一时”两句：见宋代陈与义《雨》诗。

“蓝水”两句：见唐代杜甫《九日蓝田崔氏庄》诗。

十五　删韵

玦（对）环，列（对）班，补（对）删；雾发（对）云鬟，桃塞（对）榆关；灯前影（对）镜里颜，津剑化（对）浦珠还；卷帘唯白水（对）隐几亦青山；连娟缺月黄昏后（对）缥缈新居紫翠间。

［注释］

玦（jué）、环：凡圆璧边孔适等叫作环，半环叫作玦。

桃塞：即古桃林塞，在今河南省灵宝市西。

榆关：即山海关。

津剑化：晋雷焕于丰城得龙泉、太阿二剑，一送张华，一留自佩，并说：“灵异之物，终当化去。”焕死，其子带剑经延平津，剑忽从腰间跃出坠水。使人没水取之，但见两龙各长数丈（见《晋书·张华传》）。

浦珠还：广东合浦郡沿海古产珠，郡守贪秽，珠多移住别处。汉代孟尝为郡守，革除弊端去珠复还。世固有“合浦还珠”之语，以喻地方官之不贪。

“卷帘”两句：见唐代杜甫《闷》诗。

“连娟”两句：见宋代苏轼《白鹤峰新居欲成夜过西邻翟秀才二首》诗。连娟，曲细貌；缥缈，高远隐约貌。

下平声

一　先韵

日（对）年，后（对）先，腻（对）鲜；草圣（对）诗仙；疏雨（对）淡烟；露浩浩（对）月娟娟，季子剑（对）祖生鞭；雪暗梨千树（对）烟迷柳一川；落日澄江乌榜外（对）秋风疏柳白门前。

［注释］

草圣：汉代张芝、唐代张旭二人草书皆入最高境界，世称“草圣”。

诗仙：唐代李白初至长安谒贺知章，知章见其文叹曰：“子谪仙人也。”后世称李白为“谪仙”或“诗仙”，即由此而来。

季子剑：春秋吴王寿梦少子季札，封于延陵(今江苏武进)，因号延陵季子。季子贤，历聘上国，过徐，徐君爱季子所佩剑，口不敢言，季子心知之而未能即献。及还过徐而徐君已死，乃解剑系徐君墓树而去。

祖生鞭：东晋刘琨说：吾枕戈待旦，常恐祖生先吾着鞭。后之人遂以"祖生鞭"为奋勉争先之意。

"雪暗"两句：见宋代陆游《小舟游西泾度西冈而归》诗。

"落日"两句：见唐代韩翃《送冷朝阳还上元》诗。乌榜，船橹，亦代指船。白门，或称白下，白下门、上元，即金陵(今南京市)。

二　箫韵

牧(对)樵，近(对)遥，夕(对)朝：桂楫(对)兰桡，白苧(对)红绡；嗟项籍(对)敬班超，山隐隐(对)水迢迢；雁归春近塞(对)日上海生潮；鹓鸿得路争先翥(对)松柏凌寒独后凋。

［注释］

白苧、红绡：白色麻织品和红色丝织品。

嗟项籍：楚汉相争，刘邦先弱后强而以曲胜，项籍先强后弱而以直败。从太史公起为之嗟叹者代不乏人。

敬班超：东汉班超投笔从戎，立功西域，使西域五十余国皆向汉纳贡内属，超亦受封定远侯，深为后世敬重。

"雁归"两句：见宋代司马光《郭氏园送仲通出刺棣州》诗。

"鹓鸿"两句：见唐代武元衡《送张六谏议归朝》诗。鹓鸿，犹鹓鹭，此类鸟群飞有序，古人以喻朝官班行。翥(zhù)，飞翔。

三　肴韵

笑(对)嘲，击(对)敲，卦(对)爻；起凤(对)腾蛟，玉叶(对)金苞；花满县(对)稼盈郊，宜久敬(对)莫相抛；古戍悬渔网(对)空林露鸟巢；桤林碍日吟风叶(对)笼竹和烟滴露梢。

［注释］

卦爻：《易经》中的两个三画相重叫作"卦"，画叫作"爻"，每卦有六爻。

起凤、腾蛟：比喻才华焕发，如凤之起飞，似蛟之腾跃。唐代王勃《滕王阁序》："腾蛟起凤，孟学士之词宗。"

"古戍"两句：见唐代章八元《新安江行》诗。

"桤林"两句：见唐代杜甫《堂成》诗。桤（qī），木名，材坚，长速，易于成林。笼竹，节间容八寸之慈竹。

四　豪韵

李（对）桃，荻（对）蒿，贬（对）褒；麦浪（对）松涛，分袂（对）同袍；崇朴素（对）赶时髦，悬一榻（对）梦三刀；度沙风破肉（对）攻垒雪平壕；世上岂无千里马（对）人中难得九方皋。

［注释］

悬一榻：后汉陈蕃在郡不接宾客，惟徐稚来特设一榻，稚去则悬之，后遂用为礼待贤士词语。

梦三刀：传说晋王濬夜梦三刀，旋又增一刀，醒后请人圆梦，有人恭喜他将为益州刺史，因为"州"字的篆隶写法像三把刀，又增一刀，可知当为益州（四川）刺史。后果然（其实是迷信附会）。从此，"梦三刀"便成为旧时代官吏升调的成语。

"度沙"两句：见宋代陆游《小出塞曲》诗。

"世上"两句：见宋代黄庭坚《过平舆怀李子先时在并州》诗。九方皋，秦穆公时人，善相马，尝相马于牝牡骊黄之外，求其内在而不独重其外表，以此多获千里马。

五　歌韵

江（对）河，网（对）罗，麦（对）禾；直干（对）平柯，嫩蕊（对）寒莎；霞散绮（对）月舒波，追风马（对）挽日戈；兴阑啼鸟换（对）坐久落花多；诗罢春风荣草木（对）书成快剑斩蛟鼍。

［注释］

莎（suō）：多年生草本植物。

月舒波：月光如水，浮动金波。

追风马：形容骏马奔驰之快。

挽日戈：传说鲁阳公与韩构酣战，日暮，挥戈，日为之返三舍（一舍三十里）（见《淮南子·览冥训》）。这一寓言富于人力胜天的积极精神。

“兴阑”两句：见唐代王维《从岐王过杨氏别业应教》诗。

“诗罢”两句：见宋代黄庭坚《袁州刘司法亦和予摩字诗因次韵寄之》诗。陶渊明《归去来辞》：“木欣欣以向荣。”韩愈《石鼓歌》：“年深岂免有缺画，快剑斫断生蛟鼍。”用快剑斫（砍）蛟鼍的形象来形容石鼓文字劲健而残缺的笔画。鼍，即扬子鳄。

六　麻韵

雾（对）霞，鹊（对）鸦，正（对）斜；屋角（对）檐牙，蚁垤（对）蜂衙；风动竹（对）月笼沙，元亮菊（对）邵平瓜；天风随断柳（对）客泪堕清笳；小楼一夜听春雨（对）深巷明朝卖杏花。

［注释］

蚁垤：蚁穴外隆起的土堆。

蜂衙：群蜂簇拥蜂王如朝拜屏卫，故称蜂衙。

元亮菊：晋陶渊明字元亮，性爱菊花。

邵平瓜：秦东陵侯邵平，秦亡不仕，种瓜长安城东，瓜美，俗称“东陵瓜”。

“天风”两句：见唐代杜甫《遣怀》诗。

“小楼”两句：见宋代陆游《临安春雨初霁》诗。

七　阳韵

室（对）房，沼（对）塘，短（对）长；绛雪（对）青霜，荷净（对）兰芳；葵向日（对）雁随阳，王孙满（对）陈子昂；几人千里别（对）今夜九回肠；虽惭老圃秋容淡（对）且看黄花晚节香。

［注释］

沼、塘：曲池为沼，方池为塘。

雁随阳：雁为候鸟，即随阳鸟。杜甫《同诸公登慈恩寺塔》："君看随阳雁，各有稻粱谋。"

王孙满：春秋时周大夫，曾义正词严地批评了问鼎大小轻重的楚庄王。

陈子昂：开一代风气的初唐文学家。文摈六朝靡丽之习，诗倡汉魏风骨，主张"兴寄"。

"几人"两句：见宋代文彦博《华月》诗。

"虽惭"两句：见宋代韩琦《九日水阁》诗。

八　庚韵

重（对）轻，色（对）声，仄（对）平；山子（对）石兄，夜绩（对）晨耕；春秋笔（对）月旦评，摩天鹄（对）横海鲸；天意怜幽草（对）人间重晚晴；野蔓有情萦战骨（对）残阳何意照空城。

［注释］

山子：周穆王八骏之一的名字。

石兄：宋代米芾曾向怪石下拜，呼之为兄。

春秋笔：《春秋》为古籍名，相传为孔子根据鲁国史书修订而成，叙事极简练，往往寓褒贬于一字之中，称为"春秋笔"。

月旦评：后汉许劭、许靖堂兄弟，好品评人物，每月旦起辄更其品题，称为"月旦评"。

"天意"两句：见唐代李商隐《晚晴》诗。

"野蔓"两句：见金朝元好问《岐阳三首》诗。

九　青韵

户（对）庭，醉（对）醒，影（对）形；珠箔（对）银屏，月榭（对）云亭；乞米帖（对）换鹅经，鸳浴沼（对）鹭飞汀；日落江湖白（对）潮来天地青；山河破碎风飘絮（对）身世浮沉雨打萍。

［注释］

乞米帖：唐代颜真卿写的借米信，因其为大书家所写，又为短帖，故称

“乞米帖”。

换鹅经：晋王羲之善书又爱鹅，山阴道士善养鹅，又爱王书。相传道士愿以群鹅为交换条件，请王为其写《道德经》。王欣然写经，写毕笼鹅而去。所写《道德经》遂称“换鹅经”。

“日落”两句：见唐代王维《送邢桂州》诗。

“山河”两句：见宋代文天祥《过零丁洋》诗。

十　蒸韵

炭（对）冰，废（对）兴，奖（对）惩；后劲（对）先登，独擅（对）多能；星渐落（对）日初升，岁寒操（对）势利朋；翠幰褰珠箔（对）高楼俯玉绳；桃李春风一杯酒（对）江湖夜雨十年灯。

［注释］

岁寒操：见前二冬韵举黄庭坚《和高仲本喜相见》诗注。

“翠幰”两句：见宋代王庭珪《辰州上元》诗。翠幰，车上的绿色帷幔；珠箔，珠帘；玉绳，星名。原指玉衡（北斗第五星）北两星，此泛指星光，侈言楼之高可以俯视星星。

“桃李”两句：见宋代黄庭坚《寄黄几复》诗。

十一　尤韵

尾（对）头，鹄（对）鸥，放（对）收；院小（对）庭幽，马勃（对）牛溲；孤峰耸（对）大江流，谢傅墅（对）庾公楼；荣华今异路（对）风雨昔同忧；明妃去日花应笑（对）蔡琰归时鬓已秋。

［注释］

马勃、牛溲：马勃，生于湿地及腐木上之牛屎菇；牛溲，车前草（一说即牛粪便）；二者俱贱物，但都可供药用。韩愈《进学解》：“牛溲、马勃，败鼓之皮，俱收并蓄，待用无遗者，医师之良也。”

谢傅墅：淝水大战时，谢安（卒赠太傅）与侄谢玄围棋赌别墅，指挥前方作战，卒获大胜，成为历史上美谈。

庾公楼：晋朝庾亮为江、荆、豫州刺史，治武昌，曾与曹属登楼赏月，谈咏竟夕。后亮移官，好事者就地建楼，名“庾公楼”。

“荣华”两句：见唐代韩愈《祖席》诗。

“明妃”两句：见唐代韦庄《绥州作》诗。明妃即王昭君，蔡琰即蔡文姬：两女南归北去，皆经绥州。

十二 侵韵

古（对）今，旱（对）霖，枕（对）衾；茂树（对）平林，远浦（对）遥岑；勤三上（对）惜寸阴，红叶乱（对）白云深；乾坤万里眼（对）时序百年心；黄菊有情留小饮（对）青灯无语伴微吟。

［注释］

远浦：远远的水边。

遥岑：遥远的山峰。

勤三上：古人作诗、文往往成于“三上”，即：马上，枕上，厕上。

“乾坤”两句：见唐代杜甫《春日江村五首》诗。

“黄菊”两句：见金朝元好问《寄答赵宜之兼简溪南诗老》诗。

十三 覃韵

壑（对）岚，苦（对）甘，论（对）谈；立懦（对）廉贪，月姊（对）天男；穿花蝶（对）食叶蚕，峰六六（对）节三三；惜堪充凤食（对）痛已被莺含；千里晚霞云梦北（对）一洲霜橘洞庭南。

［注释］

立懦、廉贪：宋代范仲淹《严先生祠堂记》：“使贪夫廉，懦夫立，是大有功于名教也。”

月姊：唐代李商隐《水天闲话旧事》诗：“月姊曾逢下彩蟾。”月姊，即嫦娥。

天男：佛经说，诸天之男儿相貌美满，胜于人间。宋代米芾《画史》：“苏耆少子，风神如画，目如点漆，面如凝脂，天男相。”

峰六六：河南登封北之少室山有三十六峰。宋代黄庭坚《和答登封王晦之登楼见寄》诗："县楼三十六峰寒，王粲登临独倚阑。"

节三三：《荆楚岁时记》："三月三日，士民并出江渚池沼间，为流杯曲水之饮。"按三月三日即古代的节日"上巳"。汉以前上巳必取"巳"日，不必三月初三；魏以后一般用三月初三，不必巳日。

"惜堪"两句：见唐代李商隐《深树见一颗樱桃尚在》诗。

"千里"两句：见唐代张泌《秋晚过洞庭》诗。

十四　盐韵

爱（对）嫌，减（对）添，顾（对）瞻；玉漏（对）银蟾，故素（对）新缣；勤雪案（对）课风檐，居心恕（对）律己严；两行秦树直（对）万点蜀山尖；惜花萎去常遮日（对）待燕归来始下帘。

［注释］

银蟾：月光。

故素、新缣：汉乐府杂曲《上山采蘼芜》："新人工织缣，故人工织素。织缣日一匹，织素五丈余。将缣来比素，新人不如故。"

勤雪案：晋朝孙康家贫，冬夜雪读书无烛，雪光映案，尝就以读书。后遂以"雪案"为勤苦学习之成语。

课风檐：宋代文天祥在狱作《正气歌》最后两句："风檐展书读，古道照颜色。"想见爱国志士虽在囹圄中仍励志勤学的精神。

"两行"两句：见唐代杜甫《送张十二参军赴蜀州因承杨五侍御》诗。

"惜花"两句：见宋代陆游《闲中书事》诗。

十五　咸韵

柏（对）杉，谷（对）岩，柞（对）芟；一诺（对）三缄，巩洛（对）崤函；星北拱（对）日西衔，王陵戆（对）靳尚谗；雾黑连云栈（对）风狂截海帆；莲子数杯尝冷酒（对）柘枝一曲试春衫。

［注释］

柞（zé）、芟：除木叫作柞，除草叫作芟。

一诺：汉初季布重然诺，闻名关中。时有“得黄金百斤，不如得季布一诺”之谚语。

三缄：封口三重，叫作三缄。相传孔子进入周太庙，见有金人三缄其口，背有铭曰：“古之慎言人也。”后来“三缄其口”遂成为慎言的成语。

巩洛、崤函：指巩义、洛阳、崤山、函谷关。

王陵戆：汉初王陵佐刘邦定天下，官至右丞相。刘邦死，吕后欲王诸吕，王陵以为不可。吕后怒，迁为太傅。

靳尚谗：靳尚，战国楚大夫。为了排挤屈原，遂与怀王宠姬郑袖勾结，谗害屈原。

“雾黑”两句：见唐代许浑《维舟秦淮过温州李给事宅》诗。

“莲子”两句：见唐代白居易《三月三日》诗。

附录二

近体诗平声三十韵常用韵字举要

上平声

一　东

东同童僮铜桐筒瞳中衷忠虫冲终忡崇嵩戎弓融宫躬雄熊穹穷冯风枫丰充隆空公功工攻蒙濛茏胧聋栊龍洪红虹鸿丛翁匆葱聪骢通棕蓬

二　冬

冬彤农宗锺钟龙舂松冲容溶庸蓉封胸凶汹匈雍浓重从逢缝峰锋丰蜂烽踪茸邛筇慵恭供

三　江

江缸窗邦降双泷庞撞釭扛龙

四　支

支枝移为垂吹陂碑奇宜仪皮离施知驰池规危夷师姿迟龟眉悲之芝时诗棋旗辞词期祠基疑姬丝司葵医帷滋持随痴维卮螭麾墀弥慈遗肌脂雌披嬉尸狸炊湄篱兹差(参差)疲茨卑亏蕤歧岐

谁熙欺疵赀羁彝髭资縻饥衰锥姨夔祇涯伊追缁箕尼而推隋绥羲嬴其淇麒祁崎骐锤罹漓鹂璃骊弥罴貔丕尸栀匙蚩篪鸱踟嗤縻虽睢咨淄萎惟唯斯澌逶迤贻裨嵋郿蠡痍猗

五　微

微薇晖辉徽挥韦围帏违闱霏非妃飞非扉肥威祈几机稀希衣依归饥欷郗

六　鱼

鱼渔初书舒居裾车渠余予誉与胥锄疏蔬虚嘘徐豬闾庐诸除如墟于淤玙蜍储沮龉蕖歔茹樗

七　虞

虞愚娱隅刍无芜巫衢儒襦须珠诛殊铢瑜榆愉谀区驱躯朱珠趋扶凫雏敷夫肤纡输枢厨俱驹模蒲胡湖瑚乎壶狐弧孤辜菰徒途涂荼图屠奴吾梧吴卢炉芦苏乌汙枯粗都茱租蹰拘劬岖芙符俘臾吁瓠蝴糊呼沽泸驽孥逋铺酥菟诬逾禹揄瞿

八　齐

齐黎藜犁妻萋凄悽堤低题提蹄啼鸡稽兮霓西栖犀嘶梯鼙迷泥溪圭闺携畦嵇跻脐奚醯蹊蠡圭暌

九　佳

佳街鞋牌柴差崖涯徘偕阶皆谐骸排乖怀淮槐豺侪埋霾斋娲蜗蛙荄楷

十　灰

灰恢魁隈回徊槐梅枚媒煤雷催摧堆陪杯醅嵬推虺诙裴培崔巍开哀埃台苔该才材财裁来莱栽哉灾猜孩腮

十一　真

真因茵辛新晨辰臣人仁神亲申身宾滨邻鳞麟珍瞋尘陈春津秦蘋颦银垠筠巾困民岷贫莼淳醇纯唇伦纶轮沦匀旬巡驯钧均臻遵循甄宸椿鹑嶙磷泯缗邠诜呻伸寅夤荀询逡嫔皴

十二　文

文闻纹蚊云纷芬焚坟群裙君军勤斤筋勋熏曛芹欣芸耘氲殷汶氛汾

十三　元

元原源园猿垣烦蕃樊暄喧冤言轩魂袁沅援辕番繁翻幡鸳浑温孙门尊樽存敦蹲暾豚村屯盆奔论昏痕根恩吞荪扪

十四　寒

寒韩翰丹单安鞍难餐檀坛滩弹残干肝竿阑栏澜兰看丸完醒纨端湍酸团攒官棺观冠鸾銮峦欢宽盘蟠漫欢郸摊玕拦磻珊潘

十五　删

删潸关弯湾还环鬟班斑蛮颜奸攀顽山间閒闲悭潺寰

下平声

一　先

先前千阡笺天坚肩贤弦烟燕莲怜田填年颠巅牵妍眠渊涓边编县泉迁仙鲜钱煎然筵毡羶婵缠连联偏扁绵全宣镌穿川缘鸢捐旋娟船鞭全专圆员乾虔愆权拳椽传焉骞汧铅舷跹鹃荃痊诠悛邅旃禅单（单于）燃涟翩骈癫阗钿沿蜒胭

二　萧

萧箫挑貂刁凋雕彫（diāo）鵰迢条髫跳苕调枭浇聊辽寥撩僚尧宵肖霄绡

销超朝潮嚣骄娇焦椒哓遥徭谣韶昭招镳瓢苗猫腰桥乔妖飘逍潇鸮骁翛祧鷦鹪缭獠嘹夭么飖姚樵侨顤标飙漂剽烧

三　肴

肴巢交郊茅嘲钞包胶爻苞梢蛟教庖匏坳敲胞抛鲛崤鞘抄咆哮

四　豪

豪毫操髦絛刀萄猱褒桃槽旄袍蒿涛皋号鳌曹遭羔嘈搔毛滔骚缫膏牢醪逃劳濠壕舠饕淘叨咷篙熬遨翱嗷臊

五　歌

歌多罗河戈阿波科柯陀娥蛾鹅萝荷何过磨螺禾珂蓑婆坡呵哥轲沱拖驼柁佗颇峨俄摩娑莎靴疴

六　麻

麻花霞家茶华沙车牙蛇瓜斜邪芽嘉瑕纱鸦遮叉奢涯誇巴耶嗟遐加笳赊槎差杈蟆骅祸袈砂衙丫琶杷迦

七　阳

阳杨扬香乡光昌堂章张王房芳长塘妆常凉霜藏场央鸯秧银床方浆觞梁娘庄黄仓皇装殇襄骧相湘箱创亡忘芒望尝偿樯坊囊郎唐狂强肠康冈苍匡荒遑行妨棠昂丧漳嫜阊螿韁羌枪锵疮杭鲂肓篁簧惶璜隍攘郎琅邙旁滂傍彇当珰糖沧鸧尪飏泱殃佯量

八　庚

庚更羹盲横觥彭烹亨英平评京惊荆明盟鸣荣莹兵兄卿生甥笙牲擎鲸迎行衡耕萌氓甍宏茎莺樱泓橙争筝清晴精睛情鶄蜻菁晶旌盈楹瀛嬴赢营婴缨贞成盛城诚呈程声征正轻名令并倾萦琼峥撑嵘鹏粳坑铿鹦勍抢

九　青

青经泾形型陉亭庭廷霆蜓停丁停馨星腥醒俜灵龄玲伶零听汀冥铭瓶屏萍荧萤荥扃垌硎苓舲聆鸰瓴翎娉婷宁暝瞑

十　蒸

蒸烝承丞惩澄陵凌绫菱冰膺鹰应蝇绳乘升胜兴缯凭仍兢矜征登灯僧增曾憎矰层能朋鹏肱薨腾藤恒棱罾崩滕縢崚嶒婳

十一　尤

尤邮优忧流旒留骝刘由游猷悠攸牛修羞秋州洲舟酬仇柔俦畴筹稠邱抽瘳遒收鸠搜驺愁休囚求裘浮谋牟眸侔矛侯喉猴讴鸥楼陬偷头投钩沟幽虬啾蚯揪赒惆勾鍭揉鞲娄琉疣犹邹兜呦

十二　侵

侵寻浔临林霖针箴斟沉砧深淫心琴禽擒钦衾吟今襟金音阴岑簪壬任歆森禁骎嵚参琛涔

十三　覃

覃潭骖南楠男谙庵含涵函岚蚕探贪耽龛堪谈甘三酣柑惭簪蓝聃担戡眈坛

十四　盐

盐檐廉帘嫌严占髯谦奁纤瞻蟾炎添兼缣沾尖潜阎镰黏淹钳甜恬拈砭铦詹蒹歼黔钤

十五　咸

咸函缄岩谗衔帆衫监凡馋芟搀巉镵喃严芟喃杉

附录三

入声常用韵字今读举要

（下加黑点之字不止一种调读，此只举其入声）

一　屋

屋粥哭叔淑菽倏秃掬（以上今读阴平声）竹福服熟族菊轴逐伏茯读犊渎黩牍幅斛仆独镞筑縠辐踘髑（以上今读阳平声）谷毂宿卜（以上今读上声）木目肉鹿漉腹陆苜蓿牧夙复禄肃碌鬻育六缩戮畜蓄馥沐速祝麓辘蹙穆睦覆瀑曝郁蹴蝮鹆（以上今读去声）

二　沃

督顼（以上今读阴平声）俗足烛毒局躅赎跼（以上今读阳平声）曲属辱鹄蜀笃（以上今读上声）沃玉粟录绿狱欲束梏促触续浴酷褥旭浴騄（以上今读去声）

三　觉

捉桌剥涿（以上今读阴平声）觉角桷啄琢镯驳雹璞浊濯擢学（以上今读阳平声）朴（以上今读上声）数朔壳握幄乐荦龌龊（以上今读去声）

四　质

出一壹失漆膝七虱悉戌蟋（以上今读阴平声）实疾嫉吉桔卒姪（以上今读阳平声）笔匹乙（以上今读上声）质日室术秩率律逸栗毕恤蜜溢瑟述傈黜弼叱怵潏蟀必宓栉秫帙昵聿窒谧筚篥（以上今读去声）

五　物

屈吃（以上今读阴平声）佛拂弗绋祓绂崛（以上今读阳平声）乞（以上今读上声）物郁勿汔迄不（以上今读去声）

六　月

阙窟歇发突忽曰揭（以上今读阴平声）伐罚厥蹶蕨阀筏掘［物韵同］渤羯勃碣［屑韵同］（以上今读阳平声）骨鹘［黠韵同］（以上今读上声）月发越谒没笏袜兀殁粤钺（以上今读去声）

七　曷

钵脱拨豁撮割泼掇捋蝎（以上今读阴平声）曷达活夺葛阔挞跋怛妲（以上今读阳平声）抹獭［黠韵同］（以上今读上声）末阔遏斡秣括褐沫剌（以上今读去声）

八　黠

八杀刹瞎刮刷铩（以上今读阴平声）黠察轧戛滑辖猾拔（以上今读阳平声）揠帕（以上今读去声）

九　屑

说缺拙切噎鳖揭［月韵同］薛瞥撇跌（以上今读阴平声）节绝结穴舌折洁碣别决诀辙杰哲玦截孑颉撷缬襭抉迭（以上今读阳平声）雪血铁（以上今读上声）阅屑列烈裂热灭悦泄咽彻澈设齧劣掣窃孽浙挈亵冽臬辍渫（以上今读去声）

十　药

约郭托削（以上今读阴平声）薄阁爵铎度橐著泊搏嚼勺貉膜博昨（以上今读阳平声）脚索（以上今读上声）药恶作落鹤弱凿雀幕洛壑错跃若却鹊诺萼漠钥虐掠获籥锷乐藿谑廓绰霍镬莫箨缚各略骆寞鄂柝拓（以上今读去声）

十一　陌

迹积夕屐惜摘霹昔只窸（以上今读阴平声）石白泽伯宅席藉格帛额虢革脊翮帻隔核覈责择瘠蹠鹡踯骼舶珀谪（以上今读阳平声）戟柏尺百窄癖（以上今读上声）陌客策册碧役璧驿麦魄脉液隙逆赤适厄益鸟坼辟僻掖腋释掷译峄奕迫疫赫亦硕貊碛炙斥（以上今读去声）

十二　锡

锡击绩滴激析戚吃剔皙淅（以上今读阴平声）笛敌镝檄觋涤狄荻的翟籴（以上今读阳平声）壁历枥溺沥雳觅惕倜砾（以上今读去声）

十三　职

息黑逼（以上今读阴平声）职国德蚀极直得贼则殖植棘识即嶷僰（以上今读阳平声）北（以上今读上声）色力翼墨侧饰刻塞式轼域饬敕惑默匿亿臆忆特仄昃勒稷克弋陟测翊侧洫穑鲫尅抑或（以上今读去声）

十四行　缉

缉湿揖吸汁（以上今读阴平声）辑戢集急习十拾袭及级楫［叶韵同］蛰执隰汲絷岌（以上今读阳平声）给（以上今读上声）立邑入泣涩粒挹裛悒熠葺（以上今读去声）

十五　合

匝榼鸽拉塌咂（以上今读阴平声）荅合閤杂阖蛤盍（以上今读阳平声）纳榻腊蜡衲沓踏飒（以上今读去声）

十六　叶

帖贴接浃（以上今读阴平声）牒蝶叠屧捷颊协侠荚睫蹀挟铗褶谍堞蛱（以上今读阳平声）叶猎妾惬涉鬣摄蹑躐婕靥镊聂慑燮（以上今读去声）

十七　洽

押袷鸭夹压（以上今读阴平声）狭峡狎匣乏劫胁硖（以上今读阳平声）法甲（以上今读上声）洽业邺怯恰（以上今读去声）

（凡遇以上十七部中的这些今读音时，应知它们部属古入声，作旧体诗均按原声处理。）

附录四

词韵举要

词韵与诗韵不同，诗韵分平、上、去、入四声，古体诗四声韵都可押，而近体诗只能押平声韵。词韵把诗韵分成三堆：一堆是平声韵，包括诗韵中的上、下平声（少数韵有分合），一堆是仄声韵（包括上、去声），一堆是入声韵。计平、仄声韵十四部，入声韵五部，共十九韵部。下面根据清代戈载《词林正韵》并改用通行的《平水韵》标目，每韵举若干最常用字为例；如填词用韵时想多找韵字，可翻阅戈氏原书，那里面有各韵部的所有字。（为了节省篇幅，每部里的平声韵字可翻看前《平声三十韵常用韵字举要》。）

第一部

平声：一东、二冬通用

（一东）
（二冬）　见前《平声三十韵常用韵字举要》。

仄声：（上声）一董、二肿。
　　　（去声）一送、二宋。　通用

（一董）　董动懂孔拢笼捅桶总蠓蓊汞

（二肿） 肿踵宠种陇拥冗氄冢捧涌踊俑蛹巩恐拱竦悚

（一送） 送众洞凤梦瓮贡弄冻恸痛栋仲中讽粽哄控空

（二宋） 宋颂诵讼用综俸供种缝纵重

第二部

平声：三江、七阳通用

（三江）
（七阳）｝见前《平声三十韵常用韵字举要》。

仄声：（上声）三讲、二十二养。
（去声）三绛、二十三漾。｝通用

（三讲） 港项棒蚌

（二十二养） 两向仰响奖桨爽丈杖仗赏仿荡朗想广枉网壤嚷厂党

（三绛） 降巷幢撞

（二十三漾） 漾望状帐浪唱畅旷壮让酿放向忘仗量匠葬障瘴谤涨尚样藏访舫当抗妄怆怅创酱况亮傍丧相将恙谅胀脏吭炕飏阆望

第三部

平声：四支、五微、八齐、十灰（半）通用

（四支）
（五微）
（八齐）
（十灰（半））｝见前《平声三十韵常用韵字举要》。

仄声：（上声）四纸、五尾、八荠、十贿（半）。
（去声）四寘、五未、八霁、九泰（半）十一队（半）。｝通用

（四纸） 纸只是彼毁委诡髓累技绮此蕊徙尔弭婢侈弛豕紫旨视美痞几姊比水轨止市喜己纪跪蚁鄙子仔梓矢雉死履垒癸趾址以已似祀史使驶耳里理李起杞士仕俟始齿矣耻鲤迩已滓倚匕芷拟你企诔揣恃

（五尾） 尾鬼卉苇伟斐匪娓炜虺虮菲

（八荠） 荠米启礼体洗底抵涕悌递睨蠡

（十贿〈半〉） 贿悔馁罪每猥磊蕾腿傀儡

（四寘） 寘治志置事地意思泪吏赐字自义利器位至戏次寺伪累瑞智记异致备翠肆骑使试媚鼻类弃饵辔坠醉议翅避帜炽粹谊厕帅寄忌睡二萃穗臂嗣吹恣四遂季骥刺驷泗寐魅被芰懿冀愧匮馈庇豉莉腻祕毖示嗜饲遗祟惴值詈隧悴稚莅悸肄侍踬

（五未） 未味畏尉慰蔚气贵费沸魏纬胃谓渭讳毅既蜚诽魑暨

（八霁） 霁计际制势世岁丽第艺惠慧币弟滞厉契敝弊蔽毙帝髻锐戾裔袂系祭卫隶闭逝缀制替细桂税婿例誓蕙诣砺继脆曳蒂逮蓟唳薛荔媲彗睨剂嚏缔剃屉悌俪棣赘憩谜

（九泰〈半〉） 最旆会狈沛绘脍荟蜕外兑

（十一队〈半〉） 队对内佩退辈背碎秽废诲晦昧妹溃吠肺喙碓悖刈焙淬

第四部

平声：六鱼、七虞通用

（六鱼）
（七虞） 见前《平声三十韵常用韵字举要》。

仄声：（上声）六语、七麌。
（去声）六御、七遇。 通用

（六语） 语吕侣旅杼伫与予渚煮汝暑鼠黍杵处贮许拒炬距所楚础阻俎叙绪序屿墅巨苣举讵钜苎纻抒

（七麌） 麌雨宇舞府鼓古股贾虎户估土吐圃牯煦诩普努辅乳组弩补鲁橹睹腐数侮斧午伍釜缕矩武五苦取抚浦主堵甫祖父禹羽腑俯赌卤姥鹉栩妩否篓谱肚牡虏掳诂瞽母亩琥蛊浒

（六御） 御驭去虑誉据曙絮助著箸恕豫遽预踞倨锯翥薯

（七遇） 遇裕路赂露鹭渡赋度步布固素具务雾骛附兔故顾句慕暮墓募注住驻炷祚误悟寤戍护库屦诉妒惧趣铸裤付傅喻妪芋捕哺互孺寓赴恶晤讣锢蛀怖飓塑蠹溯镀瓠迕妇负副富措醋

第五部

平声：九佳（半）、十灰（半）通用

（九佳〈半〉）
（十灰〈半〉）见前《平声三十韵常用韵字举要》。

仄声：（上声）九蟹、十贿（半）。
（去声）九泰（半）、十卦（半）、十一队（半）。通用

（九蟹） 蟹解拐洒矮摆买

（十贿〈半〉） 海凯改采彩宰乃铠载

（九泰〈半〉） 泰太带汰盖外赖籁濑奈柰蔡害癞蔼艾丐霭

（十卦〈半〉） 懈邂卖迈隘派债怪坏诫戒界介械薤拜快败稗晒湃寨疥届蒯惫喟聩

（十一队〈半〉） 块爱代戴贷黛岱玳态菜碍概慨在耐鼐再袋逮赛睐

第六部

平声：十一真、十二文、十三元（半）通用。

（十一真）
（十二文）
（十三元〈半〉）见前《平声三十韵常用韵字举要》。

仄声：（上声）十一轸、十二吻、十三阮（半）。
（去声）十二震、十三问、十四愿（半）。通用

（十一轸） 轸缜敏泯黾允引尹忍准隼笋闵悯蚓牝紧殒陨哂蠢诊疹赈窘吮

（十二吻） 吻粉韫蕴隐谨抆刎揾瑾

（十三阮〈半〉） 混滚棍捆衮鲧稳损很恳垦本畚忖

（十二震） 震振信印进润阵刃镇顺慎鬓闰晋骏衅俊舜吝烬讯汛仞趁浚认殡缙躏轫瞬殉

（十三问） 问晕运韵训忿粪郡紊奋

（十四愿〈半〉） 恨寸困顿遁钝闷逊嫩褪巽

第七部

平声：十三元（半）、十四寒、十五删、一先通用。

（十三元〈半〉）
（十四寒）
（十五删）
（一先）
见前《平声三十韵常用韵字举要》。

仄声：（上声）十三阮（半）、十四旱、十五潸、十六铣。
（去声）十四愿（半）、十五翰、十六谏、十七霰。
通用

（十三阮〈半〉） 阮晚琬宛婉苑蜿反返偃沅绻巘

（十四旱） 旱罕管暖短缓懒伞卵侃颖袒坦纂

（十五潸） 潸产铲眼简版绾柬拣赧皖

（十六铣） 铣浅典转衍犬选冕辇免展茧勉剪卷显喘藓软蹇演兖鲜缅殄扁岘燹舛辗撚

（十四愿〈半〉） 愿万饭怨献建健劝券宪腱贩曼圈

（十五翰） 翰瀚干汉岸难断乱叹观干算旦烂汗半贯案炭赞漫冠灌窜爨粲灿幔换唤焕悍弹惮段看叛判畔伴锻缎蒜钻

（十六谏） 谏间涧患雁宦晏盼慢豢栈慢串绽苋瓣丱办篡扮

（十七霰） 霰县面殿战变箭扇膳传见贱院练鍊宴燕馔荐绢彦便眷倦羡遍奠恋眩倩卞汴饯溅转甸电嚥茜睠溅靛佃漩缮现炫绚线颤撰唁谚忭援

第八部

平声：二萧、三肴、四豪通用。

（二萧）
（三肴）
（四豪）
见前《平声三十韵常用韵字举要》。

仄声：（上声）十七筱、十八巧、十九皓。
（去声）十八啸、十九效、二十号。
通用

（十七筱） 筱小少鸟了表扰绕沼杪渺娇皎杳袅窈窕缈淼缭悄舀蓼杪藐

（十八巧） 巧爪狡卯饱搅绞咬吵炒昴

（十九皓） 皓好早藻枣老恼岛倒捣讨考扫嫂保草杲缟槁堡瑙袄褓澡拷

（十八啸） 啸笑照庙妙诏邵要窍耀曜调钓吊叫眺诮料掉粜跳尿肖峭俏哨醮鹞票

（十九效） 效教校孝貌闹豹罩棹较窖爆泡炮钞拗淖

（二十号） 号报帽导盗噪灶奥告暴到稻躁傲冒悼犒靠耄套纛耗造

第九部

平声：五歌独用。

（五　歌） 见前《平声三十韵常用韵字举要》。

仄声：（上声）二十哿。
　　（去声）二十一个。}通用

（二十哿） 舸舵火我弹可左果裹妥锁琐朵裸跛颇颗夥簸垛

（二十一个） 个贺和过饿佐座挫唾课播卧货破驮做磨剁懦锉

第十部

平声：九佳（半）、六麻通用。

（九佳〈半〉）
（六　　麻）}见前《平声三十韵常用韵字举要》。

仄声：（上声）二十一马。
　　（去声）十卦（半）、二十二祃。}通用

（二十一马） 马玛者也野雅瓦寡社写泻夏下把假贾捨厦惹冶且姐舍赭剐打耍

（十卦〈半〉） 卦挂话画

（二十二祃） 夜谢榭罢霸暇灞嫁赦蔗化价驾射骂架稼诈亚怕借麝帕卸靶霸乍诧吓娅讶迓跨衩柘

第十一部

平声：八庚、九青、十蒸通用

（八　庚）
（九　青）见前《平声三十韵常用韵字举要》。
（十　蒸）

仄声：（上声）二十三梗、二十四迥。
　　（去声）二十四敬、二十五径。通用

（二十三梗）　梗哽绠井景岭领境警请饼永骋逞颖颖顷整省颈郢猛丙炳秉耿艋蜢皿阱鲠憬偕

（二十四迥）　迥炯酩酊茗挺鼎顶拯到

（二十四敬）　敬净竟靓正令镜证性盛圣咏姓庆映病劲竞并更诤聘硬横迸郑命政儆

（二十五径）　径胫听定胜罄赠佞秤邓孕兴剩甑订锭泞瞪凳磴应蹭蹬

第十二部

平声：十一尤独用。

（十一尤）见前《平声三十韵常用韵字举要》。

仄声：（上声）二十五有。
　　（去声）二十六宥。通用

（二十五有）　有手叟守首柳友酒斗狗久丑偶走九薮吼帚纽藕朽肘韭剖缶酉苟塿莠钮扭殴耦拇擞抖陡蚪黝牖

（二十六宥）　宥右佑又幼侑就侯寿秀绣奏兽斗陋漏昼寇茂旧胄宙袖岫救臭囿豆窦瘦咒漱究谬疚皱逅嗅遘溜镂逗透骤仆锈诟蔻构扣购嗽

第十三部

平声：十二侵独用

（十二侵）　见前《平声三十韵常用韵字举要》。

仄声：(上声)二十六寝。(去声)二十七沁。 通用

(二十六寝) 寝锦品枕饮廪凛懔荏婶覾怎稔噤

(二十七沁) 沁荫鸩赁禁任渗窨妊浸谶甚

第十四部

平声：十三覃、十四盐、十五咸通用。

(十三覃)(十四盐)(十五咸) 见前《平声三十韵常用韵字举要》。

仄声：(上声)二十七感、二十八俭、二十九豏。(去声)二十八勘、二十九艳、三十陷。 通用

(二十七感) 感橄榄览胆坎惨敢毯菡萏喊嵌

(二十八俭) 俭检捡险脸染点掩贬冉苒陕谄忝俨闪奄敛

(二十九豏) 豏减槛斩崭

(二十八勘) 勘瞰暗憾滥啖担暂淡

(二十九艳) 艳焰验剑念赡店占厌垫欠酽潋滟

(三十陷) 陷馅泛鉴梵忏蘸赚站

第十五部

入声：一屋、二沃通用

(一屋)(二沃) 见前《入声常用韵字举要》。

第十六部

入声：三觉、十药通用。

(三觉)(十药) 见前《入声常用韵字举要》。

第十七部

入声：四质、十一陌、十二锡、十三职、十四缉通用。

（四质）
（十一陌）
（十二锡）见前《入声常用韵字举要》。
（十三职）
（十四缉）

第十八部

入声：五物、六月、七曷、八黠、九屑、十六叶通用。

（五　物）
（六　月）
（七　曷）
（八　黠）见前《入声常用韵字举要》。
（九　屑）
（十六叶）

第十九部

入声：十五合、十七洽通用。

（十五合）见前《入声常用韵字举要》。
（十七洽）

附录五

题画小诗尝脔

我们欣赏和评价一幅中国绘画，往往把主体的画与题画的诗相提并论，题画的文字，则以诗或词大占优势，而诗词又和书法不可分割。一幅画在画面的适当位置配上一首或几句既有意义又书写精美的诗、词、句，不但为画面增色，而且还和画的内容相得益彰。因此传世的名画（特别是宋以后的文人画），无不以三绝（诗、书、画）为最高标准。再从古为今用角度来看，也只有在题画（还有楹联）的范围内，旧体诗词才有一席用武之地，尚能葆其一部分青春。因为人类社会精神文明是不可缺少的，而作为精神文明之一的绘画艺术，将会随着社会发展而发展，从而题画诗词和书写题画诗词的书法，也将伴随着绘画艺术而同存共荣。下面作者选出若干首题画小诗，就是这个艺术大鼎中的一脔，也是写作诗词和练习书法的一个方面。

金陵图

(唐)韦　庄

江雨霏霏江草齐,六朝如梦鸟空啼。

无情最是台城柳,依旧烟笼十里堤。

[简注]

作者见前《精读诗词选》注。

金陵图:金陵即今江苏南京市;金陵图即描绘金陵风景的图画。

六朝:指曾建都于金陵的东吴、东晋、宋、齐、梁、陈六个朝代。

台城:在今南京市鸡鸣山南。梁武帝萧衍曾被叛臣侯景所逼,饿死于此。

书李世南所画秋景

(宋)苏　轼

野水参差落涨痕,疏林欹倒出霜根。

扁舟一棹归何处?家在江南黄叶村。

[简注]

作者见前《精读诗词选注》。

李世南:字唐臣,与作者同时的山水画家。本诗即作者题其所画的《秋山平远》图。

欹倒:倾斜,歪倒。

出霜根:露出白色的树根。

扁舟:小船。

题阳关图(二首录一)

(宋)黄庭坚

断肠声里无形影,画出无声亦断肠。

想得阳关更西路,北风草低见牛羊。

［简注］

作者见前《精读诗词选注》。

阳关：在甘肃省西南与其北的玉门关同为古代对西域交通的门户。此诗即题在一幅描绘阳关的图画上。

北风草低见牛羊：此句从北朝乐府《敕勒歌》："天苍苍，野茫茫，风吹草低见牛羊。"而来。

蚁蝶图

（宋）黄庭坚

胡蝶双飞得意，偶然毕命网罗。

群蚁争数坠翼，策勋归去南柯。

［简注］

作者见前。

野牧图

（宋）张孝祥

秋晚稻生孙，催科不到门。

人闲牛亦乐，随意过前村。

［简注］

作者见前《精读诗词选注》。

野牧：在野外放牛。

催科：催收田赋。

随意：悠闲愉快的样子。

画菊

（宋）郑思肖

花开不并百花丛，独立疏篱趣未穷。

宁可枝头抱香死，何曾吹落北风中。

［简注］

郑思肖：(1241—1318)，字忆翁，号所南，连江(今福建连江县)人，宋亡隐居不仕，平日坐必向南，以示不忘宋室。善画兰，但不画土，以寄寓亡国之痛，为宋末爱国诗人之一。

不并百花丛：言菊花不与争荣斗艳的百花同时开放。

“宁可”二句：言菊花凋谢后仍悬挂于枝头，不被北风吹落。这是写菊花的特性，也是写人的气节。“北风”二字语意双关。前于作者的南宋女诗人朱淑真咏菊诗有“宁可抱香枝上老，不随黄叶舞秋风”之句，此诗或袭其意，而更寓以爱国精神。

题李仲宾《野竹图》

(元)赵孟頫

偃蹇高人意，萧疏旷士风。

无心上霄汉，混迹向蒿蓬。

［简注］

赵孟頫(fǔ)：(1254—1322)，字子昂，号松雪道人、水晶宫道人，吴兴(今浙江湖州)人。为宋宗室，入元后官至翰林学士承旨，封魏国公。诗文书画皆工，特别是书法，以“赵体”影响后世。

李仲宾：当时画家，此诗即作者题其所画《竹图》之作。

偃蹇：傲慢之意。

旷士：胸襟旷达的人。

蒿蓬：即蓬蒿，一种低等野草。此处为了押韵而颠倒。

秀石疏林图

(元)赵孟頫

石如飞白木如籀，写竹还应八法通。

若也有人能会此，须知书画本来同。

［简注］

作者见前。

枯木竹石：一幅画着枯木、竹子和石头的画。

飞白：一种中间露出丝丝笔画的书体。

籀：籀文，即古代苍劲古拙的大篆书体。

八法：即书法中的永字八法（侧、勒、努、趯、策、掠、啄、磔）。

会：领会，理解。

题墨竹

（元）杨　载

风味既淡泊，颜色不妩媚。

孤生崖谷间，有此凌云气。

［简注］

杨载：（1271—1323）字仲弘，浦城（今福建浦城县）人。元仁宗延祐进士，官至宁国路总管府推官。诗文俱有名。

墨竹：用墨画黑色的竹子。

淡泊：恬淡寡欲。

妩媚：美观，漂亮。

凌云：直上云霄。

画　鸭

（元）揭傒斯

春草细还生，春雏养渐成。

茸茸毛色起，应解自呼名。

［简注］

揭傒斯：（1274—1344），字曼硕，龙兴富州（今江西丰城）人。延祐初以荐授翰林国史院编修，后官至翰林侍讲学士，总修辽、金、宋三史，诗文俱佳。

起：长出来。

自呼名：鸭子叫声“呷、呷”，与“鸭”字同声，好像自呼其名。

墨 梅

（元）王 冕

吾家洗砚池头树，个个花开淡墨痕。

不要人夸好颜色，只留清气满乾坤。

[简注]

王冕：（1287—1359），字元章，号煮石山农、放牛翁、梅花屋主等，诸暨（今浙江诸暨）人。出身农家，昼为人放牛，夜就寺中长明灯下读书。试进士不第后，遂隐居。善画梅和刻印，以卖画为生。明太祖朱元璋攻克婺州，召为咨议参军。不久病卒。

墨梅：用墨画成的黑色梅花。

洗砚池：相传王羲之在会稽有洗砚池，王冕与王羲之同姓，故称“吾家”；又王羲之因刻苦用功而成为“书圣”，故举以自励。

淡墨痕：用淡墨画出的梅花枝干和花朵。

乾坤：天地间。

题兰棘同芳图

（元）李 祁

幽兰既丛茂，荆棘仍不除。

素心自芳洁，怡然与之俱。

[简注]

李祁：生卒年不详，字一初，号希蘧，自称不二心老人。湖南茶陵人。元顺帝元统元年进士，累官浙江儒学副提举，能诗文。明初，不应征出仕。

兰棘同芳：兰花和荆棘同时出现在画面上，作者为此而题诗。

素心：心地纯洁。

怡然：喜乐的样子。

题渊明小像

(元)贡师泰

乌帽青鞋白鹿裘,山中甲子自春秋。

呼童检点门前柳,莫放飞花过石头。

[简注]

贡师泰:(1298—1362),字泰甫,宣城(今安徽宣城)人。国子学生出身。初任地方官有政绩,后官至监察御史。性倜傥,貌丰伟,以文学知名。

甲子自春秋:古代用天干地支轮流相配以纪年故称甲子;春秋,指岁月,四季。唐人诗“山僧不解数甲子,一叶落知天下秋。”甲子在此地还有“朝代”的意思。据说陶渊明自从晋亡以后作诗,只写甲子而不写朝代年号了。

检点:考核,察看。

莫遣:不要让。

石头:石头城,即今南京市。刘裕篡东晋政权在石头城建立刘宋王朝,陶渊明是反对的,故连门前柳树的飞花也不让飞向石头城去。

破窗风雨图

(元)王　蒙

纸窗风破雨泠泠,十载山中对短檠。

老矣江湖归未遂,画间如听读书声。

[简注]

王蒙:(1308—1385),字叔明,湖州(今浙江吴兴)人。赵孟頫外孙。敏于文,工画山水人物。元末弃官归隐,自号“黄鹤山樵”。明初出任山东泰安知州。后为胡惟庸案所牵累,病死狱中。

泠泠:形容清冷的雨声。

短檠:矮架灯。

未遂:未成。

题墨竹

(明)刘　基

风梢舞空烟,露叶滴晴月。

折取寄情人,感此岁寒节。

[简注]

刘基:(1311—1375),字伯温,青田(今浙江温州文成县人)。元末进士。曾任地方官,因受排挤而弃官归隐。后受聘协助朱元璋筹划军事打天下,并翦灭群雄,建立帝业。明初授太史令,累迁御史中丞,封诚意伯。后为胡惟庸所构陷,忧愤成疾死。他不但诗文俱佳,并工书画,还精天文、兵法,故后世对他多神奇传说。

情人:此指志同道合的人。

岁寒节:竹为岁寒三友(松、竹、梅)之一,有凌寒节操。此借竹以喻人。

扇上竹枝

(明)高　启

寒梢虽数叶,高节傲霜风。

宁肯随团扇,秋来怨箧中。

[简注]

高启:(1336—1374),字季迪,长洲(今江苏苏州)人。元末隐居吴淞,自号“青丘子”,博学工诗,风格豪放清逸,笔调沉雄悲壮。洪武初,召为翰林院国史编修,修订《元史》。授户部侍郎,不受,赐金放还。后以作诗有所讽刺,被朱元璋借故腰斩。

扇上竹枝:画在扇面上的竹枝。

高节:有两层意思:一为竹节,二为竹子能傲霜风的节操。

宁肯”二句:汉代班婕妤《纨扇诗》:“新裂齐纨素,皎洁如霜雪。裁为合欢扇,团团似明月。出入君怀袖,动摇微风发。常恐秋节至,凉飚夺炎热。弃捐箧笥中,恩情中道绝。”作者运用这一典故,说明秋来扇虽被弃捐于箧中，不免埋怨，但扇上画的有节操的竹子，却不会随着扇子埋怨的。宁肯：岂肯，不会。

菊

（明）沈　周

老我爱种菊，自然宜野心。

秋风吹破屋，贫亦有黄金。

［简注］

沈周：(1427—1509)，字启南，号石田，长洲（今江苏苏州）人。能文，工书画。画远师董源、巨然，字仿黄庭坚。无不精妙；画尤被誉为神品。与文徵明、唐寅、仇英合称“明四家”。

野心：热爱自然和不受人事束缚的思想感情。

黄金：菊花。菊为黄色，故以黄金为喻。

题画兰

（明）陈献章

阴崖百草枯，兰蕙多生意。

君子居险夷，乃与恒人异。

［简注］

陈献章：(1428—1500)，字公甫，号石斋，新会（今广东新会）人。以荐，授翰林院检讨，乞归。所居白沙里，人称“白沙先生”。他是明代理学家。工书善画。

阴云崖：山崖背太阳的一面。

兰蕙：相传一干一花而香有余者为兰，一干多花而香不足者为蕙。实则古诗文中的兰蕙，多为泛指兰花。

梅老《秋江独钓图》

(明)吴　宽

策策霜林映水丹，重重云岫锁轻寒。

西风斜日空江暮，无限秋光属钓竿。

［简注］

吴宽：(1435—1504)，字原博，号匏庵，长洲(今江苏苏州)人。明宪宗成化中，会试、廷试皆第一。后来官至礼部尚书。作诗文有典则，兼工书法。

梅老：即元代画家吴镇，号梅花道人，敬称为梅老。《秋江独钓图》，即吴镇所给之画名。

策策：风撼树木的象声词。

丹：红色。

云岫：云峰，云里的峰峦。

锁轻寒：被轻寒所笼罩。

钓竿：代指钓鱼人。

题秋风纨扇图

(明)唐　寅

秋来纨扇合收藏，何事佳人重感伤。

请把世情详细看，大都谁不逐炎凉。

［简注］

唐寅：(1470—1523)，字伯虎，一字子畏，号六如居士、桃花庵主、逃禅仙吏等。吴县(今江苏苏州)人。举弘治十一年乡试第一(解元)。会试时，因科场舞弊案牵连被革黜，遂漫游名山大川。归后致力于绘画，擅长山水、花鸟、人物、尤工仕女画，兼善书法，且能诗文。宁王朱宸濠蓄谋造反，罗致人，唐寅在罗致之列。当他察觉时，遂佯狂使酒，事虽寝而传世有关唐伯虎艳趣故事，率由此而来。

秋来纨扇：见前高启《题扇上竹子》注。

佳人重感伤：此为作者自绘的一幅仕女手执纨扇图画，并于画上自题此诗。

世情：世态人情。

大都：大抵，大多数。

题倦绣图

(明)唐　寅

夜合花开香满庭，玉人停绣自含情。

百花绣尽皆鲜巧，惟有鸳鸯绣不成。

[简注]

夜合花开香满庭：此借用唐诗人窦叔向《夏夜宿表兄话旧》诗句。

鸳鸯绣不成：鸳鸯为双栖双飞之情侣鸟，言绣不成，可见此玉人正有青春孤寂之感。停绣含情之意，倦绣之因，皆在此。

画鸡

(明)唐　寅

头上红冠不用裁，满身雪白走将来。

平生不敢轻言语，一叫千门万户开。

[简注]

裁：制作。

走将来：走来。

一叫千门万户开：雄鸡一声天下白，人们一天活动又开始，故千门万户都打开。本诗以极通俗的语言来题画，命意却极深刻。

画梅(二首录一)

(明)陈道复

梅花得意占群芳，雪后追寻笑我忙。

折取一枝悬竹杖，归来随路有清香。

[简注]

陈道复:(1483—1544),初名淳,后以字行,别字复甫,号白阳山人,长洲(今江苏苏州)人。诸生。受业于文徵明,善书画。书工行草,画主写意,与徐渭并称"青藤、白阳"。

"得意占群芳"句:宋代林逋《山园小梅》诗有"众芳摇落独暄妍,占尽风情向小园"之句,此句即袭其意。

雪后追寻:即踏雪寻梅之雅兴。

随路:沿路。

题兰竹卷(二首录一"兰")

(明)文　彭

偶培兰蕙两三栽,日煖风微次第开。

坐久不知香在堂,开窗时有蝶飞来。

[简注]

文彭:(1498—1573),字寿承,号三桥,长洲(今江苏苏州)人,文徵明长子。以明经廷试第一,仕国子监博。工书画篆刻,亦能诗。

煖:暖和。

次第开:依次开放。

"坐久"句:即"入芝兰之室久而不闻其香"之意。

"开窗"句:蝴蝶一生寻香恋花,此蕙兰之室的窗子一打开,它们自会飞来。寓有"主雅客来勤之意。"

赤壁图

(明)文　嘉

秋清山水夜苍苍,月出波平断岸长。

千古高情苏子赋,东风谁更说周郎。

[简注]

文嘉:(1501—1583),字休承,号文水,长洲(今江苏苏州)人,文徵明次子。官和州(今安徽和县)学正,善画山水花卉,能诗善书。

赤壁:即宋代苏轼写前、后《赤壁赋》及词《念奴娇》之地。此图即绘其情景。

苍苍:天青月白的夜色。

断岸:江岸峭壁陡立。

苏子赋:即苏轼前、后《赤壁赋》。

“东风”句:赤壁之战,东风大作,烧败曹操南侵大军,成立三国鼎立局面。唐杜牧《赤壁》诗:“东风不与周郎便,铜雀春深锁二乔。”此句即袭用其意。

题墨牡丹

(明)徐　渭

五十八年年贫贱身,何曾妄念洛阳春。

不然岂少胭脂在,富贵花将墨写神。

[简注]

徐渭:(1521—1593),初字文清,后改文长,号天池、天池山人、青藤道士、田水月、山阴布衣等。山阴(今浙江绍兴)人。科场不利,屡试不中。后为浙江总督胡宗宪幕客,对抗倭军事多所策划。胡宗宪得罪被杀后,他亦潦倒终身。他才情卓绝,诗文、戏曲、书画皆工。水墨花卉、山水及人物等对后世画坛影响颇大。

墨牡丹:墨笔画的黑色牡丹花。

洛阳春:洛阳牡丹甲天下,从唐以来已然。此以洛阳春代牡丹,又以牡丹代富贵荣华。

妄念:非分想法。

富贵花:即牡丹。宋代周敦颐《爱莲说》:“牡丹,花之富贵者也。”

将:用,拿。

题墨葡萄

（明）徐　渭

半生落魄已成翁，独立书斋啸晚风。

笔底明珠无处卖，闲抛闲掷野藤中。

［简注］

作者见前。

墨葡萄：用墨画的黑色葡萄。

落魄（tuò）：穷困失意。

啸：嘬口发出悠长之声。

笔底明珠：指笔下画出一颗颗像明珠般的葡萄。

“闲抛”句：说画上有葡萄也有野藤。

仿倪元镇细篆

（明）李日华

云轻淡欲无，雨细滴不响。

腰支袅袅人，日费百回想。

［简注］

李日华：（1565—1635），字君实，号竹懒，又号九疑。万历进士，官至太仆寺少卿。能书画，精鉴赏。所作笔记，内容多论书画，笔调清隽；诗颇清逸。

仿倪元镇细篆：仿，临摹。倪元镇，即倪云林，元代名画家。细篆（xiǎo），小竹子。

袅袅：纤细柔美而摇荡的样子，此处用细篆来形容美女的腰肢，赞竹又赞人。

兰　竹

(明)李日华

江南四月雨晴时,兰吐幽香竹弄姿。

蝴蝶不来黄鸟睡,小窗风卷落花丝。

［简注］

作者见前。

兰竹:一幅画着兰花和竹子的绘画。

弄姿:摆弄着姿态。

黄鸟睡:黄鸟,一般指黄莺。睡,暂时停止活动。

落花丝:落花与游丝(蜘蛛或其它虫类所吐之丝飞扬于空中,为春天常见之景象)。杜甫诗:"落花游丝白日静。"(《题省中院壁》)

秋山霜霁图

(清)萧云从

一林霜叶可怜红,半入虚中半画中。

冷艳足为秋点染,从来多事是秋风。

［简注］

萧云从:(1596—1673),字尺木,号无闷道人,又号默思,晚称钟山老人。安徽芜湖人。明崇祯副贡生,入清不仕。工诗文,善画山水,风格疏秀。

霜霁:雨晴降霜。

霜叶可怜红:霜叶,红叶。可怜红,红得可爱。

虚中:指画外的空间。

冷艳:一般指秋花,此处指红叶。

点染:原意为信笔作画,此处有点缀染涂之意。

题画黄山莲花峰

(清)梅　清

仙根谁手种，大地此开花。

莲子何年结，沧溟待泛槎。

[简注]

梅清：(1623—1697)，字渊公，号瞿山，安徽宣城人。顺治举人。绝意仕进。以诗闻名江左，尤擅书画，山水多写黄山风景。

黄山莲花峰：黄山在安徽歙县西北，有莲花、天都等三十六峰。山中云气弥漫，有黄山“云海”之称。

“仙根”两句：由莲花峰想到莲花的仙根(即黄山)，是谁栽种这仙根，而让莲花在此大地开放(山峰耸立)。

“莲子”句：由莲花的开放想到莲子的结成，这是自然的推理。

“沧溟”句：沧溟，大海(即黄山的云海)。待泛槎，等待莲子结成时好泛槎(乘船)去采撷莲子。全属浪漫想象，但又非常符合黄山景物的实际。“乘槎浮于海”，又是来自《论语》孔子说的话。

枯木竹石

(清)恽寿平

老树如奇士，修篁似美人。

嵚崎一片石，相伴岁寒身。

[简注]

恽寿平：(1633—1690)，初名格，字寿平，后以字行，改字正叔，号南田、云溪外史、白云外史、东园客、草衣生等。武进(今江苏常州)人。不应科举，家贫，以卖画为生。善花鸟画，以没骨花卉著称，自成“恽派”一格。书法褚遂良，风格秀朗，亦工诗文。

枯木竹石：此与前赵孟頫题枯木竹石画同题，但内容绝不同，可以比较，可以领悟。

修篁：高长的竹子。

嵚崎：山石高峻。此诗第一句写枯木，第二句写竹，第三句写石，最后一句结合枯木竹石自然表达自己的意志及慨叹身世。实为题画诗中之佳作。

风莲戏鱼图

（清）恽寿平

萍风将散绿，香气欲成露。

美人采红莲，曾过南塘路。

［简注］

作者见前。

风莲戏鱼：风吹动莲花，鱼儿游戏于花下水中。

“萍风”句：风将把绿萍吹散。

“美人”两句：美人经过南塘路去采红色莲花。此两句本于南朝乐府民歌《西洲曲》：“开门郎不至，出门采红莲，采莲南塘秋……”

画　菊

（清）恽寿平

只爱柴桑处士家，霜丛载酒问寒花。

秋窗闲却凌云笔，自写东篱五色霞。

［简注］

作者见前。

柴桑处士：即陶渊明，柴桑，今江西九江市；处士，有做官之才德而隐居不仕的人。

霜丛：菊花（在严霜中开花）。

问寒花：看望菊花。

凌云笔：意气昂扬之笔，杜甫诗“凌云健笔意纵横”。

东篱五色霞：篱落间各种颜色的菊花。东篱，用陶渊明“采菊东篱下”句语。

画　芋

（清）恽寿平

还忆山堂夜卧迟，寒灯呼友坐吟诗。

地炉松火同煨芋，自起推窗看雪时。

［简注］

作者见前。

芋：芋头。

山堂：山居的堂屋。

地炉：掘地为坑作炉灶。

松火：用松柴燃火。

题桃花册（三首录一）

（清）石　涛

武陵溪口灿如霞，一棹寻之兴更赊。

归向吾庐情未已，笔含春雨写桃花。

［简注］

石涛：(1642—1718)，僧人，原名道济（一说原济）字石涛，号清湘老人、大涤子、苦瓜和尚、瞎尊者等。明代藩靖江王朱亨嘉之后。广西全州人。善画山水兰竹，精分隶书。画有独创性，对后世画坛影响颇大。

武陵：今湖南常德，其西南之桃源县有桃花源洞。洞中即传说陶渊明《桃花源记》中之桃花源。

灿如霞：桃花盛开如红霞般灿烂。

一棹：划起一条小船。

兴更赊：兴趣更浓厚。

“笔含”句：蘸着滋润百花的春天雨水所和成的颜料，去写出更为艳丽的桃花。

题　画

(清)孔尚任

叶落万林疏，山堂斜照朗。

寻诗句未成，凭几听茶响。

［简注］

孔尚任：(1648—1718)，字聘之，一字季重，号东塘、岸堂，自称云亭山人。山东曲阜人，孔子六十四代孙。少中秀才后，即隐居曲阜石门山中，读书著文。精通音律。康熙中授国子监博士，迁户部员外郎，后以故罢官。所写《桃花扇》传奇与作《长生殿》之洪昇齐名，时称“南洪北孔”。

斜照朗：夕照很明亮。

“凭几”句：靠着小桌子听煮茶的沸声，显示生活之悠闲。

芭　蕉

(清)边寿民

墨汁淋漓洒一瓢，狂来放笔写芭蕉。

凭君横列北窗下，雨雨风风朝复朝。

［简注］

边寿民(1684—1752)：字颐公，号苇间居士。诸生。江苏山阳(今江苏淮安)人。善画芦雁，工诗词，精书法。

瓢：葫芦结成干后剖而为二，叫作瓢。大者作舀水器，小者作舀酒器。

放笔：芭蕉叶大，需放开笔毫来挥写。

凭君：请你，烦你。

朝复朝：日复一日。

题《蚕豆花香图》尺页

(清)汪士慎

蚕豆花开映女桑,方茎碧叶吐芬芳。
田间野粉无人爱,不逐东风杂众香。

[简注]

汪士慎:(1686—1759),字近人,号巢林,安徽休宁人,寓居扬州。能诗善书,工画梅及水仙、兰、竹。暮年一目失明,书画益工妙。为“扬州八怪”之一。

女桑:低矮的桑树。

方茎碧叶:方形的梗子青绿色的叶子。

“田间”句:蚕豆小花妆饰着田野当然引不起人们的喜爱。

“不逐”句:不愿跟随东风参加到百花丛中去。

芭　蕉

(清)金　农

绿得僧窗梦不成,芭蕉偏向竹间生。
秋来叶上无情雨,白了人头是此声。

[简注]

金农:(1687—1763),字寿门,号冬心,又号稽留山民、曲江外史等。仁和(今浙江杭州)人。乾隆元年荐举博学鸿词科,未就,布衣终身。客居扬州最久。工诗,嗜奇好古,书得古趣,在隶楷之间。五十岁后始作画,画以梅花及佛像为最工。为“扬州八怪”之一。

僧窗:作者常去寺庙游赏,有时留宿。

“芭蕉”句:当是画上有芭蕉又有竹子。

此声:指雨打蕉竹声。

题花果册子

(清)金　农

江南暑雨一番新，结得青青叶底匀。

梅子酸时酸不了，眼前多少皱眉人。

[简注]

作者见前。

花果册子：画着花果的画册。

青青叶底匀：叶子下面长成的青色梅子。

“梅子”两句：言梅子的酸算得什么，眼前多少皱着眉头穷酸、辛酸的人，才是真酸呢！

题芍药

(清)黄　慎

樱桃初熟散榆钱，又是扬州四月天。

昨夜草堂红药破，独防风雨不成眠。

[简注]

黄慎：(1687—1768)，字恭寿，又字恭懋，号瘿瓢子，福建宁化人。少家贫，一生布衣，寓居扬州，卖画为生。作画以人物为主，常取材于民间贫苦生活，与当时专画上层社会富贵生活有所不同。亦能诗。为“扬州八怪”之一。

榆钱：榆树未生叶前先后出的钱形榆荚。

破：开放。

“独防”句：此即唐代孟浩然《春晓》诗“夜来风雨声，花落知多少”之意，但更进一层。孟诗写风雨已作，此诗提防风雨将至而不能入睡。

题画兰

（清）郑　燮

兰草已成行，山中意味长。
坚贞还自抱，何事斗群芳？

[简注]

郑燮：(1693—1766)，字克柔，号板桥，江苏兴化人。早年家贫力学，乾隆元年成进士。官山东范县、潍县知县。勤修吏治，政通人和。后因当地闹饥荒，他为申请赈济灾民而得罪地方大吏，去职归居扬州，卖画为生。诗文书画皆工。画以兰竹为主，参入草书笔法；书法多用隶体参入行楷，自称“六分半书”；诗文多写人民疾苦。实为封建社会中既富才情，又有良心的知识分子。为“扬州八怪”之一。

“坚贞”句：谨守着坚定不移的意志。

斗群芳：与艳俗的百花比个高低。

竹

（清）郑　燮

一节复一节，千枝攒万叶。
我自不开花，免撩蜂与蝶。

[简注]

作者见前。

“我自”两句：言看似不开花的竹子，无色香可供蜂蝶采恋，却免去许多烦扰。这是竹的特性与特色，也是人的特性与特色。

盆　兰

（清）郑燮

春兰未了夏兰开，万事催人莫要呆。
阅尽荣枯是盆盎，几回拔去几回栽。

［简注］

作者见前。

莫要呆：不要痴傻。

盆盎(àng)：盆，宽口窄底；盎，腹大口小。皆为栽花之器。

“阅尽”两句：是说盆盎中的兰花因换种而栽来拔去，可是盆盎却始终不变地阅尽荣枯。此咏盆兰兼喻世事。

题破盆兰花

（清）郑　燮

春雨春风写妙颜，幽情逸韵落人间。

而今究竟无知己，打破乌盆更入山。

［简注］

作者见前。

妙颜：美妙的颜色。指画兰花。

无知己：言此世多是庸俗之辈，而无幽情逸韵的志同道合者。

“打破”句：形容乌盆被打破后正好把它再种向山里去，那里将不受花盆的局限，而能自由自在地生活着。全诗借破盆兰花寄寓作者恶俗的孤高情怀。

题画

（清）郑　燮

日日临池把墨研，何曾粉黛去争妍。

要知画法通书法，兰竹如同草隶然。

［简注］

作者见前。

“日日”两句：言研墨来画兰竹，不曾与彩色兰竹去斗美。

“要知”两句：说明书画相通的道理，写兰写竹应和写草书、隶书一样。

潍县署中画竹呈年伯包大中丞括

（清）郑　燮

衙斋卧听萧萧竹，疑是民间疾苦声。

些小吾曹州县吏，一枝一叶总关情。

［简注］

作者见前。

潍县：今山东省潍坊市。

署：官署，衙门。

年伯包大中丞括：姓包名括官居大中丞的长辈。年伯，同年（同科考取的人）的长辈或父亲的同年。中丞，巡抚。

衙斋：官衙里的屋舍。

“些小”句：我们这些七品芝麻官们。

关情：关心民间疾苦。

予告归里，画竹别潍县绅士民

（清）郑　燮

乌纱掷去不为官，囊橐萧萧两袖寒。

写取一枝清瘦竹，秋风江上作渔竿。

［简注］

作者见前。

予告归里：我请求回老家。

囊橐：古谓袋有底为囊，无底为橐。此处泛指箱箧行李。

萧萧：空空。

两袖寒：两袖清风。

作渔竿：说明不仕归隐的心情。

出纸一竿

(清)郑燮

画工何事好离奇,一竿掀天去不知。

若使循循墙下立,拂云擎日待何时!

[简注]

作者见前。

出纸一竿:画中的一竿竹子一部分画出纸外(即来画全竹)。

离奇:稀奇,不平常。

掀天去不知:冲破天向纸外不知什么地方去。

循循:规规矩矩。

"拂云"句:要想去到拂云擎日那样高,等到什么时候呢!

题画竹

(清)郑　燮

竹里秋风应更多,打窗敲户影婆娑。

老夫不肯删除去,留与三更警睡魔。

[简注]

作者见前。

"竹里"句:秋风容易吹动竹子的枝叶,因此在竹里的似乎更多些。即所谓"清风掠地秋先到"(宋陆游《东湖新竹》诗)。

婆娑:枝叶纷披的样子。

三更警睡魔:半夜三更听着风弄竹声难得入睡。

题画竹

(清)郑　燮

四十年来画竹枝,日间挥写夜间思。

冗繁削尽留清瘦,画到生时是熟时。

[简注]

作者见前。

“冗繁”句：把竹上多余的枝叶割爱删去，留下最足以代表竹的风神（清瘦）的几枝数叶。既有典型性，又具概括力。

“画到”句：由生到熟，又由熟到生，这是画画成功的必经之途，也是从事一切文艺创作必经之途。由生到熟是初级进步，又由熟到生则是高一级的进步。所以说“生时是熟时”。

本诗和上一首诗均题为“题画竹”，但内容全不相同。可见在文艺创作中题材与题意之间的各种关系。

竹　石

（清）郑　燮

咬定青山不放松，立根原在破岩中。

千磨万击还坚劲，任尔东西南北风。

[简注]

作者见前。

“咬定”句：形容竹子从石罅中长出，像把山石一口咬定似的。既显示竹的坚韧的性格，又写得最形象，最有力。“咬”字这样用，前所未有。

破岩：破裂的岩壁。此两字最形象而含有深意。这竹子不是立根于沃野美土上，而是在破岩中，然而它却意志坚强，风韵独绝。岂独写竹，亦在写人。

“任尔”句：因为立根坚固，随你刮什么风都不在乎。任尔，随你。

题画梅

（清）李方膺

挥毫落纸墨痕新，几点梅花最可人。

愿借天风吹得远，家家门巷尽成春。

［简注］

李方膺：(1695—1754)，字虬仲，号晴江，又号抑园、秋池、桑苧翁、白衣山人等。江苏南通人。曾先后任山东临沂、安徽潜山、合肥知县，中间曾因反对总督开垦扰民而一度入狱。最后因不善逢迎而被劾去官。寓南京借园，常来往于扬州一带。能诗，工画梅，又善画松、菊、兰、竹，兼及鱼、虫等。为“扬州八怪”之一。

墨痕：墨迹。

“家家”句：梅报春来，故画出梅花即画出春色，并希望家家门巷净是春色(春，象征着幸福和美好)。言为心声，从此诗可见作者的抱负和对人民的态度。

题画竹

(清)戴　熙

雨后龙孙长，风前凤尾摇。

心虚根柢固，指日定干霄。

［简注］

戴熙：(1801—1860)，字醇士，号莼溪、鹿床、榆庵、井东居士等，钱塘(今浙江杭州)人。道光进士，官至兵部右侍郎。晚年退居后，主讲崇文书院。诗书画并有名于时，山水画尤有名。

龙孙：竹的别称。

凤尾：亦竹的别称。

根柢：草木的根。

指日：规定日期。

干霄：直上云霄。

题画兰

(近代)吴昌硕

识曲知音自古难，瑶琴幽操少人弹。

紫茎绿叶生空谷，能耐风霜历岁寒。

［简注］

吴昌硕：(1844—1927)，原名俊、俊卿，字昌硕、仓石，号缶庐、苦铁、大聋，浙江吉安人。寓居苏州、上海(后来居住上海最久)。少时生活清苦，刻苦励学。中秀才后，曾作知县仅一个月，即绝意功名，潜心艺术。书画篆刻皆工。画以花果为主，创雄健烂漫的新风格，对近世画坛影响极大。1904年，篆刻家丁辅之等发起成立"西泠印社"，公推吴昌硕为社长。印社成为至今在国内有影响的书画篆刻学术团体。

识曲知音：用《列子·汤问》伯牙善鼓琴，钟子期善听的故事。

瑶琴幽操：装饰华美的琴和高雅的琴曲。

紫茎绿叶：指兰花。

附录六

咏物诗撷秀

我国封建社会时代实在太长了，因而从文化方面来说也最悠久，既众彩纷呈，又瑕瑜互见。例如诗歌就有叙事、写景、抒情、说理、咏史、咏物等类。其中咏物一类写得虽不算多，但名篇佳句的入神描绘和托物言志，确能引人入胜，逗人喜爱。现先举两首来看看：

几日深闺绣得成，看来便觉可人情。
一弯暖玉凌波小，两瓣秋莲落地轻。
南陌踏青春有迹，西厢立月夜无声。
看花又湿苍苔露，晒向窗前趁晚晴。

——明·徐秉衡《绣鞋诗》

千锤万击出深山，烈火焚烧若等闲。
粉身碎骨全不怕，要留清白在人间。

——明·于谦《咏石灰》

以上两首诗从写作技巧来看都很高明，读之也都朗朗上口，可是从内容来说，差别便大了。同是咏物，可以肯定地说，徐诗是一首极坏的诗而于诗则是一首很好的诗。原因就在于徐对扼杀并摧残女性身心的裹小脚的绣鞋特为欣赏；而于诗写石头被千锤万击从深山中运出来，再经烈火焚烧成为石灰来为人间的清白服务，是多么高尚的品质，多么可贵的精神！作者现举一些传世好或较好的咏物诗，让大家读一读，看一看。这类诗一般写得都较浅显易懂，个别较难或带有典故的，于当句后做出注码，再在全组诗的最后加简注，可以按码查阅。

(1)垂緌饮清露，流响出疏桐。①
居高声自远，非是藉秋风。

——唐·虞世南《蝉》

(2)不论平地与山尖，无限风光尽被占。
采得百花成蜜后，为谁辛苦为谁甜。

——唐·罗隐《蜂》

(3)一年两度伐枝柯，万木丛中苦最多。
为国为民皆是汝，却教桃李听笙歌。

——明·解缙《桑》

(4)辛勤得茧不盈筐，灯下缫丝恨更长。②
著处不知来处苦，但贪衣上绣鸳鸯。

——唐·蒋贻恭《蚕》

(5)墙角数枝梅，凌寒独自开。
遥知不是雪，为有暗香来。

——宋·王安石《梅花》

(6)众芳摇落独暄妍，占尽风情向小园。
疏影横斜水清浅，暗香浮动月黄昏。③
霜禽欲下先偷眼，粉蝶如知合断魂。
幸有微吟可相狎，不须檀板共金尊。④

——宋·林逋《山园小梅》

(7)土花能白又能红，晚节犹能爱此工。
宁可抱香枝上老，不随黄叶舞秋风。⑤

——宋·朱淑真《黄花》

(8)千朵秾芳倚树斜，一枝枝缀乱云霞。
凭君莫厌临风看，占断春光是此花。

——唐·白敏中《桃花》

(9)桃花人面各相红，不及天然玉作容。
总向风尘尘莫染，轻轻笼月倚墙东。

——宋·黄庭坚《次韵梨花》

(10)弹压西风擅众芳，十分秋色为伊忙。[6]
一枝淡贮书窗下，人与花心各自香。

——宋·朱淑真《木犀》

(11)似共东风别有因，绛罗高卷不胜春。[7]
若教解语应倾国，任是无情亦动人。
芍药与君为近侍，芙蓉何处避芳尘。
可怜韩令功成后，辜负秾华过此身。[8]

——唐·罗隐《牡丹花》

(12)天上碧桃和露种，日边红杏倚云栽。[9]
芙蓉生在秋江上，不向东风怨未开。[10]

——唐·高蟾《下第后上永崇高侍郎》

(13)春红始谢又秋红，息国亡来入楚宫。[11]
应是蜀冤啼不尽，更凭颜色诉西风。[12]

——唐·吴融《送杜鹃花》

(14)自小刺头深草里，而今渐觉出蓬蒿。
时人不识凌云木，直待凌云始道高。

——唐·杜荀鹤《小松》

(15)碧玉妆成一树高，万条垂下绿丝绦。[13]
不知细叶谁裁出，二月春风似剪刀。

——唐·贺知章《咏柳》

(16)垂杨垂柳绾芳年，飞絮飞花媚远天。[14]
金距斗鸡寒食后，玉蛾翻雪暖风前。
别离江上还河上，抛掷桥边与路边。
游子魂消青塞月，美人肠断翠楼烟。

——明·杨慎《柳》

(17)剑血多年尚有神，楚歌声里弄残春。[15]
迎风似舞腰枝细，带雨如含泪眼颦。
江畔乌骓空踯躅，宫中人彘可悲辛。[16]
青青只有明妃冢，长恨飘零作虏尘。[17]

——明・瞿佑《虞美人》

(18)昨日看花花满枝，今朝烂漫点青池。
无情莫抱东风恨，作意开时是谢时。[18]

——明・丘云霄《残花》

(19)嫩绿柔香远更浓，春来无处不茸茸。[19]
六朝旧恨斜阳里，南浦春愁细雨中。[20]
近水欲迷歌扇绿，隔花偏衬舞裙红。
平川十里人归晚，无数牛羊一笛风。

——明・杨基《春草》

(20)绿波春浪满前陂，极目连云䆉稏肥。[21]
更被鹭鹚千点雪，破烟来入画屏飞。

——唐・韦庄《稻田》

(21)重重叠叠上瑶台，几度呼童扫不开。
刚被太阳收拾去，却教明月送将来。

——宋・苏轼《花影》

(22)逃暑迎春复送秋，无非绿蚁满杯浮。[22]
百年莫惜千回醉，一盏能消万古愁。
几为芳菲眠细草，曾因雨雪上高楼。
平生名利关身者，不识狂歌到白头。

——唐・翁绶《咏酒》

(23)片片随风整复斜，飘来老鬓觉添华。
江山不夜月千里，天地无私玉万家。
远岸未春飞柳絮，前村破晓压梅花。
羔羊金帐应粗俗，自掬冰泉煮石茶。[23]

——元・黄庚《雪》

(24)常时任显晦，秋至辄分明。
纵被微云掩，终能永夜清。
含星动双阙，伴月照边城。[24]
牛女年年渡，何曾风浪生。

——唐·杜甫《天河》

(25)谢公离别处，风景每生愁。[25]
客散青天月，山空碧水流。
池花春映日，窗竹夜鸣秋。
今古一相接，长歌怀旧游。

——唐·李白《谢公亭》

(26)秋宵月色胜春宵，万里天涯静寂寥。
近来数夜飞霜重，只畏娑婆树叶凋。

——唐·戎昱《秋月》

(27)雨前初见花间蕊，雨后全无叶底花。
蜂蝶纷纷过墙去，却疑春色在邻家。

——唐·王驾《春晴》

(28)今岁今宵尽，明年明日催。
寒随一夜去，春逐五更来。
气色空中改，容颜暗里回。
风光人不觉，已著后园梅。

——唐·史青《应诏赋得除夜》

(29)鹅儿唼啑栀黄嘴，凤子轻盈腻粉腰。[26]
深院下帘人昼寝，红蔷薇架碧芭蕉。

——唐·韩偓《深院》

(30)有灯无月不娱人，有月无灯不算春。
春到人间人似玉，灯烧月下月如银。
满街珠翠游村女，沸地笙歌赛社神。[27]
不展芳尊开口笑，如何消得此良辰。

——明·唐寅《元宵》

(31)花前洒泪临寒食，醉里回头问夕阳。

不管相思人老尽，朝朝容易下西墙。

——唐·韩偓《夕阳》

(32)蝶散莺啼尚数枝，日斜风定更离披。

看多记得伤心事，金谷楼前委地时。[28]

——唐·张泌《惜花》

(33)独访山家歇还涉，茅屋斜连隔松叶。

主人闻语未开门，绕篱野菜飞黄蝶。

——唐·长孙佐辅《寻山家》

［简注］

①垂緌：緌读 ruí，蝉下垂的针喙；一说蝉下垂的双翼像缨带下垂。

②缫丝：抽茧出丝。

③疏影两句：此为千古咏梅绝唱。稀疏的花影映在清浅的水中，暗暗的香味浮动在黄昏的月色下。该是多么的优美。

④狎：亲近。

⑤宁可两句：传说王安石曾写过一首菊花诗，前两句是"黄昏风雨打园林，残菊飘零满地金"。苏轼曾讥笑他不识物情，续写两句："秋花不比春花落，说与诗人仔细吟"。朱淑真这首诗不仅写正确了物情，还表示了菊和人的节操。

⑥弹压：制服，镇压。

⑦绛罗：形容牡丹花瓣像绛色罗绮。

⑧可怜两句：唐代韩弘罢官归长安尽砍去第中牡丹花说："吾岂效儿女辈耶。"其实艳丽的牡丹本身并未犯什么过错，只是人为的辜负。

⑨和露种两句：是说碧桃和红杏俱有优良的培植条件和美好的环境，不是天上，就是日边。

⑩芙蓉：即荷花。

⑪息国：即春秋时一个小诸侯国，这句诗典故出自息侯的夫人，她被楚王掠夺去，三年都不说话。

⑫蜀冤：即古蜀王望帝，其国被夺亡，他死后，变成杜鹃鸟，啼时口中流血。

⑬绦：扁平的带子，读 tāo 音。

⑭绾：读 wǎn，挽结。同是咏柳，前首贺诗最清新而此首杨诗极华美。又杨诗八句四联皆为工整之对仗，实为难得。

⑮剑血两句：虞美人为人名亦为花名。虞美人即虞姬，项羽兵败于乌江自刎时，姬曾夜剑舞于军帐中（即今京剧中之“霸王别姬”）。自刎的剑上必染红血，故说剑血，而此虞美人亦为红色，且开于残春时候，本诗是把人与花结合来写。

⑯江畔二句：上句写项羽自杀后，他的坐骑乌骓踏步不前的不幸，下句写刘邦称帝死后，他的宠姬戚夫人被吕后妒杀而剁去四肢，称为人彘置于厕中的不幸。

⑰青青两句：写明妃（王昭君）和番而死作虏尘，是如何的飘零不幸。以上四句用美人的不幸反衬花儿的绚丽和幸运。

⑱无情两句：意思是说，残花莫恨东风，要知道东风既催花开，又催花落，花开之日即注定了残花花落之时，一切事物应作如是观。此句颇具哲理。

⑲春来句：即天涯何处无芳草之意，茸茸，形容草之形态。

⑳六朝两句：此联系从唐代刘禹锡诗句“朱雀桥边野草花，乌衣巷口夕阳斜”及南朝江淹《别赋》中“春草碧色，春水绿波，送君南浦，伤如之何”变化而来。形容春草，颇具神态，故成名篇。

㉑绿波两句：陂，读 bēi，池塘，䆉䅉，读 bāyà，稻谷名。

㉒绿蚁：本为酒上浮起的绿色泡沫，故常用以代酒。

㉓石茶：石上所生之茶。宋代欧阳修诗“西江水清江石老，石上生茶如凤爪”。

㉔含星两句：天河含着众星，闪动于帝城的双阙；伴着月亮下落于边远的地方。

㉕谢公：即谢朓。

㉖唼喋：读 shàdié，扁嘴类鸟食物状。凤子，大蝴蝶。

㉗社神：土地神。

㉘金谷句：晋时石崇有金谷园，有爱姬绿珠，崇在政治斗争失败后，孙秀索绿珠，绿珠跳楼自杀，后人惜之。作者即借惜绿珠来惜花。

后　语

1.本书内容较多，但也较仔细而全面。目的是使读者在多读、多练、多体会比较的基础上来掌握诗词及楹联写作的基本方法，故不厌其详地多选作品、多举例、多作形式介绍分析，还多使用一些点、圈、线、弧等符号。

2.本书共分为四章，再加几个附录。其中第一、第二章词为重点；第四章为次重点；第三章精读诗词作品可因人而异。凡已读过较多诗词作品者，可以少读或不读；第四章的楹联，也是如此。又如特有兴趣者，还可根据书中所举诸例句以寻读原诗词（作者和作品俱有注明）以扩大阅读面。

3.本书重在介绍旧体诗中的近体诗和词的写作方法（主要是形式方面），真要作好诗，填好词，撰好楹联，除掌握这些方法外，还必须多读书（包括诗词在内的一切文、史、哲书），多明理，多修炼思想品德，多体验生活，还要树立新的美学观；然后才可望写出较好的诗，填出较好的词，撰出较好的楹联来。

4.附录部分仅供写作时寻韵、押韵、对韵以及借鉴他类诗作之用。总之，唯愿读者手此一册，写作时无须翻检任何有关资料，即可提笔构思写作了。